IM**BATÍVEL**

STUART REARDON & JANE HARVEY-BERRICK

IMBATÍVEL

Tradução de
Claudia Costa Guimarães

1ª edição

2018

CIP-BRASIL. CATALOGAÇÃO NA PUBLICAÇÃO
SINDICATO NACIONAL DOS EDITORES DE LIVROS, RJ

R226i   Reardon, Stuart
    Imbatível / Stuart Reardon, Jane Harvey-Berrick; tradução de
Claudia Costa Guimarães. – 1ª ed. – Rio de Janeiro: Record, 2018.

Tradução de: Undefeated
ISBN 978-85-01-11361-0

1. Ficção inglesa. I. Harvey-Berrick, Jane. II. Guimarães, Claudia Costa. III. Título.

18-49259
CDD: 823
CDU: 821.111-3

Título original:
Undefeated

Copyright © 2018 Jane Harvey-Berrick & Stuart Reardon

Texto revisado segundo o novo Acordo Ortográfico da Língua Portuguesa.

Todos os direitos reservados. Proibida a reprodução, no todo ou em parte, através de quaisquer meios. Os direitos morais dos autores foram assegurados.

Direitos exclusivos de publicação em língua portuguesa somente para o Brasil adquiridos pela
EDITORA RECORD LTDA.
Rua Argentina, 171 – Rio de Janeiro, RJ – 20921-380 – Tel.: (21) 2585-2000, que se reserva a propriedade literária desta tradução.
Impresso no Brasil

ISBN 978-85-01-11361-0

Seja um leitor preferencial Record.
Cadastre-se no site www.record.com.br
e receba informações sobre nossos
lançamentos e nossas promoções.

EDITORA AFILIADA

Atendimento e venda direta ao leitor:
mdireto@record.com.br ou (21) 2585-2002.

Para Emma
Sem você, não existiria felizes para sempre.

Stu

"Não existem astros neste jogo. Só homens, como eu."
This Sporting Life, de David Storey

Prólogo

É um jogo lindo.
É um jogo difícil.
E, mesmo num bom dia, o seu corpo fica maltratado e cheio de hematomas. É um jogo brutal, em que há sangue, lama e sujeira.
Está vendo esta cicatriz na minha bochecha? Rugby.
Está vendo esta cicatriz que atravessa a minha sobrancelha? Rugby.
Eu tenho várias cicatrizes.
São treze em cada braço, resultado de uma laparoscopia; fiz cirurgia de joelho, tenho cicatrizes na testa, na parte de trás da cabeça e nos nós dos dedos. Já levei pontos nas duas pálpebras, meus dois ombros foram operados, o nariz, quebrado duas vezes, sofri fraturas espirais nas mãos e já quebrei os dedos tantas vezes que nem conto essas. Cartilagem já foi removida do meu joelho esquerdo, tive duas rupturas do ligamento medial de grau dois em cada joelho, fiz três séries de cirurgias para reparar lesões no tendão de Aquiles e, certa vez, meus dentes inferiores atravessaram meu lábio superior. Levar pontos na boca não é algo muito agradável. Eles ficam repuxando quando a gente come ou fala.
Não há nada de bom no rugby. Talvez seja por isso que eu goste para caramba.
Mulher curte cicatriz? É, essa eu também já ouvi.
Na minha experiência, elas não curtem muito ficar por perto enquanto você se recupera. Ser o perdedor que esquenta o banco

de reservas também não é muito sexy. Ser o cara cuja carreira está indo para o buraco... É, eu já estou parecendo bem menos atraente agora.

Confiar em uma mulher quando se está no fundo do poço? O erro mais imbecil de todos os tempos.

Pode me bater, me arrebentar, destruir meu coração.

Mas vai ter volta. E, dessa vez...

Eu vou vencer.

Capítulo 1

Abril de 2014

— Puta merda! Isso aí é o que estou pensando?

Kenny olhou para a caixinha de veludo aninhada dentro da bolsa de ginástica de Nick.

— Eu não tenho a menor ideia do que você está pensando a metade do tempo — disse Nick, calmamente. — A sua mente vive numa galáxia diferente e muito, muito distante.

— Vá se foder! É sério? Você vai pedir a Molly em casamento?

Nick namorava Molly há quase três anos. Ela vinha insinuando interesse por um compromisso mais sério, e ele havia pensado: por que não? Todos os caras com quem tinha estudado já estavam casados e com filhos a caminho, por que não ele? Tinha 26 anos, ganhava razoavelmente bem, dono da própria casa; o próximo passo mais óbvio era criar raízes.

— É, eu acho que está na hora.

Kenny encarou-o com um olhar estranho.

— Ela está grávida?

Nick gargalhou.

— Não, seu maluco! Por que está me perguntando isso?

Kenny deu um tapa na cabeça dele e berrou:

— Então para que você está fazendo uma coisa dessas, seu idiota?

Não era segredo nenhum que Ken e Molly não se gostavam, mas a vida de Nick seria bem mais simples se eles se dessem bem.

— Você está sendo um babaca — disse Nick. — Mas quero que seja meu padrinho.

Kenny abriu um sorriso malévolo. Seus quatro dentes da frente tinham sido arrancados durante um jogo há dois meses e ele estava esperando o final da temporada para fazer os implantes. Parecia um vampiro que cresceu demais.

— Beleza! O discurso do padrinho! Estou super dentro.

Nick teve um pressentimento de que ainda se arrependeria daquela decisão.

— Quando vai fazer o pedido?

— Na festa depois do jogo, hoje à noite.

— Seu enterro, meu amigo.

Mas que idiota, pensou Nick, balançando a cabeça.

— Por que nós somos amigos?

Kenny franziu o cenho.

— Sei lá. Baixo grau de exigência?

Durante toda sua preparação e o aquecimento para a partida, Nick ficou com uma sensação esquisita no estômago, um embrulho de ansiedade.

Pegou suas chuteiras da sorte e as colocou em cima do banco, ao lado do protetor bucal, pronto para ser usado. Não era tão supersticioso quanto alguns jogadores, mas gostava das suas chuteiras da sorte, apesar de estarem começando a ficar gastas — o que o deixava apreensivo.

Também tinha uma sunga favorita da Speedo que usava por baixo do uniforme de rugby, mas isso não era da conta de ninguém.

— Último jogo com os seus companheiros — comentou Kenny, com uma voz melancólica. — Vai nos abandonar, vai ficar importante demais para o pessoal aqui da segunda divisão. Tudo vai mudar para você... Vai se esquecer da gente.

Nick riu e bateu nas costas do amigo.

— Até parece que eu conseguiria esquecer você, Ken.

Kenny não sorriu e algo cintilou em seus olhos, mas então o capitão gritou, sinalizando para que entrassem em campo, e eles não se falaram mais.

O céu estava acinzentado, borbulhando com nuvens escuras de tempestade, e, apesar de ser um fim de tarde de primavera, os fãs se amontoavam, os aplausos, abafados, deixando fileiras de assentos tristes e vazios. Não foram muitos os que seguiram o time até aquele último jogo fora de casa da temporada.

Nick olhou de relance para os assentos esparsamente ocupados, a decepção azedando sua tentativa de permanecer positivo. Independentemente de qualquer coisa, estava decidido a dar o melhor de si. Se o time tivesse tido chance de ser promovido ao Premiership — a superliga do rugby —, as arquibancadas estariam cheias. Mas hoje não; não com uma derrapagem lenta em direção à metade inferior da tabela, depois de uma temporada medíocre. Nem mesmo no último jogo do ano.

Quando o árbitro apitou o início da partida, a chuva começou a cair em gotas pesadas que rapidamente transformaram o campo em uma banheira de lama: Nick e os outros jogadores escorregavam e deslizavam, os uniformes grudando no corpo de tão molhados, pressionando suas peles.

Nick odiava jogos como esse. Ele era um *fullback* cuja velocidade e aceleração, agilidade e força haviam garantido a ele o apelido de "O Foguete"; sua rapidez também vencia partidas. Em dias como esse, no entanto, a lama o deixava pesado, agarrando-se em grossos torrões às suas chuteiras de modo que, cada vez que o juiz parava uma jogada, ele tinha de arrancar com os dedos a terra presa entre as travas, na esperança de melhorar sua tração em campo.

O capitão fez sinal para que os *backs* mantivessem a formação fechada — menos erros com passes curtos —, e Nick sacudiu a cabeça em sinal de frustração, a água escorrendo por seu rosto sujo de lama. Esfregou os olhos com a camisa, expondo o abdome firme e definido e parte do peito musculoso, sentindo a chuva fria sobre a pele quente.

O jogo foi ficando ainda mais lento à medida que a bola se tornava escorregadia e a sujeira grudava em Nick. O vento rugia, ferroando seus olhos com a chuva, e a friagem fora de época entranhava em seus ossos. Do outro lado do campo, Kenny olhava com malícia para seu adversário direto, provavelmente dizendo coisas que resultariam em sua expulsão se o árbitro o escutasse.

Todos os jogadores estavam lutando contra as condições climáticas, e Nick havia perdido a vantagem da velocidade. Não podia depender da sua capacidade de correr com a bola campo abaixo; o melhor que podia esperar era que conseguissem manter o adversário preso à linha de *try*.

O jogo estava agressivo, fisicamente massacrante, e Dennis, jogando como ponta esquerdo, atravessou o lábio superior com os dentes inferiores após um *tackle* brutal, colorindo sua camisa com respingos vermelho-ferrugem enquanto o sangue escorria por seu queixo. Ele fez uma careta assustadora, cutucando o ferimento com a língua.

Nick se retraiu. *Já passei por isso e tenho a cicatriz como prova.*

Dennis saiu de campo xingando, a voz um ceceio sibilante, pois também tinha mordido a língua. Eles o costurariam durante o intervalo para que estivesse de volta no segundo tempo.

O jogo recomeçou. Nick praguejou quando Kenny foi achatado no fundo do *ruck*, sumindo debaixo de uma montanha de carne humana que arfava, chutava e xingava, e os paramédicos começaram a desdobrar a maca. Mas, então, o *hooker* soltou a bola, e o jogo prosseguiu. Kenny se sentou, chacoalhou a cabeça como um touro ferido e cambaleou de volta para a sua posição.

Nick ficou aliviado por ele não estar ferido, e os torcedores comemoraram discretamente.

Por fim, a bola foi passada desajeitadamente na direção de Nick, e ele a pegou no ar, segurando o couro escorregadio e correndo campo acima, estreitando os olhos para tentar enxergar através da chuva açoitadora. Percebendo a proximidade da linha, atirou-se para a frente, sentindo os ossos do corpo inteiro chacoalharem ao colidir contra o gramado, deslizando adiante e esculpindo um sulco lamacento na terra.

Isso! Era isso que ele fazia, era para isso que vivia. Nada tinha comparação.

A adrenalina disparou por seu corpo quando o árbitro soprou o apito.

Nick se levantou, sorrindo para os companheiros de equipe que se aproximavam para cumprimentá-lo com um *high-five*, comemorando enquanto os pontos eram marcados no placar. Então, o chutador deu um passo à frente, limpando a lama dos olhos para bater a conversão. Concentrou-se na bola, ergueu o olhar para os postes do H, então chutou com perfeição. O time prendeu a respiração enquanto a bola tirava um raspão da trave inferior para, em seguida, atravessar os postes tranquilamente. Os gritos e aplausos eclodiram quando mais dois pontos tiraram os torcedores do chão.

Nick bateu palmas, o alívio enchendo seu peito. Cada ponto importava num jogo equilibrado.

Ele soltou o ar ruidosamente. Seu corpo, seus shorts e suas pernas estavam completamente imundos, o rosto estava manchado e ele cuspia lama, quase perdendo o protetor bucal. Girou o pescoço de um lado para o outro, ignorando as dores e os machucados do corpo maltratado.

O rugby era um jogo difícil, brutal até mesmo quando não se estava sendo *tackleado*, chutado, esmurrado ou levando cabeçadas. Ele o amava.

Até ali, aquele havia sido o único *try* da partida, e agora tinham sete pontos mais do que necessários a mais.

No intervalo, no entanto, já estavam dezenove pontos atrás, e o time ia perdendo o foco. O treinador os deixou tomar uma bebida e comer algo doce para dar um gás, então os escutou reclamar por um instante antes de dar um sermão neles, o cuspe voando de seu rosto roxo.

— Vocês estão jogando como se estivessem quase dormindo em campo! Estão soltando demais a bola, perdendo muitos *tackles*. Vocês não são um bando de amadores, porra! Deviam ser profissionais! Vamos lá! Vocês conseguem! Continuem chutando a bola para o fundo do campo deles: vai ser difícil conseguirem marcar se forem forçados a jogar no lado deles. E aumentem essa taxa de finalizações: vocês conseguem vencer este jogo!

Eles precisavam acreditar que ainda podiam ganhar. Ninguém ia desistir. Estar do lado derrotado toda semana era tortura mental. Jogava-se até o último suspiro.

Mas o time estava lento e desanimado, cansado devido à longa temporada e esgotado por causa do mau tempo; seus corpos estavam doloridos, enlameados e machucados.

Frustrado, Nick rangeu os dentes. A função do *fullback* era atacar, mas o treinador queria que as jogadas fossem curtas, seguras e sensatas. Aquilo era rugby: era para ser duro, árduo e sujo.

Ficou de boca fechada. Discutir com o treinador nunca terminava bem.

Eles correram de volta para o campo pantanoso, e Nick não teve como não notar que a maioria dos torcedores já havia desistido e ido para casa, deixando apenas um punhado de pessoas dos dois lados da arquibancada encharcada de chuva. Ele não devia culpá-los: o tempo estava péssimo e a partida, descoordenada, lenta. Mas os culpava, sim. O time estava jogando com todo o coração e onde estavam os torcedores? Já no pub, falando mal dos jogadores.

Um jato quente de raiva percorreu o seu corpo. Mas enquanto ia caminhando para a sua posição, forçou-se a pensar positivo, a mente repassando as táticas que haviam discutido. Seu cérebro estava tão lamacento e fatigado quanto o resto dele.

Frustrado consigo mesmo, pegou aquele núcleo de raiva que fervia em banho-maria dentro dele e usou como incentivo para se mover mais rapidamente, arrancando os pés de dentro da lama e quase perdendo a chuteira enquanto se arrastava pelo campo, as coxas grossas avançando, o sangue ribombando em seus ouvidos.

Então, um dos integrantes do time oposto se atrapalhou com a bola e a atirou para frente.

— *Knock-on!* — berrou Nick, erguendo uma das mãos.

Mas o árbitro não havia visto a bola ser solta adiante, parcialmente cegado pelo violento aguaceiro.

Os companheiros de time de Nick explodiram em um rugido vulcânico e, subitamente, as duas equipes se chocaram numa pesada colisão de corpos rígidos se enfrentando em campo, as cores dos uniformes sumindo em uma enlameada confusão.

Um Nick mais jovem teria se juntado à briga, mas, aos 26 anos, era um profissional experiente e sabia que uma briga não resolvia nada. Infelizmente.

Enfiou-se lama adentro, puxando corpos para trás pelas camisas ou shorts, sendo recompensado com uma cotovelada na costela por seus esforços.

— Babacas! — gritou Darren, virando-se para o árbitro. — Isso foi claramente um *knock-on!* Vamos lá, juiz! Dê uma chance para a gente! Tente apitar esse jogo direito!

Impotente, o árbitro continuou a apitar, mas vários minutos se passaram até a ordem ser restabelecida; os jogadores se olhavam com fúria, seus rostos ensanguentados e roxos. Nick sabia que dali a uma hora todos estariam tomando cerveja juntos: um *pint* silencioso seguido de dezessete outros barulhentos.

Mas, por ora, a partida ficara feia, os ânimos se desgastando e acirrando a todo momento. E, para coroar tanta infelicidade, Nick levou um chute na têmpora durante um *tackle*.

Ele se sentou lentamente, sacudindo a cabeça para ter certeza de que ela ainda estava presa ao corpo. Em seguida, colocou-se de pé aos tropeços e ergueu o polegar para mostrar que estava bem para continuar a jogar.

Conforme uma dor de cabeça ia surgindo por trás dos olhos e o sangue se misturava com lama em sua camisa, Nick tentava se concentrar em uma jogada de ataque. Entretanto, do outro lado do campo, Tufty, o centro, estava de joelhos segurando o saco e uivando de agonia.

— Porra, agarraram as minhas bolas! — reclamou ele, ainda curvado para a frente. — Acho que ele arrancou o meu saco!

Sem proteção, os testículos ficavam vulneráveis a um apertão sádico ou a uma torção maldosa, como bem sabia Nick. Pelo menos, não eram dedos enfiados no cu. Isso também acontecia em jogos. Não com frequência, mas havia um jogador australiano famoso por fazer isso.

A partida foi suspensa enquanto os paramédicos entravam em ação. Ajudaram Tufty a subir na maca, seus joelhos ainda pressionados um contra o outro. Deslizando na lama escorregadia, no entanto, os paramédicos o deixaram cair, e ele soltou um guincho, recusando qualquer outra ajuda e se afastando do campo com passos arrastados e o rosto esculpido em dor. Nick fez uma careta. O jogo estava uma confusão dos horrores. Agora só precisavam de uma praga de gafanhotos ou zumbis vagando campo adentro, e ele teria certeza de que era o apocalipse. Seria a própria definição de ironia se o mundo acabasse quando ele estava prestes a ser promovido para um clube da liga principal.

Apesar das deficiências do time, Nick havia tido a melhor temporada de sua carreira. Sem ele, era certo de que estariam enfrentando o rebaixamento. Todo mundo sabia disso. E agora Nick os estava deixando por um futuro estrelado. Ele tivera esperança de que aquele último jogo não fosse uma merda tão grande.

O jogo recomeçou, mas a luz já estava tão fraca que era quase impossível enxergar a bola. Nick subia e descia o campo pantanoso com movimentos descoordenados, berrando instruções, apoiando seu capitão e perseguindo todas as bolas perdidas.

Enquanto os minutos tiquetaqueavam até o apito final, Nick corria a toda velocidade, torturando seus pulmões arfantes atrás de uma última oportunidade, rangendo os dentes, preparado para receber o passe e então mudar de rumo abruptamente com o fluxo da jogada. Subitamente, sentiu uma dor aguda na panturrilha direita e fez uma careta de agonia, virando o rosto para ver quem tinha sido o filho da puta que tropeçara nele, já pronto para desviar de um *tackle*, mas o espaço atrás estava vazio.

Capengando, o choque se instalando em seu corpo e o medo revestindo seus pulmões, ele foi afrouxando o ritmo até um caminhar vacilante, mancando enquanto o desconforto se transformava numa dor persistente que o perfurava a cada passo. Apoiar todo o peso do corpo em cima do pé direito era uma tortura.

— Merda — rosnou, então foi *tackleado* e mergulhado na lama.

Levou a mão ao tornozelo e soube que alguma coisa estava errada. Teve dois segundos para fazer a jogada enquanto seu time ainda estava em posição de ataque.

Em seguida, virou-se para o banco e indicou que precisava de uma pausa. Enquanto saía de campo mancando, auxiliado pela equipe médica, o treinador foi encontrá-lo na lateral.

— Distendeu um músculo?

— É o tornozelo. Não consigo andar.

— Ok, Nick. Vá até o fisio e veja o que ele diz. Você fez um bom trabalho hoje.

Nick deu uma última olhada para o time, para os homens com quem jogara tantas grandes partidas e com quem compartilhava tantas boas recordações, então se virou e seguiu para o vestiário sentindo dor.

— O que foi, Nick?

Alan era o fisioterapeuta do time e um jogador aposentado.

— Não sei. Minha panturrilha direita está doendo para cacete, tem alguma coisa errada. Eu nunca senti isso antes.

Ele se sentou na mesa enquanto Alan removia a chuteira e examinava a parte de trás do tornozelo, pressionando toda a região que parecia machucada e começava a inchar dolorosamente.

O rosto de Alan ficou sombrio, a pesada papada despencando como as de um cão de caça, os olhos vermelhos e lacrimejantes.

Nick sentiu o cheiro de Vick Vaporub, Deep Heat e Tiger Balm misturados com nicotina e suor: a sala de fisioterapia e o fisioterapeuta integrados num fedor familiar e arrebatador.

Tentou respirar pela boca e bancar o durão. Quando Alan apalpou com mais força a região lesionada, Nick inspirou fundo, sentindo uma ferroada tão aguda que fizeram os músculos da sua barriga se contraírem.

Ele se recostou, a camisa e os shorts ensopados fazendo-o tremer agora que o corpo começava a esfriar.

— Acho que você vai ter que ir para o hospital para ver isso, Nick. Para mim, está com cara de ser o tendão de Aquiles. — Alan segurou o tornozelo dele com força e girou o pé, fazendo-o ofegar. — Você ainda tem movimento no pé, então imagino que não seja uma ruptura completa, só parcial. Vou pegar o anestésico para você.

O mundo de Nick virou de ponta-cabeça. Um tendão de Aquiles rompido terminava carreiras. Por que agora? Por que em seu último jogo antes de entrar para a Premiership?

Ele engoliu em seco e fechou os olhos por um segundo, abrindo-os para encontrar uma silenciosa compaixão no rosto do homem mais velho.

— Tem certeza? Será que eu não só distendi um músculo?

Alan balançou a cabeça.

— Sinto muito, garoto.

Já era a festa de fim de temporada. Já era deixar o clube por cima. Já era pedir a mão de Molly — não podia pedi-la em casamento quando não tinha mais nada para oferecer a ela. *Já era a porra de sua vida inteirinha.*

Ele colocou a cabeça entre as mãos conforme tudo ia sendo varrido para longe numa onda de lama e merda, carregando junto aquele monte de esperanças e sonhos idiotas.

Cheio de sofrimento e dor, Nick enviou uma mensagem de texto para Molly avisando que não conseguiria ir à festa. Não disse o motivo e, conhecendo Molly, ela ficaria irritada demais para perguntar. Isso dava a ele algumas horas para saber por um médico, além de por um ex-pilar mais velho, que sua carreira no rugby tinha chegado ao fim.

Mancando de uma parede à outra enquanto se chocava com móveis e armários, ele conseguiu tomar banho lentamente, depois de atirar o uniforme imundo no cesto de roupa suja para ser recolhido pelo encarregado e entrar no chuveiro de chuteiras e tudo para poupar tempo.

Era maravilhosa a sensação da água quente sobre o seu corpo surrado, e ele esfregou as costelas que começavam a arroxear assim como o tornozelo inchado, se perguntando se algum dia precisaria das chuteiras outra vez.

Terra e sangue giravam em torno de seus pés, e, com todo o cuidado, Nick tocou o corte aberto ao lado da sobrancelha, que estava quase fechando, deixando mais uma cicatriz, mais um souvenir de um jogo violento.

Por dentro, suas emoções eram um turbilhão de pânico mal disfarçado, mas por fora, o rosto severo demonstrava resignação.

Em silêncio, trocou para a água gelada, a alternância entre calor e frio de rachar relaxando seu corpo. A rápida mudança de temperatura ajudava a acelerar a cura, combatendo os microtraumas de pequenas rupturas nas fibras musculares causadas pelo intenso estresse físico do jogo. Mas isso não seria o suficiente para reparar um tendão rompido. Havia um bisturi cirúrgico em seu futuro.

Ele fechou os olhos e aguentou.

Dois minutos de frio-quente-frio-quente eram mais que suficientes e, como agora sua dor de cabeça tinha piorado, ele voltou para o chuveiro quente e tentou deixar o calor e o vapor aliviarem a dor que sentia até os ossos, até o cérebro. A dor de estar do lado derrotado: a infinita montanha-russa do rugby; a dor de estar acabado. Terminado. Finalizado. Triturado. Massacrado. Surrado. Destroçado.

— É sério que foi o seu Aquiles? — O rosto de Kenny estava triste, e ele fez uma careta em sinal de solidariedade. — Que má sorte, parceiro.

Os outros jogadores murmuraram suas condolências enquanto carregavam seu rastro de sangue e terra vestiário adentro, e Nick começou a sentir que tinha morrido em campo. Talvez tivesse. Talvez aquele fosse o seu fantasma sentado ali. Não seria patético? Passar a eternidade num vestiário fedorento? Sorriu sombriamente diante da ideia.

Vestiu a camiseta e a calça de moletom, mas só tinha como calçar um pé do tênis. O outro estava inchado e dolorido demais para caber, então enfiou os dedos dentro do calçado e deixou assim.

Kenny passou um dos braços pelos ombros de Nick enquanto ele mancava até o jantar pós-jogo. Tradição: ganhando ou perdendo, alimenta-se o time que deu seu sangue no gramado. O hospital teria que esperar — não que tivesse qualquer coisa que pudessem fazer por ele de imediato. Então, em vez de ir, sentou-se com os companheiros de equipe, fingindo que não havia um buraco negro de desolação crescendo dentro do seu peito.

Bêbados e empanturrados de curry, a turma barulhenta seguiu para o ônibus do time que estava à espera. Era um trajeto de duas horas até a sede do clube, e só depois ele buscaria tratamento médico. Seria diferente na liga principal, mas a segunda divisão pouco se importava quando o assunto era consertar o que tinha quebrado.

Ele dedicara oito anos àquele time. Oito anos de sucesso, oito anos de mágoas, como qualquer outro atleta profissional.

Nick não queria que sua carreira terminasse.

O trânsito estava lento na estrada, e a chuva continuou a açoitar o ônibus, ressoando ruidosamente sobre o teto e caindo com tanta rapidez que, para Nick, parecia que estavam debaixo d'água. Ele entrava e saía de um sono inquieto, cochilando apesar da cantoria inebriada de seus companheiros de equipe. Normalmente, estaria cantando músicas obscenas e rindo de piadas idiotas com eles.

Esta noite, eles o deixaram em paz, respeitando o seu recolhimento ao silêncio.

Acordando sobressaltado com um grunhido de dor, Nick se endireitou na poltrona enquanto o ônibus sacolejava por buracos cheios d'água e parava diante do clube com uma guinada súbita.

— Quer que eu te leve ao hospital?

Ele ergueu os olhos para fitar o rosto do amigo, que estava em um tom amarelo pálido sob o fraco brilho neon.

Nick fez uma careta de dor e assentiu com a cabeça.

O Rotherham era um clube sem grandes frescuras. Se o jogador estivesse consciente e em pé, ia para o hospital por conta própria.

— Quero, sim. Valeu, Ken. Acho que não consigo dirigir agora.

Kenny acenou em confirmação.

— Vou pedir ao Tufty e ao Gavin que levem seu carro para casa no caminho para a festa. Não se preocupe.

Mas Nick estava preocupado.

Seu tornozelo continuava a inchar, e tentar dar até mesmo um único passo causava uma dor lancinante em toda a perna. Enquanto Kenny o levava para o hospital particular pago pelo time, Nick segurava um gotejante saco de gelo por cima do tornozelo na esperança de que ajudasse. Até aquele momento, não tinha ajudado em nada, e já tomara todos os analgésicos que haviam dado a ele. Mas sentia-se aliviado por não jogar mais para um clube em regime de tempo parcial, em que o jogador tinha que se virar com o Serviço Nacional de Saúde.

Da última vez que estivera numa emergência, as paredes eram de um verde-oliva claro, institucional e deprimente, com pôsteres antigos alertando o que aconteceria se alguém agredisse um membro da equipe. Um velho sofrendo de demência tinha tentado abrir a porta de emergência, e sua minúscula esposa de cabelos brancos não conseguia fazer nada para impedi-lo. Um adolescente vomitara em si mesmo, sujando a frente da própria camiseta.

Uma típica noite de sábado.

Graças a Deus pelo sistema de saúde privado.

Em vez de tudo isso, Kenny parou num estacionamento silencioso na parte exterior de um prédio de aparência moderna. Passou um braço musculoso pela cintura de Nick e ajudou-o a entrar para registrarem seu nome e seus dados. O treinador havia ligado de antemão, então já estavam esperando por ele.

Com a sensação de que ficaria ali por um bom tempo, Nick se acomodou num sofá baixo de couro e tentou relaxar. Ergueu os olhos para o amigo.

— Olhe, vá para a festa. Não tem por que nós dois não irmos.

Kenny sacudiu a cabeça.

— Não vou deixar você aqui sozinho. Que tipo de amigo faz isso?

— Eu agradeço, sério, mas a Molly não respondeu minha mensagem de texto, então provavelmente está indo para lá. Ela vai precisar que alguém fique de olho nela. — *E para impedir que aquilo se transforme num episódio de* Geordie Shore.

— Legal — resmungou Kenny. — Acho que vou ficar por aqui, então.

Nick cerrou os dentes, e Kenny deixou escapar um suspiro. O amigo e a namorada realmente não se gostavam.

— Está bem — reclamou Kenny. — Eu vou. Mas me avise se precisar de uma carona mais tarde.

Nick o dispensou com um gesto de mão.

— Não precisa. Eu pego um táxi. Vou ficar bem.

Ele observou Kenny descer o corredor, aliviado por se ver livre dos sons e cheiros do hospital.

Os pensamentos de Nick foram ficando sombrios.

Na melhor das hipóteses, ele ficaria afastado dos jogos por pelo menos quatro meses, provavelmente bem mais. Na pior: nunca mais voltaria a jogar.

A dor e a frustração tomaram conta dele. De todos os momentos para se machucar, por que agora? *Por que eu?*

Deveria rir ou chorar? Deveria rir da ironia de ter sofrido a pior lesão em oito anos de rugby profissional no último jogo antes de começar a temporada seguinte em um clube do Premiership? Deveria comemorar que alguém o considerara bom o suficiente? Deveria dar uma de Marlon Brando e uivar para a lua? *Eu podia ter sido um competidor!*

Ele não fez nenhuma dessas coisas.

Desligou o telefone, fechou os olhos e ficou ouvindo o gorgolejar enquanto sua carreira sumia privada abaixo.

Capítulo 2

— É muito grave?

Os olhos azuis de Molly estavam avermelhados, e ela parecia exausta. Apertou o lençol em torno do corpo enquanto fitava Nick.

— Bem grave — respondeu ele, baixinho. — Vou precisar ser operado. Quanto mais cedo, melhor.

— O clube novo vai pagar ou você vai precisar recorrer ao Serviço Nacional de Saúde?

Nick ergueu as sobrancelhas.

— Eu assinei um contrato com os Minotaurs, mas sofri a lesão no Rotherham. Então, sinceramente, não sei.

Ela pegou o telefone do namorado, que estava em cima da mesa de cabeceira, debruçando-se por cima de Nick. Ele se encolheu ligeiramente com medo de que ela desse uma cotovelada na perna machucada, que doía para cacete, e porque o cheiro de bebida na pele dela estava insuportável.

Era provável que estivesse sofrendo mais do que ele naquele momento.

Grunhindo de irritação, ela jogou o telefone para Nick.

— Ligue para eles. Você precisa saber qual é a sua situação. Ou ligue para aquele seu agente; ele devia estar fazendo alguma coisa pela grana que você paga a ele.

— Mark é um bom sujeito — devolveu Nick, na defensiva. — Foi ele que conseguiu o contrato dos Minotaurs para mim, para começo de conversa.

— Já era tempo — resmungou Molly, bocejando enquanto cambaleava até o banheiro.

Nick deixou escapar um suspiro, mas fez o que ela sugeriu.

— *Mas que azar* — comentou Mark em resposta. — *Vou dar uma olhada no seu contrato, mas acho que é o Rotherham que vai pagar essa conta. De qualquer forma, você tem cobertura. Vou me certificar disso. Como está se sentindo?*

— Estou arrasado.

— *Bem, é de se esperar. Mas a sorte tem estado do seu lado. Não há motivo nenhum para acreditar que vai te abandonar agora.*

Já abandonou, pensou Nick, com amargura.

Dois dias depois, a irmã de Nick o levava para o hospital para ser operado.

— Você está bem? — perguntou pela terceira vez. Nick lançou a ela um olhar aborrecido. — Foi mal, foi mal. Eu só... De qualquer maneira, onde está sua alteza hoje?

Nick esfregou a testa.

— Se estiver falando da Molly, ela precisa trabalhar. Mas vai me buscar no hospital hoje à noite.

Trish apertou um lábio contra o outro, mas não disse mais nada. Não era fã de Molly, mas, pensando bem, o sentimento era mútuo. Nick sabia que era melhor não se meter. Tentara uma vez e ainda tinha as cicatrizes como prova.

— Posso ficar com você, se quiser — ofereceu Trish.

— Não precisa, mas valeu. Eu vou ficar bem.

Após uma separação difícil, Trish voltou a morar com os pais e trabalhava de casa fazendo registro de dados no computador. Segundo ela, era monótono, mas o salário era decente. Oferecera-se para levá-lo assim que a cirurgia foi marcada.

— Não me importo de ficar — insistiu ela. — Alguém devia estar com você.

— Sério, mana, eu vou ficar bem. Só vai ser muito tempo sem fazer nada aqui. Não se preocupe.

Ela suspirou e cedeu, deixando-o do lado de fora do hospital antes de acenar e ir embora.

Nick entrou mancando e foi admitido no serviço ambulatorial, onde uma enfermeira mediu a sua pressão, e o cirurgião explicou para ele o procedimento detalhadamente, fazendo-o assinar sobre a linha pontilhada em seguida.

Não podia comer ou beber nada antes da operação, embora estivesse com fome e com sede. E então, no fim da manhã, foi levado para o centro cirúrgico.

Seu coração começou a bater acelerado, e ele rezou fervorosamente para que a cirurgia fosse um sucesso. O anestesiologista lançou a ele um sorriso tranquilizador, e uma das enfermeiras se ofereceu para segurar a sua mão. Nick ficou muito envergonhado com a proposta, mas ela havia sido simpática ao oferecer.

— Conte de um a dez — pediu o anestesiologista, com um sorriso profissional.

— Um, dois, três...

A coisa toda só levou um pouco mais de uma hora, e Nick se recordava vagamente de conversar com a mesma enfermeira quando acordou com a perna engessada.

À medida que foi ficando mais consciente, fitou a perna, imobilizada do joelho para baixo com gesso. Era a primeira vez que usava gesso. A perna parecia pesada e sem coordenação, mas pelo menos a dor ainda não havia superado o coquetel de medicamentos.

Tentou relaxar porque não havia mais nada que pudesse fazer. Mas era mais fácil dizer do que fazer.

A tarde passou lentamente, e Nick se sentia entediado, sentado em seu quarto particular. Leu sites de esportes no telefone, jogou joguinhos, então desistiu e ligou a TV que ficava no canto. Não era muito de assistir à televisão durante o dia. Desistiu logo e tentou dormir, mas a dor começava a dar as caras, e ele ficou com calor e desconfortável.

Quando a mãe passou pela porta, seu rosto se iluminou com um sorriso surpreso.

— Mãe! Não sabia que você vinha!

Ela se abaixou e beijou a bochecha não barbeada dele.

— Ora, é claro que vim! — resmungou ela, fingindo aborrecimento. — Meu único filho passou por uma cirurgia. Como foi? O que o médico disse?

Nick encolheu os ombros, apreensivo.

— Ainda não o vi. Ele vai passar aqui quando fizer a ronda.

— Quer que eu vá encontrá-lo? — perguntou ela, levantando-se imediatamente.

Não importava que ele tivesse 26 anos e já não morasse em casa há sete: a mãe ainda queria cuidar dele. Era a mulher mais doce do mundo, mas se transformava numa leoa quando o assunto envolvia ele ou a irmã.

— Não, está tudo bem, obrigado. Tenho que ficar aqui de qualquer forma, até mandarem os remédios da farmácia.

— Bem, então, que tal uma xícara de chá?

— Sim, uma xícara de chá seria legal.

Rapidamente, ela marchou quarto afora atrás de uma máquina de venda automática. Apesar da dor, Nick sorriu para si mesmo.

Finalmente, na hora em que sua mãe estava indo embora, o cirurgião chegou.

— A operação correu bem. Você estará de pé e caminhando em breve.

— Obrigado, doutor. Mal posso esperar.

— Eu imagino, mas não apresse as coisas.

— Ouça o médico, Nicolas — disse a mãe de maneira firme.

O médico deu um sorriso discreto.

— E a enfermeira virá falar sobre o pós-operatório com você. Boa sorte!

A mãe ficou relutante em deixá-lo, mas Nick estava exausto e prometeu que Molly o buscaria mais tarde.

Um pouco depois das seis, Molly chegou. Nick ficou esperando a namorada por 45 minutos e estava com um frasco de analgésicos fortes no bolso.

— Oi, Nicky baby. Como foi?

— Bem, eu acho.

Ela deu um rápido beijo na bochecha dele.

— Tive um dia infernal. Megan é uma vaca! *Odeio* trabalhar para ela. Não vejo a hora de poder dizer a ela onde enfiar esse emprego nojento.

Eles haviam conversado sobre a possibilidade de Molly deixar o emprego no salão de beleza quando Nick fosse promovido, mas até saberem se ele ia ou não estar apto a jogar outra vez, não podiam se dar ao luxo de ela não trabalhar.

Nick se movimentou com ajuda das muletas e afundou, agradecido, no assento do carona. Não poder dirigir seria um gigantesco pé no saco. Mas também era a menor das suas preocupações.

Escutou Molly reclamar da chefe até chegarem em casa e ele se acomodar na sala de estar com um profundo suspiro.

— Mol, não acho que abrir mão do seu emprego seria uma boa ideia neste momento.

Ela lançou um olhar penetrante para ele enquanto atirava as chaves do carro em cima da mesa de centro.

— E por que não?

Ele a fitou, incrédulo.

— Porque acabei de passar por uma cirurgia. Porque não sei se ainda vou poder jogar!

— Mas você disse que ia ficar bem!

Era verdade. Nick havia dito isso. Finalmente, ele encarou o olhar dela.

— Eu realmente espero que sim, mas vou ter que esperar meses para ter certeza. Então agora não é o momento ideal para você jogar o seu emprego para o alto.

O silêncio se estendeu por um longo tempo, e Molly parecia chocada. Ela se sentou pesadamente.

— É possível que você não volte a jogar?

— Não sei. Eu espero poder voltar.

— Meu Deus, Nicky... — Ela hesitou, mas o que quer que fosse dizer morreu em seus lábios. — Desculpe. O seu dia foi bem pior que o meu. Quer que eu peça comida chinesa para o jantar? — Em seguida, ela abriu um sorriso irônico. — Não, melhor, não. Você gosta é de comida saudável, não é mesmo, Nicky baby?

Nick assentiu com a cabeça e deu um sorriso cansado. Consumir a comida certa era uma parte importante do seu treinamento, na sua opinião. Molly adorava *junk food* e odiava cozinhar.

— Está bem — suspirou ela. — Eu faço alguma coisa saudável para você. Mas vou precisar de chocolate. — Então, lançou um olhar inocente para ele. — Quem sabe uma caixa de Ferrero Rocher?

Nick gemeu enquanto o sorriso de Molly aumentava. Ela sabia que ele tinha um fraco por esse chocolate.

— Ótima ideia.

Pelo resto da noite, Molly fez o que pôde. Dispôs a comida ao redor dele, levou xícaras de chá e lembrou a ele de tomar os analgésicos. Nick sentiu-se imensamente grato de tê-la para tomar conta dele.

Assim, ficou surpreso no dia seguinte quando ela avisou que ia trabalhar.

— Pensei que ia tirar o dia de folga.

Ela não o encarou.

— Bem, a gente precisa do dinheiro, não precisa?

— As coisas não estão tão ruins assim, Mol.

— Eu tenho que fazer a minha parte — rebateu ela, enquanto procurava as chaves do carro para, então, encontrá-las sobre a mesa de centro. — Você vai ficar bem, não vai?

— Vou, sim — respondeu ele, embora, na verdade, a dor estivesse bem forte naquela manhã.

Molly abriu um sorriso luminoso para ele e o beijou nos lábios.

— Trago uma pizza para casa hoje à noite.

Nick fez uma careta enquanto a perna latejava.

— Pizza? Está querendo me matar? Estou tentando me recuperar de uma lesão, não piorá-la. — O rosto de Molly endureceu.

— Não pode ser frango ou salmão, uns legumes talvez?

— Você quer que eu trabalhe o dia todo e depois venha para casa para cozinhar? — rosnou Molly. — Ok, tanto faz.

Nick franziu a testa quando ela saiu batendo a porta da frente. Ele ganharia peso se aderisse ao que Molly considerava comida caseira. Cozinharia para si mesmo. Era o que fazia normalmente; um gesso na perna não o impediria de saltar de um lado para o outro da cozinha. Só precisava ter o que cozinhar e estava arrependido de não ter estocado mais comida antes da operação.

Foi mancando até a cozinha usando as muletas e vasculhou o freezer.

Encontrando pouca coisa que o interessasse, sentou-se diante do notebook e pediu tudo do que precisava do supermercado, demorando três vezes mais tempo do que de costume. Queria a distração, mas essa simples tarefa não levou tempo suficiente.

Nick estava preocupado com coisas mais sérias do que só uma alimentação pouco saudável. Sentado em casa o dia todo sozinho com sua dor... a mente vagou em direção a pensamentos sombrios.

Ele queria estar bem *agora*. Queria saber o seu futuro *agora*.

Foi pulando até a cozinha e engoliu dois analgésicos com um copo d'água. Pouco a pouco, sua cabeça ficou nebulosa enquanto o corpo ia relaxando, embora as nuvens escuras ainda pairassem nas margens do seu campo de visão, e ele cochilou, inquieto.

Quando acordou, grogue e se sentindo fora de foco, o ângulo do sol havia mudado, e o dia caía em direção ao entardecer.

Deitado de bruços no sofá, observou espirais de poeira dançarem sob a última luz do dia.

Será que vou jogar outra vez? Deus, será que eu vou jogar outra vez?

A casa parecia estar escutando, mas não houve resposta.

Sentando-se com dificuldade, seu olhar recaiu sobre o maço de papéis que o médico dera a ele. Apanhou-o e acendeu o abajur da mesa de canto, lendo as instruções para o pós-cirúrgico, desejando que as semanas passassem rápido em vez de se arrastarem com lúgubre lentidão.

Durante os dois primeiros dias após a cirurgia, você não poderá colocar peso sobre o local, então use as muletas para ajudá-lo a se locomover. Vai precisar descansar o máximo possível com a perna elevada. Limite a sua atividade a ir ao banheiro. Continue a tomar os analgésicos.

Ótimo. O ponto alto do seu dia seria dar uma mijada.

Atirou a papelada para o lado.

Já passava das sete quando Molly atravessou a porta da frente. Estava atrasada, e o estômago de Nick roncava.

— Oi, Nicky — chamou ela.

— Estou na sala — gritou ele em resposta. — Como foi o seu dia?

— Mesma merda, dia diferente.

Ela entrou e se jogou ao lado dele, os olhos fechando enquanto chutava os sapatos longe.

— Trouxe alguma coisa para comer?

— Ai, não. Saí com as meninas no almoço. — Depois de um longo silêncio, ela bufou irritada. — Posso fazer um sanduíche para você, se quiser.

— Está bem, isso seria ótimo. Fiz um pedido no Tesco. Deve chegar logo. Pedi chocolate também.

— É por isso que eu te amo. — Ela riu, e Nick sorriu.

Molly colocou um naco de queijo entre duas fatias de pão e se aconchegou ao lado dele no sofá já com os olhos se fechando. Um minuto depois, estava dormindo, e Nick se viu sozinho com seus pensamentos.

Os dias de Nick passaram a seguir um padrão. Ele acordava sozinho, depois de Molly já ter saído para o trabalho. Passava a manhã na cama, lendo sites de esportes no telefone, e se levantava por volta da hora do almoço.

Trish passava na sua casa duas vezes por semana, enchia a geladeira e ficava uma ou duas horas com ele, e depois Nick ficava o resto do dia no sofá, assistindo à TV.

Depois de uma semana, o ferimento foi examinado, e ele colocou outro gesso. Uma semana depois disso, os pontos foram retirados, e Nick recebeu um gesso mais leve. Ele sabia que era cedo demais para sentir qualquer melhora, mas seu pé parecia uma bolota de carne estática, e seu coração ficou apertado.

Estava entediado e deprimido, mas era teimoso demais para admitir isso.

Por dentro, sua esperança morria um pouco mais a cada dia. Ele sabia que vinha agindo como um cretino infeliz, irritado e agressivo com Molly, mas também a sentia se afastar. Ela estava impaciente com ele e cansada de ficar em casa todas as noites.

A vida dos dois havia mudado. Eles costumavam rir. Costumavam se divertir, mas agora os alicerces de seu relacionamento estavam sendo testados.

Pela primeira vez, Molly chegou em casa cedo do trabalho, e Nick ficou aliviado em vê-la.

— Vamos sair hoje à noite — sugeriu Molly, seus olhos se iluminando com a ideia.

Era a quarta ou quinta vez que tentava convencê-lo de saírem. Mas só a ideia de ter de se arrastar pelos cantos e de assistir aos outros beberem enquanto ele tomava água e analgésicos não era seu conceito de divertimento.

— Amelia disse que abriu uma boate nova incrível com um DJ sensacional. Vai ser divertido.

Nick a fitou, incrédulo.

— Usando isto? — perguntou ele, apontando para o gesso que segurava seu tendão de Aquiles no lugar.

— Você não precisa dançar. Pode só ficar sentado num canto, ou coisa assim. Ah, vamos! Isso vai te animar.

Ficar sentado num canto olhando você beber com a sua irmã e dançar com outros homens? Não, obrigado.

— Não, eu fico aqui e...

— Meu Deus, como você é chato! Só sabe ficar sentado nessa poltrona vendo televisão. É isso que você vai fazer pelo próximo mês?

— É, talvez seja! — vociferou ele.

— Ok, então talvez você faça isso sozinho — berrou ela de volta. — Eu vou sair.

Ele nem fez menção de impedi-la e, francamente, já não a aguentava mais pegando no seu pé daquele jeito.

Uma hora depois, enquanto Nick estava emburrado no sofá, Molly desceu as escadas usando um vestido roxo e curto sem mangas e com um generosíssimo decote. Ela estava maravilhosa, e seu perfume era delicioso. Mas seu humor certamente não havia melhorado.

— Não me espere acordado — disse ela, friamente. — Vou dormir na casa da Amelia hoje. Ela mora mais perto da boate.

Nick soltou um grunhido, os olhos voltando à televisão, para um documentário biográfico sobre James Hunt, lenda da Fórmula Um. Sua carreira também acabara num abissal fracasso.

— Quando eu te vejo? — gritou enquanto Molly passava para o corredor.

— Quando você largar de ser pentelho! — berrou ela em resposta.

Ele deixou escapar um suspiro e se esticou no sofá, a perna direita doendo com um latejar surdo e implacável.

Molly não voltou para casa naquela noite nem na seguinte. Ela nunca se mudou oficialmente para a casa de Nick e ainda tinha roupas no apartamento da irmã, mas eles passavam a maior parte do tempo juntos. Só que nem tanto recentemente. Eles nem mesmo transavam desde a lesão de Nick. Não que ele andasse especialmente interessado, de qualquer forma. Sentir dor era um ótimo jeito de acabar com qualquer tesão.

No dia seguinte, Trish foi com ele à consulta.

— Tudo parece bem, Sr. Renshaw — disse o cirurgião. — Vai haver uma leve perda de massa muscular, é claro, mas pode começar a colocar um pouco de peso sobre o local. Sua pele vai estar muito seca, então recomendo hidratação. Pode aplicar gelo no pé para diminuir qualquer inchaço. É claro que vai precisar usar essa bota imobilizadora pelas próximas quatro ou seis semanas, mas sua mobilidade e flexibilidade vão melhorar gradualmente. Daqui a uns quatro meses, as coisas terão voltado ao normal, mas uma melhora completa pode levar até doze meses. No entanto, não vejo motivo para você não voltar a jogar rugby competitivamente. Temos todos os motivos para estarmos otimistas.

Trish abriu um enorme sorriso.

— Obrigada, doutor.

— De nada, Sra. Renshaw.

— Ah, não, eu sou irmã dele! — Trish riu, desconfortável.

— Me desculpe. Bem, é bom ver que você tem o apoio da sua família — disse o médico, sorrindo para Nick.

Nick assentiu, mas não conseguiu olhar para Trish. A primeira coisa que ela havia perguntado tinha sido por que Molly não estava com ele.

Mas o médico disse que ele estava melhorando. Já podia se contentar com isso.

Parte da escuridão que o seguiu nos últimos meses começava a se dissipar.

Capítulo 3

Setembro de 2014

Quando bateu a porta do chalé, Anna sentiu uma sombra de apreensão, perguntando-se, mais uma vez, se tinha cometido o segundo maior erro de sua vida.

Mas endireitou os ombros e foi em frente com confiança.

— Esse é o primeiro dia do resto da minha vida — enunciou, com clareza. — Toda jornada começa com um primeiro passo. Eu sou a mulher que estou destinada a ser.

Então, ela tropeçou num paralelepípedo e quase bateu a cabeça no próprio carro.

— Ah, merda!

Distendeu os músculos do braço ao agarrar a maçaneta do Peugeot para não cair de cara no chão.

Deixando escapar um suspiro, levantou-se lentamente e esfregou o ombro dolorido. Teria que colocar gelo quando chegasse ao trabalho, mas pelo menos não parecia ter causado nenhum dano permanente.

Massageando o braço que doía, ela não pôde deixar de sorrir com certo pesar ao olhar para o seu novo lar. Velho lar. Bem, seu novo, velho lar. Era um chalé: um legítimo chalé de pedra com rosas plantadas ao redor da porta e quase duzentos anos de idade. Algo que sempre tinha desejado e nunca achou que conseguiria ter.

Era verdade que era pequeno — com cômodos escuros e num formato esquisito — e úmido, mas Anna estava completamente apaixonada por ele. Era tão singular, tão inglês.

Amava até mesmo o caminho de paralelepípedos que se tornava perigosamente escorregadio com o tempo úmido — o que parecia ser todos os dias, desde que chegara à Grã-Bretanha.

Anna deu ré no carro, descendo a curta pista de acesso de cascalho, e saiu cuidadosamente até a rua.

Preciso dirigir do lado esquerdo, lembrou a si mesma. Havia se acostumado com isso na última semana, em grande parte. Quando estava cansada ou distraída, era fácil cometer um erro e acabar do lado errado da rua, cara a cara com um fazendeiro irado e seu trator de dez toneladas.

Enquanto realizava o curto percurso até o trabalho, Anna não pôde deixar de fazer comparações. Hoje, estava dirigindo por uma rua tranquila e arborizada que ia se transformando lentamente numa cidadezinha vitoriana de tijolos vermelhos, intercalada com prédios envidraçados mais modernos — uma área badalada nos arredores de Manchester.

Um mês antes, era uma habitante da cidade de Nova York, entrando e saindo apressada do metrô, caminhando pelas ruas apinhadas de gente como a nativa que era. Só que, de vez em quando, merdas acontecem e as coisas mudam. De preferência, para melhor.

Ela embicou no estacionamento pavimentado, sorrindo ao ver a placa que anunciava sua vaga exclusiva: *Dra. Anna Scott*.

— Bom dia, Belinda — cumprimentou, caminhando em direção à sua recepcionista/assistente pessoal/braço direito.

Ela a entrevistara havia um mês, e as duas se deram maravilhosamente bem. Anna era inteligente o bastante para saber que o sucesso de seu incipiente negócio dependeria de uma assistente competente e atenciosa. Com Belinda, ela tinha ganhado na loteria.

Deve ser um sinal: vai ficar tudo bem.

— Bom dia, Anna. — Belinda sorriu, acenando para ela com uma pilha de recados e muito entusiasmo. — Já recebi duas solicitações de clubes atléticos locais esta manhã, e o Sr. Jewell está à sua espera no consultório.

Anna ergueu os olhos dos recados, franzindo o cenho.

— Ele está aqui agora? Não tinha nada na agenda.

— Ele simplesmente apareceu e usou todo o seu charme para conseguir um horário — respondeu Belinda, erguendo as sobrancelhas. — Fiz café para ele. Quer um?

— Não, obrigada. Mas podia pegar uma água quente com uma fatia de limão, por favor?

Belinda sacudiu a cabeça enquanto se levantava lentamente.

— Um dia você ainda vai tomar o meu café.

Anna duvidava muito, mas não disse nada. Em todos os outros aspectos, Belinda era fantástica, mas ela não conseguiria fazer café nem que sua vida dependesse disso. Na verdade, desconfiava que tomar o café de Belinda podia ser fatal.

Anna abriu a porta do consultório sorrindo para o homem imenso espremido numa poltrona que ela teria jurado ser grande o bastante para duas pessoas de tamanho normal. Ele tinha um nariz quebrado, um rosto redondo e mal-encarado, e um sorriso surpreendentemente malicioso.

— Anna, me desculpe por aparecer sem avisar.

— Estou encantada em ver você outra vez, Sr. Jewell — disse ela, com sinceridade. — Como vai?

Ele se encolheu.

— Ah, me chame de Steve. Não chego a ser velho o bastante para ser seu pai e nós não somos tão formais assim por aqui.

Anna sorriu e inclinou a cabeça.

— Steve, é bom te ver.

Steve Jewell era um ex-atleta profissional e amigo de seu pai. Fora ele que a atraíra para lá com a promessa de muito trabalho e a oportunidade de abrir o seu próprio consultório.

No raio de uma cusparada — como ele próprio dissera — havia dois times profissionais da rugby union, um da rugby league, diversos clubes atléticos, além dos poderosos times da primeira divisão do futebol Manchester City e Manchester United.

Steve era o treinador principal do importante time de rugby Manchester Minotaurs.

— Está se adaptando bem? Precisa de alguma coisa?

— Minha assistente acabou de me contar que recebeu duas solicitações de um clube atlético local hoje, então as coisas estão começando a melhorar.

Ele sorriu.

— Eu te disse! Assim que a notícia de que temos uma psicóloga do esporte de primeira linha na região se espalhar, você vai ter mais trabalho do que consegue dar conta.

Anna esperava que ele tivesse razão, pois estava arriscando sua vida profissional fazendo aquela mudança. O rugby era um jogo parecido com o futebol americano. Mais ou menos. Homens grandes e parrudos perseguindo bolas deformadas por um campo lamacento.

Ela se acomodou na cadeira da escrivaninha e colocou as mãos sobre o colo.

— Como posso te ajudar hoje, Steve?

— Ah, nada de especial — respondeu ele, sem notar que a expressão esperançosa no rosto dela vacilara. — Só queria ter certeza de que você estava bem. Eu disse ao seu pai que ficaria de olho em você.

Anna sorriu, disfarçando um ligeiro lampejo de irritação.

Steve cruzou um tornozelo carnudo por cima de uma coxa enorme, testando os limites das calças de algodão.

— Tenho dois jogadores novos começando nesta temporada: Dave Parks e Nick Renshaw.

Anna prestou atenção nos nomes para buscá-los no Google mais tarde.

Steve encontrou o olhar interessado dela, agraciando-a com a visão de seus penetrantes olhos azuis.

— Quero que você trabalhe com eles desde o começo. Os dois estão vindo de times de uma liga inferior, e posso te dizer por experiência que é um salto enorme ser promovido para um time importante do Premiership. E Renshaw está voltando depois de uma lesão de longa duração. Vão precisar da sua ajuda, quer eles saibam disso ou não.

— Está bem — disse ela, tentando disfarçar o entusiasmo. — Quando começo?

Steve riu.

— Você é igualzinha ao seu pai: ele também não podia esperar para botar a mão na massa. E como vai o velho safado?

— Bem-disposto, saudável e ainda dando trabalho, como diria minha mãe.

— É bom saber. Bem, então vou andando.

Ele começou a se levantar, e Anna indagou, apressada:

— E esses seus dois jogadores?

— Ah, sim. Bem, eles estarão comigo todos os dias desta semana para conhecerem os outros rapazes e o resto do time, mas depois disso, são todos seus. Vou pedir à minha secretária para marcar as consultas. Se cuide, querida. Lembranças para o seu velho.

Ele acenou enquanto deixava o consultório, a cabeça projetada para a frente numa pose agressiva, já pronto para a próxima tarefa.

Belinda enfiou a cabeça pela porta segurando uma xícara de água quente com limão.

— Como foi? Tudo bem com o Sr. Jewell?

— Tudo — respondeu Anna, com mais animação do que sentia. — Ele me garantiu dois jogadores novos com quem vou trabalhar em breve. Estou ansiosa para isso.

— Vai ficar tudo bem — disse Belinda, percebendo a inquietação de Anna enquanto colocava a xícara e o pires à sua frente. — Só vai levar um tempinho.

— Claro, eu sei disso. Garota nova na cidade e tudo mais. Está tudo bem.

— É assim que se fala — disse Belinda, e então franziu o cenho enquanto levava embora a xícara de café intocada de Steve e marchava consultório afora com uma fungada de irritação.

Anna se recostou na cadeira e massageou as têmporas. Dois jogadores novos de um time importante da liga como o Manchester Minotaurs seria um empurrão e tanto para seu negócio iniciante, muito embora precisasse de mais do que dois clientes pagantes. Só precisava acreditar que ia dar certo. Aquele era o seu novo começo, e Jonathan finalmente havia ficado para trás. Ele já não tinha como machucá-la. Ela havia pagado caro por aquele erro. Só de pensar nele, sentia a culpa revirá-la por dentro.

Tirou um saco de gelo de dentro da geladeira do consultório e o colocou sobre o ombro dolorido.

Capítulo 4

Nick havia pedido Molly em casamento, e ela aceitara.

— Então, você gostou da aliança?

Como Molly estava de joelhos fazendo um boquete entusiasmado nele — e não era nem seu aniversário! —, Nick achou justo supor que ela tinha gostado.

Ela resmungou alguma coisa que ele não conseguiu entender, mas a vibração enviou uma onda de prazer pelo seu pau e penetrou no saco.

Teria gostado de correr os dedos pelos cabelos dela e puxá-los com força, mas sabia, por experiência própria, que ela detestava ter os cabelos despenteados e que era bem capaz de morder seu pau e cortá-lo ao meio. Assim, deixou que as sensações o levassem, forçando-se a ignorar a pia que pressionava desconfortavelmente a sua coluna.

Não estava nem perto. O cérebro estava ocupado demais em um turbilhão de pensamentos e imagens, e ele também sabia que tinha uns trinta segundos até Molly reclamar de sua demora.

O exibicionismo não era a tara dele, mas como Molly o seguira banheiro adentro, ele tampouco iria negar.

Perguntou-se se Kenny já teria sacado que foi Nick quem postou uma foto péssima na conta de Instagram de Ken mostrando-o com uma cueca dos Minions. Cento e cinquenta curtidas, e o número só aumentava.

Kenny não tinha parabenizado Nick pelo noivado, mas também não foi embora da festa de noivado surpresa. Ele ousava ter esperança de que, um dia, a noiva e o amigo se entenderiam.

Nick havia convidado amigos e familiares para comemorarem seu novo emprego como *fullback* dos Manchester Minotaurs. Não contara a ninguém que ia pedir a mão de Molly.

Ela havia aceitado. Com o que ele estivera preocupado?

Nick baixou os olhos para Molly, que estava com o rosto vermelho e os olhos começando a lacrimejar; ele tinha contado até 22 antes de ela se afastar do seu pau com um resmungo cansado.

— Meu Deus, Nick! Acho que desloquei a mandíbula. Você vai ter que terminar sozinho.

Nick sorriu. Até parece que ele ia se desculpar pelo tamanho do pau! Deu de ombros e o enfiou de volta na cueca, fechando o zíper das calças.

— A gente guarda para mais tarde — disse ele, meio esperançoso.

Molly não respondeu. Estava ocupada fazendo biquinho para o espelho, reaplicando o batom rosa cintilante num arco do cupido perfeito.

Nick a observou por um segundo, então se abaixou para apanhar o paletó, sacudindo-o para tentar desamassá-lo. Molly o usara como almofada no banheiro masculino do restaurante chique onde estavam comemorando o noivado. Era provável que precisasse ser lavado. Com indiferença, Nick se perguntou se Sir Walter Raleigh teria se importado com uma capa mijada ao estendê-la sobre uma poça para a passagem da rainha Elizabeth havia tantos anos.

Molly terminou de passar o batom, dando um sorriso ensaiado e mostrando a aliança para a própria imagem refletida.

— Você vai ter que comprar o colar do conjunto para mim no nosso primeiro aniversário de casamento, Nicky.

Ele gostou que ela estivesse fazendo planos futuros, mas o que era melhor para manter a mulher feliz: um carro novo ou um colar? É, não havia a menor dúvida — não se quisesse transar outra vez na vida.

Quando voltaram para o restaurante barulhento, Nick deu um passo para o lado para deixar uma mulher passar. Não era do seu feitio olhar duas vezes, mas dessa vez não se conteve. Ela era o completo oposto de Molly: morena ao invés de loura; alta, enquanto Molly era baixa; formal na aparência, com os cabelos curtos e brilhantes, e um terninho sério e profissional, ao passo que Molly usava saia e saltos, megahair e unhas postiças.

Não havia nada naquela outra mulher que ele diria fazer seu tipo, a não ser pelos lindos lábios macios e vermelhos cor-de-sangue.

Ela passou por ele com um silencioso "obrigada", e ele capturou a familiar fragrância de seu perfume. Riu quando o reconheceu: Tiger Balm. A cânfora e o mentol eram inconfundíveis.

Seguindo Molly em direção à mesa, percebeu que o nível de ruído tinha aumentado mais um grau e que todos pareciam se divertir, bebendo e contando piadas de mau gosto. Todos os velhos companheiros de equipe estavam presentes; seus pais e a irmã, Trish; a mãe de Molly e sua irmã mais velha, Amelia, além de seu bando de melhores amigas. Até mesmo seu ex-treinador havia aparecido, mas já tinha ido embora.

Nick sentia falta do cara. Sentia falta das suas broncas e dos bate-papos pré-jogo. Sentia falta dos palavrões e da camaradagem que existia em seu antigo time. Ele havia progredido muito com eles.

Franziu a testa se perguntando por que não estava mais animado agora que finalmente entrara para um time do Premiership. Havia conhecido todos os caras do time novo naquele dia e eles eram legais, mas Nick não os conhecia ainda. Não se sentia completamente à vontade com eles. Certamente não se sentia em casa. Sabia que isso levaria tempo.

Flexionou o pé direito, sentindo aquela resistência esquisita no tornozelo onde a cicatriz da cirurgia deixou uma marca protuberante que ia da panturrilha até o calcanhar.

Desde a cirurgia, ele fizera tudo o que os médicos e os treinadores haviam mandado fazer. Duas semanas usando gesso; um mês usando uma bota e muletas; semanas e mais semanas de fisioterapia.

Mas agora estava tudo mais uma vez ao seu alcance, e isso era assustador e fascinante. Ele só queria ser bom o suficiente.

Não, isso era mentira.

Ele queria o fogo de volta.

Eram quatro da manhã, e Nick estava completamente desperto. Espreguiçou-se na cama king size, escutando os suaves roncos de Molly. Ultimamente, ela estava diferente, mais distante. Ele se perguntava se estava arrependida do noivado, com o futuro dele ainda tão incerto.

Com o sono mais longe do que nunca, ele se levantou da cama lentamente e saiu perambulando pela casa, inquieto e apreensivo.

Não havia admitido para ninguém que estava preocupado. Mas ele *conhecia* seu corpo, *sabia* do que era capaz... e sabia que o tornozelo ainda não tinha sarado direito. Sim, ele conseguia correr, mas não era mais tão rápido quanto havia sido; não conseguia dar as guinadas que costumava dar em alta velocidade, não como "O Foguete" conseguia. Não era tão forte quando chutava, a bola não ia tão longe nem tão alta. Todos à sua volta concordavam que ele ainda estava se recuperando, mas, para Nick, parecia mais do que isso.

E a dúvida pairando acima dele ameaçava sufocá-lo.

Nunca tinha faltado confiança nele antes, não desse jeito. Era um veneno lento que se deslocava por seu coração e por sua mente.

Quando ele pensava em não ter um clube para o qual jogar, o pulso disparava. Se tivesse de voltar a trabalhar numa fábrica àquela altura...

Nem mesmo fazer amor com Molly conseguia amenizar os seus temores, e seus pensamentos giravam descontroladamente enquanto ele tentava forçar o corpo a relaxar. Era como se estivesse jogando em um nevoeiro: não conseguia enxergar os companheiros de time ou os adversários; só sabia que estavam lá, à sua espera.

Sentou-se no sofá, tremendo ligeiramente com a sensação do couro frio na pele nua. Como era de se esperar, seu corpo doía e um hematoma espetacular tinha surgido em seu quadril, apesar de tê-lo tratado com arnica. Esfregou-o com cuidado, recordando o doloroso *tackle* que sofrera hoje no treino. *Mais um souvenir do meu estilo de vida*, pensou, sombriamente.

O rugby era um esporte difícil, um jogo bruto. Não se usava acolchoamento ou capacete, apenas um protetor bucal para os dentes superiores. E só. Você se atirava em cima dos adversários e, às vezes, o chão vinha correndo ao seu encontro. E em alguns dias você ganhava aplausos, em outros recebia vaias, e todos os dias o seu corpo doía. Mas, para Nick, o orgulho de jogar, a honra de ser atleta profissional, fazia tudo valer a pena.

E ele queria isso. Ansiava por isso, precisava disso e suportaria qualquer coisa para jogar outra vez.

Afinal, o que seria de mim sem o rugby?

A resposta pairou no ar, implícita, ameaçadora como o primeiro eco de uma trovoada ao longe.

Livrando-se da sensação, ele vagou cozinha adentro e apalpou os alimentos saudáveis no interior da geladeira até chegar a uma pequena fatia de pudim de tâmaras que trouxera da festa de noivado. Não tinha muitos prazeres secretos, mas era difícil resistir a um pudim de tâmaras com creme. Foi um dos motivos por ter insistido em incluí-lo no menu da noite. E o motivo de ter pedido ao restaurante que embrulhasse mais uma fatia para ele trazer para casa.

Seu coração apertou quando encontrou o recipiente vazio, restando apenas algumas migalhas e uma bolota de creme. Merda, havia ansiado por aquilo — Molly e suas malditas dietas. Ela não tinha comido quase nada durante a festa, mas obviamente não aguentou quando chegaram em casa. E não tinha guardado nada para ele.

Ele achatou a caixa com a palma da mão e a atirou na pilha de reciclagem.

E errou.

* * *

Nick acordou assustado quando o celular tocou.

— Atenda a porcaria do telefone — resmungou Molly, virando a cara e cobrindo a cabeça com um travesseiro.

Ele se retraiu ao sentir uma dor no quadril enquanto tateava. Seus dedos se fecharam em volta do telefone antes que as vibrações fizessem o aparelho sair deslizando pela superfície lisa da mesa de cabeceira.

Era um número local, embora não o reconhecesse.

— Alô?

Sua voz estava rouca de dor e falta de sono, e ele afastou o fone da boca para pigarrear, então não ouviu o que a voz falou a seguir.

— Desculpe, o que você disse?

Fez-se uma pausa antes de uma voz seca de homem responder:

— Eu disse que aqui é Steve Jewell, seu chefe. Quero você no clube até às dez da manhã. Não se atrase.

— Quem era? — murmurou Molly.

Nick piscou os olhos, agora bem desperto.

— Meu treinador.

— Meu Deus, está cedo para caramba.

Nick atirou o telefone em cima da mesa de cabeceira, jogou o edredom para longe e seguiu para o banheiro.

Vestindo calças de moletom e uma velha camiseta, ele desceu ao primeiro andar se perguntando por que o treinador teria ligado tão cedo numa manhã de sábado. Não podiam ser boas notícias ou ele teria dito, não teria? Então deviam ser más notícias. Talvez fosse ser demitido. Não, não podiam demiti-lo a não ser que passasse mais de seis meses lesionado — e ainda restavam dois meses. Então, o que seria?

Um suor frio tomou conta do seu corpo e ele umedeceu os lábios.

— Faça uma xícara de chá para mim! — gritou Molly para ele.

Capítulo 5

Chegando ao clube, Nick analisou as instalações superiores de seu novo time, sentindo uma ponta de deslealdade ao ter de admitir que tudo aqui era maior, melhor e mais novo.

O vestiário tinha armários de verdade em vez de uma prateleira e um pino para se pendurar o uniforme. Havia duas salas de fisioterapia e uma banheira para gelo no formato de uma jacuzzi, grande o bastante para seis.

Largando a bolsa num armário, ele subiu correndo as escadas até o escritório do técnico e bateu à porta.

— Entre! — rosnou uma voz.

Nick entrou e encontrou Steve Jewell acomodado atrás de uma enorme placa de carvalho-branco, folheando uma desordenada pilha de documentos com um franzido de irritação que unia suas sobrancelhas cheias.

As paredes eram decoradas com fotografias dos tempos áureos do time, mostrando sua inauguração com a rainha Vitória sentada em seu trono. Talvez tivesse sido torcedora do time.

— Nick, sente-se.

Steve Jewell empurrou a papelada para o lado e ergueu os olhos, sua expressão não revelando nenhum dos seus pensamentos. Cruzando os braços carnudos, ele se recostou na cadeira fazendo-a ranger em sinal de protesto.

— Acho que você precisa de ajuda, Nick.

Disse aquilo categoricamente, desferindo o golpe sem nenhum preâmbulo enquanto Nick puxava o ar afoitamente.

— Sei que tem potencial. Enxerguei isso quando você jogava com o seu antigo time, mas ainda não vi aqui. Durante os treinos, você tem perdido passes fáceis e fica bloqueado em momentos importantes.

— Eu vou treinar mais pesado... — começou ele, mas o treinador o fez se calar.

— Nós não precisamos que você treine mais pesado, precisamos que você jogue com mais inteligência. Ninguém está questionando a sua dedicação para ficar em forma, mas é preciso mais do que isso para se recuperar do tipo de lesão que você sofreu.

Ele sorriu para Nick com severidade. Talvez sua intenção fosse reconfortá-lo.

— Quero que você converse com uma pessoa que trabalha com psicologia do esporte e com quem temos uma parceria. A clínica Scott nos foi altamente recomendada e tem uma boa experiência com atletas, especialmente homens como você, voltando depois de lesões. Você tem uma consulta daqui a quarenta minutos.

Ele atirou um cartão por cima da mesa, e Nick apanhou com relutância o pequeno retângulo de papel rijo. Já havia trabalhado com dois psicólogos do esporte: um havia sido útil; o outro, nem tanto. O último não tinha aguentado as brincadeiras de vestiário e se demitiu após três sessões. Mas essas haviam sido sessões em grupo. Ele nunca tinha tido uma consulta individual.

Nick esfregou a testa. A diretoria do clube devia mesmo estar muito preocupada com ele para gastar dinheiro com aquilo. Perguntou-se, mais uma vez, se estariam pensando em se livrar dele. Não que pudesse culpá-los. Tinham pagado um bocado de dinheiro por seu contrato e a única coisa que arranjaram foi um jogador de segunda categoria machucado.

Por que seu tornozelo não melhorava? Ele fizera tudo o que os médicos e fisioterapeutas haviam pedido. O cirurgião tinha assegurado a ele que a reparação estava dando resultado. Então por que ele tinha a sensação de não estar saindo do lugar? Onde estava a aceleração que fizera a sua fama?

Ele se sentia um farsante, uma fraude, e agora estava prestes a desperdiçar ainda mais tempo e dinheiro do clube.

— Sim, treinador.

Steve assentiu com a cabeça, já voltando a espalhar a papelada sobre a mesa. Nick se levantou em silêncio e encontrou o caminho até a porta sozinho. Enfiou o cartão no bolso fazendo uma pequena promessa e uma prece mais longa para que o especialista conseguisse ajudá-lo.

Se não conseguisse, Nick não sabia quem seria capaz.

Seguindo as instruções em seu celular, dirigiu, entorpecido, até a clínica. Uma bruma de outono subia dos campos para encontrar o teto de nuvens baixas deixando o mundo abafado e fora de foco.

Estava tentando ser mente aberta sobre a consulta, mas naquele momento tudo o puxava para baixo.

Estacionou na frente de um prédio feio de dois andares, num parque industrial a poucos quilômetros do centro de treinamento do clube. Saltando do carro, sentiu uma pontada familiar no tornozelo que o fez prender a respiração até passar. Como queriam que ele jogasse rugby de alto nível quando tinha a sensação de que cada passo dado podia ser o derradeiro? Como podia jogar sem medo quando o medo formava um núcleo fundido que o queimava de dentro para fora?

Caminhando com cuidado, ele abriu a porta da clínica.

Uma mulher simpática de cabelo louro e um corte bob curto sorriu para ele.

— Bom dia. Posso ajudar?

— Oi, meu nome é Nick Renshaw. Tenho uma hora marcada com o Dr. Scott.

— Eu aviso a ela que você chegou. Sente-se, por favor.

Ela?

Nick não esperava que o médico fosse mulher. Não havia muitas mulheres envolvidas no seu mundo, embora houvesse, sim, mais do que antigamente. Várias das fisioterapeutas eram mulheres.

Nick ficou reticente e frustrado — o que será que haviam dito àquela mulher a seu respeito? Ele odiava se ver em situações cujo resultado não tinha como prever.

A recepcionista tirou seu fone do gancho e apertou um botão.

— O Sr. Renshaw chegou... certamente... vou mandá-lo entrar. — Ela ergueu os olhos e sorriu. — A Dra. Scott está pronta para vê-lo. Passando as portas duplas, é a primeira sala à direita. Posso te oferecer alguma coisa para beber? Chá, café, água?

— Só água, por favor.

Ela liberou a fechadura eletrônica para que ele passasse, e Nick seguiu suas instruções, batendo à porta aberta à direita.

— Pode entrar!

Respirando fundo, ele entrou e fechou a porta com um clique suave. Seus olhos passearam pelo consultório, registrando as estantes altas cobertas com fileiras e mais fileiras de livros encadernados em couro e pilhas de revistas *Journal of Applied Sport Psychology*. Vários móveis de aparência nova ocupavam a maior parte do aposento: um espaçoso sofá de couro preto flanqueado por duas poltronas grandes e uma mesa curva de madeira com um notebook, um telefone e ainda mais livros.

Viu uma mulher alta encostada na janela e sombreada pela luz opaca que vinha de fora. Ela caminhou em sua direção e estendeu a mão para ele.

— Olá, Nick. Eu sou Anna Scott. É um prazer conhecê-lo.

— Você é americana?

Ele não soube dizer por que aquilo o surpreendeu, mas surpreendeu.

— Sou, sim. Você já foi lá?

Nick balançou a cabeça.

— Sempre quis ir.

— Bem, espero que encontre tempo para fazer uma visita. — Ela sorriu. — Por favor, sente-se onde se sentir confortável.

Nick olhou à sua volta mais uma vez, ignorando o sofá e as poltronas e preferindo, em vez deles, a cadeira de escritório que ficava em frente à escrivaninha dela. Ele se perguntou se a sua escolha de assento seria uma espécie de teste. Talvez já tivesse sido reprovado. Sentiu-se desajeitado e idiota por ter deixado escapulir que ela era americana. Devia ter soado como um completo imbecil.

Ele a estudou cuidadosamente, buscando quaisquer sinais de que ela o olhava com desprezo. Mas Anna parecia tranquila e imperturbável, exatamente o contrário do que ele sentia enquanto seu coração batia em compasso triplo. O terninho preto e sóbrio fazia o que podia para esconder as elegantes curvas do corpo dela, embora não fosse inteiramente bem-sucedido. Ele nunca havia sido bom em adivinhar a idade de uma mulher, mas, tendo em mente que ela era médica, tinha de ser mais velha do que aparentava — trinta anos talvez?

Seus cabelos eram escuros, talvez castanho-avermelhados à luz do sol, e curtos como os de um menino. Por trás dos óculos de armação grossa, os olhos pareciam ser de um cinza frio. Nick sobressaltou-se quando o olhar recaiu sobre os lábios: batom vermelho vivo. Ele conhecia aqueles lábios, mas como?

— Nós já nos conhecemos?

Ele fez a pergunta sem pensar e logo se encolheu diante da cantada barata.

Ela inclinou a cabeça para o lado.

— Eu estava aqui me perguntando se você ia lembrar. Restaurante Rafters, ontem à noite.

As sobrancelhas de Nick se levantaram.

— Era você!

Ela abriu um sorriso divertido que fez as bochechas bronzeadas dele ruborizarem.

— Eu acho que sim.

— Restaurante bacana — disse ele com uma voz rouca.

— Não é muito o meu estilo — disse ela. — Prefiro ambientes um pouco mais tranquilos, mas a comida é boa.

Nick concordava de todo coração, mas não disse nada. Ainda estava assimilando a informação de que aquela era a mulher que chamara a sua atenção na noite anterior.

— Acho que devo te dar os parabéns — continuou ela. — Era a sua festa de noivado?

— Ah, sim. Era.

Ela esperou um pouco, mas Nick ainda se debatia em uma poça de confusão. Ele havia chegado àquela sessão na defensiva para descobrir que ia se consultar com uma das terapeutas mais gatas que já tinha visto. Ah, se Molly descobrisse... só podia imaginar as discussões enciumadas.

— Então, é melhor começarmos. Mas, antes, se importa se eu gravar a sessão?

Surpreso, ele deu de ombros e sacudiu a cabeça.

— Ótimo! Steve Jewell mandou você para mim porque acha que eu posso te ajudar. Mas, primeiro, deixe-me falar um pouco sobre como trabalho, e depois nós podemos conversar sobre a sua lesão e sobre o processo de reabilitação.

— Ok.

— Antes de tudo, eu não sou psiquiatra. — Ela soltou uma risadinha discreta. — Muita gente pensa isso quando vem me ver nas primeiras consultas, mas eu trabalho com uma disciplina completamente diferente. Embora, como é o caso de todos os aspectos de nossos curiosos corpos e mentes, tudo tenha ligação. A maneira mais simples de descrever o que faço é você pensar em mim como parte da sua equipe de treinadores.

Você é bem mais sexy do que qualquer um dos meus treinadores, pensou Nick, irônico.

A voz dela era forte e clara, mas tinha um efeito estranhamente calmante. Havia algo de pacífico no seu jeito de falar, no humor sutil e bem articulado. Parecia ter sido elaborada para deixar as pessoas à vontade. Estava funcionando com Nick e ele sentiu que começava a relaxar.

— Existem várias formas de ajudar atletas... Posso ensinar habilidades mentais para melhorar desempenho e aprendizagem. Eu dei a essa abordagem o nome "Sete Vezes Sortudo". Mas tudo se baseia na confiança: eu vou confiar em você para falar de maneira aberta e sem medo, e você vai precisar confiar em mim para te ajudar a resolver tudo do modo mais benéfico possível para você. Fechado?

Nick fez que sim, sem achar que na verdade tivesse alguma escolha. Mas gostou do jeito que ela disse aquilo. Era interessante. *Ela* era interessante. E ele gostava de observar sua boca enquanto ela falava. O corpo dele também parecia gostar bastante, e isso o incomodou.

— Primeiro, vamos trabalhar como você enfrenta medos relacionados ao seu desempenho. Depois, a meta vai ser lidar com confiança, foco, serenidade e intensidade, o que pode transbordar de maneira útil para todos os aspectos da sua vida.

Ela sorriu para ele de maneira encorajadora.

Nick suspeitou que não teria nenhum medo relacionado a seu desempenho com ela, então se deu conta de quão completamente inadequado era aquele pensamento.

Quem sabe se você parar de olhar para os lábios dela, idiota!

— E, então, vamos trabalhar algumas estratégias que preparem você para competições, para situações específicas que ocorrem no campo de rugby. Por fim, e isso é fundamental para você, vamos trabalhar a reabilitação da sua lesão. Você pode achar que a cicatriz da cirurgia foi a única marca que ela deixou, mas atletas com frequência ficam com cicatrizes mentais por muito tempo depois de a lesão ter sarado fisicamente. Vamos estudar métodos para lidar com as pressões ligadas a retornar a um nível de desempenho anterior à lesão.

Isso chamou a atenção de Nick.

— Você consegue mesmo fazer isso, doutora?

Ele inclinou o corpo para a frente enquanto tentava esconder o desespero em sua voz.

— Sim, é claro — respondeu ela, demonstrando certeza. — Mas, por favor, me chame de Anna.

— Anna, certo. Meu nome é Nick.

— Eu sei. — Ela sorriu. — Então, Nick, eu também vou te ajudar a desenvolver uma rotina pré-jogo, uma preparação mental que vai te ensinar a ser mais proativo com a sua confiança. Também vamos dar uma olhada nas suas rotinas pré-lançamento, usando habilidades mentais para realizar uma habilidade motora específica como um *drop kick*, por exemplo. E, finalmente, vamos trabalhar para melhorar a eficiência dos seus treinos te ajudando a entender os princípios da aprendizagem motora e da performance.

Ela parecia tão confiante, tão segura de sua capacidade de ajudá-lo, que Nick sentiu a primeira débil pulsação de esperança.

— Vamos usar uma variedade de técnicas enquanto trabalhamos: diálogo interno positivo, sabe? *Eu consigo!* Esse tipo de coisa. Visualização: ver a ação antes de realizá-la, se ver alcançando o que você deseja alcançar. Também vamos discutir gerenciamento de estresse e técnicas de relaxamento. Vamos dar uma olhada nos seus objetivos esportivos e nas suas metas de exercícios, e encontrar gatilhos que te motivem a atingi-los. E, o mais importante, vamos aprender a avaliar seu jeito de pensar e de se comportar durante um jogo e como isso afeta o seu desempenho.

— Se é que algum dia vou sair daquele banco — disse ele, sério.

— Primeira aula de diálogo interno positivo: diga para si mesmo que vai sair daquele maldito banco.

Ela o fitou, o desafio estampado em seus olhos prateados.

— Como assim? Agora?

— Não existe momento melhor.

— O que você quer que eu diga?

— *Eu vou sair daquele maldito banco!*

Nick repetiu aquilo igual a um papagaio, sentindo-se idiota.

— Mais uma vez, e com sentimento, Nick. Vamos lá! Você consegue! Você *quer* isso, não quer?

— Eu não vou mais ficar naquela porcaria de banco!

Anna aplaudiu.

— Ótimo! Você tornou a frase sua. E, então, o que acha do que eu disse?

— Eu acho ótimo, dou... Anna.

— Excelente. Mãos à obra, então.

Eles foram interrompidos por uma batida à porta, e Belinda entrou carregando uma bandeja com um copo d'água grande, que colocou à frente de Nick, e uma xícara com pires cheia de água quente com limão ao lado de Anna.

— Obrigada, Belinda.

— De nada, querida.

Anna olhou para Nick com apreço enquanto Belinda deixava o consultório, fechando a porta silenciosamente ao passar.

— Você foi sábio em não aceitar o café.

Ele fez uma careta.

— É para eu ficar longe de cafeína?

Anna riu, a cabeça pendendo para trás, e Nick vislumbrou um reluzente piercing em sua língua. Aquilo o surpreendeu — e, caramba, achou muito sexy. Ela, definitivamente, era diferente de qualquer médico que ele já tinha conhecido.

— Meu Deus, não. Eu não faria isso com você. Umas duas bebidas com cafeína por dia não te farão nenhum mal... Mas é que o café da Belinda talvez faça.

— Ah, certo. — Ele abriu um amplo sorriso para Anna, que ela retribuiu.

— Então, me conte como você acha que a reabilitação está indo.

Ele cruzou os braços por cima do peito, e seu sorriso perdeu um pouco da luz.

— Vai bem.

Ela ergueu uma das sobrancelhas e esperou.

— Muito bem — mentiu ele.

— Fico feliz em saber. — Ela sorriu.

— Obrigado.

— Por que você acha que te mandaram para cá?

Ah, merda.

— Para me ajudar a melhorar minhas jogadas?

Nick ficou irritado pelo seu tom de voz ter subido ao final da frase, fazendo-a soar como uma pergunta, como se estivesse inseguro do que dizia. E estava, mesmo, embora isso não fosse algo que quisesse compartilhar com uma estranha.

Forçou um sorriso, que tampouco parecia convincente.

— Me fale sobre a sua infância. Quando foi a primeira vez que você pegou uma bola de rugby?

Nick foi tomado de surpresa. Não tinha esperado uma coisa tão... pessoal. Aquilo parecia pergunta de psiquiatra.

— Quando você estiver pronto...

A expressão dela era tão aberta, tão acolhedora. Ele tinha pensado que ela estaria ali para julgá-lo: analisando-o para então descobrir o quanto deixava a desejar.

Ela sorriu de maneira encorajadora, suspeitando que ele não estivesse acostumado a falar de si. Esperou, mantendo um discreto sorriso no rosto enquanto ele pigarreava e se remexia na cadeira. Por fim, ele começou a falar.

— Não me lembro de uma época em que não jogava. Eu nem me lembro da primeira vez que segurei uma bola de rugby. Meu pai e meu tio viviam arremessando uma bola no jardim dos fundos. Era só um trechinho de grama, e a gente tinha que desviar do varal de roupa. Minha mãe ficava irritada se as plantas fossem pisoteadas.

— Quantos anos você tinha nessa época?

— Uns quatro ou cinco.

— Não é um pouco novo demais?

— Na verdade, não. Alguns dos moleques jogavam futebol, e eu gostava de rugby. Nós começamos a jogar num time na escola primária, quando eu tinha dez anos, só que não tinha *tackle* com essa idade.

— Você gostava da escola?

Dessa vez, o sorriso dele foi verdadeiro.

— Na verdade, não. Jogar no time de rugby era a única parte que eu curtia. Larguei a escola com dezesseis anos.

Ele ergueu o olhar para ver se ela ia julgá-lo mal por isso, mas Anna apenas assentiu com a cabeça, demonstrando que estava escutando, e fez anotações com uma letra minúscula e emaranhada.

— Nunca pensei que podia fazer uma carreira no rugby. Quando deixei a escola, arranjei um emprego numa fábrica de tintas. Ganhava bem, ou pelo menos era o que parecia na época.

Nick balançou a cabeça. Tinha sido o bastante para pagar sua primeira tatuagem: um diabo feioso e desfocado que ele gravara nas costas, na altura do ombro. Odiava aquilo.

— Por quanto tempo você trabalhou na fábrica?

— Dois anos. Eu jogava para um clube amador nos fins de semana e treinava quase todas as noites.

Tudo era mais simples naquela época. Ele era feliz fazendo todas as coisas que um garoto fazia no final da adolescência: ir a boates, beber, dançar, arranjar uma namorada, ou duas.

— E o que aconteceu quando você foi escolhido para jogar profissionalmente?

— Um olheiro dos times locais estava de olho em mim. Eu era um garoto magrelo com 16 anos, mas quando cheguei aos 18, dei uma encorpada.

Ele fez uma pausa. Ela o estava encarando? Mas logo os olhos dela retornaram para o caderno. Nick deixou para lá e foi em frente com sua história.

— De qualquer forma, eu já estava cheio da fábrica de tinta e ia me alistar nos fuzileiros navais.

— Sério?

— É, talvez eu tivesse sido rápido o bastante para desviar de algumas balas.

Ele riu, desconfortável, mas a expressão de Anna continuou glacial. Ele pigarreou e acelerou o relato.

— Fui chamado para um teste num clube profissional da segunda liga, o nome é Championship Division. Bem, de qualquer modo, fui lá conhecer o restante do time. Treinamos uma semana juntos e depois tivemos uma partida de verdade que ia passar na televisão.

Nick balançou a cabeça como se ainda não conseguisse acreditar naquilo.

— Eu tinha 18 anos, nunca tinha sido pago para jogar, não conhecia os outros jogadores e não achava que era bom o suficiente.
Ela fez uma breve anotação na página.
— Mas era.
— É, acho que sim. Fiz o *try* vitorioso no meu primeiríssimo jogo profissional. Acho que fiquei mais surpreso do que qualquer um.
Anna fez outra anotação enquanto Nick revisitava as suas lembranças.
O salário dele quadruplicou da noite para o dia e, mesmo que isso pudesse virar a cabeça de muitos garotos de 18 anos, ele ficou na dele, treinou muito e nunca deixou de dar valor àquilo tudo. Raramente bebia e nunca faltou a um treino. Dois anos trabalhando numa fábrica o fizeram valorizar aquela oportunidade.
— Fiquei oito anos com o meu time anterior.
— Você gostava de lá?
— Gostava, eles eram legais.
— Como você se sente jogando para os Minotaurs?
— Surpreso, satisfeito, feliz. — *E preocupado, também.*
Ela o analisou com o olhar.
— Você já ganhou um cartão vermelho? Já foi expulso de algum jogo?
Ele sorriu, sem graça.
— Meu último cartão vermelho foi quando eu tinha 12 anos e dei um *clothesline* em outro jogador. O cara era três anos mais velho e tinha quase 13 quilos a mais do que eu.
— Um *clothesline*?
— Eu tinha *tackleado* o jogador acima do pescoço. É tipo correr e enfiar o pescoço num varal de roupa, e eu fiz isso duas vezes. É completamente proibido porque eu, basicamente, podia ter quebrado o pescoço do cara. Fui expulso e aprendi a minha lição: nunca mais fiz um *tackle* perigoso.
Anna sorriu.
— Como você deve ter imaginado, estou mais familiarizada com as regras do futebol... quer dizer, do futebol americano. Ainda

estou aprendendo sobre rugby union. Me fale da posição na qual você joga. *Fullback*, correto?

— É, esse sou eu. Apesar de já ter jogado como centro e como ponta.

Os olhos dele se acenderam, e Nick ainda conseguia sentir a paixão ali dentro. Antes, estivera falando só para agradá-la, mas isto, *isto* era um assunto que acendia a chama.

Inclinou o corpo para a frente, os olhos vivos e focados.

— *Fullbacks*, nós somos a última linha da defesa. Pegamos a bola nas profundezas do nosso próprio território e a levamos para a frente, com rapidez. São sete *backs* e oito *forwards* num time de rugby, então não é incomum ver todos os meus companheiros de equipe espalhados à minha frente durante um jogo.

"Durante *scrums* e *line-outs*, cabe aos *forwards* pegarem a bola enquanto os *backs* buscam um espaço bem amplo, prontos para a recepção. Minha posição por trás da linha dos *backs* me permite ver buracos na linha de defesa e me dá a opção de preencher o espaço ou de mandar os dois centros preencherem. Nós temos que prever a jogada do adversário. Precisamos ser rápidos, ter a habilidade de agarrar bem um tiro de meta e ser capaz de chutar a bola com precisão através de longas distâncias."

Ela assentiu com a cabeça.

— Eu vi uma antiga filmagem sua dando chutes a gol. Isso é comum para um *fullback*?

— Você viu?

— É claro. Preciso ver como você se movimenta em campo.

Ele bufou pelo nariz.

— Como um velho, atualmente.

O sorriso dela foi reconfortante.

— Nós vamos trabalhar isso. Nick, deixe-me fazer uma pergunta...

— Por que parar agora? — murmurou ele, irônico.

Ela abriu um sorriso luminoso que se instalou no peito dele, aquecendo-o por dentro, e ele se pegou sorrindo de volta.

— Ora, eu não tenho a menor intenção de parar. — Ela riu. — Onde você se vê daqui a dois anos? O que deseja realizar?
— Essas são duas perguntas diferentes — resmungou ele.
Ela inclinou o corpo para a frente, os olhos cinzentos sérios.
— Não precisam ser. Na verdade, não deveriam ser.
Ele se recostou na cadeira, surpreso com as palavras dela, uma expressão pensativa no rosto e sombras nos olhos.
Ela esperou, e Nick estudou as próprias mãos fitando os calos nas palmas para, então, cruzar os braços. Finalmente, ergueu os olhos para encará-la.
— Você quer saber com o que eu sonho?
Ela assentiu.
— Eu era um bom jogador no meu antigo clube — começou ele, em tom contemplativo. Então, seu olhar cruzou com o dela.
— Quero ser melhor do que isso. Quero que meu novo clube se orgulhe de mim. Quero ajudar o time a vencer o campeonato e... — Ele respirou fundo. — Quero jogar pela Inglaterra um dia.
O sorriso de Anna foi caloroso, e Nick se viu relaxando, as mãos caindo com leveza sobre o colo outra vez.
— Então, nós temos aí tanto o nosso objetivo quanto a nossa motivação.
Ele gostou da maneira que ela disse aquilo, como se eles fossem um time.
— Vou assistir ao seu treino na quinta-feira, se você não se importar.
A caneta estava pousada acima das anotações, e ela ergueu as sobrancelhas, esperando.
— Você costuma sair do consultório para ver os seus clientes treinarem? — perguntou Nick.
— Depende do cliente — disse ela, calmamente.
Nick franziu o cenho e abriu a boca para dizer alguma coisa, mas ela mudou o rumo da conversa rapidamente.
— Mas, agora, eu tenho dever de casa para você.
Ele piscou os olhos.

— Dever de casa?

— Isso. Quero que anote três coisas em que você é bom fora do rugby e quero que anote três habilidades que você acredita que te definam como jogador. Entendeu?

Nick sabia que a estava encarando com os olhos arregalados e a boca aberta. Umedeceu os lábios e tentou parecer indiferente. *Essa mulher!* Ela fazia as perguntas mais difíceis.

— Seis coisas em que sou bom?

Ela sorriu e se levantou, indicando que a sessão de uma hora havia terminado.

— Foi um prazer te conhecer, Nick. Estou ansiosa para trabalhar com você.

Ela estendeu a mão, e ele a apertou, ainda confuso com seu "dever de casa". A mão dela era menor do que a dele, e os nós dos dedos não eram marcados por cicatrizes. As unhas não eram esmaltadas, além de serem curtas e sem formato. Ele não soube dizer por que aquilo o intrigou.

— Vejo você na semana que vem.

— Certo, semana que vem. Obrigado, dou... obrigado, Anna.

— De nada.

A cabeça de Nick dava voltas, mas ela tinha dado a ele bastante coisa para pensar. Ela era sincera, mas também otimista. E, o mais importante, havia plantado uma semente de esperança dentro dele.

Anna acompanhou seu mais novo cliente até a porta e o observou entrar numa elegante BMW preta.

Não era o carro que teria imaginado para ele. Interessante.

Ela havia sido propositadamente dissimulada durante a consulta. Sabia tanto sobre rugby quanto sabia sobre futebol americano, mas queria que Nick falasse a respeito do esporte. Queria saber se ele ainda era apaixonado por seu trabalho. Porque esta havia sido a maior crítica de Steve Jewell: que Nick não tinha paixão.

Anna tinha certeza de que o treinador estava muito, muito enganado.

Além de tudo o que havia descoberto e de seus próprios instintos, depois de Steve Jewell mencionar que ela iria trabalhar com Nick, Anna tinha assistido ao maior número de partidas antigas televisionadas dele que conseguiu encontrar na internet e admirou a velocidade de pantera com a qual se movia e atacava. Bastante diferente do homem calado e reservado que estivera sentado no consultório.

Ela havia estudado seu rosto enquanto falavam de sua reabilitação e ficara triste em ver sua paixão se esvair, o fogo enfraquecendo até virar umas poucas brasas mornas. Ele não acreditava que pudesse voltar a melhorar. Isso, ela suspeitava, era a raiz do seu problema. É claro que ele podia ter razão e nunca mais retornar a um jogo de alto nível, mas a tarefa de Anna era trabalhar a autoconfiança dele.

Anna reproduziu a gravação feita no telefone e escutou determinadas partes da conversa de novo. Levara alguns minutos para se acostumar com o sotaque dele. Sabia, pelas suas anotações, que tinha nascido e crescido em Yorkshire e que as pessoas dessa região da Grã-Bretanha tinham sotaques bastante únicos. Pelo menos ela não os confundia mais com os escoceses.

Escutou por alguns minutos, então apertou "gravar", narrando os seus pensamentos enquanto ainda estavam frescos em sua mente.

— Nick Renshaw, 26 anos, *fullback* dos Manchester Minotaurs. Atualmente no banco devido a uma lesão no tendão de Aquiles. A cirurgia ocorreu há quinze semanas. Problemas por estar fora de forma e com perda de autoconfiança.

Ela se recostou na cadeira, colocando os cabelos para trás das orelhas e pensando no homem que estivera em seu consultório. Eles haviam tido um bom começo, apesar de ele obviamente não gostar de falar sobre si mesmo. Mas gostava de falar sobre rugby: sua paixão continuava intacta. Dava para trabalhar com um homem assim.

— Não é arrogante como alguns jogadores. Tem a humildade de um profissional que já conheceu a sorte e o azar, alguém que teve que lutar. Está se sentindo derrotado neste momento, com medo de não voltar completamente à forma. — Ela fez uma pausa. — É verdade que alguns atletas nunca atingem a reabilitação completa ou se recuperam totalmente após uma cirurgia como a dele; a perda de forma física permanente é uma possibilidade. Ele também foi extremamente relutante em falar sobre o progresso de sua reabilitação; definitivamente, um assunto desconfortável para ele. — *O que você está escondendo, Nick?*

Anna tinha detectado nele um pânico mal contido de que sua carreira talvez tivesse chegado ao fim. Se tivesse, então parte da função dela seria ajudá-lo a fazer esse ajuste. Muitos atletas tinham dificuldade em passar pela transição para a aposentadoria. Eram viciados no treinamento e no apoio nutricional que recebiam, e uma grande parte deles perdia o rumo. E não era só isso: fisicamente, seus corpos ainda ansiavam pelo barato da dopamina proporcionado pela competição, pela vitória, pela aclamação de milhares de pessoas.

Ela falou outra vez para o gravador:

— Belinda, deixe um lembrete de que eu quero que o Sr. Renshaw faça outra ressonância e que se consulte com um cirurgião ortopédico. Steve Jewell deve conhecer alguém especializado em atletas.

Ela fez outra pausa, organizando as anotações dentro da cabeça.

— Não perguntei sobre o apoio que ele vem recebendo em casa. Ele não mencionou a noiva. Dar seguimento a isso na próxima sessão.

Ela tamborilou os dedos sobre a mesa.

Anna o tinha reconhecido na noite anterior. Era um dos melhores restaurantes da região e popular entre todos os jogadores de futebol e de rugby.

Não havia sido um reconhecimento instantâneo. Para início de conversa, as únicas fotos e filmagens que viu dele tinham sido usando uniforme de rugby. Vê-lo de terno de grife a confundiu. Ainda assim, seus olhos foram atraídos na direção de Nick várias vezes enquanto ele comemorava o que acabou por ser uma festa de noivado. Após alguns minutos de discretas olhadelas, Anna finalmente se deu conta de por que tinha reconhecido o seu rosto e ficou, ao mesmo tempo, satisfeita e desapontada por ele estar prestes a se tornar seu cliente.

Ela ficou intrigada em ver com quem ele ia se casar. Mas ela seria a primeira a admitir que gosto não se discute. De outra maneira, como poderia explicar Jonathan?

Franziu a testa ao pensar no ex e no último e doloroso encontro que haviam tido.

Sacudindo a cabeça para afastar a lembrança, olhou fixamente para a foto de Nick guardada dentro da pasta. A foto não fazia jus a ele, o protetor bucal distorcia o seu rosto.

Em pessoa, ela teve dificuldade em desviar os olhos dele: dos cabelos escuros como as asas de um corvo, com cachos desordenados penteados para longe de um rosto esculpido com maçãs saltadas, dos penetrantes olhos castanho-esverdeados que não conseguiam disfarçar as emoções que ardiam por dentro dele e da barba preta e cheia que ocultava lábios macios.

A barba foi uma surpresa. Em todas as fotos de rugby e vídeos do YouTube, Nick aparecia barbeado e com os cabelos curtos em corte militar, dando a ele uma aparência jovial. Agora, os cabelos tinham crescido numa indisciplinada confusão de cachos escuros e, com a barba, sua aparência era bastante máscula.

E que corpo! Quando ele disse que havia encorpado, ela não conseguiu deixar de pensar: *Mais que um pouquinho*, recordando os bíceps que inchavam quando ele flexionava os braços e o impressionante tórax que ela havia visto por baixo da camiseta justa. Até mesmo vestido, ele exalava uma força bruta, um magnetismo sensual que ameaçava descarrilar seus pensamentos.

Quando ele apertou a sua mão, seu toque despertara nela algo primitivo e desconhecido.

Aquilo a tinha deixado completamente desnorteada — embora tivesse passado sua vida profissional trabalhando com muitos atletas importantes, todos eles com corpos musculosos e sarados.

Enfiou a foto de volta na pasta e acrescentou as anotações escritas à mão, relutante em dar continuidade àquele fluxo de pensamentos absolutamente inadequado.

Ele também tem um sorriso simpático.

Ela sacudiu a cabeça fazendo uma careta. Nick certamente seria um primeiro cliente difícil.

E, profissionalmente, seria interessante vê-lo em ação durante o treino de quinta-feira. Ela precisava ver como o corpo dele se movimentava pós-cirurgia, mas também precisava compreender como a sua mente trabalhava. Isso tomaria mais que uma sessão de uma hora. Anna se perguntou o que ele faria do dever de casa que ela passara. Ele havia ficado surpreso, mas não disse que não. Deu para perceber que Nick queria a ajuda dela — e ele definitivamente precisava de ajuda.

Ela terminou de revisar as anotações e as juntou às gravações para serem digitadas por Belinda. Então, passou duas horas assistindo a vídeos dos antigos jogos de Nick. Ele realmente tinha sido a espinha dorsal da equipe anterior. Anna perguntou-se se ele havia percebido o quanto haviam dependido dele e o quanto o capitão recorrera ao seu apoio em campo. Era, claramente, o motivo de ele ter sido recrutado pelos Minotaurs.

Às seis, Belinda lembrou a ela de que tinha um jantar marcado, e elas saíram juntas, depois de Anna trancar o consultório.

— Terminei de digitar as anotações sobre o seu Sr. Renshaw — disse Belinda. — Ele pareceu simpático, muito educado.

Anna sorriu. *Além de sexy para caramba.*

— Eu concordo, e sempre achei que ser simpático era algo subestimado.

Belinda concordou com a cabeça.

— As pessoas costumam achar que é uma palavra meio insossa, como se você fosse fraco.

— Fraco ele definitivamente não é.

Anna tinha vislumbrado a essência de alguma coisa sólida e determinada dentro de Nick. Mas estava enterrada bem fundo — ela precisava encontrar formas de ajudá-lo a acessar essa força.

— Ele não é convencido, só simpático e educado. Meu Deus, lá vem essa palavra outra vez. — Belinda riu. — Além de bonito, não é mesmo?

Anna sorriu.

— Eu sou psicóloga dele. Não estou autorizada a notar esse tipo de coisa.

— É claro que não — concordou Belinda, erguendo as sobrancelhas.

Anna se despediu dela com um aceno e voltou ao chalé para se arrumar para o seu encontro.

Durante todo o jantar, escutou sem muito entusiasmo seu acompanhante falar animadamente sobre as mais recentes aplicações da Inteligência Artificial na computação. Não que Graham fosse chato; na verdade, ela o achara fascinante quando haviam se conhecido numa conferência uma semana antes. Mas agora a sua mente estava concentrada em um certo jogador de rugby de cabelos pretos, torcendo que pudesse dar a ele o reforço de autoconfiança do qual tanto precisava.

Mas por que diabos ele precisava ser tão atraente?

E *simpático*.

Capítulo 6

Nick ficou aliviado quando chegou ao treino de quinta-feira e não viu sinal da Dra. Scott. Havia contado a Molly sobre a consulta no início da semana e ignorara as alfinetadas sobre ele ter tido a cabeça examinada, mas talvez também tivesse evitado mencionar que estava se consultando com uma mulher.

Não analisou os motivos muito atentamente...

Pense em mim como parte da sua equipe de treinadores. Sim, claro. Ele não conseguia parar de pensar em Anna de várias maneiras que nada tinham a ver com o seu treinamento.

Molly já estava cheia dele, isso estava claro.

— Não sei por que você não arranja um emprego na televisão. Pagaria mais, e você não teria que viver sujo de lama e suado. Você fica tão rabugento quando está machucado. Devia estar pensando no nosso futuro. Sério, Nick, você acha que é divertido para mim te ver apanhar toda semana, além de agir como um cretino infeliz porque perde o tempo todo?

— Eu adoro jogar rugby, você sabe disso. Não quero só *falar* a respeito. — Ele fechou a cara, a irritação deixando a sua língua afiada. — E não perco o tempo *todo*. E vou começar a jogar num time do Premiership a qualquer momento!

Os lábios de Molly estremeceram, e ela arregalou os olhos.

— É só porque eu te amo.

Em vez de abraçá-la e tranquilizá-la como costumava fazer, ele deu as costas, perguntando-se o que Anna teria dito.

Sentiu-se um pouco culpado por isso: só tinha ficado noivo havia alguns dias.

Nick grunhiu, irritado.

Coração livre, mente livre! Era o que o seu antigo treinador costumava dizer. Compreendeu aquilo pela primeira vez.

O treino de hoje era musculação, o que faziam duas vezes por semana durante a temporada de jogos e três vezes por semana fora da temporada. Ele estava ansioso para aquilo, precisava de uma manhã brutal que o deixasse cansado demais para pensar.

Tudo tinha a ver com aumento de força e estabilização abdominal. Para alguns dos jogadores, a sala de musculação era um mal necessário — capaz de prevenir lesões e manter o corpo operando no seu potencial máximo. Outros gostavam daquela tranquilidade ordenada na qual o único desafio vinha de você mesmo.

Antes, Nick oscilava entre os dois grupos, mas nas semanas e nos meses após a cirurgia, quando ele não pôde fazer nenhum tipo de exercício, sentira falta daquilo, mental e fisicamente. Sentira falta da satisfação de fortalecer o corpo e certamente sentira falta de todas aquelas deliciosas endorfinas inundando o seu organismo após a malhação. Sentira aquilo como quem sente falta de uma droga. Era viciado nos dias de jogo, e ser colocado no banco era tortura. Apesar de todas as lesões que acumulara ano após ano, dores, torsões, cortes, machucados e concussões eram um pequeno preço a pagar para fazer algo que amava. Mas isto...

Molly havia dito que ele andava agindo como um cretino rabugento, e, por algum tempo, o relacionamento dos dois foi difícil. Mas, desde que ele se recuperara e tinha voltado a fazer parte de um time, eles vinham se dando melhor.

Nick vestiu o uniforme de treino, shorts, camiseta e agasalho, e se dirigiu à sala de musculação com os outros jogadores, pronto para dar tudo de si.

Começou com os alongamentos dinâmicos e a mobilização ativa de costume, antes de passar para o treino de resistência.

O metal da barra estava frio sob a palma da sua mão depois que se deitou no aparelho de supino e começou a empurrar. Sentiu a pressão no peito e na parte superior do corpo, mas sentia-se bem por estar de volta ao grupo, treinando com os rapazes.

— Está só se aquecendo com esse peso? — provocou Trev. — Porque minha mãe consegue levantar isso daí.

— Eu já vi sua mãe e aposto que consegue mesmo.

Trev riu e passou para os pesos livres.

Nos 45 minutos seguintes, Nick se concentrou por completo e deu tudo de si.

— Está sentindo os resultados, meu irmão? — perguntou um Trev suado.

— Você, eu e sua mãe — respondeu Nick.

Ele se sentou num banco, recuperando o fôlego, secando o rosto e afastando os cabelos, mas quando ergueu os olhos se sobressaltou ao encontrar Anna o observando.

Ela não estava usando óculos, e seus olhos pareciam vivos e curiosos. Hoje estavam da cor de uma tempestade de inverno.

Anna abriu um sorriso fácil para ele, então se virou para conversar com o treinador assistente que observava, impassível.

Ian deu uma cotovelada em Nick.

— Quem é essa?

— Quem?

Ian riu.

— Ah, vai ser assim, é? A mulher que fez os seus olhos saltarem. Talvez eu vá lá me apresentar.

Nick arqueou uma sobrancelha.

— É, faça isso. É a psicóloga do esporte de Steve Jewell.

— Como assim, porra? — Ian fez uma pausa. — E ela presta?

— O Jewell diz que sim. É... fácil conversar com ela.

Ian observou com apreço enquanto Anna sumia de vista.

— Bacana, companheiro. Ela é classuda. Boa demais para um cabeludo feito você. De qualquer forma, você não está noivo? Mas olhar não tira pedaço, não é?

— Vá se foder.

Ian sorriu maliciosamente.

Enquanto Nick malhava, pensou mais uma vez no dever de casa que Anna havia passado, tentando listar no que ele era bom. Três coisas não relacionadas ao rugby também, ela havia dito. Quando fez uma pausa, mastigou o lábio e puxou a barba, pensativo. Sacou o telefone e abriu o aplicativo de notas.

Era bom em sexo, nunca tinha recebido nenhuma queixa, mas não achava que devia colocar isso na lista de Anna.

Fazia uma torta cottage dos deuses — será que contava? Não tinha certeza, mas considerando a falta do que escrever, colocou isso no topo da lista.

Tamborilou os dedos sobre o banco. Será que não era bom em mais nada?

Bem, ele tocava violão razoavelmente bem. Não que encontrasse muito tempo para praticar hoje em dia. Tinha aprendido a tocar a linha de abertura de *Smoke on the Water* quando tinha dez anos — mas não havia muitos acordes envolvidos.

Acrescentou isso à lista.

Três coisas. Três. Com certeza não devia ser tão difícil assim pensar em alguma coisa. Ele coçou o queixo, lembrando-se do encontro que tivera com Kenny e com alguns dos rapazes do Rotherham na semana anterior. Havia levado o amigo em casa depois que ele bebeu algumas cervejas a mais. Atualmente, o próprio Kenny estava cuidando de uma lesão, uma pequena torção no joelho — mas nada que não se curasse por conta própria com algumas semanas de repouso.

Nick digitou no telefone, acrescentando "bom amigo" à lista.

Os pontos relacionados ao rugby eram mais fáceis, ou pelo menos seriam se estivesse falando de sua forma física passada. Mas no que era bom atualmente? Ainda conseguia enxergar buracos nas jogadas do adversário e ainda era bom em planejar um jogo tático. Ainda sabia agarrar e passar bem. Era a velocidade que andava desapontando.

Ele fechou o telefone e fez uma careta para o aparelho de supino antes de voltar ao trabalho.

Anna estivera observando Nick desde que ele tinha chegado. Não quis que soubesse porque precisava vê-lo sendo autêntico. Embora o jogador tivesse relaxado um pouco com ela no final da primeira sessão, Anna sabia por experiência que seus clientes — tanto mulheres quanto homens — costumavam atuar na sua frente, fingindo que se sentiam melhor do que se sentiam de fato. Ela precisava observar Nick sendo franco e natural.

Ele tinha se empenhado na academia, mas Anna suspeitava de que ainda estivesse mancando da perna direita. Mais do que devia a essa altura de sua reabilitação. Ficou preocupada.

Tinha dois clientes, duas oportunidades de impressionar Steve Jewell — e, no momento, talvez só Dave Parks tivesse um resultado bem-sucedido. Ela deixou escapar um suspiro. Anna odiava fracassar. E havia algo em Nick, uma fagulha, que a entusiasmava: uma paixão profunda e ardente — e uma vulnerabilidade bem disfarçada.

Estava decidida a ajudá-lo.

Se conseguisse.

— O rapaz não está em forma.

Steve Jewell havia chegado e fitava Nick criticamente.

— Não, não está, mesmo — concordou Anna. — E não é por falta de empenho no treino.

— Ele não acredita no próprio talento, está só fazendo o que tem que fazer. Ele parece lesionado. O que você acha?

— Eu gostaria que ele fizesse outra ressonância. Coloquei isso no relatório que mandei para você por e-mail.

— É urgente? — vociferou Steve, com expressão preocupada.

Anna refletiu sobre a pergunta.

— Acredito que seria uma precaução sensata. Quanto mais cedo, melhor.

Steve deu um discreto sorriso.

— Eu queria ouvir isso de um especialista. Não se ofenda.

— Não estou ofendida. — Ela riu.

— Certo. Vou mandar marcar o exame. Enquanto isso, continue a trabalhar com ele. — O treinador lançou a ela um olhar penetrante. — Agora me fale de Dave Parks. Preciso que pelo menos um dos meus novos contratados dê resultado.

Anna sentiu uma certa compaixão por Steve. Ser o treinador principal era uma dádiva quando o time estava ganhando e um inferno quando não estava. Os Minotaurs haviam terminado nas últimas posições do ranking no ano anterior e já tinham perdido os dois primeiros jogos da nova temporada — a diretoria estava na cola dele. Queria ver algumas vitórias.

Ela o seguiu enquanto a conduzia por um lance de escadas que a levou a uma plataforma de observação acima da piscina do centro de treinamento.

O telefone de Steve tocou e ele fechou a cara.

— Maldita diretoria — murmurou. As sobrancelhas pesadas se uniram e ele fez sinal de que estava indo embora.

Como não teve tempo de perguntar, Anna tomou nota para descobrir se o programa deles incluía hidroginástica ou qualquer tipo de hidroterapia. Essas atividades eram especialmente indicadas para jogadores que se recuperavam de lesões.

Seus olhos foram atraídos para a porta da piscina quando quatro homens musculosos entraram. Ela reconheceu Nick imediatamente pelos cabelos negros. Seu corpo era extraordinário: malhado à perfeição. Homens sarados e atléticos desfilavam com frequência na frente dela, mas poucos tinham aquele físico enxuto, e ainda assim potente: cintura estreita, ombros largos, pernas longas, coxas musculosas. E nenhum deles fazia sua respiração ficar presa na garganta.

Esse daí está fora de cogitação! Cai na real.

Seu pai havia buzinado no seu ouvido: não se mistura prazer com trabalho. E cá estava ela cometendo exatamente o mesmo erro, outra vez.

Os olhos de Anna arderam de humilhação. *Por que sou tão ruim nisso?*

Ela forçou-se a pensar e agir como uma profissional. O que poderia descobrir observando Nick e Dave nadando? Que pistas poderia encontrar sobre a psique dos dois pela maneira como treinavam?

Quando Nick mergulhou na piscina, ela notou uma pequena tatuagem em um dos ombros dele. Daquela distância, no entanto, não dava para saber o que era. Dois dos outros jogadores tinham os corpos bastante tatuados, mas o de Dave Parks era intocado como o de um bebê recém-nascido — a não ser pelo peito espantosamente cabeludo.

Ela não se surpreenderia se ele se depilasse antes de sua primeira partida — caso contrário, o time adversário não pensaria duas vezes antes de agarrar um punhado de pelos do seu peito e torcer com força. O mesmo acontecia com pernas muito cabeludas.

Nick também teria de raspar aquela barba. Uma pena.

Seus olhos foram irresistivelmente atraídos de volta a Nick. Observou-o atravessar a água com graça e sem fazer esforço. Era realmente um homem lindo *e fora de alcance.*

Ela não costumava se sentir atraída por atletas; na verdade, se empenhava muito para encontrar nerds com quem pudesse sair, já que era pouco provável que cruzassem seu caminho profissionalmente. Só que algo dentro dela desejava ardentemente a companhia daquele homem alto e caladão.

Anna o observou por mais um instante, voltando a notar certa ausência de flexibilidade em seu pé direito. Ficava ligeiramente encurvado enquanto ele nadava — a única coisa desajeitada a seu respeito.

Ela fez mais algumas anotações, então se concentrou em seu outro cliente. Dave Parks era mais baixo e mais pesado. Sua tarefa no jogo era ser o mais corpulento e intimidador possível. Só era chamado em campo por curtos períodos: a cavalaria pesada convocada para jogadas específicas, um aríete humano — especialmente útil para quando a bola estava perto da linha.

Sem querer, seus olhos foram mais uma vez atraídos para Nick enquanto ele continuava a dar voltas na piscina, a água deslizando sensualmente por cima de seu corpo.

Estava ansiosa pela próxima consulta.

Mais do que deveria estar.

— Nick, bem-vindo de volta.

— Obrigado, doutora. Quer dizer, Anna.

— Qualquer um dos dois está bom. Use o que te deixar mais à vontade.

Nick disfarçou uma careta e ajeitou a cadeira num ângulo que o permitisse olhar pela janela. Ele transpirava desconforto. É, o homem realmente detestava falar sobre si mesmo.

— Como foi com o seu dever de casa? — perguntou ela, um discreto sorriso brincando no canto da boca. — Três coisas que você faz bem fora do rugby.

Nick sacou o telefone.

— Você precisou escrevê-las? — provocou ela, com cuidado.

Um ligeiro rubor se espalhou pelas bochechas dele, fazendo Anna se arrepender de suas palavras, mas ele deu um pequeno sorriso.

— Ninguém nunca me perguntou no que mais eu era bom. Foi sempre só o rugby. Bem, tinha a educação física na escola, mas não desde então.

Ela assentiu com a cabeça, mostrando que o compreendia. Outros atletas que conhecera viam-se em posição parecida. Muitos vinham sendo treinados desde a infância e só conheciam um tipo de vida. Para eles, era especialmente difícil quando a carreira chegava ao fim.

A vida de Nick era um pouco mais desenvolvida do que isso, já que ele havia trabalhado depois de deixar a escola.

— Então, me fale: três coisas nas quais você é bom.

Ela se perguntou se ele teria pedido ajuda à noiva...

Nick esfregou as mãos nos jeans e leu num tom grave e monótono.

— Torta cottage...

— Espere, o quê?

— Torta cottage.

Anna ergueu as sobrancelhas, confusa.

— Eu não tenho a menor ideia do que seja isso!

Ele a fitou, horrorizado.

— Você nunca comeu torta cottage? Vou ter que fazer uma para você. — Ele se deteve, abruptamente.

— Seria demais supor que não se trata de uma torta de queijo cottage?

Nick riu, uma risada baixa e descontraída, os olhos formando rugas nas laterais, a cabeça atirada para trás. Anna quis ouvi-lo rir outra vez.

— Até podia ser. — Ele riu para ela. — Se você tivesse o queijo, podia fazer uma torta com ele.

— O que leva nela?

— Carne moída com cebola e cenoura, coberta com purê de batata.

— Só isso?

— Sim.

— Não tem casquinha? Massa de torta?

— Não.

— Isso é uma fraude! Uma torta sem massa de torta? Quero meu dinheiro de volta.

Nick riu.

— Sinto muito.

— Tudo bem, já passou. Então você sabe fazer torta cottage.

Ele inclinou o corpo para a frente, apoiando os cotovelos na mesa e encarando-a diretamente nos olhos.

— Não, eu faço uma torta cottage *fantástica*.

Anna balançou a cabeça e tomou nota.

— Ousado, você! — provocou ela, duvidando.

O sorriso de Nick ficou ainda maior.

— Está certo, além da sua torta cottage de fama internacional, no que mais você é bom?

— Eu toco violão. Não muito bem, mas gosto de tocar.

— O que quer dizer com "não muito bem"? Você sabe qual lado do violão fica para cima? Já contou quantas cordas tem?

— Já, sim, todas as quatro.

Ele sorriu para ela.

— De fato, você tem talento. E o que fez com as outras duas cordas?

— Usei para pescar.

— Sério?

— Não.

— Engraçadinho! Já vi tudo. Agora estou aqui em ávido suspense para saber qual pode ser o seu talento de número três.

Ele mordeu o lábio por um instante, e respondeu por fim:

— Sou um bom amigo.

Anna ficou sentada em sua cadeira, em silêncio, então sorriu conforme um calor foi se espalhando por seu peito.

— Ora, Nick, esse devia ser o número um.

Capítulo 7

Outubro de 2014

Por três semanas, Anna se reuniu com Nick toda terça-feira durante uma hora. Guardou seus pensamentos para si mesma e manteve sua conduta profissional em todos os momentos. *Meu Deus, como era difícil.* Mas quanto mais ela aprendia sobre o homem caladão do rugby, mais gostava dele.

Ele havia feito 27 anos na semana anterior, mas se tinha saído para comemorar, isso não havia afetado em nada o seu treinamento. Alfie, o treinador assistente, contou que ele nunca chegava atrasado ou tinha aparecido de ressaca, nunca deu nenhuma resposta grosseira e sempre tinha uma boa atitude. Ela também suspeitava que Nick estivesse treinando em seus dias de folga.

Não havia dúvida: o homem estava decidido a ganhar a sua vaga no time.

A paixão dele em campo era clara nas antigas fitas às quais ela assistia avidamente, aprendendo tudo o que podia a respeito de seu cliente. Seu foco durante uma partida era intenso, nada era feito sem convicção. Ela assistiu a alguns vídeos desfocados gravados com câmeras de mão do seu último jogo, quando ainda estava com o time da liga menor, e, apesar do sangue, da lama e do caos, ele fora a coluna dorsal, aquele que continuava em frente e forçava o time a jogar, faturando um *try* sensacional e o título de Melhor da Partida ao mesmo tempo. Esse foi o jogo no qual ele rompera o tendão de Aquiles.

Em pessoa, o homem que se encontrava sentado à sua frente era calado e contido, mantendo as emoções rigorosamente sob controle. Ela não podia deixar de se perguntar como seria ter aquela paixão toda liberada. *Droga! Não devia pensar num cliente daquela maneira.*

Anna sacudiu a cabeça, dando a si mesma um desconto. Ele era gostoso, e ela, apenas humana.

A consulta com Nick naquele dia havia começado como todas as outras. E então, deu uma guinada e não voltou mais ao rumo certo.

— Oi, Nick! Como vai? Sente-se. Como vão os treinos?

— Olá, Dra. Scott — disse ele, com um enorme sorriso.

— Você está formal hoje, Nick. O que me faz pensar que não fez o seu dever de casa — provocou ela.

Ele arqueou uma das sobrancelhas, e ela suspeitou que, por trás da barba lustrosa, estivesse contendo um sorriso.

— Vai me colocar de castigo? — perguntou ele com uma voz grave e calorosa. — Vai me punir, doutora?

Anna piscou os olhos.

Que diabos? Por acaso ele estava flertando com ela?

— Depende. Você está com a consciência pesada?

— Ainda não — resmungou ele.

Anna decidiu não ouvir aquilo. Um Nick paquerador era novidade. Ele não disse mais nada nem remotamente fora do normal, mas, pelo restante da hora, houve um estalo e um crepitar no ar, olhares furtivos trocados e um contato visual desconcertante. Anna começou a suar, sentindo as axilas e a base da coluna umedecerem enquanto tentava ignorar a maneira como seu corpo reagia aos olhares penetrantes dele.

Estava distraída quando viu uma mensagem piscar em seu telefone.

Estou no Reino Unido esta semana.
Vamos sair.

Ela queria não ter deixado o celular à vista em cima da mesa e definitivamente queria não ter olhado para ele porque agora sentia vontade de atirá-lo contra a parede e *odiava* como ver o nome de Jonathan mexia com ela. Até parece que ia querer sair com ele *algum dia* e, de qualquer maneira, suspeitava que aquilo fosse um eufemismo para "transar".

Anna fez uma careta ao se dar conta de que Nick também havia visto a mensagem, assim como o nome que ela havia designado para Jonathan em seu telefone.

— Cara de cu? — Ele arqueou a sobrancelha.

Anna riu, sem graça.

— É o meu ex. E, sim, ele definitivamente tem uma... gigantesca cara de cu.

— Ele anda te incomodando?

Os olhos de Nick lampejaram com uma súbita raiva que fez Anna se recostar na cadeira. Em todas as semanas que o vira, ele não fora nada além de doce, um pouquinho paquerador hoje, mas, de maneira geral, um sujeito simpático. Ela nunca havia visto *este* Nick fora de campo: o macho alfa hostil.

— É... na verdade, não. É a primeira vez que ele entra em contato comigo em meses.

— Por que não bloqueou o número dele? — perguntou Nick, asperamente.

Anna ficou desconcertada.

— Eu... bem, não achei que precisasse. Não pensei que ele fosse entrar em contato comigo depois que... — Ela ruborizou, recordando a cena terrível. — Não foi nada.

— Não pode ter sido nada se te deixa abalada assim.

Ela umedeceu os lábios, e o olhar de Nick voou para o seu piercing de língua.

— Sobre o que estávamos falando antes?

— Visualização — respondeu ele, após uma longa pausa enquanto desviava lentamente o olhar da boca de Anna.

— Ah, sim, certo. Então, o que eu acho que a gente devia...

— Eu tenho uma visualização que gostaria de testar com você — começou Nick.
— Ótimo! Manda ver! — Ela soou ávida demais.
— Bem, Anna, o que eu quero é que você se visualize calçando um par de botas com biqueira de aço. Está me acompanhando?
— Hmm... Pensei que você fosse o cliente.
— Eu sou, e você é uma ótima professora. Então, apenas faça o que estou dizendo por um instante. Feche os olhos e visualize, Anna.

A voz dele era grave e autoritária. Ela se viu fazendo exatamente o que ele instruía.

— Agora imagine o cara de cu em pé na sua frente, ok?
— Ok.
— Agora se visualize dando um *drop kick* na bunda dele.

Ele disse aquilo com tanta seriedade que os olhos de Anna se arregalaram surpresos antes de ela cair na gargalhada e a risada abafada de Nick chegar aos seus ouvidos.

— Ai. Meu. Deus. Você me pegou direitinho!
— E funcionou? A visualização é uma ferramenta muito poderosa — comentou ele, sorrindo.
— Então você tem *mesmo* prestado atenção ao que eu digo!

O sorriso de Nick desapareceu.

— Tenho, tenho prestado atenção, sim. E se o cara de cu não soube apreciar uma mulher linda, gentil e sexy como você, ele não te merecia e você está melhor sem ele.

Aquela declaração inesperada levou lágrimas aos olhos de Anna, e ela baixou o olhar para a mesa, tentando piscar rapidamente para se livrar delas. Sentiu o peso da mão de Nick sobre a sua. Ele apertou seus dedos com carinho, e, logo, o peso desapareceu.

Anna tomou um gole da água com limão, engolindo o bolo que se formava em sua garganta.

— Obrigada — sussurrou ela.
— De nada.

As palavras dele ficaram se repetindo em *loop* dentro da mente de Anna: *Ele me chamou de sexy?!*

4 de novembro de 2014

Anna dera a Nick mais "dever de casa". Desta vez, tinha marcado uma hora para que ele visitasse o time de rugby da escola secundária local.

A ideia era ajudá-lo a se lembrar do entusiasmo que havia sentido quando tinha aquela idade.

Quando se trabalhava com determinada coisa, parte da paixão podia ser perdida. E desde a cirurgia, ele estivera tão focado na recuperação que aquilo tinha deixado de ser divertido — o que ela compreendia perfeitamente. Só que ela precisava que Nick se reconectasse com o menino que havia sido. Para um cara de 27 anos, ele era sério demais. Ela vira pequenas amostras de um lado bobo e divertido. Era isto que ele precisava encontrar outra vez: emoção.

No dia antes da visita, Nick tinha enviado uma mensagem de texto perguntando se ela gostaria de acompanhá-lo. Não havia mais nada na agenda dela, e a chance de observar Nick se divertindo era boa demais para recusar. Uma voz baixinha e sussurrante lembrou a ela de que aquilo não constava na sua lista de funções quando concordou em aceitá-lo como cliente, mas ela decidiu que era absolutamente apropriado e que seria divertido.

A escola recebeu Nick com toda a pompa. Triângulos de papel colorido tremulavam na brisa, dando um ar alegre para o prédio sem graça e cinzento, como blush nas bochechas de uma bisavó.

Nick estava sentado em sua BMW preta no estacionamento de visitantes quando Anna chegou de carro. Ele sorriu por trás do para-brisas e saltou do carro para abrir a porta para ela.

Quando sua mão enorme enlaçou a de Anna para ajudá-la a saltar, ela abriu um sorriso. Seus modos antiquados eram fofos, e Anna ficou encantada.

— Pronto para voltar para a escola, Nick?

— Sim, professora.

Ela riu, feliz em vê-lo tão relaxado.

Hoje, ele usava calça de moletom e uma camiseta dos Minotaurs e levava as chuteiras de rugby na bolsa de ginástica. Anna também estava vestida de maneira menos formal, tendo optado por botas confortáveis, em vez dos saltos de costume.

Eles se dirigiram à recepção, e uma mulher empolgada telefonou para a diretora, que foi recebê-los pessoalmente. Ela demonstrava um ar ansioso e levemente distraído de quem tem incêndios demais para apagar e poucos baldes de água para isso.

— Estamos tão gratas que tenha conseguindo achar tempo — disse ela. — Os nossos quinze jogadores principais estão muito animados para te conhecer.

— E o time secundário? — perguntou Nick, fazendo Anna sorrir.

Ele nunca esquecia que nem todo mundo consegue estar no topo. Nunca mesmo.

A diretora riu com leveza.

— Nós só temos um time, mas os jogadores de futebol e os de hóquei não quiseram deixar de conhecer você, então vão aparecer mais tarde.

Naquele momento, foram interrompidos pelo que pareceu, suspeitamente, com um protesto de meninas adolescentes sacudindo faixas e cantando:

— *Um, dois, três, quatro, cinco, mil. Rugby só para homem, onde é que já se viu?*

— Eloise! Pare já com isso! — vociferou a diretora.

A menina que liderava a cantoria fez um bico de revolta.

— Não é justo, senhorita! Por que só os meninos podem jogar rugby? Isso é sexista, é o que é! E ilegal!

A diretora deixou escapar um suspiro, como se aquilo fosse um conhecido bombardeio de abertura numa guerra de longa duração.

— Porque, como eu já te expliquei, não temos um número suficiente de colegas suas que compartilhem do seu desejo de jogar rugby. Vocês simplesmente não são suficientes para formar um time.

— Devia deixar a gente jogar com os meninos! — choramingou a garota.

Nick deu um passo à frente, sacudindo a cabeça.

— Eloise, é isso?

— O que é? — devolveu ela de maneira rude, mas não antes de Anna perceber que ela observava Nick atentamente, seu olhar deslizando pelos ombros largos e a cintura estreita.

— Quanto você pesa? — perguntou ele, a voz grave e serena.

— O quê? — ganiu ela. — Você é um tarado! Ouviu isso, senhorita?

— Eu peso 92 quilos — continuou ele. — Você deve pesar mais ou menos metade disso, correto?

Anna suspeitava que a garota gorducha fosse consideravelmente mais pesada, mas não disse nada, observando, admirada, enquanto o plano de Nick se desdobrava.

A menina ficou envaidecida, piscando os olhinhos sedutoramente para Nick e mostrando, timidamente, o aparelho dos dentes.

— Mais ou menos isso, sim.

— Se alguém do meu tamanho *tackleasse* alguém do seu, você poderia sair seriamente machucada. É por isso que sua diretora não pode permitir que meninos e meninas joguem um esporte de contato como o rugby juntos.

— Mas não é justo, senhor! Minha família toda é fanática por rugby. Eu também quero jogar!

— Isso é mais que suficiente, muito obrigada, Srta. Higginbotham. De volta para a sala de aula, por favor, Eloise. E leve as suas... faixas junto.

Resmungando e xingando quase alto o bastante para ser ouvida, Eloise e suas seguidoras foram embora, arrastando seus cartazes na poeira.

— Eu sinto muito... — começou a diretora.

— Não, está tudo bem — disse Nick. — O rugby feminino está em alta, o time feminino inglês vem tendo um desempenho melhor do que o masculino. É uma pena que as meninas não possam jogar. Não tem outra escola nas redondezas com a qual elas poderiam formar um time?

A diretora arqueou as sobrancelhas.

— Isso talvez seja possível.

Nick sorriu para ela.

— E as meninas poderiam fazer a preparação física com os meninos...

Ela sorriu para ele, e Anna pôde ver que Nick acabara de ganhar mais uma fã.

— Elas podiam treinar com a gente hoje — ofereceu ele. — Só a preparação física, mesmo, nada de *tackles*. Podíamos jogar toque e passe, de modo que duas mãos tocando no corpo de alguém signifiquem que a pessoa foi *tackleada*.

A diretora resfolegou.

— Não é uma oportunidade que eu gostaria de dar à Srta. Higginbotham — comentou, azeda.

Nick tentou não sorrir.

— Existe, também, uma versão para crianças chamada *tag rugby*.

— O que é isso?

— Você pode pregar fitas nos shorts das crianças com velcro. Como no outro caso, se alguém conseguir arrancar a fita, essa pessoa foi *tackleada*. Meninas podem jogar isso, sem dúvida. É rugby, mas não é contato.

— Obrigada pela sugestão, Sr. Renshaw. Vou ver se posso providenciar.

Ele encolheu um ombro volumoso.

— Só Nick.

Anna quis abraçá-lo. Ele havia desarmado uma situação difícil e espalhara um pouco do amor pelo rugby. Mas ela não podia abraçá-lo. As rigorosas regras do clube que proibiam relacionamentos entre funcionários tornavam isso impossível. Além do pequeno fato de que era sua psicóloga e que poderia ser denunciada para o Conselho. Ela podia perder seu registro.

Colocou no rosto uma imitação de sorriso, e ele a encarou com curiosidade.

Será que ele sabia? Conseguia perceber?

Anna estava ciente, já há algumas semanas, que se sentia sexualmente atraída por seu cliente. Pior ainda: que se sentia emocionalmente atraída por ele. Ela sabia que durante o processo terapêutico passava-se a conhecer um cliente tão profundamente que muitas conexões podiam surgir. Anna se preocupava com Nick mais do que devia.

Para usar uma conhecida metáfora esportiva: *estava ferrada*.

Ela o seguiu escola afora como a nerd estudiosa atrás do *quarterback* celebridade, o que era uma analogia mais próxima da realidade do que ela gostaria de considerar. Mas também sabia que seu plano para Nick estava funcionando. A visita havia colocado o brilho de volta em seus olhos. Ele estava animado, entusiasmado, e aquele grupo heterogêneo de crianças havia conseguido isso.

Nick subiu e desceu correndo o campo da escola junto deles, atirou passes fáceis e deixou que o *tackleassem*, embora fosse óbvio que ele podia correr mais rápido do que qualquer um. Os meninos resmungaram um pouco quando as meninas se juntaram a eles para a preparação física, mas Nick lembrou, alegremente, que o time feminino da Inglaterra ganhara a Copa do Mundo no verão anterior. Isso calou a boca dos rapazes, e ele colocou todo mundo para correr junto.

Então jogaram uma partida de *tag rugby* e, até o final da manhã, Nick estava com calor, suado e feliz.

Anna se coçava de vontade de tocá-lo, de curtir a felicidade dele só por um segundo. Em vez disso, lançou mais um sorriso tenso e se virou para conversar com a diretora, que discutia com a equipe de educação física a possibilidade de criarem um time de rugby para meninas reunindo várias escolas.

Quando Nick finalmente conseguiu se despedir de seus novos fãs, caminhou de volta para o estacionamento com Anna.

— Você pareceu se divertir hoje — comentou ela, sorrindo para ele.

— E me diverti. Foi uma ótima ideia, essa sua. Psicologia reversa bem-feita.

— Ah, não teve nada de reverso nisso. Ver crianças se divertirem é capaz de rejuvenescer até mesmo o atleta mais apático.

Ele franziu a testa ligeiramente.

— Você me acha apático?

— Um pouquinho, sim. Mas isso é inevitável quando alguém passa por um período de azar ou quando se lesiona.

Ele considerou aquilo, enfiando as mãos nos bolsos e franzindo o cenho.

— É que — começou ela, cuidadosamente — crianças jogam pelo amor ao jogo. No ambiente cheio de pressões de um clube, com negociações salariais, patrocínios e contratos, é fácil perder isso de vista. — Fez uma pausa. — Talvez ainda mais agora que você está num time de primeira linha.

— É, suponho que sim. Tive um contrato de patrocínio, uma vez.

— Sério? Eu não sabia disso. Para quê?

— Produtos de barbear.

Anna o fitou intensamente, olhando para sua barba preta e cheia.

— Sério?

Ele riu, alegre, formando pequenas rugas nos cantos dos olhos.

— É capaz de quererem o dinheiro deles de volta — resmungou Anna, arqueando as sobrancelhas.

— Que nada, eu não tenho mais esse contrato. E, de qualquer maneira, vou ter que raspar antes do meu primeiro jogo ou algum idiota vai tentar ver se é destacável.

Anna sorriu, mas não fez comentário.

Ele a encarou com seus intensos olhos castanho-esverdeados.

— *Você* está bem? Está parecendo um pouco... fora do ar hoje. O cara de cu voltou a fazer contato?

Ela piscou, surpresa, recordando a última conversa que tiveram. Não pensara em Jonathan a manhã inteira, embora tivesse passado algumas noites insones se perguntando se devia ignorá-lo ou responder sua mensagem de texto. O que ela realmente queria dizer era que faria frio no inferno antes que voltasse a vê-lo por livre e espontânea vontade, mas não queria se envolver em nada que sequer se assemelhasse a uma conversa com ele. No final, simplesmente respondeu dizendo que estava ocupada. Ele não contestou.

— Não, não tive notícias dele. Estou bem.

— Está certo — disse Nick, ainda se mostrando preocupado.

— É... Posso te levar para almoçar hoje? Para agradecer por você ter organizado isso?

Ele parecia tão esperançoso, e Anna estava louca para aceitar. Por um segundo, ela hesitou, o coração falando mais alto do que a cabeça. E era exatamente por isso que precisava dizer não.

— Obrigada pelo convite — disse, sorrindo educadamente e já se arrependendo de sua decisão. — Mas preciso voltar ao consultório. Tenho outros clientes, sabe?

Ele deu um passo atrás, balançando o corpo sobre os calcanhares.

— Claro, sem problema. Vejo você na semana que vem, Anna.

Nick observou enquanto Anna se afastava em seu carro. Dava para perceber que alguma coisa a estava incomodando. Aquelas sessões no consultório dela não haviam sido unilaterais; ele também começara a conhecê-la. Os seus gestos, o seu modo de falar, o jeito que seus lábios se contraíam quando ela achava graça de alguma coisa, mas tentava disfarçar, a maneira de pousar as mãos sobre a mesa antes de atingi-lo com um insight que mais parecia um soco, o modo como ela havia acolhido o ceticismo inicial dele com tolerância e persistência.

E hoje havia sido fantástico. Nunca teria ocorrido a ele que retornar às suas raízes poderia incendiá-lo daquela maneira. O jeito que a criançada reagiu a ele e às suas sugestões... Foi muito bom para sua alma; muito bom para seu ego. Ele sorriu diante da lembrança da atrevida Eloise — uma menina parruda que talvez até mesmo viesse a ter futuro no rugby feminino. E, se isso acontecesse, ele gostaria de pensar que teve um pequeno papel nisso.

Entrou no carro e seguiu até o centro de treinamento desejando que Anna tivesse aceitado o convite para almoçarem — mesmo sabendo que Molly teria odiado que ele estivesse saindo com outra mulher, por mais platônico que fosse.

Exceto pelo fato de que Nick já não sabia direito por quanto tempo ainda ia conseguir se enganar — muitos dos pensamentos que tinha com a doutora sexy estavam longe de serem platônicos.

Podia até adivinhar o que Ken diria — diria a ele para ir fundo, para se divertir com Anna antes de se casar e de prometer dormir com uma única mulher pelo resto da vida. Mas Nick não era Kenny e não desrespeitaria nenhuma das duas mulheres dessa maneira.

Mas um almoço teria sido bacana.

Capítulo 8

Novembro de 2014

O pub estava mais movimentado do que de costume, e ela foi abrindo caminho lentamente, varrendo cada mesa com os olhos na esperança de que Graham estivesse lá — até então, não tivera nenhuma sorte. E não achava que alguma mesa fosse vagar tão cedo.

— O que uma doutora de respeito como você está fazendo num lugar como este?

Ela se virou e viu o rosto sorridente de Nick. Mesmo calçando saltos de dez centímetros, Anna precisava levantar o queixo para encarar seu olhar divertido.

— Procurando um lugar para sentar meu bumbum cansado — respondeu ela, sorrindo.

— Está sozinha?

— Estou. Pensei que esta noite fosse só para mulheres. Acho que me enganei.

Ele arqueou as sobrancelhas em sinal de surpresa. Seu time todo estava ali, então o pub estava cheio de homens parrudos. Em seguida, ele riu da expressão divertida no rosto dela, e Anna abriu um sorriso.

— Posso comprar uma bebida para você?

— É...

— Você está fora de serviço. Isso é permitido, não é? — Ele se aproximou. — Pub cheio, nada de questionável... e prometo não contar se você também não disser nada.

Ele estava tão próximo que ela podia sentir o hálito morno em sua face. Estava usando um perfume leve — canela, com um toque de cedro, talvez, e alguma coisa que ela não conseguia identificar, mas que era completamente másculo, completamente Nick. Ela engoliu em seco e olhou rapidamente à sua volta. *Não há mal nenhum*, disse o diabinho sentado em seu ombro.

O pub estava apinhado de gente, e eles se aproximaram ainda mais, o braço dele a amparando quando ela foi empurrada. Bem de perto, invadindo o espaço pessoal dela, o cheiro dele era ainda mais gostoso, e Anna teve de se segurar para não respirar fundo quando seu corpo foi brevemente imprensando contra o dele.

Foi só com muita força de vontade que ela conseguiu se afastar minimamente para trás, embora desejasse chegar ainda mais perto.

Anna se deu conta de que ele a observava, confuso, provavelmente se perguntando por que ela estava agindo de maneira tão esquisita... ou talvez apenas se perguntando se ela queria ou não uma bebida.

— Nesse caso, obrigada — respondeu ela, abrindo um luminoso sorriso para Nick. — Vou querer um uísque escocês com gelo.

Ele se retraiu.

— O que há de errado nisso?

— Não se pode colocar gelo num bom uísque. Isso é simplesmente errado. Estraga o sabor.

Anna sorriu para ele, seus olhos se acendendo, desafiadores.

— Primeiro, eu não pedi um *single malt*, pedi um escocês, *blended*. E, segundo, você está enganado. Uma pequena diluição o torna mais saboroso. Isso já foi cientificamente comprovado. Agradeça ao guaiacol, que é uma erva aromática com um aroma defumado e que alguns acham ter cheiro de creosoto. — Ela fez uma careta. — O guaiacol tende a afundar, então se for um pouco diluído ele se desloca para perto da superfície dando mais sabor, mais gosto. — Ela sorriu diante da expressão estupefata dele. — Fora que está bem quente aqui dentro, então vou tomá-lo com gelo.

— Isso é... Como você sabe essas coisas?

— Eu leio — respondeu ela, com um leve sorriso. — Além de ter uma memória de elefante.

Ele sacudiu a cabeça, ainda sorrindo.

— Um uísque com gelo a caminho.

Nick abriu caminho pela multidão que se encontrava à frente do bar e, com um aceno de cabeça, foi servido imediatamente. Anna sentiu inveja — queria ter aquele efeito sobre bartenders.

Nick retornou um minuto depois com sua bebida e, ela observou, uma garrafa de água para ele mesmo.

— Você está... diferente hoje à noite — disse ele, cautelosamente.

— Está sentindo falta da capa e do uniforme de super-herói que eu uso no trabalho?

Ele deu uma tapa na própria testa.

— É isso! Sabia que tinha alguma coisa faltando.

— Dez pontos no quesito observação.

Então, ele disse com mais seriedade:

— Você está muito bonita, Anna.

Ela fez uma pausa antes de responder.

— Obrigada.

Os dois se entreolharam fixamente, e o pulso de Anna disparou. *Droga, como aquele homem era intenso.* Ele semicerrou os olhos como se estivesse prestes a dizer alguma coisa importante. Ela desviou o olhar e tomou um gole do uísque, curtindo a pungência e a queimação lenta, sentindo estar pisando em território perigoso. Havia ali uma atração, uma força, um magnetismo que a seduziam.

Anna segurou o copo à frente do corpo, uma defesa frágil para uma batalha que não desejava lutar.

— Estou esperando ter alguma chance de jogar no sábado — comentou Nick, inclinando o corpo para trás, a expressão novamente relaxada enquanto gesticulava com a garrafa de água.

O que quer que estivera prestes a dizer, no entanto, tinha voltado atrás. *E agora ela estava realmente curiosa.*

— É, eu soube. Muito bem — disse, com uma expressão neutra. — Você tem se empenhado e...

— Ei, Nicky baby, por onde você andou?

Eles foram interrompidos por Molly, que agarrou o braço livre de Nick como se fosse de ouro maciço. Fitou-o inquisitivamente, o olhar se tornando hostil ao se virar na direção de Anna.

— Mol, esta é Anna. Anna, esta é minha namorada, Molly.

Ela lançou um olhar furioso para ele, então sorriu com doçura para Anna.

— Noiva.

— Sim, claro. Noiva — corrigiu Nick, os olhos desviando rapidamente de uma para a outra.

— Olá — cumprimentou Anna, de maneira agradável.

Nick não a apresentou como sua psicóloga, então Anna não soube dizer se Molly sabia a seu respeito. Decidiu pecar por precaução, uma vez que estava captando aquela aura de *fique longe*.

— Como vocês dois se conhecem? — perguntou Molly, o ciúme brilhando em seus olhos.

— Nós trabalhamos juntos — respondeu Nick, simplesmente. — Anna é psicóloga do esporte. Ela vem me ajudando com alguns aspectos da minha jogada.

Os olhos de Molly se estreitaram.

— *Você* é a Dra. Scott?

— Sim, sou eu. É um prazer conhecê-la — disse Anna, educadamente.

Ela estava curiosa a respeito daquela mulher: Nick mencionara a noiva um total de três vezes em todas as suas consultas.

— Nick já me falou a seu respeito, *Dra. Scott*. Embora eu não me recorde de ele ter mencionado que você fosse mulher. — Ela atirou os cabelos longos por cima de ombros magros. — Ele provavelmente não pensa em você como mulher.

Anna arqueou as sobrancelhas enquanto se perguntava como Nick podia ter se envolvido com alguém tão grosseira.

— Mol! Caramba!

Por trás de Molly, Anna ficou aliviada em ver que Graham havia chegado, pois, pelos seus cálculos, Nick e a noiva estavam a uns vinte segundos de um violento bate-boca.

— Bem, foi... legal... conversar com vocês, mas se me derem licença, minha companhia chegou. Obrigada pelo drinque, Nick.

Ela saiu andando, não sem antes ouvir os tons estridentes de Molly e a resposta grave e irada de Nick.

No dia depois de ter encontrado Anna no pub, Nick chegou para mais um treino.

Ficara surpreso em vê-la, mas tinha curtido conversar fora do horário profissional. Pena que a noite havia terminado com mais uma briga com Molly.

Ela o acusara de mentir. *Não era verdade.*

De não dizer que estava se consultando com uma mulher. *Verdade.*

Que ele estava super a fim da Dra. Scott. *Também verdade, mas fortemente negado.*

Que ele desrespeitara Molly. *Falso.*

Que ele tinha de prometer que deixaria de se consultar com Anna. *De jeito nenhum.*

Ele havia dormido no quarto de hóspedes. Em sua própria casa.

Mas o motivo da sua agitação ia além do que apenas ter outra briga irritante com Molly. Ele a amava, mas tinha de admitir que desde que conhecera Anna vinha se perguntando se Mol era realmente a mulher com quem queria passar o resto da vida. Como tinha acabado de ficar noivo, o timing disso era uma porcaria. E ela ainda continuava a encher o saco dele sobre tentar se tornar um especialista televisivo. Não que fosse completamente contra a ideia, mas ainda não era hora. O rugby era a sua paixão, a sua vida; Molly nunca havia entendido isso.

Nick também sabia que alguma coisa estava acontecendo entre ele e Anna, embora nenhum dos dois estivesse em condições de admitir. E ele não tinha certeza de como se sentia a respeito disso.

Estava atraído por ela, mas não era homem de trair ninguém, nunca tinha sido. Tendo uma irmã mais velha e uma mãe a quem respeitava, ele apanharia muito das duas se tentasse qualquer coisa do tipo. E estava com Molly há três anos. Era confuso e desconcertante para ele se ver atraído por outra mulher poucas semanas depois de pedi-la em casamento.

Ainda assim, Anna estava muito presente em sua mente quando ele entrou no vestiário e encontrou um bilhete em um post-it dizendo que fosse ver Steve Jewell. O coração de Nick acelerou.

Hoje era o dia da decisão sobre quem jogaria no sábado. Nick estava louco pela chance de provar a sua capacidade.

Com um pouco de receio e muita expectativa, ele subiu correndo um lance de escadas até a sala do treinador principal.

— Entre, Nick. Sente-se.

A voz de Steve estava rouca, e as rugas de expressão em seu rosto haviam se aprofundado desde o início da temporada.

— Você não vai treinar hoje. Quero que vá até a clínica. Tem uma ressonância desse tendão de Aquiles marcada.

Nick ficou atordoado. Não era o que esperara ouvir.

— Por que isso, treinador? — perguntou ele, inquieto. — Por que agora? Eu achei... Esperava ter sido escolhido para jogar no sábado.

— Ordens da doutora — veio a resposta. — É um check-up. Queremos ter certeza de que tudo está se recuperando do jeito que tem que estar. Certo?

— Certo — ecoou Nick, com incerteza.

A única doutora com quem Nick vinha se consultando ultimamente era Anna. Ele sentiu uma ligeira pontada de traição por ela não ter conversado sobre isso com ele primeiro. Sabia, obviamente, que ela estava dando um retorno para o clube — essa era a sua função —, mas, ainda assim, devia ter falado com ele antes.

Nick sabia que não estava tão em forma quanto podia estar; definitivamente, não estava tão rápido quanto tinha sido.

Mas estava muito melhor do que no começo da temporada. Queria estar em campo, jogando por seu time.

Sentindo-se entorpecido, pegou o pedido médico que o treinador estendia em sua direção, vendo o endereço da clínica particular usada pelo clube.

Quando chegou lá, foi conduzido a uma luxuosa sala de espera. Sofás largos e confortáveis encontravam-se dispostos ao redor de uma pequena mesa de centro, que apoiava lustrosos folhetos descrevendo os serviços oferecidos pela clínica. Estudou um deles e então o atirou rapidamente de volta sobre a mesa com um pesado suspiro.

Graças a Deus que não tinha problemas na próstata.

Sentindo o crescente tédio conforme esperava, enviou uma mensagem de texto para Molly dizendo onde estava caso ela se importasse. Ainda não estavam se falando, mas ela certamente ia querer saber que ele estava se consultando com um médico, não?

Sim, as coisas andavam difíceis entre eles, mas isso não queria dizer que não se amavam. A lesão de Nick trouxera consigo uma fase complicada, mas eles tinham sobrevivido, e isso o tornara mais forte. Nick sabia o quanto Molly ficara preocupada, mas eles iam se casar no ano seguinte e aquela havia sido apenas uma discussão idiota.

Naquele momento, ele precisava dela. Com essa nova incerteza pairando sobre sua cabeça, precisava saber que os dois ainda estavam bem.

Ela estava trabalhando hoje, então esperou que Molly respondesse para ajudá-lo a matar o tempo, mas a noiva não escreveu.

Aguardou mais alguns minutos com uma decepção crescente, então enfiou o telefone no bolso e fez cara feia para o relógio de pulso. Pouco tempo depois, foi chamado para o exame.

Vestindo um avental hospitalar, daqueles que deixam a bunda de fora, ele deslizou o corpo sobre a fria mesa de plástico do tomógrafo e colocou os fones nos ouvidos, escutando música clássica. Era relaxante de uma maneira meio esquisita.

A batida pesada e rítmica do barulho do tomógrafo de ressonância magnética foi se deslocando por ele. De alguma forma, aquele imenso tubo de metal ia tirando fotos de dentro de seu corpo. Era uma pena que não estivesse fotografando seu cérebro também — teria sido interessante ver a bagunça que estava a sua cabeça.

Vinte minutos depois, Nick já tinha saído e estava vestido e sentado no consultório do especialista. Definitivamente, não se esperava tanto quanto num hospital público.

— Bem, Sr. Renshaw, já tenho os resultados da sua ressonância.

O médico olhou rapidamente para a tela do computador, em seguida para Nick, os óculos pequenos e redondos empoleirados na ponta de um longo nariz repleto de pelos nasais eriçados.

— Infelizmente, acredito que a ruptura do seu tendão de Aquiles não tenha sido reparada com sucesso. Vai precisar de uma nova cirurgia. Na realidade, a ruptura está em noventa por cento, e você tem sorte de ainda não ter rompido por completo. Está se aguentando aí por muito pouco. Pode romper a qualquer momento, mesmo se você não praticasse um esporte fisicamente pesado como o rugby. Francamente, é um milagre — completou ele, dando um sorriso largo para que Nick compartilhasse a sua admiração. — Precisamos marcar a cirurgia o quanto antes. Esta semana.

Nick sentiu o sangue se esvair do corpo para logo ser substituído por gelo. O choque do prognóstico do médico foi como uma sentença de prisão perpétua... ou de morte. Ele havia suspeitado de que alguma coisa não estava certa porque não vinha se movimentando como antigamente. Mas achara que só precisava treinar com mais rigor, não... não *isto*.

Engoliu um gosto amargo enquanto todas as esperanças que Anna tinha dado a ele desapareciam com os fumegantes escombros da sua carreira.

Desta vez, estava tudo acabado. Não conseguia pensar num único atleta que conseguira retornar de duas cirurgias como aquela e jogar rugby de alto nível. Não era nenhuma coincidência que a maioria das carreiras terminava em lesão em vez de aposentadoria.

Recordou-se do formulário de autorização que havia assinado antes de ser submetido à última cirurgia. Ele abrira mão de praticamente todos os seus direitos naquele momento, ao que parecia.

— Não posso dizer que teria realizado a cirurgia da mesma forma — disse o especialista, franzindo a testa. — Há uma chance muito grande de tecidos mortos serem deixados dentro do corpo, como é o caso aqui. Realmente não dá para fazer uma reparação parcial do tendão de Aquiles com laparoscopia. É claro que o ferimento se cura mais rapidamente, no entanto...

O especialista continuou a falar, mas Nick mal ouviu uma palavra do que ele disse sobre marcar a cirurgia e sobre a reabilitação. A única coisa na qual conseguia pensar era: *acabou*.

Quando o médico parou de falar — *se, talvez, poderia, quem sabe* —, ele apertou a sua mão sem dizer uma palavra e seguiu para casa.

Seus passos ecoaram enquanto ele atravessava a sala e entrava na cozinha olhando fixamente para o jardim dos fundos, onde nunca tinha tido tempo de plantar nada.

Estava vazio demais e ele não aguentou se ver em meio a tanto silêncio quando as vozes em sua cabeça ameaçavam ensurdecê-lo. Tirou o telefone do bolso, e o seu primeiro instinto foi ligar para Anna. Precisava que ela o consolasse com a sua serenidade, mas hesitou. Qualquer coisa que ele dissesse seria passado adiante para Steve Jewell.

Guardou o telefone outra vez e entrou no carro, apressado, dirigindo rápido demais para ver a única outra pessoa que o entenderia.

Kenny ainda estava na lista de lesionados e tinha fisioterapia na maioria das tardes, então Nick sabia que ele estaria em casa àquela hora do dia.

O percurso de trinta minutos costumava dar a Nick tempo para pensar, mas hoje serviu para encher o grande poço de depressão que se formava dentro dele.

Ele parou do lado de fora de uma casa geminada de tijolos vermelhos, do tipo que era comum nos subúrbios de Manchester. O chamativo carro estacionado do lado de fora da garagem é que era incomum.

Então viu outro carro parado na pequena pista de acesso e seu estômago afundou. Era o Mini Cooper que ele comprara para Molly no ano passado.

Por que Molly estaria visitando Kenny a uma hora dessas? Uma resposta surgiu em sua mente, mas pareceu improvável demais porque os dois se odiavam. Era o que eles sempre haviam dito...

Nick agarrou o volante, e os nós dos dedos foram ficando brancos conforme uma fúria absoluta o preenchia.

Já tinha saltado do carro antes de perceber o que estava fazendo e subiu a pequena pista de acesso de Kenny.

A música tocava aos berros pela casa, abafando o som de sua aproximação. Ele espiou pela janela da frente e foi soltando o ar, lentamente.

Foi a joelheira que deu o aviso.

Kenny vinha usando uma joelheira há semanas.

Havia uma mulher curvada por cima de uma poltrona, e Nick observou seu melhor amigo dar uma palmada no traseiro rechonchudo enquanto a penetrava, a bunda branca e cabeluda indo e vindo com brutalidade.

O coração de Nick parou por um instante.

Não quis acreditar no que estava vendo, mas sabia que era ela, sabia que era Molly. Reconheceu o vestido que estava erguido ao redor da cintura e os sapatos que ela estivera usando quando saiu de casa naquela manhã, bufando.

Ela se virou, ligeiramente, e Nick enxergou a suave curva do seu rosto, corado e suado.

Eu preciso chegar cedo no trabalho hoje, Nicky baby. Mentira Número Um.

Sua namorada, perdão, noiva, me dá dor de cabeça. Mentira Número Dois.

Eu vou te apoiar até o fim, Nicky baby. Mentira Número Três.
Estamos juntos, parceiro. Mentira Número Quatro.
Te amo, Nicky baby! Mentira Número Cinco.

O estômago de Nick deu uma cambalhota quando a boca de Molly se abriu numa expressão de prazer. *Ele* é que devia fazê-la gritar daquele jeito, não Ken. Jamais Ken.

Há quanto tempo? Há quanto tempo sua noiva e seu melhor amigo vinham trepando? Há quanto tempo ele vinha sendo um idiota ingênuo e crédulo? *Há quanto tempo? Há quanto tempo? Há quanto tempo!*

Como se alguém tivesse riscado um fósforo, o sangue começou a ferver em suas veias. Labaredas de fúria atiçadas pelo fogo da humilhação o consumiram.

E ele queimou.

Correu de volta até o carro e pegou a chave inglesa dentro da caixa de ferramentas que estava na mala. A sensação do metal frio sobre a pele quente lhe pareceu correta.

Nick brandiu a chave como um jogador de beisebol, estilhaçando a enorme vidraça da janela da frente. Molly gritou, e Kenny berrou obscenidades. Nick esmurrou a porta da frente com força. Então enfiou o ombro na porta e a arrombou.

Molly gritou outra vez ao vê-lo e se encolheu no chão.

Kenny ainda tentava vestir as calças de moletom por cima da joelheira, o pau agora flácido balançando loucamente.

— Nick! Parceiro! Não é o que parece!

Nick ignorou as palavras — mais mentiras — e saiu pela sala arrebentando, metodicamente, tudo o que havia lá dentro.

A tela da TV estilhaçou, soltando faíscas.

A luminária alta foi dobrada ao meio.

A caixa de som bluetooth teve um amargo fim.

Kenny segurou seu braço, tentando contê-lo, mas Nick nem parou para pensar ao enganchar o pescoço de Kenny com o braço, repetindo a manobra do *clothesline* que descrevera para Anna com tanto detalhe várias semanas antes.

Kenny foi atirado para trás, ganindo quando o joelho machucado cedeu, então seu grito foi abafado enquanto Nick segurava sua traqueia e apertava.

Sua raiva era tão grande, tão esmagadora, tão cheia de fúria cega que ele apenas fitou as duas pessoas em quem mais confiara sem dizer uma única palavra. Não conseguia parar, não conseguia...

O rosto de Kenny estava ficando azul, e os olhos pareciam prestes a saltar. Nick deu um soco em Kenny, atingindo-o na mandíbula, esperando que ainda restasse alguma força no outro para revidar, mas ele apenas deslizou inerte sobre o tapete peludo. Nick mal se deu conta de que Molly arranhava o seu braço com as unhas até sacudi-lo para se livrar dela, acertando uma cotovelada em seu rosto sem querer. Ela se sentou pesadamente, segurando o nariz, que sangrava.

De repente, Nick voltou a si e ficou aterrorizado quando viu o que havia feito. Tinha vidro estilhaçado e borrifos de sangue por todos os lados.

Nick ofegava enquanto observava Molly se arrastar até Kenny de quatro, gemendo que ele o matara.

Não matara, não, mas por um momento...

Será que ela gostava mesmo daquele babaca? Molly sempre tinha dito que Kenny era um cuzão com um cérebro do tamanho de um mosquito e as competências sociais de um labrador mal treinado e incontinente. Inacreditável, caralho! Ele defendera Kenny, tentara livrar a cara dele. Agora ela estava ajoelhada ao lado dele com lágrimas escuras de rímel manchando as suas bochechas.

Enjoado de repulsa, Nick deu as costas. Sua confiança e seu amor haviam sido traídos, tratados como algo sem valor, mutilados e atirados no lixo.

Estava tudo perdido.

Nick deixou a porta escancarada enquanto saía da casa, mas quando viu o carro de Molly — o que ela havia enchido o seu saco para comprar, o carro pelo qual ele pagou —, perdeu o controle outra vez.

Ainda estava atacando o reluzente Mini Cooper vermelho quando a polícia chegou.

— Solte isso, amigo! — ordenou um dos policiais.

Levou um instante para as palavras penetrarem seu cérebro inundado de ira, mas, quando o policial repetiu a ordem, Nick deixou a chave inglesa cair, obedientemente, e aguardou, arfando enquanto o suor cobria o seu corpo. Molly gritava e chorava, apontando um dedo trêmulo na direção de Nick com o sangue pingando em seu vestido.

Nick se perguntou se ela se dera ao trabalho de procurar a calcinha.

A polícia não hesitou e o empurrou para cima do que restara do carro de Molly antes de prender suas mãos para trás.

— Você está preso por suspeita de agressão e dano criminal. Não precisa dizer nada, mas poderá prejudicar a sua defesa se não mencionar, quando questionado, algo que mais tarde venha a usar no tribunal. Qualquer coisa que disser poderá ser usada como prova.

Nick não tinha falado desde que chegara à casa de Kenny. Nem uma vez. Nem uma palavra.

O policial o encarou para ver se ele havia compreendido, então continuou:

— É necessário detê-lo como forma de preservação das provas e pela imediata segurança de terceiros, de acordo com o Código G da Lei de Evidência Policial e Criminal de 1984. Está entendendo?

Nick fez que sim com a cabeça.

Observou enquanto os paramédicos ajudavam Molly e Kenny a entrarem numa ambulância. A garganta de Kenny estava roxa e seus olhos, vermelhos.

— Ele é um louco, porra! Viram só o que ele fez com a minha casa? Ele precisa ser preso!

A voz de Kenny estava rouca, mas Nick apenas observava, se perguntando se tudo o que Ken dissera a ele desde sempre fora mentira. Ele aguentara seu jeito infantil e babaca de ser durante anos pensando haver um homem decente por baixo.

A traição de Ken era difícil de entender, difícil de engolir.

E quanto a Molly...

O amor se transformara em poeira.

Ele voltou os olhos para ela, berrando e gemendo enquanto os paramédicos tentavam acalmá-la. *Ela deve estar adorando isso tudo*, pensou, sem um pingo de emoção. *Sempre adorou ser o centro das atenções.*

Uma pontada de culpa se alojou dentro dele ao notar os olhos roxos de Molly e o nariz, que começava a inchar. Parecia estar quebrado. Ele tentou engolir, apesar da repulsa que formava um nó gigante em sua garganta. Não se batia em mulher: não era assim que ele tinha sido criado.

A raiva havia queimado até se extinguir, deixando-o anestesiado e, por ora, incapaz de alcançar o poço de profunda infelicidade, vergonha e desespero que sentia.

Capítulo 9

— Nick Renshaw foi preso!
Anna encarou Belinda enquanto ela dava a notícia.
— O quê? Você tem certeza? Por quê?
— Agressão e dano criminal. Pelo visto, ele pegou a noiva em posição comprometedora com outro homem, então destruiu o carro dela e a casa do sujeito. Dá para acreditar?
Por um instante, Anna ficou sem fala. Pobre Nick. Pobre, pobre Nick. Ela conhecia muito bem a profunda e feroz dor da traição.
Mas se perguntou: será que conseguia imaginá-lo dando uma surra no melhor amigo? Conseguia imaginar uma coisa dessas? Ela viu a paixão que tinha pelo jogo, percebeu as águas profundas que fluíam por dentro dele, mas esse tipo de violência?
Houve uma longa pausa.
— Dizem que ele bateu nela, também. — A voz de Belinda foi reduzida a um sussurro.
— Não! — A negação automática de Anna foi imediata.
— É o que estão dizendo. Já está por toda a internet.
Uma faísca de repugnância espalhou repulsa pelo corpo de Anna como um fogo súbito. Ela apertou os dedos contra a testa, tentando apagar as imagens que Belinda, sem saber, fizera surgir.
Como ele pôde fazer uma coisa dessas? Como um homem como Nick pôde bater em uma mulher? Aquilo parecia impossível. Mas ele foi detido por isso. Como ela pôde se enganar tanto outra vez? Ela realmente não o conhecia nem um pouco.

O desapontamento roubou seu fôlego, e o estômago revirou.

Uma hora depois, ela recebeu um e-mail da assistente de Steve Jewell cancelando todas as futuras consultas de Nick Renshaw.

Então, era assim que acabava.

— Hora da sua ligação.

Nick seguiu o policial, que apontou para um telefone de plástico vagabundo que se encontrava sobre a mesa.

— Não posso usar o meu celular?

— Só a linha fixa, senhor.

— Ok.

Ele respirou fundo e ligou para o seu agente.

— Mark, aqui é Nick Renshaw. Fiz merda...

Depois disso, ficou sentado em silêncio na cela da delegacia, esticado sobre um colchão fino e granuloso enquanto as engrenagens da justiça iam abrindo caminho por sua vida. Os pensamentos se arrastavam e rodopiavam em um turbilhão ao mesmo tempo. Ele sabia que acabava de detonar uma bomba na sua carreira. Ou em toda a sua vida.

Será que não devia estar sentindo *alguma coisa?*

A polícia o submetera ao bafômetro quando ele chegou à delegacia, embora ele não soubesse direito por quê. Talvez porque tivesse ido à casa de Kenny dirigindo antes de perder a cabeça e sair exterminando equipamentos e instalações da casa. Talvez a *fúria alcoolizada* fosse mais fácil de entender do que a fúria sóbria.

Inspirou lentamente, tentando não sentir o cheiro de mijo e de água sanitária nem escutar as divagações desconexas vindas da cela ao lado. Por um instante, os murmúrios pararam, então Nick ouviu o barulho de vômito.

Estudou o curativo que cobria os nós dos dedos da mão direita, ainda sangrando lentamente. *Quando teria começado? Será que tinham estado juntos esse tempo todo, rindo dele pelas costas?* Ou talvez fosse algo novo. Todas aquelas noites em que ele estivera cansado demais ou dolorido demais enquanto se recuperava da cirurgia, infeliz demais para sair com ela — teria acontecido naquela época?

Aí ele se perguntou se tinha importância, se ele se importava. O vazio que havia por dentro o entorpecia.

Nick teve sua prisão registrada pelo agente de custódia e foi examinado para o caso de estar ferido, além de ter passado por uma breve avaliação de saúde mental. Suas mãos foram, então, enfaixadas, e ele, colocado numa cela.

A única coisa que podia fazer agora era esperar. Haviam dito que a polícia tinha 24 horas para recolher provas, o que incluía depoimentos das partes lesadas, fotografias dos ferimentos e danos sofridos e uma busca por testemunhas. Os vizinhos de Kenny deviam estar fazendo fila para essa parte.

Dor e desespero foram preenchendo lentamente o vazio onde o amor e a amizade um dia tinham vivido. E ele se deu conta de que nada na sua vida havia sido verdadeiro.

Onze horas depois, Nick foi interrogado, acusado e solto após o pagamento de fiança sob a condição de não se aproximar das partes lesadas, da casa de Kenny, da casa da mãe de Molly ou do apartamento da irmã de Molly.

A advogada que seu agente encontrou era uma mulher enérgica e bem vestida, com um tom apressado de quem estava perpetuamente ocupada. Mark devia ter uma tecla de discagem rápida do telefone destinada a Miranda Wilson-Smith, porque discussões entre jogadores de rugby agressivos não eram incomuns. Era para ela que o agente ligava quando alguém se via "numa situação incômoda", como dizia Mark.

— Vamos ter que nos encontrar o mais rapidamente possível para começarmos a planejar a sua defesa, Sr. Renshaw. Visto que a agressão incluiu uma arma...

Uma chave inglesa tirada de uma caixa de ferramentas era uma arma? É, provavelmente era quando a pessoa a brandia como Al Capone brandira um taco de beisebol.

— Você se apresentará no tribunal na primeira oportunidade disponível, provavelmente daqui a um ou dois dias, para se declarar culpado ou inocente. Eu o aconselharia a se declarar culpado. Se você se declarar inocente, o caso será submetido ao tribunal da coroa para ser julgado. E isso poderá se arrastar por seis meses ou mais.

Nick colocou a cabeça entre as mãos.

— Eu não quis machucar a Molly. Foi um acidente. O restante, eu admito.

— Mas concorda que agrediu a sua noiva?

A vergonha o queimou por dentro — estava apavorado de ter que contar à mãe e à irmã.

— Ex-noiva — corrigiu ele, baixinho. — Sim.

— O juiz ouvirá as provas e, então, vai interromper a sessão para determinar a pena.

— Rápido assim?

— Pois é.

Nick teve um estranho sentimento de desconexão. O homem que liberara sua fúria sobre a casa de Kenny há algumas horas tinha a sensação de que aquilo acontecera com outra pessoa; como se tivesse assistido pelo lado errado de um telescópio enquanto um louco destruía sistematicamente a casa de seu ex-amigo. Aquela fúria toda, consumida por um frenesi de destruição, parecia agora tão distante. A pulsação da dor e da traição batia, fraca, bem lá no fundo.

Ele devia se importar que tudo tinha acabado mal. Mas, não. Não estava dando a mínima para nada.

Miranda Wilson-Smith guardou toda a papelada na pasta e o deixou com um aviso severo para que ficasse longe de Kenny e de Molly. Ele não tinha o menor problema com isso. Vê-los, nem que fosse só mais uma vez em toda a vida, já seria demais.

O agente de custódia devolveu seu telefone, os cadarços dos tênis, as chaves do carro e a carteira com cordial indiferença. Pouca coisa parecia tirar os policiais do sério. E lá estava aquela desconexão outra vez: sua vida havia implodido de maneira turbulenta e desoladora e, para eles, era só mais um plantão de 12 horas.

Quando Nick ergueu o olhar, seu pai estava lá, olhando para ele com muito amor e pena. Nick engoliu em seco diversas vezes antes de conseguir falar; o peso do quanto havia desapontado o homem que tinha dado tudo para ele o deixou sem palavras.

O pai passou os braços ao seu redor e o abraçou com força.

— Me desculpe, pai.

— Vai ficar tudo bem, filho.

Nick deu um passo atrás, grato pela pureza do amor que enxergou no rosto do pai. Não pensava nele como velho, mas hoje via os poucos fios grisalhos espalhados em seus cabelos e as rugas da vida e do amor, as marcas da dor e da felicidade deixadas pelos anos.

Deixou-se cair, exausto, no Volvo surrado de seu velho e foi só quando já estavam em movimento havia dez minutos, em silêncio, pelo trânsito de fim de noite, que ele se deu conta de que não estavam indo para a sua casa.

— Pai? Aonde estamos indo?

— Trish foi pegar o seu carro na casa do Kenny — começou o pai, deixando escapar um suspiro —, e sua mãe quer você em casa.

— Ah.

O pai olhou para ele, mas não disse nada.

Em casa. Ele não vivia sob o teto dos pais desde os 19 anos, mas parecia certo ir para lá agora.

A mãe escancarou a porta da frente e o abraçou com força, falando rápido e secando as lágrimas evidentes.

Nick detestava ver a mãe triste, detestava ver a preocupação e o pesar em seu rosto. E, quando Trish voltou com o carro dele, estava furiosa: dividindo-se entre ameaçar cobrir Kenny de porrada, embora Nick soubesse que ela sempre teve uma quedinha por ele, e falar mal de Molly. De um jeito ou de outro, ele não queria ouvir.

O pai entregou a ele uma lata de Stella, e a mãe preparou sua torta cottage preferida, como se comida e bebida pudessem melhorar tudo. Se ele tivesse dez anos, talvez tivesse funcionado, mas ficava grato pela tentativa.

Comeu mecanicamente, sem sentir o sabor de nada; tomou a cerveja, depois uma segunda e uma terceira enquanto eles o observavam com as expressões ansiosas e atormentadas de quem ama, mas não tem o poder de deixar tudo melhor.

— Tudo bem se eu dormir aqui hoje, mãe?

Ele sabia que a mãe ia gostar daquele gesto e, além disso, não podia encarar voltar para casa ainda. Em algum momento teria de fazer isso, no mínimo para descobrir quanto Molly tinha levado embora já que ainda tinha a chave. Mas, naquele momento, ele não estava dando a mínima.

— É claro que você pode ficar. Vou colocar lençóis limpos na cama para você.

— Eu dou um jeito na cozinha — resmungou o pai.

Trish veio se sentar ao seu lado — sua irmã mais velha, que já não era maior do que ele havia 14 anos.

— Você quer falar sobre o que aconteceu?

— Não, tudo bem.

— Tem alguma coisa que eu possa fazer? Retalhar os pneus dela? Retalhar os pneus *dele?* Postar fotos horrendas dos dois bêbados no Twitter? Eu tenho um monte.

Nick deu um meio-sorriso e se recostou no sofá.

— Não, obrigado, mana. Minha advogada disse que não posso chegar nem perto deles ou pioro as coisas.

Houve um longo silêncio, então Trish perguntou, baixinho:

— Você realmente bateu nela?

Ele abriu os olhos e enfrentou o olhar preocupado da irmã.

— Foi um acidente.

— Sério? Pode me contar, Nick, eu entenderia.

Ele endireitou o corpo, fitando a expressão tensa no rosto dela enquanto entendia o que estava acontecendo.

— Você não acredita em mim! Caramba!

— Acredito, sim! Desculpe. Eu tinha que perguntar.

— Tinha mesmo? Não podia simplesmente acreditar que não sou assim? Eu sou seu *irmão!*

Trish mordeu o lábio.

— Eu achei que, talvez, no calor do momento, você simplesmente tivesse perdido a cabeça. Acontece.

— Porra, Trish! Se você não acredita em mim, não tenho a menor chance de convencer mais ninguém. Não consigo acreditar que isso esteja acontecendo. Minha própria *irmã!*

— Meu Deus, Nick! *É claro* que eu acredito em você! Sei que você não levantaria a mão para uma mulher. Não está no seu sangue. Eu odeio que aquela vaca rabugenta tenha feito isso com você!

Ele se levantou e a fulminou com o olhar.

— Aonde você vai?

— Sair. Para casa. Para longe daqui.

A ideia de que sua família achava que ele era o tipo de homem que agredia mulheres o deixou fisicamente mal.

— Não vai embora! Não desse jeito!

Ele passou bruscamente pela mãe, que segurava duas canecas de chá.

— Nick?

Ele deu um beijo rápido em seu rosto.

— Desculpe, mãe — murmurou.

Ignorou as chaves do carro, sabendo que tinha bebido demais para dirigir. Em vez disso, caminhou apressado com os ombros encurvados, as mãos enfiadas nos bolsos e uma expressão desanimada no rosto.

As ruas escuras estavam tranquilas, e Nick se viu completamente só com seus pensamentos. No caminho, parou numa loja de bebidas e estudou as fileiras bem iluminadas de aguardentes, vinhos e cervejas. Esquecimento engarrafado. Valia mais do que custava.

Ao se aproximar de casa, seus passos perderam a velocidade, e o vazio foi se espalhando por dentro dele e preenchendo cada cantinho.

A rua estava silenciosa quando ele chegou, mas, sob o fulgor laranja do poste de luz, pôde ler com facilidade as letras de trinta centímetros pintadas com spray vermelho por cima da porta da frente:

AGRESSOR DE MULHER!

Ele tocou na tinta, mas já havia secado. Independentemente de quando aquilo tinha sido feito, já fazia horas.

Virou a chave na fechadura, empurrando a porta lentamente, então parou, fitando os destroços que encontrou lá dentro.

Tudo havia sido destruído, de maneira bem parecida a como ele destruíra a casa de Kenny. Vagueou pela casa, olhando as pichações feitas com spray em suas paredes, caminhando com cuidado por estilhaços de vidro. Todas as almofadas idiotas de Molly haviam sido esvaziadas, e ele foi sendo seguido por uma nuvem de penas enquanto se deslocava de um aposento a outro.

O pior da devastação se encontrava em seu quarto. Todas as suas roupas haviam sido retalhadas ou manchadas com tinta, e o edredom parecia ter sido rasgado por animais selvagens.

Nick se deixou cair sobre o sofá, sentando de lado de maneira a desviar das bolas de espuma que saíam pelo tecido rasgado, e abriu a primeira das duas garrafas de uísque que tinha comprado, virando a bebida abrasadora garganta abaixo. Fez uma pausa, secando a boca e recordando a noite em que Anna bebera uísque e as coisas inteligentes que ela havia dito sobre o sabor — guacamole? Não lembrava o nome. Tomou outro gole, apreciando a queimação em sua garganta e na barriga enquanto o líquido âmbar ia descendo por seu corpo.

Ficou sentado no quarto sem luz bebendo até a escuridão consumi-lo.

Na manhã seguinte, a merda bateu no ventilador.

O telefone de Nick vibrava continuamente enquanto alertas e notificações começavam a aparecer.

Sites de notícias on-line haviam descoberto a história e estavam adorando o novelão da vida real:

Rebelde do rugby sob custódia da polícia!
Jogador de destaque em agressão violenta
Fullback dos Minotaurs indiciado
Namorada espancada conta tudo!!

Nick teve dificuldade para se sentar, com penas grudadas como neve em seus cabelos pretos. Seu corpo doía e a língua estava seca.

Havia dúzias de mensagens e ligações perdidas em seu telefone. Foi cutucando a tela com olhos cansados, sentando-se com as costas um pouco mais eretas à medida que lia as acusações feitas contra ele.

Merda, aquilo era péssimo. Péssimo mesmo. Ele se deu conta de que cometera um grave erro dando a Molly a vantagem de construir sua boa imagem na mídia. Mas agora era tarde demais. Não havia chance de ele se recuperar daquilo, não para um homem com a reputação de um abusador valentão. Não que ele tivesse o que recuperar.

Seu estômago estava azedo de uísque e de tristeza, e ele se perguntou como seguiria adiante. Como seria a vida agora? Para onde iria? O que faria?

Alguém deu um murro na sua porta de entrada, e ele ouviu berros. Não se dera ao trabalho de fechar as cortinas na noite anterior, de maneira que podia ver os flashes das câmeras, e percebeu que havia jornalistas do lado de fora.

Então ouviu uma chave na fechadura, e seu corpo enrijeceu. Molly?

Mas era Trish. Ela marchou quarto adentro e deu um tapa na cara dele.

Caralho, doeu!

— Que porra foi essa, Trish?

— Isso foi por você ter vindo embora ontem à noite e ter feito a mamãe chorar. E isso — ela deu um tapa na outra bochecha —, é por não atender ao telefone e por se comportar feito um babaca de maneira geral.

— Que inferno, mana! Por acaso essa é a sua ideia de solidariedade?

— Não — respondeu ela, sombria. — Essa sou eu te mandando tomar vergonha na cara. — Então ela pareceu se dar conta da destruição que o cercava. — Meu Deus! Foi Molly quem fez isso?

Ele deu de ombros, e Trish se arrepiou inteira.

— Graças a Deus que você não vai entrar para aquela família. São todos doidos. — Ela olhou para a expressão aborrecida dele. — Desculpe. Mas você está melhor sem ela. O que foi que a polícia disse?

Nick quase riu.

— Eu não prestei queixa.

Os olhos de Trish se arregalaram.

— Pelo amor de Deus! Por que não?

— Sério? Você acha que eu quero mais alguma coisa com a polícia?

— Mas... você não pode deixar que a Molly não seja punida por isso!

Nick balançou a cabeça e massageou as têmporas latejantes.

Sua irmã parecia estar prestes a discutir com ele, mas logo apertou os lábios e não disse nada.

Nick pensou na ex-noiva. Nem tudo tinha sido ruim, tinha?

Uma lembrança dos olhos cinza-prateados e do sorriso fácil de Anna apareceu em sua mente. O que será que ela pensaria dele agora?

— Nick, você tem que se levantar!

Ele ignorou a irmã, cansado, deprimido e com ressaca demais para funcionar.

Então, Trish agarrou suas mãos e tentou puxá-lo de cima do sofá.

— Nossa! Quanto você pesa? — perguntou ela, desistindo da luta desigual e se atirando ao lado dele.

— Duas vezes mais que você, tampinha.

— Vá se ferrar, seu grandessíssimo malcriado. Meu Deus, como você está fedendo a uísque. Tenha pena do meu nariz e vá tomar um banho.

— Para quê? Eu não tenho que ir a lugar nenhum.

Ela arqueou as sobrancelhas.

— Veja as suas mensagens, Einstein. Steve Jewell quer te ver. Ligou para a nossa casa logo cedo quando não conseguiu falar com você. E eu trouxe o seu carro de volta. Outra vez.

— Valeu, Trish — disse ele, emocionado por ela ter se incomodado em ajudá-lo depois da briga da noite anterior.

Com uma expressão séria, Trish olhou para o irmão, cruzando os braços.

— Só porque você se comportou como um babaca não significa que eu não te ame, irmãozinho. E você não está sozinho.

Ele abriu um fraco sorriso, porque, apesar de tudo o que ela pudesse dizer e por mais que a família dele o amasse, os problemas eram dele e de mais ninguém.

— Valeu, mana.

— Me agradeça com um presente de Natal impressionante.

Ela o apressou escada acima, e ele tomou uma longa chuveirada, livrando-se do cheiro azedo de uísque e de fracasso, e depois se secou com uma toalha esfarrapada.

As únicas roupas que davam para vestir estavam na sua bolsa de ginástica: calças de moletom e uma camiseta — ambas ligeiramente amassadas, porém limpas.

Quando desceu outra vez, sentindo-se como uma cópia malfeita de si mesmo, descobriu que Trish havia ligado para a polícia a respeito do vandalismo.

Estava cansado demais para se irritar com ela. Além disso, a polícia não sabia dizer quando teria um policial disponível — aquele não era o tipo de crime que constituía uma prioridade. Trish até mesmo fotografara os danos, mas Nick ia esperar sentado.

Ela estava com expressão de culpa e foi rápida em enfiar o telefone de volta no bolso.

Ele arqueou uma das sobrancelhas.

— Está olhando as páginas de notícias?

— Não leia, Nick — disse ela, com uma voz suplicante. — Você sabe que só publicam mentiras.

Ele pegou o telefone dela e passou rapidamente pelas páginas que ela havia marcado. O problema era que, até onde Nick podia perceber, todas diziam a verdade, ou uma versão dela.

— Vai passar — disse Trish, baixinho, apertando seu braço.

Ele não aguentava mais tanta compaixão e ainda nem tinha contado à família que precisava de mais uma cirurgia.

— É melhor você ir andando.

— É.

Ela entregou as chaves do carro para ele, que enfiou um gorro azul-escuro por cima dos cabelos úmidos e óculos escuros no rosto, tentando ignorar os flashes das câmeras e as perguntas dos dois jornalistas que estavam em pé do lado de fora de sua casa.

— *Há quanto tempo você bate nela, Nick?*

— *Você sabia que eles estavam tendo um caso? Vocês faziam sexo a três?*

— *Nos dê uma declaração, Nick!*

Ele entrou no carro, descendo a pista de acesso em marcha ré com cuidado para não atropelá-los, embora quisesse muito, muito fazer isso.

Um deles encostou a lente na janela dele e quase o cegou com mais um flash da câmera.

— Babaca! — berrou um dos jornalistas enquanto Nick se afastava no carro.

Uma hora depois, ele chegava na sede dos Minotaurs pelo que, tinha uma forte suspeita, seria a última vez.

— Bom dia, Sally — disse para a mulher da recepção, que sorrira para ele todos os dias pelos últimos três meses.

Ela fitou a tela do computador sem expressão, recusando-se a olhá-lo nos olhos.

— O Sr. Jewell está à sua espera na sala de reuniões.

Sala de reuniões? É, aquilo não estava soando bem.

— Obrigado — disse ele, simplesmente.

Ela agiu como se ele não existisse.

Steve Jewell não estava sozinho. Estava sentado com o treinador assistente, o diretor do clube, Sadie, das relações públicas, e Ernie Carter, dono do clube. Nick ficou aliviado em ver que, do outro lado da mesa, encontrava-se seu agente, Mark Lipman.

— Sente-se, Nick — pediu Steve, fazendo uma ligeira careta enquanto Ernie soltava baforadas do charuto e olhava fixa e impassivelmente.

O coração de Nick acelerou, mas seu rosto permaneceu sem expressão. Desejou estar mais bem vestido.

— Essa história é ruim — começou Steve Jewell, sacudindo a cabeça. — Muito ruim. Mas nós chegamos a um acordo. — E, com isso, fez um aceno com a cabeça para que Mark fosse em frente.

— Você vai ser liberado do seu contrato, Nick.

O golpe foi silencioso, mas Nick ouvia o incessante dobrar dos sinos pela morte da sua carreira.

— O clube se dispõe a pagar um terço do seu salário anual — continuou Mark, cautelosamente. — Você não pode falar sobre isso com a imprensa. Esse é o acordo.

— Liberado?

O coração de Nick batia de encontro às costelas. *Então era o fim. Estava realmente acontecendo.*

Steve Jewell se inclinou para a frente.

— Você não está sendo demitido. Vai ser melhor para você desse jeito.

— A gente devia mesmo era te botar na rua! — disse Ernie, rindo com desdém enquanto abocanhava o charuto igual a um vilão de filme de James Bond. — Homens como você me dão nojo...

Sadie bateu com a caneta na mesa, interrompendo com eficácia o que teria sido uma crítica desagradável.

— Sentimos que é melhor para todo mundo — *quer dizer, para o clube* — se você for embora silenciosamente. — Ela empurrou uma folha de papel na direção dele. — Assine aqui.

Nick pegou a caneta mecanicamente, então ergueu os olhos para fitar o círculo de rostos.

— O especialista em ortopedia que vocês me mandaram ver disse que vou precisar de outra operação no tendão de Aquiles.

Steve Jewell assentiu com a cabeça, lentamente.

— Nós sabemos, meu filho.

Ernie cuspiu fora o charuto.

— Nós não vamos pagar porcaria nenhuma. Você não devia ter batido na sua garota!

Nick assinou e se levantou para deixar a sala, olhando a sua volta uma última vez.

Seu momento de jogar para um time importante havia chegado, partido e o deixado comendo poeira. Ele fez um aceno com a cabeça para os rostos sombrios e saiu.

Nick tentou se concentrar enquanto a advogada repassava as acusações feitas contra ele.

— Não vou te enrolar — disse ela. — A coisa não está boa. Como eu disse, estou recomendando que você se declare culpado porque, se não fizer isso, serão seis meses de publicidade negativa até mesmo antes de o caso chegar ao tribunal. E aí vão te pintar como um agressor de mulheres sem o menor remorso. A acusação vai sacar uma foto da sua noiva com o olho roxo, e você estará acabado. Você usou uma arma: o fato de ter ido buscá-la na mala do carro pegou mal. Não tão mal quanto uma agressão premeditada, mas mal, ainda assim. Nick, você está prestando atenção?

Ele ouviu a exasperação em sua voz, mas continuava com a sensação de estar assistindo a uma novela mal escrita: puro melodrama e tiques faciais.

— Bater na Molly foi um acidente.

— Foi o que você disse. Dadas as circunstâncias, um juiz vai olhar para você, um jogador de rugby de um metro e oitenta de altura e noventa quilos, então dar uma boa olhada para ela, com seu metro e meio e quarenta e cinco quilos depois de se empanturrar com um pote inteiro de sorvete Häagen-Dazs, e você não vai gostar da resposta.

— Não há porcaria nenhuma que eu possa fazer a respeito disso.

A Sra. Wilson-Smith assentiu com a cabeça.

— Precisamos que muitas mulheres, mulheres de credibilidade, se apresentem e digam que você jamais levantou a mão para elas, nem mesmo na hora do vamos ver...

Nick fez uma careta, sentindo que a novela tinha se transformado num seriado dos anos 1970.

— Estou falando de ex-namoradas, mulheres de significado na sua vida, e não estou me referindo à família. Então, pode começar.

Ela olhou para Nick com expectativa, uma caneta tinteiro com tinta verde a postos sobre um bloco de papel ofício amarelo.

— Eu fiquei três anos com Molly... — *Três anos jogados fora.*

— Nada paralelo?

— Não!

— Tem certeza?

— Absoluta!

— Porque eu preciso saber de onde vão vir as porradas.

Nick trincou os dentes.

— Eu fui fiel. — *Como um tolo estúpido e confiante. Ao contrário de Molly.*

— Certo, bem... antes de Molly?

Nick suspirou, listou todas as ex-namoradas e a advogada tomou notas cuidadosamente.

— Só isso? Essas são todas?

— É, acho que sim.

— Nenhuma transa de uma noite?

Nick correu uma das mãos pelos cabelos, deixando os cachos ainda mais revoltos.

— Umas duas. Não me lembro dos nomes delas. Foi há muito tempo.

A Sra. Wilson-Smith batucou com a caneta.

— É... bem... uma lista bastante curta... tem certeza de que não deixou ninguém de fora?

— Mas que merda! Quantas vezes vai me perguntar isso? Não, é só isso!

— Ok, você já deixou isso claro. Mas me permita te dar uma dica: não se irrite desse jeito no tribunal. É exatamente o que a acusação vai querer. Vão retratar você como um vândalo agressivo e meio moleque com tendências violentas. Entendeu?

— Entendi. — Nick estava fervendo de raiva.

Ela ajeitou os óculos e franziu os lábios.

— Está me pagando para representar você, Sr. Renshaw. Só estou fazendo o meu trabalho.

— Sim, me desculpe.

— Ok. Então, você e Molly. Alguma coisa mais sacana na cama? Algemas, castigos, alguma coisa mais pesada?

O queixo de Nick caiu.

— O quê?!

A advogada deixou escapar mais um suspiro.

— Esse é o tipo de pergunta que vão fazer para você. Vão tentar demonstrar que você tem... tendências, como eu já disse. Então, mais uma vez...

— Não, nada desse tipo.

A advogada ergueu as sobrancelhas como se esperasse mais, e Nick sentiu a raiva começar a crescer outra vez. Desde quando sua vida sexual se tornara tão importante num processo penal?

— Ah, bem, ok. Então... você está dizendo que o incidente como um todo foi pouco característico?

Nick não sabia ao certo como responder àquilo — ele mal sabia quem era atualmente. Não tinha noiva, não tinha carreira e, agora, sua reputação também estava em frangalhos. Os jornais estavam noticiando o acontecido como uma sórdida ocorrência de violência doméstica, acompanhada de um certo tom de *o que se podia esperar de um jogador de rugby*. Aquilo o deixava enojado. Ironicamente, dava vontade de socar alguém.

— Sim, foi pouco característico.

— Já tinha sido preso antes?

— Não.

— Já se envolveu em algum incidente relacionado ao consumo de bebidas alcoólicas? Qualquer tipo de confusão?

— Não. Eu sempre fiquei na minha, dei um duro danado e treinei muito. Eu não queria voltar.

A advogada ergueu a cabeça.

— Voltar para o quê?

Nick se remexeu na cadeira.

— Voltar a trabalhar numa fábrica de tintas. — *Voltar a ser nada.*

Fez-se outra pausa.

— Vamos precisar convocar algumas testemunhas de caráter, gente que pode falar sobre o grande cara que você é, que não machucaria uma mosca... fora do campo de rugby. Alguém lhe ocorre?

— Não o meu melhor amigo... meu ex-melhor amigo.

— Não, de fato... mas podemos trabalhar com a ideia de que ele nutria uma inveja profunda da sua promoção para o Premiership e que isso levou ao... ao caso.

Nick se perguntou sobre isso. Seria verdade? Sempre tinha achado que ele e Ken eram amigos, amigos de verdade.

— Eu tinha pedido a ele para ser o meu padrinho de casamento.

Os olhos da advogada brilharam.

— Excelente! Isso vai mostrar o quanto você confiava nele. Ótimo... mais alguém que falaria bem de você?

— É... o meu ex-treinador no Rotherham, Henry Selby. Talvez ele.

— Mais alguém?

Nick coçou a barba. Por que era tão difícil pensar em gente que o defenderia?

— Talvez Steve Jewell.

— Hmm, talvez... afinal, ele te contratou, para início de conversa. E, depois, demitiu.

— Eu fui liberado do meu contrato.

— Vou colocá-lo na lista. O próximo?

Nick mencionou uns dois outros ex-companheiros de equipe, sabendo que os estava colocando na posição desconfortável de terem de escolher entre ele e Ken: um companheiro de equipe e um ex-companheiro de equipe.

— Precisamos de algumas mulheres que não sejam sua irmã e sua mãe, é claro. Essa testosterona toda não vai pegar bem, já que você está sendo acusado de ter batido na sua ex.

Um nome surgiu na mente de Nick, mas ele hesitou. A advogada percebeu na mesma hora.

— Sim?

— É... bem... eu estava me consultando com uma psicóloga do esporte para me ajudar a jogar melhor. Ela talvez fale a meu favor.

— Como ela te ajudou, exatamente?

A expressão da advogada era de ceticismo, e Nick se irritou por conta de Anna.

— Ela trabalha a nossa autoconfiança, usa técnicas de visualização, coisas assim. Dave Parks, um dos pilares, também estava se consultando com ela. Os Minotaurs pediram que nós dois fôssemos vê-la.

— Excelente, posso usar isso. Nome?

— Dra. Anna Scott.

— Uma doutora? Melhor ainda. E qual era o seu grau de proximidade com essa Dra. Scott?

— Tive consultas semanais com ela desde setembro...

Será que Anna o defenderia ou será que se recusaria? A possibilidade o perturbou mais do que devia.

— Você convivia com ela socialmente?

— Não. Quer dizer, uma vez ela apareceu no mesmo pub em que eu estava. Mas eu estava com Molly, e Anna... A Dra. Scott ia encontrar alguém. Só isso.

A advogada anotou aquilo tudo, parecendo satisfeita, então pousou a caneta sobre o bloco amarelo coberto de minúsculas anotações.

— Eu vou ser sincera, Sr. Renshaw. Estou procurando fatores potenciais que talvez possam reduzir a culpa e, em última instância, ajudar você a chegar a um resultado justo e positivo.

— Tal como?

— Uma multa simbólica, duzentas horas de serviço comunitário. Essa é a melhor das hipóteses.

Nick engoliu em seco.

— E qual é a pior das hipóteses?

— Vamos nos concentrar em ser positivos.

— Me fale.

A advogada cruzou os braços, com muita seriedade.

— Bem, listas de sessões e audiências são de domínio público, então a mídia vai estar a par de tudo...

— Eu não me importo com isso.

— Mas deveria. Vai afetar a sua futura carreira.

Isso era pouco provável, uma vez que não havia a menor chance de algum clube contratá-lo agora, lesionado e enrascado.

— Qual é a pior das hipóteses?

— Mais de seis meses sob custódia, possivelmente um ano.

A boca de Nick ficou seca, e ele sentiu um suor frio tomar conta de seu corpo.

— Merda.

A advogada o fitou com severidade.

— Você usou uma arma, o que torna o caso bem mais grave. Eu preciso demonstrar que não foi premeditado, e que você estava sob estresse extremo. Se a chave-inglesa estivesse em cima do banco do carona, teria sido melhor. Mas, de acordo com a sua própria confissão, você a tirou de dentro da mala do carro. É por isso que precisamos demonstrar o quanto isso foge do seu comportamento normal.

Ela fez uma pausa.

— No entanto, o tribunal analisa com cuidado os fatores específicos do caso e os indivíduos envolvidos e, em determinadas ocasiões, a conduta da vítima. O fato de a sua noiva ter sido pega *in flagrante delicto* com o seu melhor amigo e padrinho de casamento conta a seu favor...

Nick fez uma careta.

—... porque um dos fatores relevantes à sentença é se a vítima provocou a agressão, e isso pode ser interpretado de muitas maneiras diferentes.

A advogada lançou um sorriso gélido para ele com o intuito de tranquilizá-lo.

O coração de Nick ficou apertado.

Capítulo 10

Anna nunca havia estado num tribunal. Ficou surpresa por ter sido chamada para servir de testemunha de caráter pela defesa de Nick e não sabia direito como se sentia a respeito.

Não via Nick desde a sua última consulta, exceto por sua foto no *Manchester Evening News*, assim como em diversos jornais de circulação nacional. Ela suspeitava que o julgamento colocaria a história de volta na primeira página, pelo menos na região.

Agarrou a bolsa com mais força e ergueu os olhos para o grandioso prédio vitoriano do Tribunal de Magistrados. A construção a fazia pensar numa versão de tijolos vermelhos da Biblioteca Pública de Nova York, ainda que um tanto arrogante e cheia de si.

Belinda já estava no tribunal, à sua espera.

— Ainda bem que decidiram chamar você — disse ela, animada. — Foi horrível, hoje de manhã: o advogado de acusação entrevistou a ex-noiva e aquela família horrorosa dela. Teve de tirá-los da cadeira das testemunhas o mais rápido que pôde. Que diabos será que ele viu nela?

Anna havia se feito a mesma pergunta.

— E tenho certeza de que ela está mentindo quando diz que ele bateu nela de propósito. Aquele homem não é violento.

Anna ergueu as sobrancelhas, e Belinda abriu um sorriso como de quem pede desculpas.

— Quer dizer... bem... é... Mas, sério, aquela mulher! Ela já foi pega em uma mentira. Disse que a trepadinha tinha sido uma exceção, aí a advogada de Nick apresentou o registro do telefone dela, e eles estavam juntos há meses. Além do sexo por mensagem de texto. Belinda definitivamente integrava o time Nick.

— Ele parece bem cansando. Continua lindo, é claro. Então, a defesa apresentou duas ex-namoradas dele, e as duas disseram que ele nunca encostou um único dedo nelas e que nem conseguiam imaginar uma coisa dessas. Você devia ter visto a cara da peça quando disseram isso: cara de bunda que levou um tapa.

Anna se retraiu ao ouvir aquilo. Provavelmente não era a melhor analogia.

Belinda colocou Anna a par do restante do caso, que vinha assistindo avidamente da galeria pública, então saiu apressada para encontrar um lugar "antes de todos os bons serem ocupados".

Entediada, mas tensa demais para ler, Anna se acomodou numa desconfortável cadeira de plástico na sala de espera das testemunhas perguntando-se como seria a inquirição.

Tinha ficado surpresa quando a advogada de Nick a procurou, mas após reler o seu contrato de confidencialidade com os Minotaurs com todo o cuidado e consultar Steve Jewell, ela concordou em depor. Não se sentia confortável em defender um homem que batia em mulheres — em uma mulher —, mas podia ser franca sobre as consultas dele. E depois do que Belinda contou, sentia-se bem melhor a respeito.

Ela releu o depoimento que deu à polícia, mal conseguindo compreender suas próprias palavras com o nervosismo chacoalhando seu cérebro.

Por fim, um assessor chegou para conduzi-la, e Anna tentou respirar calmamente. O juiz vestia um terno amarrotado e tinha a expressão azeda de um vegetariano num churrasco.

Enquanto Anna se acomodava na cadeira da testemunha, tentando manter-se calma e utilizando técnicas de visualização para enfrentar aquilo, olhou de relance para Nick.

Ele vestia um terno cinza e gravata azul-escuro e estava calado e resignado, sentado ao lado da advogada.

Ele parece tão perdido.

As maçãs do seu rosto estavam ainda mais saltadas agora, e Anna sentiu uma pontada de preocupação ao perceber as olheiras evidentes. Havia tensão em seu rosto e em sua postura. O olhar abatido cruzou com o dela brevemente, e Anna vislumbrou uma centelha de emoção antes de ele virar o rosto outra vez.

Parecia exausto.

Passando os olhos rapidamente pela mesa da acusação, precisou olhar duas vezes para reconhecer Molly. O cabelo platinado havia sido pintado de um dourado-escuro e mais suave, e a microssaia grudada no copo fora substituída por um vestido soltinho e reto cinza-claro, enfeitado com um lenço de seda verde. Seu nariz estava inchado e tinha os dois olhos roxos. O homem que ela imaginava ser Kenny também aparentava ter sido gravemente surrado.

Anna engoliu em seco e lembrou a si mesma de que seria objetiva e relataria apenas a verdade — até seus olhos cruzarem com o olhar fulminante e cheio de ódio de Molly.

Anna foi ligeiramente tomada de surpresa, mas, pensando bem, estava ali falando pela defesa.

Estudou o rosto do juiz, mas, apesar de sua expertise em linguagem corporal, não conseguiu adivinhar qual dos lados ele favoreceria; também sabia que um advogado esperto poderia fazê-lo pender para um lado ou para o outro.

Esfregou as mãos subitamente suadas nas calças do terninho escuro e tentou parecer indiferente ao se levantar, colocando uma das mãos sobre a Bíblia.

— Juro por Deus Todo Poderoso que a evidência que darei será a verdade e nada mais que a verdade.

Depois do juramento dela, a Sra. Wilson-Smith a apresentou e pediu que listasse suas credenciais e títulos.

Anna falou com clareza e autoridade, ganhando confiança à medida que a advogada a conduzia pelas perguntas ensaiadas.

— Não, eu nunca tive motivo para me preocupar por estar a sós com o meu cliente. Sempre o considerei educado e profissional.

Não, ele nunca exibiu sinais de raiva. Estava frustrado porque a lesão o estava atrapalhando, mas era só isso. Nós não conversávamos sobre a sua vida pessoal. Só sabia que ele era noivo e que tinha uma irmã mais velha e pais que moravam perto.

Anna teve o cuidado de colocar as suas respostas em contexto, mas não estava preparada para as perguntas da acusação durante a inquirição.

— Então, Dra. Scott, durante esse relacionamento *educado* e *profissional*, não houve nenhuma sugestão de algo mais?

— Como assim?

O advogado sorriu com frieza.

— Nenhuma sugestão de falta de decoro, Dra. Scott?

O queixo de Anna caiu, e a Sra. Wilson-Smith se colocou imediatamente de pé.

— Protesto!

— Mantido.

— Credibilidade da testemunha, meritíssimo.

O juiz encarou o untuoso advogado de acusação por um bom momento.

— Continue, mas tenha cautela, Sr. O'Keefe.

Anna ficou agitada, esperando que a Sra. Wilson-Smith dissesse alguma coisa, oferecesse uma réplica. Gaguejou nas perguntas seguintes e sabia que aquilo a deixava com cara de culpada.

Ele sorriu com malícia.

— Tenho certeza de que ele gostava de falar com você tendo a si mesmo como único assunto.

Anna permaneceu em silêncio.

— Srta. Scott?

— É *doutora* Scott, e eu estava esperando a pergunta.

Um murmúrio de divertimento ondulou pela galeria pública, e Anna olhou para a frente e viu Belinda mostrando o polegar para ela.

— Você gostava do seu cliente, *doutora* Scott? Afinal de contas, ele é um homem bonito, e você é uma mulher solteira. — Ele fez uma pausa, então olhou para trás, para Anna. — Gostava do Sr. Renshaw?

— Eu o considerava muito agradável — respondeu Anna, com cuidado.

— Tão agradável que o acompanhou durante uma visita a uma escola local, o que vai muito além do seu contrato de trabalho; e mais tarde foi vista entrando no carro do réu?

— Eu não entrei no carro dele. Chegamos e fomos embora separadamente. Visitar a escola fez parte da terapia dele — disse Anna, secamente.

— Mas não da sua — disse o advogado, de maneira maldosa.
— Estou certo?

Eu queria vê-lo feliz não era uma grande defesa. Ela recordou o discreto flerte que haviam tido naquele dia, odiando que aquele sapo venenoso a estivesse fazendo se lembrar daquilo com culpa. Era como assistir a uma rua coberta de neve branca e pura virar lama.

Anna não parava de olhar para a advogada de defesa, esperando que ela interrompesse aquela linha de questionamento. Até ali, nada.

O advogado de acusação a encarou com malícia.

— Rá! E que tal eu sugerir, *doutora* Scott, que você se apaixonou por seu cliente e maquinou *encontros* fora do consultório deliberadamente, além de orquestrar uma *ocasião* quando ele estaria com a noiva, sua namorada há *três anos*, num lugar público que você *sabia* que ele frequentava com regularidade! Você teve um relacionamento com o réu?

— Não! Não foi nada disso!

— Protesto! Está importunando a testemunha.

Até que enfim! Anna pensou, trêmula.

— Mantido. Esta é a sua última advertência, Sr. O'Keefe.

Mas o estrago já tinha sido feito, e até a advogada de defesa retornar para uma réplica, metade do júri já olhava para Anna como se ela fosse uma meretriz, fundamental para o término do noivado de Nick. Era tão injusto! Era assim que funcionava o sistema de *justiça*? Com advogados eloquentes distorcendo tudo o que diziam?

Anna deixou o tribunal quase às lágrimas. Belinda estava à sua espera.

— Eu não acredito que aquele canalha disse aquelas coisas! — Ela fez uma pausa, os olhos passando para o rosto angustiado de Anna. — Você não saiu com Nick, saiu?

— Ah, meu Deus! Nem *você* acredita em mim!

— Não, não, é claro que eu acredito em você, querida. Estou sendo idiota. É só que...

— O quê?!

— Sei que você gostava dele.

— Sim, eu gostava dele. Ele é um homem simpático! Você mesma disse isso! Meu Deus, não estou acreditando. Eu não fiz nada de errado! Eu *nunca* faltei com profissionalismo.

Embora Anna soubesse, em seus pensamentos mais íntimos, que tinha, *sim*, se sentido atraída por Nick. Mas nunca havia tomado nenhuma atitude a respeito. Nem uma vez.

Ela segurou a cabeça entre as mãos.

— Se isso for denunciado, vai ser o meu fim.

Belinda passou os braços em torno dela e a abraçou com força.

— A coisa não vai chegar a esse ponto, querida. Aquele advogado estava só jogando verde. Todo mundo percebeu. Todo mundo.

Anna a fitou, desamparada. Era tudo tão horrível, e ainda trouxe de volta lembranças ruins de quando estava com Jonathan.

E aquilo tudo acabara dando numa merda descomunal.

Capítulo 11

O juiz fuzilou Nick com os olhos.

— Você precisa compreender — começou ele, severamente —, que uma sentença de prisão é o que tenho em mente no momento por esses delitos.

O corpo inteiro de Nick gelou, mas ele se levantou sem expressão alguma, concentrando-se no ombro esquerdo do juiz.

— Embora eu aceite que a agressão à Srta. *McKinney* tenha sido acidental, o mesmo não pode ser dito sobre o Sr. Johnson, que sofreu uma agressão contínua e violenta em suas mãos. Também preciso levar em conta o dano considerável sofrido pela propriedade dele e pelo carro da Srta. McKinney. Está claro que a Srta. McKinney e o Sr. Johnson ficaram apavorados. Eu encaro isso com enorme seriedade.

A sessão foi suspensa para os relatórios pré-sentença, e Nick sentou-se pesadamente em seu assento enquanto o juiz deixava o aposento sob murmúrios abafados.

— Não se preocupe com isso — disse Miranda Wilson-Smith. — Ele só está tentando te assustar. Você não vai para a cadeia. Nós fizemos o suficiente para desacreditar os testemunhos dos dois. Você vai ficar bem.

Nick massageou o pescoço dolorido e olhou para trás, para os rostos pálidos e ansiosos dos seus pais e da irmã. Trish deu um pequeno aceno, mas parecia prestes a desmaiar. Nick ficou surpreso ao ver a recepcionista de Anna sentada atrás da família dele, e ela abriu um breve sorriso. Ele percorreu a sala com os olhos, mas não viu Anna em lugar nenhum.

Ele queria uma bebida — um uísque, de preferência —, mas Miranda tinha dito que o juiz chegaria a uma decisão em breve.

— Ele não passa de um velho pavão. Adora ser o centro das atenções. — Ela se aproximou mais de Nick. — Dizem que usa calcinhas de seda quando está no tribunal.

Nick sufocou uma gargalhada quando o juiz ressurgiu com uma expressão sombria.

Seu coração se comprimiu. Não teria ficado inteiramente surpreso se o homem tivesse colocado um pano preto na sua cabeça e instruído aos assessores que o levassem para fora e o enforcassem.

— Todos de pé.

Nick se levantou, pulando sobre o pé bom enquanto se segurava às laterais da bancada de madeira.

O juiz desabotoou o paletó, fitando furiosamente à sua volta com os olhos semicerrados e atentos de um pássaro gigante, e todos sentaram-se outra vez.

— O réu ficará de pé.

Pela segunda vez, Nick se colocou de pé e o juiz franziu o cenho.

O telefone de Anna tocou assim que ela terminou uma sessão longa e difícil com um prodígio adolescente do futebol que não sabia medir suas palavras junto aos árbitros. Anna vinha ensinando a ele técnicas para permanecer calmo — e para evitar ser expulso.

Mas ela estivera à espera daquele telefonema e pegou o celular com tanta rapidez que quase o deixou cair.

— Qual é o veredito?

— *Pegaram leve com ele, o que me surpreendeu, depois de tudo o que tinha sido dito.*

— Ele vai ser preso?

— *Doze semanas em condicional, duzentas horas de trabalho não remunerado, 5250 libras pelos danos e 350 libras pelas custas jurídicas. Mas, escute só esta: a "indenização" que mandaram ele pagar às vítimas* — Belinda praticamente cuspiu a palavra — *foi só de 150 libras para cada uma. Você tinha que ter visto a cara deles!*

Anna deixou escapar um suspiro de alívio.

— Você chegou a falar com ele?

— *Muito rapidamente. A família dele está lá e alguns amigos do rugby, mas ele pediu para te agradecer.*

Anna sorriu, sentindo como se a pedra fria que se encontrava na boca do seu estômago tivesse derretido.

Nick deixou o tribunal aturdido. Apesar do otimismo de sua advogada, ele realmente tinha pensado que seria enfiado numa cela. Sentia-se aliviado, ainda que o vazio continuasse lá.

Seu pai deu um tapinha em suas costas, e a mãe e a irmã sorriam, choravam e o abraçavam. Mas Nick não sabia direito como devia se sentir. Tinha o peso de uma condenação penal ligada ao seu nome — nada, nunca mais, voltaria a ser igual.

Ele afrouxou a gravata e desejou, mais uma vez, uma bebida.

A Sra. Wilson-Smith parecia satisfeita e, com grande pompa, empilhou sua papelada para guardá-la.

Nick apertou sua mão.

— Obrigado por tudo.

— Parabéns, Sr. Renshaw. Espero que não voltemos a nos encontrar, profissionalmente, eu quero dizer.

Nick deu um fraco sorriso para ela.

— Venha. Vamos para casa e... comemorar — disse o pai dele, baixinho.

Nick não estava com vontade de comemorar coisa alguma, mas sua família tinha ficado ao seu lado, e foi um período difícil para eles também.

Como se para reforçar a vergonha e repulsa que ele sentia, Molly foi caminhando em sua direção, sibilando e cuspindo feito uma gata de rua com as garras de fora.

— Seu filho da mãe! Você não vai se livrar disso!

Trish imediatamente enfiou o dedo na cara dela.

— Sua vaca imbecil! Ele não estava tentando se livrar de nada: é para isso que serve uma declaração de culpa. Agora ele é que vai pagar por *você* sair por aí trepando com aquele cara de pau!

Molly ignorou Trish, cutucando o peito de Nick com o dedo.

— Deviam ter te enfiado na cadeia e jogado a chave fora.

— Meu Deus, como você é dramática — replicou Trish enquanto Nick dava as costas para ela, sem conseguir olhar para a expressão venenosa no rosto de Molly, contorcido de raiva.

— Fique fora disso, sua piranha horrorosa! — guinchou Molly.

Nick se virou, a voz saindo num rosnado grave:

— Não ouse gritar com Trish! Você foi infiel durante meses! Aceitou a minha aliança e me traiu com *ele!* Você é uma vagabunda mentirosa. Não tem um grama de integridade nesse corpo todo, e ainda bem que estou livre de você.

Molly tentou dar um tapa nele, mas Kenny marchou até onde estavam, carrancudo, e agarrou o braço dela, arrastando-a para longe, ainda aos berros.

— Isso ainda não acabou, Nick! Você vai se arrepender de ter me conhecido!

— Eu já me arrependi — devolveu ele.

O silêncio pairou pesadamente, e as pessoas à volta deles desviavam os olhos, envergonhados com a cena desagradável.

— Mas que vagabundazinha perversa — disse Trish, resumindo a coisa para todo mundo.

Seguiram calados enquanto o pai de Nick os conduzia até em casa. O cansaço causado por tanta preocupação havia sido avassalador, e agora que não precisavam mais combatê-lo o silêncio imperava.

Ao estacionarem, a mãe de Nick se manifestou.

— Vou preparar uma boa xícara de chá para todos nós.

— Acho que eu talvez queira algo mais forte que isso, amor — disse o pai de Nick.

— Concordo plenamente — murmurou Trish, exausta.

Nick não se importava. Ainda tinha boa parte de uma garrafa de uísque em sua casa e planejava andar até lá e bebê-la mais tarde.

Ele se arrastou escada acima e tirou o terno. Era novo, mas não queria voltar a usá-lo nunca mais.

A ferroada do fracasso queimava dentro de seu peito, uma dor física que latejava a cada vez que inspirava.

Relutantemente, desceu outra vez. A mãe havia comprado um bolo de chocolate da Marks & Spencer, e o pai abriu a garrafa de um *single malt* Glenmorangie que guardava para ocasiões especiais.

Nick se jogou no sofá e virou um copo inteiro num só gole, secando os lábios na manga do casaco de moletom e estendendo o braço para pegar uma fatia de bolo quando seu telefone se iluminou com a chegada de uma mensagem de texto, em seguida outra, e outra ainda.

Com uma sensação ruim, Nick tentou ignorá-las, servindo-se de mais uísque, então Trish pegou o telefone e foi passando as mensagens, a testa franzindo enquanto lia.

— Que coisa horrível — disse ela, baixinho.

— O que foi, querida? — perguntou a mãe de Nick, mostrando-se preocupada.

Trish mordeu o lábio.

— É... Nada. Só um monte de bobagem.

Nick agarrou o telefone das mãos de Trish e foi lendo as mensagens. Eram todas de números desconhecidos, chamando-o de *agressor de mulher mentiroso, estuprador de merda* e outros nomes encantadores, junto com os votos de que ele tivesse o saco arrancado ou que fosse dado de comer aos porcos. Uma mensagem especialmente prolixa terminava com: *tenha câncer e morra*.

O uísque revirou em seu estômago, e ele se deu conta de que não conseguiria lidar com comida. Naquele momento, não conseguiria lidar com nada.

— Acho que vou para casa agora — disse ele, levantando-se lentamente.

— Mas... — começou a protestar a mãe de Nick.

— Deixe ele ir, amor — disse o pai. — Ele é um homem adulto. Deixe ele ir.

Sua família se levantou, e cada um o abraçou.

— Você liga se precisar da gente? — perguntou a mãe enquanto ele saía.

Nick não respondeu.

Caminhou para casa, parou na mesma loja de bebidas de antes e comprou mais álcool.

Era difícil aceitar que ele agora tinha antecedentes criminais. Um único momento de loucura o assombraria pelo resto da vida. Porra, ele havia perdido tudo pelo qual tinha trabalhado. Sentia o peso da culpa e da vergonha.

Ainda não tinha contado à família que sua carreira de jogador havia terminado.

Ao abrir a porta de casa, Nick não encontrou muita coisa. Seu pai contratara uma caçamba de entulho e, juntos, eles haviam jogado fora tudo o que tinha sido destruído. Trish insistira em tirar fotos dos danos, mas a seguradora não chegaria nem perto do caso sem o envolvimento da polícia. Nick se recusou a prestar queixa: estava farto de Molly e da polícia pelo resto da vida.

Trish havia começado a pintar por cima das pichações, mas seriam necessárias mais que duas demãos para cobrir a tinta vermelha por completo, e as palavras feias surgiam fantasmagóricas como um lembrete sinistro.

Ele apanhou a sacola com as bebidas e se dirigiu à escada.

As mensagens continuaram a surgir durante a noite toda enquanto Nick permanecia no escuro vendo o telefone acender com mais uma notificação ou alerta. Como que para se castigar ainda mais, ele leu as postagens na sua página do Facebook e nas contas do Twitter e do Instagram. Molly o marcara numa postagem que mostrava seu nariz ensanguentado e o olho roxo, junto com o número de celular dele.

Ao que parecia, a postagem tinha viralizado. Centenas de pessoas haviam comentado — nada de bom.

Com o telefone começando a ficar sem bateria, Nick deletou todas as suas contas em redes sociais, uma a uma, dando adeus às lembranças e aos amigos que o estavam excluindo aos montes. Em seguida, atirou o telefone de lado e deixou que o uísque medicasse a sua mente e entorpecesse o seu corpo.

Pequenos feixes de luz penetraram pela cortina, fazendo Nick gemer e colocar o braço por cima dos olhos. Seu crânio latejava como se o cérebro estivesse tentando sair da cabeça aos socos, e seus músculos doíam.

Tonto de náusea, ele cambaleou até o banheiro e fitou seus olhos vermelhos e a cara amassada.

Bem-vindo ao resto da sua vida.

Ouviu a porta da frente bater, e o eco martelou seu cérebro atormentado. A voz de Trish veio subindo escada acima, mas ele a ignorou. Em vez disso, enfiou a cabeça debaixo da torneira da pia e abriu a água fria, arfando quando a água gelada escorreu por sua cabeça.

Seu estômago embrulhou e depois explodiu enquanto Nick vomitava na privada.

Ele deu descarga, enxaguou a boca e se arrastou escada abaixo. Encontrou Trish na cozinha com dois copos de café da Starbucks para viagem em cima da mesa.

— Trouxe os jornais. A mamãe disse que eu não devia, mas você vai descobrir de qualquer maneira. Eu achei... achei que você ia querer saber. Posso me livrar deles se não quiser.

Ela o encarou, procurando uma resposta, as mãos pairando sobre a pilha de jornais.

O estômago dele se revirou e o embrulho voltou.

— Eu quero ver.

Assentindo lentamente, ela os expôs para ele:

CULPADO! MARGINAL DO RUGBY É CONDENADO
[Leia artigo completo na página 7]

JUIZ ACABA COM VALENTÃO DO RUGBY
Lágrimas de alívio da namorada com condenação do agressor [Página 23]

— Não é tão ruim quanto parece — disse ela, seus olhos se enchendo de lágrimas. — É relatado de maneira bastante justa lá dentro, citando o que o juiz disse, que você não teve a intenção de machucar Molly. Eu tenho certeza de que as pessoas vão...

— Se lembrar das manchetes — completou Nick, cansado.

Seguiu-se um doloroso silêncio.

— Vai melhorar.

Nick se afundou numa cadeira e coçou a cabeça.

Trish deslizou um dos copos de papel em sua direção.

— Quer comer alguma coisa? — Ela deu uma única olhada para o rosto dele. — Talvez não.

Trish ficou um pouco, não querendo deixá-lo sozinho, mas, sem ter o que dizer e o que fazer, e diante do silêncio de Nick e de sua calada indiferença, foi embora logo depois.

Nick passou o dia na cama olhando para o teto. A depressão foi tomando conta dele como uma neblina espessa. Não importava o que fizesse, ele não conseguia ver uma maneira de seguir em frente. Tudo pelo qual tinha trabalhado se fora.

Virou de bruços e enterrou a cabeça debaixo de um travesseiro.

Sabia que precisava retornar as ligações de seu agente. Diabos, provavelmente deveria tomar um banho e escovar os dentes. Mas não o fez. Em vez disso, abriu outra garrafa de uísque e bebeu continuamente.

Durante a semana seguinte, Nick ficou em seu quarto remoendo tudo. Há muito tempo havia parado de recarregar o telefone, quanto mais atendê-lo, e só saiu de casa uma vez para comprar mais uísque.

A única boa notícia foi que Steve Jewell tinha ligado para seus pais e deixado o nome de um cirurgião ortopédico de primeira linha que podia encaixar a operação de Nick para o ano novo. Eles ficaram chocados, pois não haviam se dado conta de que uma nova cirurgia era necessária. Nick tinha deixado para lá, guardado tudo dentro de si mesmo, para, então, se entorpecer lentamente. Tinha toda a intenção de passar cada dia anterior à cirurgia bêbado de cair.

Isso se ele se desse ao trabalho de se submeter à cirurgia.

Os dias viraram um borrão. Nick sabia que precisava fazer alguma coisa para se consertar, mas o esforço de se deslocar da cama parecia ser grande demais. Ele parou de se barbear depois da audiência, e os pelos grossos em seu rosto estavam se transformando numa barba cheia, escura e selvagem.

Também parou de se exercitar e começou a perder tônus muscular, mas também parou de comer. Naquele momento, todas as suas calorias vinham do uísque.

Ele estava lenta e metodicamente desmoronando.

Talvez para algumas pessoas a derrocada chegasse de maneira rápida e esmagadora. Para Nick, foi uma decadência lenta, como caminhar por um terreno pantanoso. Cada passo puxava a pessoa para baixo, mais e mais para o fundo, sugando a vida de dentro dela até que não conseguisse mais se mexer.

Visualize, planeje, faça acontecer.

Anna ficaria horrorizada se soubesse o que ele estava fazendo, mas ele afastou a culpa que se aproximava devagarinho... e abriu outra garrafa.

Não achou que conseguiria afundar ainda mais, mas cada dia parecia provar que estava errado. Algo sobre se esconder e beber até entrar em coma era sedutor, embora ele soubesse, *soubesse* que aquilo não era solução.

Seu pai ameaçou jogar o uísque ralo abaixo, mas Nick simplesmente trancou a porta da frente e continuou a beber. Seus pais não sabiam o que dizer ou o que fazer.

Ele ignorou todas as tentativas de ajuda da família. *Uma consciência pesada não precisa de acusador.*

Dezembro chegou junto à primeira neve do ano.

Nick assistiu ao mundo se tornar branco e ficou sentado, tremendo de frio, nas ruínas de sua casa. Não tinha pagado a conta de luz nem a de gás, e ambos haviam sido cortados. Suas custas judiciais foram todas pagas, mas isso só deixou dinheiro suficiente para acertar a hipoteca pelos dois meses seguintes. As cartas que passavam pela porta pareciam todas ser impressas em tinta vermelha. Assim, Nick as ignorou.

A casa tinha sido o seu refúgio, mas se transformou na sua prisão.

Um dia ele pensou estar sonhando ao ouvir alguém cantando do lado de fora da sua janela. Seu cérebro encharcado de uísque foi compreendendo lentamente que eram pessoas indo de porta em porta cantando canções natalinas para angariar fundos para associações beneficentes. Natal? Ele não sabia. Não tinha se dado conta. Não se importava.

Estendeu o braço atrás de mais uma garrafa de uísque, mas não comia há três dias, e enquanto cambaleava até o banheiro um fio de ácido gástrico foi escorrendo de sua boca.

Ele limpou o rosto, então voltou tropeçando para o quarto malcheiroso e pegou a primeira garrafa que conseguiu encontrar. As mãos tremiam e Nick tinha dificuldade de focar o olhar. Mas tudo bem, porque o uísque deixaria tudo mais fácil.

O forte amargor apagou o gosto do vômito, e seus pensamentos ficaram nebulosos. Encostado na cabeceira da cama, começou a cantar para si mesmo um hino que ouvira em muitos campos de rugby — cantado alto, cantado desafinadamente, cantado com lealdade —, mas nunca antes as palavras haviam soado tão contundentes como agora que já não parecia encontrar forças para seguir adiante.

Balance baixo, doce carruagem
Vindo para me levar para casa
Balance baixo, doce carruagem
Vindo para me levar para casa...

Enquanto Nick caía num sono induzido pelo álcool, sentiu certa satisfação em chegar ao fundo do poço, um tremor de alívio por estar quase tudo terminado. Já não se atormentava com o lento agonizar da noite. Era apenas um quarto frio e silencioso dentro da sua cabeça onde uma voz sussurrava: "Está tudo bem, rapaz. Você deu o melhor de si. A culpa não é sua se você não foi bom o bastante. Não há mal nenhum em fracassar. É o que as pessoas esperam de qualquer maneira. Você perdeu tudo. É melhor acabar logo com isso. Apague-se deste mundo de maneira agradável e limpa. Ninguém vai sentir a sua falta. Não foi nada."

Eu acredito em você, Nick.

Quem disse isso? Quem? Foi real ou ele tinha imaginado? Real ou não...

Seu último pensamento antes de apagar foi que viver era mais difícil do que morrer.

Nick acordou tossindo, sem conseguir respirar, sem conseguir puxar o ar para dentro dos pulmões arfantes. Estava engasgando no próprio vômito, se afogando enquanto as vias respiratórias entupiam com uísque regurgitado.

Vozes, em algum lugar, gritavam. Vozes o haviam acordado.

Estava morrendo engasgado.

Lá embaixo, mais gritos, estrondos e a porta da frente explodiu para dentro, passos martelavam escada acima.

Berrando seu nome, Trish se atirou contra a porta do quarto caindo de quatro antes de se arrastar até a cama e virá-lo de lado.

Seu pai o agarrou pelos ombros, segurando-os com força enquanto Trish lutava para desobstruir a passagem do ar.

Por fim, Nick cuspiu o vômito que havia inalado e se sentou com lágrimas escorrendo pelo rosto vermelho, calafrios percorrendo todo o corpo enquanto a descarga de adrenalina se esvaía.

Trish correu até o banheiro para levar a ele um copo d'água e sentou-se ao seu lado. Ela estava com os olhos arregalados e seu rosto estava fantasmagórico, cinzento. O pai parecia ter envelhecido cem anos. Nick ficou largado de encontro à cabeceira da cama, sentindo uma dor lancinante no peito enquanto ia se dando conta de que continuava ali, continuava vivo. Nem mesmo o fim ele havia conseguido acertar.

Tomou um gole da água que Trish segurava entre mãos trêmulas.

Ou talvez fossem as mãos de Nick que tremiam. Ele não tinha certeza. Não tinha certeza de nada.

Só de que alguém o abraçava. Alguém que se importava com ele.

— Meu Deus, Nick! O que foi que você fez? O que foi que você fez!

Trish se levantou da cama, secando furiosamente as lágrimas que escorriam por seu rosto.

Abriu a janela com um empurrão e respirou fundo, deixando que a rajada de ar gélido e purificante açoitasse o quarto.

— Está feliz agora? — gritou ela. — Você é um babaca egoísta! Não acha que nos deixou preocupados o bastante sem *isto*? A mamãe tem andado arrasada esse tempo todo, e o papai não está muito melhor. Você não se importa nem um pouco com a gente?

Nick continuou calado. O vômito cobria as roupas grudadas em seu corpo, e ele desconfiava que também estivesse em seu cabelo. O nojo e a decepção de Trish estavam encharcados de medo.

Nas últimas semanas, ele andara tão perdido na própria infelicidade que não havia pensado em como isso afetava a sua família. Havia pensado com sinceridade que ficariam melhor sem ele.

Seu plano de desaparecer silenciosamente e sem alarde terminara numa poça de vômito e numa dor de cabeça do tamanho de um elefante, acidez estomacal, costelas doloridas, mau hálito e tremores. Agora só faltava uma visitinha rápida ao hospício.

A voz de Trish se transformou num soluço.

— E se a gente não tivesse chegado a tempo, Nick? Você podia ter morrido! Não acredito que você faria uma coisa dessas. Se você não liga para você mesmo, pelo menos pense em nós, na sua *família!*

— Eu...

— E aquelas pessoas todas que falaram em sua defesa durante o julgamento? Por acaso isso é maneira de agradecer?

O rosto de Anna surgiu de repente na mente de Nick.

— Trish, eu...

Ela ergueu a mão.

— Não comece. Estou com muita raiva de você. Dê um jeito na sua vida, Nick. — Ela mordeu o lábio e virou o rosto. — A gente não pode te perder. Não pode!

Trish saiu do quarto batendo a porta, e Nick se retraiu.

Seu pai se sentou na beirada da cama, os ombros encurvados e as lágrimas transbordando pelos olhos — aqueles olhos que eram a imagem espelhada dos de Nick.

— Eu quero te ajudar, meu filho. Mas não sei como. Sua mãe e eu... nós te amamos muito.

Ele se levantou lentamente, como se o esforço fosse grande demais. Abriu a boca para falar outra vez, então sacudiu a cabeça e deixou o quarto.

Nick descansou a cabeça sobre o travesseiro ensebado.

Cada palavra raivosa que Trish cuspira sobre ele chacoalhavam por seu cérebro; o ultraje e a decepção da irmã o chicoteavam. O sofrimento silencioso do pai o atingiu com mais força ainda. Que merda, ele já estava decepcionado o suficiente consigo mesmo — não precisava que a família amontoasse ainda mais culpa em cima dele.

Então prove que estão errados, sussurrou uma voz para ele. E, na sua mente, essa voz tinha sotaque americano.

Anna.

Porra, ele nem mesmo tinha agradecido a ela por falar em sua defesa.

Capítulo 12

Véspera de Ano Novo, 2014

Nick parou de beber de uma só vez. Que ideia estúpida do cacete.

Bem que Trish tinha avisado. Ela pesquisara no Google os perigos de parar de repente depois de uma bebedeira de mais de um mês. Estava certa sobre todos os sintomas de abstinência.

Os tremores e a ansiedade haviam começado quase que imediatamente, seguidos de uma dor de cabeça ofuscante, náusea prolongada e vômitos.

Agora, seu coração batia descompassado e ele suava constantemente embora o quarto estivesse fresco, e se sentia irritadiço e confuso. Andava de um lado para o outro do quarto a noite toda, sofrendo de insônia aguda e, quando, por fim, conseguia dormir nas horas que precediam o amanhecer, pesadelos o atormentavam.

Nos três dias seguintes, os sintomas pioraram. Trish quis ligar para um médico, mas Nick não queria ser medicado — ele queria... ele não sabia o que queria. Só queria que aquilo tudo passasse.

Sua pele coçava ou parecia queimar, e ele se esfregava implacavelmente até pústulas sangrentas surgirem em seus braços e pernas. Começou a ver coisas, tendo alucinações durante horas a fio. A mãe chorava, e o pai estava perdendo o juízo. Trish se sentava com ele, conversava com ele, lia para ele ou, às vezes, apenas segurava a sua mão.

E, finalmente, nove dias depois do seu último gole de bebida, a febre desapareceu.

Nick chorou de alívio.

Fevereiro de 2015

— Respire fundo e conte de trás para frente, começando de dez... nove... oito...

Enquanto o anestésico gelado o carregava para longe, Nick não pôde deixar de pensar: *Qual o objetivo de tudo isso?*

A escuridão se aproximou, as paredes foram encolhendo à sua volta e seu corpo ficou flácido.

O cirurgião olhou para o anestesiologista.

— Douglas?

— A pressão arterial está em 12 por 8; oximetria de pulso está em 99; tudo ótimo. Pode começar, Gerald.

O cirurgião seguiu a marca da caneta preta que descia a panturrilha direita de Nick, o bisturi cortando a dura epiderme e deixando um rastro vermelho e sangrento.

— Incisão vertical e medial... Meu Deus! Olhe só essa bagunça — disse o cirurgião, cutucando com o bisturi. — O tendão rompido mais parece a cabeça de um esfregão. Tem tecido necrosado aqui dentro, vou ter que cortar isso fora. Só tenho um fiapo minúsculo de tendão saudável para usar. Não sei quem foi o açougueiro que fez a última cirurgia... que troço mais malfeito. O que foi que você disse que esse cara faz? É jogador de futebol?

— De rugby — respondeu Douglas. — Ou era. Teve um pequeno hiato.

Gerald resmungou, recortando o tendão esgarçado.

— O coitado devia ter vindo me ver logo de cara.

— Pelo menos, ele acabou aqui de qualquer maneira — comentou Douglas, observando o monitor atentamente, os óculos redondos brilhando sob a luz suspensa acima da mesa de cirurgia.

— Retrator!

Uma enfermeira cirúrgica colocou o gancho retrator na palma da mão de Gerald, observando-o afastar a pele e o tecido de Nick. Então, ela semicerrou os olhos para enxergar melhor o ferimento e deixou escapar um suspiro.

* * *

Uma hora depois, Nick foi levado na maca para a sala de recuperação, com o pé enfaixado ajustado para ficar suspenso acima do corpo deitado de bruços. Quando começou a voltar a si, não conseguia sentir o pé e algum filho da mãe devia ter enchido sua cabeça de algodão, pois estava tudo abafado e confuso.

Ouviu o barulho de gente se movimentando à sua volta.

— Ele é famoso?

— Acho que não. Não sei. Não assisto rugby.

Uma mulher riu.

— Eu talvez assistisse, se todos os jogadores se parecessem com ele.

Mais risadas.

— Ele está despertando. Nick! Nick, você consegue me ouvir? Isso mesmo. Você está reagindo muito bem. É só respirar normalmente. Isso, isso. Consegue abrir os olhos para mim, Nick?

Nick respirou fundo, ouvindo a voz serena da enfermeira. Abriu uma pálpebra lentamente, tentando lembrar... tinha uma pergunta importante para fazer... o que era mesmo...?

— Isso mesmo, Nick. Os dois olhos. A cirurgia correu bem.

Ah, é. Era essa a pergunta importante.

— Beeem? — repetiu ele, com a voz arrastada.

— Isso, você vai ficar bem.

Seus olhos se fecharam outra vez, e ele foi levado embora: um barquinho minúsculo no meio do oceano, sem leme, sem força, correndo o perigo de afundar. Vagando... vagando...

Da próxima vez que despertou, Nick sabia exatamente onde estava: deitado de barriga para cima numa cama de hospital com uma sede violenta, uma dor queimando a perna direita e uma nuvem de depressão pousando sobre ele como uma bruma fria.

— Olá, querido. Como você está?

A voz da mãe estava próxima, e ele abriu os olhos para vê-la inclinada por cima dele, seu olhar ansioso traindo o sorriso em seu rosto.

— Bem — respondeu, rouco. — Com sede.

Ela o ajudou a tomar um gole d'água.

— Seu pai e Trish mandaram lembranças. Eles vêm te visitar hoje à noite. Vai ficar tudo bem.

Nick amava a mãe, mas ela era uma péssima mentirosa.

Nick estava de volta à casa dos pais, de volta ao seu velho quarto.

Fitou melancolicamente as paredes azuis de sua infância, ainda cobertas com os pôsteres de estrelas do esporte como Sugar Ray Leonard, Chris Eubank e Nigel Benn — todos boxeadores — e o calendário Pirelli obrigatório de sete anos antes. Não conseguia nem mesmo sorrir das "melhorias" que Trish havia rabiscado em cada modelo peituda.

Ele já conhecia a rotina e tentou não se sentir desencorajado com o processo de recuperação. Trish também disse a ele, sem o menor rodeio, que cada gota de álcool da casa havia sido removida, até mesmo o dry sherry Amontillado da mãe.

Trish também monitorava com severidade o seu uso de analgésicos. A última hora antes de ele tomar a dose seguinte era agonizante e pior do que depois da última operação. Trish temia que ele se tornasse um viciado em analgésicos. Nick temia que a dor o deixasse louco — ainda mais louco.

— Acho bom você ser um paciente modelo — avisou ela, inclinando o corpo por cima dele ameaçadoramente. — Nós tivemos uma merda de Natal e de Ano Novo.

Nick deixou escapar um suspiro enquanto Trish finalmente se sentava ao seu lado.

— E pare de ser tão rabugento, está me dando dor de cabeça.

Ele abriu um dos olhos ligeiramente e fez cara feia para a irmã.

— É isso que chamam de amor bruto?

— Quem disse que eu te amo? Ok, tudo bem, chame do que quiser. Você vai melhorar.

Nick desviou o olhar.

— Você não sabe disso.

— Você tem que pensar positivo! — explodiu ela, perdendo a paciência. — E o cirurgião disse que a operação foi um sucesso.

— O último também disse isso — ressaltou Nick.
Trish se calou. Alisou o edredom e evitou o olhar dele.
— Nick, você já pensou no que fazer da vida caso tenha razão e não possa mais jogar rugby? — Ela hesitou quando ele fechou os olhos. — Não estou querendo ser má, mas depois... bem, você sabe. Eu preciso me preocupar com... aquilo... outra vez?
Ele abriu os olhos para encarar o olhar preocupado da irmã.
— Vou tentar não morrer cedo enchendo a cara outra vez.
— Promete?
— Sim.
— Promete que não vai... tentar mais nenhuma outra coisa também?
Nick suspirou.
— Não posso prometer que vou ser todo feliz e contente. Mas... não vou tentar me matar. Ok?
Trish não pareceu estar completamente tranquilizada, mas assentiu.
— Bem, já que você decidiu voltar à terra dos vivos — ela abriu um sorriso desanimado —, eu comprei um telefone novo com um número novo para você. As únicas pessoas que o têm somos nós e Mark Lipman.
Nick ergueu os olhos.
— Ele ligou?
— Ligou. Queria saber como tinha sido a cirurgia. Contei a ele o que o seu cirurgião nos disse. Ele ficou satisfeito. Disse que vai enviar o seu currículo para alguns clubes.
Nick grunhiu.
— Ele vai precisar de sorte com isso. Ninguém vai me querer recém-operado e com antecedentes criminais.
Trish deu um tapa de leve na cabeça dele.
— É para você pensar positivo.
Ele sacudiu a cabeça, irritado.
— É para eu ser realista.
Trish fez uma careta.

— O que foi? — perguntou Nick, com raiva e frustração penetrando em sua voz.

— Fui até sua casa pegar a correspondência.

— E?

— Eu a abri.

Nick franziu a testa.

— Você não tem dinheiro na conta. Você sabia disso, não sabia?

Nick deu de ombros, achando difícil se importar.

— Todo o dinheiro que você recebeu dos Minotaurs foi para pagar a multa e a sua operação. Não sobrou nada. Você não tem como pagar a hipoteca do mês que vem.

Um medo gelado o fez se endireitar, e uma dor lancinante disparou por sua perna.

— Não tinha me dado conta de que a situação era tão ruim. Eu podia vender o carro, mas isso só ajudaria durante alguns meses e depois eu voltaria à estaca zero.

— A mamãe e o papai disseram que...

— Não! — A voz de Nick foi incisiva. — Não vou deixar eles usarem as economias deles. Isto é problema *meu*.

Os olhos de Trish brilharam com as lágrimas não derramadas.

— Eu falei para eles que você diria isso. Eu te ajudaria se pudesse...

— Sei disso, mana.

Ele estendeu a mão e tomou a dela. Trish deu um sorriso lacrimejante, apertando os dedos dele.

— Então... — começou ela, após uma longa pausa. — Eu conversei com um corretor de imóveis. Ele disse que não é um bom momento para vender...

— Merda.

— Mas ele acha que seria melhor alugar a casa. Isso pagaria a sua hipoteca. Não sobraria nada. O que você acha?

— Acho que não tenho escolha — disse Nick, cansado.

O sorriso de Trish foi breve.

— Ok, muito bem, eu te ajudo a resolver isso. É melhor você descansar um pouco. E... é... quem sabe marcar uma hora na agência de empregos e se...

O coração de Nick bateu descompassado.

— Me inscrever no programa de auxílio do governo? Não.

Trish fez uma careta.

— Não descarte isso completamente.

Nick fechou os olhos. Se tivesse de se inscrever nos programas de bem-estar social do governo a essa altura... Ele sentiu a mão de Trish em seu braço e ergueu os olhos para ver compaixão e amor em seu rosto, uma dor que correspondia à sua.

Ela não precisava dizer que sua família se preocupava com ele. Nick percebia isso em tudo o que faziam.

Trish pigarreou.

— Trouxe o meu notebook aqui para cima caso você queira assistir Netflix ou qualquer outra coisa mais tarde.

Ela se virou para deixar o quarto, mas ele a deteve.

— Obrigado, Trish. Estou falando sério. Obrigado.

— Você é meu irmão — respondeu ela, simplesmente.

A vida continuou para todo mundo, menos para Nick.

Ninguém foi visitá-lo. Durante dois meses de bebedeira, ele havia afastado todos os antigos companheiros de equipe, o uísque e a paranoia o fazendo acreditar que não podia confiar neles. Suspeitara que alguns tinham sabido a respeito de Ken e Molly. Não tinha provas disso, então talvez a verdade fosse que se sentia envergonhado demais para vê-los.

Alguns dos rapazes haviam mantido contato, aqueles de quem era mais próximo, mas agora estavam seguindo com as suas vidas, treinando muito e ele já não fazia parte do time.

Quando Nick deixou de responder às mensagens, os telefonemas foram se tornando cada vez mais raros.

Assim, quando os pais estavam fora no trabalho e a irmã, fazendo registro de dados na cozinha, com o rádio tocando baixinho ao fundo, Nick se via completamente sozinho.

Deletara todas as redes sociais e teve de trocar o endereço de e-mail. O interesse da imprensa com relação a ele havia diminuído, graças a Deus, e só tinha havido uma breve matéria a respeito da sua cirurgia.

O conselho de liberdade condicional tinha dado um mês antes de ele ter de começar o trabalho comunitário. Ele disse que ainda estaria usando uma bota imobilizadora, mas prometeram a ele que encontrariam "algo apropriado", o que quer que isso pudesse ser.

O pensamento rondava sem parar por sua cabeça: *e se isto for o fim? E se meus dias no rugby tiverem acabado?* Trish havia perguntado a ele o que faria então, e as opções eram desoladoras. Provavelmente poderia voltar para a fábrica de tintas, uma possibilidade que mal conseguia tolerar. Não conseguia se imaginar tentando estudar à noite — odiara estudar da primeira vez. Ele sinceramente não sabia o que faria.

Mark Lipman vinha se empenhando, mantendo-se atento, tentando descobrir se alguém estava à procura de um novo *fullback* para a próxima temporada. Mas nenhum clube queria tocar em Nick — ninguém estava disposto a se arriscar. Nem com relação à sua forma física ou... a qualquer outra coisa. Ele havia se declarado culpado de agressão: os diretores dos clubes olhavam para as suas apólices de seguros e viravam a cara; departamentos de publicidade carimbavam qualquer possível interesse com um enorme NÃO.

— *Eu sinto muito, meu filho. Vou continuar procurando. Vai ser outra história quando você estiver em forma outra vez, mas...*

— O que é?

— *Não vou conseguir nada para você aqui perto. Se estiver disposto a viajar... tem clubes no sul que talvez aceitem você. Ou que tal a França? Itália, talvez?*

Nick suspirou.

— Aceito qualquer coisa — admitiu ele, com humilhante honestidade.

Sozinho com seus pensamentos, Nick olhou fixamente para o notebook de Trish. E se lembrou de uma coisa que ela havia dito anteriormente sobre agradecer às pessoas que o haviam ajudado.

Ela estava certa: algumas pessoas tinham dado seu apoio. Talvez ele não estivesse tão sozinho quanto pensava.

Equilibrou o notebook sobre os joelhos pensando no que queria dizer. Fitou a tela vazia por um bom tempo, então começou a escrever.

Capítulo 13

1º de março de 2015

Querida Anna,

Será que ainda posso chamá-la de Anna? Senão...
   Querida Dra. Scott,
   Desculpe ter demorado tanto para entrar em contato. Tudo tem estado tão... bem, você sabe. Mas eu queria agradecer a você por ter falado em minha defesa no tribunal. Significou muito para mim e sinto muito que o outro advogado tenha sido um verdadeiro cara de cu com você.

Anna sorria enquanto lia o e-mail de Nick. Ele se lembrava do termo que ela usara para descrever Jonathan.
   Ficou surpresa em ter notícias dele três meses após o processo. Ela se perguntara a seu respeito, lera nos jornais que estivera internado outra vez, mas, depois disso: nada. Ficou satisfeita por ele ter se submetido à operação; só podia esperar que tivesse sido bem-sucedida.
   Continuou a ler, curiosa com o que ele podia ter a dizer.

Ele passou completamente dos limites, e eu senti vontade de dar um murro nele, mas isso provavelmente não teria sido uma boa ideia, visto que o juiz estava com cara de quem queria minhas tripas para usar na cinta-liga. (Já ouviu essa expressão?). Bem, ele estava com cara de quem queria me levar para fora e me dar umas chibatadas. Por sorte, isso não é permitido hoje em dia.

A essa altura, você já deve saber do veredito, mas espero que saiba que eu não sou assim. Não tenho nenhuma desculpa e parte de mim não se sente mal por ter destruído a casa de Ken. Mas as coisas que disseram nos jornais a meu respeito não são verdade. Molly sabe o que aconteceu naquele dia e sabe que foi acidente. Mas isso não muda o fato de que a machuquei e de ter que viver com isso.

Tive que pagar para substituir as janelas e a TV de Kenny, mas, de qualquer forma, não foi tão ruim assim. Não me incomodo com o serviço comunitário. Provavelmente vão me fazer pintar bancos de parque das primeiras vezes, mas vou ver se posso trabalhar com escolas. Não sei se vão deixar, mas alguma coisa relacionada a esportes seria bom. (Lembra aquela garota que queria começar um time de rugby feminino? Ela era meio doidinha, mas engraçada também.) Mas não ligo se me fizerem varrer as ruas. Não vou preso, então qualquer outra coisa está bem por mim.

Foi uma grande surpresa ver a sua recepcionista no tribunal. (Desculpe, não me lembro do nome dela: Linda?) Por favor, diga oi para ela e agradeça por ter ido. Foi bom ter um rosto amigo lá.

Obrigado, Anna, por tudo o que você disse e por todas as coisas antes disso. Me ajudou de verdade, e se algum dia eu me livrar dessa porcaria de gesso/bota imobilizadora e arranjar um emprego no rugby, eu sei que vai ser útil.

Mesmo se eu não conseguir voltar ao campo, vou usar o que aconteceu e tentar me tornar um homem melhor. Ou, pelo menos, alguém em evolução.

Obrigado por falar em minha defesa — significa mais do que eu conseguiria dizer e mais do que você jamais saberá.

Saudações,

Nick

Ela leu o e-mail três vezes, então começou a digitar.

2 de março de 2015

Querido Nick,

Será que posso chamá-lo de Nick, ou devo chamá-lo de Sr. Renshaw, ou até mesmo de Prisioneiro 7435? Bem, felizmente este último, não.

    Fiquei contente em receber o seu e-mail. Parece que seu senso de humor continua intacto, mesmo que seu pé não esteja. Steve Jewell falou muito bem do seu cirurgião, então estou cruzando os dedos das mãos e dos pés para que a operação tenha ido bem. Está com inveja por eu conseguir cruzar os dedos dos pés? Esqueça que eu disse isso — nunca é bonito a gente se gabar.

    Sei que já falamos sobre isso, mas lesões no tendão de Aquiles *não* significam o fim de uma carreira. Vou repetir porque você parece nunca ter me ouvido quando eu disse isto antes: lesões no tendão de Aquiles *não* significam o fim de uma carreira. Você tem toda chance de voltar e de retomar a sua carreira do ponto em que parou. Visualize, acredite, faça acontecer.

    Você passou por um período muito difícil, mas vai melhorar. Fiquei feliz em poder ajudar um pouco com o processo judicial, mas eu só disse o que sabia ser verdade.

    Tenho um mantra que usei numa fase muito ruim da minha vida. Acho que você talvez goste.

Quando o seu mundo desabar...
Quando todos disserem que você perdeu...
Quando sua mente estiver destruída...
Eu ascenderei...
Eu retornarei...
E eu serei imbatível.

Fácil de lembrar, não é? No entanto, já que você está saindo de uma lesão, talvez queira colocar "corpo" no lugar de "mente". De qualquer modo, espero que te ajude.

Pense positivo, Nick.

Cordialmente,

Anna

Nick sorria enquanto lia a primeira parte do e-mail dela, mas seu sorriso murchou ao chegar ao mantra. Leu as palavras, sentindo a dor que Anna devia ter sentido para tê-las escrito, lendo a determinação para sobreviver, a recusa em ser destruída.

Perguntou-se o que teria acontecido com ela. Teria alguma coisa a ver com o cara de cu?

Olhou para o espelho do quarto, analisando-se.

Estava com uma aparência de merda. Tinha perdido peso e muito tônus muscular. O cabelo estava ficando comprido e encaracolando sem controle, e a barba, cheia e desgrenhada.

Ele queria uma bebida. Desesperadamente.

Era uma luta diária e, às vezes, a necessidade de sumir dentro de uma garrafa de uísque era esmagadora. Mas estava tentando.

Fitou os próprios olhos, repetindo as palavras que ela havia mandado.

"Eu serei imbatível."

Queria acreditar naquilo. Precisava acreditar.

29 de março de 2015

Querida Anna,

Estou usando o seu mantra. Gostei muito dele, apesar de a minha irmã achar que sou louco de pedra. Ela tem medo que eu saia correndo e me junte a alguma seita. Não que eu consiga correr no momento. Mas você disse que tenho que pensar positivo, então estou tentando.

Estou tentando, mas não consigo deixar de pensar que não vou voltar a jogar profissionalmente. Já vi mais lesões terminarem carreiras do que caras se aposentarem e pendurarem as chuteiras. Sei que ninguém joga para sempre, mas eu só tenho 27 anos e achei que tinha mais uns cinco ou seis pela frente, então é difícil.

Se eu não tiver o rugby, não sei o que vou fazer. Não sou dos mais inteligentes e não fui muito bem na escola.

Me desculpe, não queria despejar isso tudo em cima de você. Me acostumei com as nossas conversas quando estava com os Minotaurs. Só estou com pena de mim mesmo.

Parece que vou mesmo para a cadeia, no fim das contas. É, não é piada, mas não é tão ruim quanto parece. Não me deixaram trabalhar com escolas para fazer o meu serviço comunitário, mas disseram que eu podia treinar um grupo de moleques de uma instituição para jovens infratores. Estou um pouco nervoso com isso. Espero que alguns agentes prisionais fiquem perto de mim, ou quem sabe dez. Você acha que eles bateriam num cara usando bota imobilizadora?

Primeiro fiquei duas semanas em um brechó para caridade, trabalhando com umas senhoras que eram uns doces. Foi ok separar roupas doadas e tudo o mais, mas com os jovens infratores vou poder fazer uma coisa que tem mais a ver comigo, se entende o que quero dizer.

Na verdade, estou ansioso para começar. Trish, minha irmã, diz que vai ser engraçado. Mas, pensando bem, ela ri em todas as partes sangrentas de "Game of Thrones", especialmente quando alguém é perfurado por uma espada. Ainda bem que o juiz não a conheceu — teria sido igual a uma revanche de "Alien vs. Predador".

Como vai o trabalho? Bem, espero. Soube que Steve Jewell levou um chute na bunda (isso soou mais engraçado em pensamento). Que droga para ele. Era um cara bacana.

Espero que ele arrume um clube novo logo, logo. Precisamos de sujeitos como ele no jogo.

Vi Dave Parks na TV fazendo um try sábado passado. Ouvi dizer que ele está se consultando com uma excelente psicóloga do esporte. Quem poderia imaginar que aquela baboseira toda funcionava de verdade? (brincadeirinha!)

De qualquer forma, espero que você esteja bem. Diga oi para Belinda por mim (procurei o nome dela no seu site).

Um abraço,

Nick

3 de abril de 2015

Oi, Nick,

Como você está? Já se livrou da bota? Talvez ainda seja um pouco cedo, mas logo, logo, eu espero.

Você pode me falar o que quiser. Mesmo não sendo meu cliente oficialmente no momento, eu continuo sendo médica e continuo sendo psicóloga do esporte, então se falar comigo — ou digitar para mim — ajuda, por favor, faça isso.

É difícil para um esportista não saber o que vem em seguida quando tudo o que você conheceu termina ou quando uma lesão faz você achar que a vida não vale a pena ser vivida; ainda mais com toda a bobagem com a qual você teve que lidar: o processo, a publicidade negativa e as acusações.

Mas vamos encarar isso de maneira objetiva.

Eu realmente me incomodo quando você diz que só porque não tem diploma não é inteligente. Você está muito enganado. Você pensa de maneira muito profunda sobre muitos assuntos e tem ideias muito boas. Ser inteligente não tem a ver com diploma, tem a ver com aprender com os próprios erros.

Então vamos pensar. Se você não puder voltar a jogar rugby profissional, pode ser treinador, não pode? Acho que a ideia de deixar tudo para trás completamente seria difícil demais para você de qualquer forma. Mas também te daria tempo para descobrir o que você quer fazer.

Ou então você poderia, facilmente, conseguir a certificação necessária para ser *personal trainer*. Acho que você sentiria grande satisfação em ajudar as pessoas a atingirem suas metas de condicionamento físico. É só uma ideia.

Afinal, como foi com os jovens infratores? Você sobreviveu? (Se eu não receber uma resposta para este e-mail, vou presumir que você levou uma facada durante um *tackle*. Isso tem graça? É, nem tanto. Desculpe, estou muito cansada. Muito trabalho.)

Talvez você fique contente em saber que tive notícias da diretora da escola secundária que nós visitamos. Ela conseguiu encontrar outra escola que queria começar um time de rugby para meninas, então elas vão se juntar para fazer isso acontecer. Ela pediu que eu transmitisse a boa notícia a você e que agradecesse por seu apoio e encorajamento. Contou que a criançada ainda fala em você, especialmente Eloise!

Dave foi muito bem, e estou muito orgulhosa dele. SIM! A "baboseira" funciona! E se disser que não, vou amaldiçoar você e vai ser bem ruim.

Tenho que ir. Continue otimista!

Anna

4 de abril de 2015

Oi, *Anna*,

Não, eu ainda não me livrei da bota, mas não vai demorar muito — talvez mais três semanas. Toda semana, meu fisio muda o ângulo na hora de alongar o tendão. É de matar, mas ele diz que está melhorando, então preciso confiar nele. Quero acreditar que a operação funcionou desta vez, mas nem sempre é fácil.

Obrigado pelo que você disse. Eu fico realmente agradecido. E vou pensar a respeito. Prometo!

Que ótima notícia sobre o time de rugby feminino! É legal pensar que eu tive alguma coisa a ver com isso, ainda que a ideia de ir até lá tenha sido sua, para começo de conversa. Eu queria poder dar um alô para eles, mas continuo na minha.

Sim, fui à minha primeira sessão de treinamento com os jovens infratores. É um grupo bastante difícil, mas acho que eles curtiram. Respondões, sabe? Bem, talvez não saiba — você provavelmente foi uma boa menina!

Os jornais estão me deixando em paz agora, e Molly já contou a "história" dela para todo mundo. Vou tentar deixar isso tudo para trás.

Meu agente também fica me falando para me manter otimista, então com você, ele e a Trish sentando o cacete em mim, acho que está começando a funcionar. Talvez.

Por que você anda tão ocupada no trabalho? Muitos clientes novos? Lembre-se de que só trabalho sem diversão faz de Anna uma bobona. (A propósito, eu não te acho uma bobona.)

Nick

17 de abril de 2015

Oi, Nick,

Desculpe pela demora em responder. Não ando vindo muito ao consultório. Sei que essa não é uma desculpa muito boa quando nossos telefones nos tornam disponíveis 24/7, mas tenho estado muito ocupada. E, sim, tenho um monte de novos clientes — o que é ótimo —, mas o motivo principal é que vou abrir outra clínica em Londres!

As coisas estavam meio lentas quando comecei em Manchester há nove meses, mas aí o negócio deslanchou. Contratei um cara jovem e entusiasmado para administrar as coisas por aqui com Belinda, e vou para Londres montar o escritório novo. Eu adoraria levar Belinda comigo, mas ela está bem instalada "no norte" e não topou fazer a viagem. Sério, vocês, ingleses, não são muito de viajar. São só duas horas de trem — até parece que estou pedindo para ela ir à lua.

Mas tudo bem, eu entendo. Ela tem família aqui e não quer passar todo o tempo se deslocando para lá e para cá. Uma amiga me disse que a diferença entre os ingleses e os americanos é que os ingleses acham que cem quilômetros é muito chão, enquanto os americanos acham que cem anos é muito tempo. De qualquer forma, ela vai me ajudar a montar o consultório novo e a contratar a Belinda 2. Fico satisfeita em deixar que ela cuide disso. Torça para que Belinda encontre para mim alguém tão fantástico quanto ela.

Continue com a fisioterapia — parece que o cara sabe o que está fazendo. Não dá para apressar esse tipo de coisa.

Enfim, espero que você esteja bem e a sua família também.

Anna

17 de abril de 2015

Parabéns! Que notícia fantástica. Estou com um pouco de inveja dos jogadores lá do sul (e é um longo caminho até o sul do Watford Gap) por poderem trabalhar com você. Eles são sortudos por isso. Você já sabe com quais times vai trabalhar ou a coisa não funciona desse jeito? Ou você trabalha com quem precisar de você (igual à espada da Grifinória)?

Estou muito feliz em receber notícias suas. Achei que talvez tivesse dito alguma coisa que te chateou. É isso que eu odeio sobre mensagens de texto e e-mails — a gente nunca sabe se foi babaca. Não você, é claro. Estou falando de mim.

Estou sobrevivendo à "cadeia". É como a criançada chama apesar de ser, oficialmente, uma instituição para jovens infratores. Mas está sendo bem interessante. Eles estão tão enlouquecidos de tédio que qualquer novidade é bem-vinda. Acho que, para eles, basta ter alguém "de fora" com quem conversar. Eu ficaria louco, trancado num lugar como aquele. Fico mal quando penso que podia ter sido um deles. Bem, a versão adulta deles, o que provavelmente é bem pior. Tem sido uma coisa transformadora, Anna. Andei tão para baixo que acabei bebendo demais e apagando mais de uma vez. Trish me fazia limpar o vômito no dia seguinte — não foi o meu melhor momento. Mas decidi não deixar isso acabar comigo. (Ainda estou usando o seu mantra — ajuda, eu acho... embora Trish morra de rir quando me ouve.)

Mas você sabe o que dizem: o que não nos mata, nos fortalece. Estou me sentindo mais forte agora.

Decidi fazer uma tatuagem — algo que simbolize mudança ou um novo começo ou alguma coisa assim. É difícil explicar. Venho pensando nisso há um bom tempo, mas agora me pareceu ser o momento certo. Quem imaginaria que eu ia querer estar perto de mais agulhas! Soa estranho que o orgulho que estou sentindo da minha nova tattoo esteja me ajudando a superar a lesão e tudo o mais? Ela é uma tribal, parte samoana e parte maori. Expliquei o que eu queria para o tatuador, e ele sacou de imediato. Mas é muito trabalhosa, muitas horas sendo tatuado. É capaz de não ser a maneira mais inteligente de gastar o meu dinheiro no momento, quando estou sem trabalho, mas eu quis fazer alguma coisa para mim — algo do qual pudesse me orgulhar. Me faz parar de pensar em todas as coisas ruins que me estressam.

Provavelmente aprendi isto um pouco tarde, mas só há uma conquista na desistência: o fracasso.

Enfim, você está nos deixando! O norte não será o mesmo sem você. Alguma chance de eu poder pagar um drinque de despedida antes de você ir (sei que você bebe uísque com água, mas eu uso óculos escuros quando tiver que pedir uma coisa dessas para o bartender... pressupondo que você aceite, é claro)? Talvez naquele pub onde nos encontramos da outra vez? Quando for conveniente para você. Eu tenho muito tempo livre!

Nick

Anna leu e releu o e-mail mais recente de Nick. Ele era engraçado por escrito, não tão tímido quanto havia sido em suas sessões. Seria bacana tomar um drinque de despedida com ele. Nick não era mais seu cliente, então ela não via motivo para recusar.

Mas ele era um ex-cliente... será que isso importava?

Ela decidiu não se preocupar. Por meio dos e-mails que compartilharam, eles haviam se tornado mais ou menos amigos. Não havia nada de errado em tomar um drinque com um amigo.

18 de abril de 2015

Parece uma boa ideia. Só vou estar "no norte" na semana depois da próxima, então que tal na segunda-feira, dia 27, às oito da noite?

Anna

P.S.: Nunca achei que me encaixaria muito bem na Grifinória, estou mais para Corvinal. Vou deixar essa para você decifrar.

18 de abril de 2015

Perfeito! Te vejo lá!
Beijos,

Nick

P.S.: "Corvinal valoriza a inteligência, a sabedoria e a agudeza de espírito." Eu procurei ;)

Anna sorriu quando a resposta de Nick surgiu em sua caixa de entrada quatro minutos depois de ela enviar a sua. Imaginou-o procurando as casas de Hogwarts no Google e digitando em seu telefone. De uma forma ou de outra, estava enganado sobre o motivo de ela escolher Corvinal, mas foi fofo da parte dele ter procurado. A verdade era que ela se identificava com Luna "Di-lua" Lovegood — sempre havia se sentido como a intrusa.

Seu coração deu um salto quando se deu conta de que ele havia colocado um beijo ao final do e-mail, mas calou esse pensamento imediatamente.

Ele só estava sendo amigável.

Capítulo 14

Nick observou Anna atravessar o pub, aproveitando alguns segundos para admirar sua silhueta alta e esguia antes que ela o enxergasse.

Ele nunca a tinha visto de jeans; na verdade, em nada que não fossem seus elegantes terninhos de calça comprida. Até mesmo no dia em que visitaram a escola juntos, ela usara roupas de trabalho.

Estava bonita, talvez mais jovem, e seu cabelo, mais comprido. Ele se perguntou mais uma vez quantos anos ela teria. Não que importasse. Às vezes, ele mesmo se sentia um ancião.

Quando Anna olhou em sua direção, ele ergueu a mão e acenou.

Ela sorriu, mas Nick percebeu a contração nervosa dos seus ombros e a maneira insegura com a qual enfiou o cabelo por trás da orelha, depois o soltou, e mais uma vez o enfiou por trás da orelha.

Ele se levantou, equilibrando-se sobre o pé bom. *Só mais uma semana com esta maldita bota.*

— Oi, Anna.

— Nick.

Ele se perguntou se ela apertaria a sua mão, mas ele resolveu o problema dando um beijo rápido na bochecha dela. Sentiu o cheiro do seu perfume e teve de se segurar para controlar o desejo de beijá-la outra vez, com mais capricho.

— Que bom te ver. O que posso pedir para você beber?

Ela olhou diretamente para a bota desajeitada.

— Acho melhor eu pegar os drinques.

Nick sorriu para ela.

— Que nada, eu tenho os meus métodos. Prepare-se para se impressionar. Uísque com gelo?

Anna ergueu a sobrancelha.

— Você se lembra?

— Claro.

As bochechas dela ficaram quentes, e ela sorriu para Nick.

— Estou impressionada, mas como estou dirigindo, só um refrigerante para mim, por favor.

— Refrigerante? Ah, ok. Alguma coisa em especial? Coca? Limonada gasosa? Já tomou cerveja de gengibre?

— É alcoólica?

— Não, só... tem bastante gosto de gengibre.

— Parece algo que eu deveria experimentar — disse ela, sorrindo.

Nick gingou em direção ao bar usando uma só muleta, então mancou cuidadosamente de volta para a mesa com a garrafa de Fentimans no bolso e o copo na outra mão, franzindo a testa enquanto desviava dos bancos de bar, mesas e cadeiras.

— Impressionante! Suas habilidades são incríveis!

Ela riu, e mais uma vez Nick vislumbrou aquele piercing de língua. Era sexy para cacete.

— Talvez seja útil se eu acabar virando bartender — brincou ele, embora a realidade de sua situação tornasse aquilo provável demais, o que fez seu sorriso se apagar ligeiramente.

— Não sei, não. Você consegue fazer malabarismo com as garrafas igual ao Tom Cruise? Porque, senão, deu azar, meu amigo.

— Droga! E eu pensando que tinha encontrado uma carreira nova!

Ele estava brincando, mas Anna não endossou a piada e continuou a bebericar a sua bebida, pensativa.

— Isso é só temporário, Nick. Todo atleta profissional... e eu quero, sim, dizer *todo* atleta profissional, já passou pelo que você está passando. Vocês usam os seus corpos de maneira muito agressiva. Eles são imperfeitos, não são máquinas, quebram, mas a vantagem que vocês têm sobre seres humanos comuns, como eu, é que são disciplinados e sabem treinar. Você *vai* melhorar. — Ela abriu um sorriso arrependido para ele. — Me desculpe, não queria entrar no modo trabalho.

— Que nada, tudo bem. Eu estava sendo um bostinha chorão e nem notei. Preciso de uns chutes na bunda de vez em quando.

Ela abriu um sorriso ainda maior.

— Então fico feliz em ter ajudado.

Houve uma breve pausa enquanto os dois pensavam no que dizer.

— Como vai a clínica de Londres?

Os olhos dela se iluminaram.

— Vai muito bem! Já tenho muitos clientes em vista e não só jogadores de rugby, embora vocês sejam a minha especialidade. Tenho dois jogadores de futebol e recebi um telefonema da British American Football League na semana passada.

— Futebol! — resmungou Nick. — Bando de covardes. Mandam logo chamar o treinador quando alguém bagunça o cabelo deles. Os paramédicos devem guardar uma lata de laquê no kit de primeiros socorros.

— Ui, quanta maldade!

Nick deu de ombros, um sorriso repuxando o canto da sua boca.

— Igual aos seus jogadores de futebol americano, com aquele monte de acolchoamento, capacetes e armaduras.

— Hmm, eu adoraria ver você dizer isso para Peyton Manning.

— Quem é esse?

— Ah, meu Deus, sério? Só o melhor *quarterback* de 2014! Além do mais, tem um metro e noventa e cinco e pesa cento e quatro quilos. Ainda quer chamá-lo de covarde?

— Claro, desde que eu não tenha que estar no mesmo espaço que ele na hora.

Anna riu.

— Quem é o covarde agora?

Eles trocaram sorrisinhos bobos.

O sorriso de Nick desapareceu, e sua expressão se tornou intensa e séria.

— Olha, eu queria te agradecer, mais uma vez, pelo que você disse no tribunal. E eu realmente sinto muito por aquele cara de *womble* ter tentado te desconcertar daquele jeito.

A expressão que Anna fez foi cômica.

— Tudo bem... espere, o quê? O que é um *cara de womble*? Quer dizer, acho que consigo até adivinhar, dado o contexto, mas sério, o que é?

Nick se sentiu ruborizar.

— É... bem... uma pessoa meio babaca.

— Sei, essa parte eu entendi. Mas o que é um *womble*?

— Vocês não têm *wombles* nos Estados Unidos?

— Acho que não. Não faço ideia.

— Bem... — Nick coçou a barba, ciente de que estava enrolando para tentar sair da armadilha que havia criado para si mesmo. — Um *womble* é uma pequena criatura que apanha lixo... um personagem de um programa de TV infantil.

Anna piscou, aturdida.

— Eles apanham lixo?

— É, é o barato deles. Meio igual ao Greenpeace, só que peludos.

— Eles são peludos?

— E têm narizes pontudos.

— Isso esclarece tudo.

— Ótimo!

Anna o encarou com um sorriso que dizia: *Te peguei!*

— Então um cara de *womble* é... o que, exatamente?

Nick fez uma careta.

— Você está se divertindo com isso, não está?
— Pode apostar! Uma troca de visões culturais... fascinante.
— Você está tirando sarro com a minha cara.
Anna riu.
— Só um pouquinho. Foi divertido ver você tentar definir "cara de *womble*". Eu certamente vou acrescentar isso ao meu dicionário regional. Acho que talvez seja o meu novo termo preferido.

Ela piscou para ele e bebericou sua cerveja de gengibre, chupando um dos cubos de gelo. Uma fagulha de excitação deu um choque em Nick quando as bochechas de Anna formaram um côncavo e seus olhos semicerraram.

Isso não é bom! avisou o cérebro dele.

Você definitivamente está a fim dela, argumentou o corpo.

O corpo era mais sincero. Idiota de merda.

— Então você vai se mudar para Londres permanentemente?
Anna fez uma careta.
— É, vou. Virei aqui de vez em quando, para ter certeza de que meu sócio está bem estabelecido, mas vou sentir saudades do meu chalé.
— Você tem um chalé? Pensei que americanos preferissem apartamentos.

Ela revirou os olhos.
— Você sempre confia em estereótipos? Eu alugo um chalé do século XVIII em Hale. É muito bonito, com rosas ao redor da porta e tudo. Acho que é com isso que a maioria dos americanos sonha quando pensa na Inglaterra. E você?

Nick poderia ter se dado um chute com a perna lesionada. Devia saber que aquela seria a pergunta seguinte. Decidiu ser sincero em vez de tentar fingir. Fingir que estava tudo bem no seu relacionamento com Molly o tinha levado exatamente a lugar nenhum. Ele vivera colocando tantos remendos por cima de rachaduras que acabaram por ser o próprio Grand Canyon.

— Estou morando com os meus pais no momento.

— Ah, por causa da perna?
Teria sido tão fácil concordar, e ela nunca saberia a verdade. Mas, no decorrer das sessões que tiveram juntos, ele desenvolvera um irritante vício pela honestidade.
— Bem, não exatamente. Eu não conseguiria continuar pagando a hipoteca da minha casa sem ter emprego. Então coloquei a casa para alugar.
— Ah, entendi.
Nick percebeu a pena no rosto dela e detestou aquilo. Não queria ser o objeto da piedade de ninguém, mesmo quando a definição de "patético" no dicionário vinha com a foto dele ao lado.
Anna pareceu ler sua mente.
— Nick, você vai conseguir outro clube, sei que vai. Seu agente tem feito o seu currículo circular?
— Tem, mas até que eu consiga passar num teste de condicionamento físico, nenhum clube vai me contratar.
Ela se recostou na cadeira; seus olhos eram gentis e solidários.
— As coisas vão acontecer para você. Você só precisa acreditar.
Ele baixou os olhos para a cerveja.
— Espero que sim... é só que é difícil, depois de tudo o que aconteceu.
Nick ficou tão surpreso quando Anna pousou a mão por cima da dele que reagiu com lentidão demais, e ela já havia sumido antes que ele pudesse...
Antes que ele pudesse o quê? Ficar de mãos dadas com a sua psicóloga num pub cheio de gente.
— Posso te perguntar uma coisa?
Ela se mostrou surpresa com a intensidade da voz dele.
— Pode, é claro.
— O mantra... Eu só estive me perguntando... Você disse que o criou quando passou por um período muito ruim da sua vida...
Ele se retraiu ao perceber que a expressão aberta que ela vinha exibindo até então se fechou e que os portões bateram com um

estrondo. Ao que parecia, seu vício em honestidade era uma via de mão única.

— Desculpe, eu não devia ter perguntado.

Ela se remexeu na cadeira e brincou com a bebida.

— Não, tudo bem. Só não é uma coisa da qual eu tenha muito orgulho. Não gosto de falar a respeito.

— Caramba, sei como é isso.

Ela fitou os olhos dele, e algo aconteceu entre os dois.

— É, imagino que saiba, sim. — Ela deu um sorriso nervoso. — Na época, a sensação era de que ninguém nunca mais ia... se esquecer daquilo, mas o tempo desfoca tudo e eu consegui perceber que a culpa não era toda minha. Quer dizer, eu errei, mas não sozinha.

Nick estava explodindo de curiosidade, mas se limitou a assentir com a cabeça.

— O negócio é que — ela se encolheu — eu tive um caso com um homem casado. — Ela ergueu o olhar e depois o desviou rapidamente. — Eu sabia que ele era casado, mas não liguei. Ah, ele disse as besteiras de sempre: que estavam separados, mas morando juntos por causa das crianças. — Ela fez uma careta. — Que a deixaria, só precisava de um tempo. Eu acreditei nessa merda toda. Mas, na verdade, isso me torna tão ruim quanto... quanto a Molly.

Nick não soube o que dizer, e o silêncio se estendeu entre os dois.

— Merda, anos depois ainda soa péssimo. Posso imaginar o que você pensa de mim.

Nick balançou a cabeça.

— Não, ele te disse que era separado. A culpa não é sua se você acreditou nele.

— É muita bondade sua, mas ele me disse exatamente o que eu queria ouvir. Eu sabia que ele tinha mulher e filhos, mas isso não me impediu de nada.

— O que foi que aconteceu?

Um dos cantos da boca de Anna virou para baixo.

— O que sempre acontece: nós fomos descobertos.
— Pela mulher dele?
— Não, foi pior que isso.
— Pior que a mulher dele descobrir?
— Meu Deus, isso é péssimo, eu sei. — Ela correu o dedo pela beirada do copo. — Ele era o meu orientador do doutorado. Era sempre tão compreensivo quando eu estava tendo alguma dificuldade. Sempre sabia a coisa certa a dizer. Eu me sentia especial, sabe?

Nick não tinha certeza se sabia, mas a explosão de ciúme que sentiu o manteve calado.

— Acontece que fui só um clichê: a aluna ingênua que se apaixona pelo professor. E não foi a primeira vez para ele.
— Como assim?
— Outra aluna, estudante do último ano, admitiu que estava dormindo com ele para melhorar sua nota.
— Caramba.
— Forçaram a aluna a ir embora antes da formatura. Deram o diploma para ela mesmo assim.
— Por que ele não foi demitido, então?

Anna deu de ombros.

— Ele é uma espécie de astro no departamento: conhece as pessoas certas, faz com que o dinheiro entre. Não podem se dar ao luxo de perdê-lo, então, em vez disso, se livram das alunas.
— Nossa, que péssimo.
— É, foi um grande sinal de alerta. Quase fui expulsa do programa. Só tinha um semestre para terminar, então me deixaram concluir a tese. Voltei para a casa dos meus pais em Nova York com o rabo entre as pernas. Parece familiar?

Os lábios de Nick se uniram numa expressão severa.

— O que foi que aconteceu com o cara?

Ela riu com amargura.

— Foi enviado para uma faculdade associada para um "período sabático" e depois tirou uma licença de estudo de um ano. Voltou com a mulher e só ficou com uma leve mancha no histórico acadêmico. Foi bem fácil me pintar como uma destruidora de lares carente que só precisava de uma palavra de carinho e de um ombro solidário para se transformar na Glenn Close. Na verdade, foi ele que tomou a iniciativa... mas, àquela altura, eu já estava mais do que pronta para qualquer coisa que ele quisesse. — Ela deixou escapar um suspiro. — Eu tenho péssimo gosto para homens.

Uma lâmpada se acendeu na mente de Nick.

— Ele é o cara de cu?

— O próprio.

— E ele ainda manda mensagens de texto para você?

As bochechas de Anna ficaram muito vermelhas.

— É, de vez em quando. Talvez umas três ou quatro vezes desde então.

— Você podia denunciar esse cara por isso! Provaria que nem tudo foi coisa sua.

— Já faz anos. De qualquer maneira, eu realmente só gostaria de esquecer que aconteceu.

Nick ficou em silêncio. Querer esquecer — ele sabia como era isso.

— Então foi aí que você criou o mantra?

Ela fez que sim com a cabeça, mas não quis encará-lo nos olhos. Em vez disso, tomou a bebida, e sua expressão era de quem estava prestes a inventar uma desculpa qualquer para ir embora. Nick realmente não queria que ela se fosse, nem que a noite terminasse.

Talvez aquela noite não fosse um encontro para ela — apenas dois amigos tomando um drinque juntos —, mas Nick não podia mais se enganar. Queria que aquilo fosse um encontro. Mas, primeiro, precisava colocar Anna na mesma sintonia.

— Você está com fome? — perguntou.

Anna piscou, um tanto surpresa, então sorriu.

— Comeria alguma coisa, sim.

— Gosta de curry?

Ela riu baixinho, uma risada grave e rouca que ressoou por dentro de Nick.

— Eu moro em Manchester há nove meses. Gostar de curry é uma espécie de rito de passagem.

Ele sorriu, sacando o telefone para chamar um táxi.

— É, é verdade. Conheço um bom restaurante a alguns quilômetros daqui. Vou só chamar um táxi e...

Anna o deteve.

— Eu dirijo. Meu carro está bem aqui fora.

Capítulo 15

Uma vez dentro do carro e depois de Nick ter dito aonde ir, o silêncio ficou desconfortável, como se houvesse muito a ser dito entre os dois. Ainda assim, Anna desejava poder voltar atrás em tudo o que tinha contado.

Ela *nunca* mencionava o que aconteceu com Jonathan, mas algo no sofrimento de Nick a fez se abrir. E também trouxe de volta todos aqueles sentimentos.

Anna tinha visto nos olhos dele o mesmo tormento autoinfligido. Ele se sentia culpado e, em algum nível, achava merecer tudo o que havia acontecido. Ela também se sentira dessa maneira em determinada época, mas, olhando para trás, reconhecia que só uma parte da culpa era sua.

Então, quando ele perguntou sobre o mantra, ela contou tudo.

— Não acho que você seja como a Molly. Não acho que você seja nem um pouco como ela.

A voz de Nick interrompeu os pensamentos sombrios de Anna, e ela o olhou de relance antes de desviar novamente para a estrada.

— Sou, sim.

— Você não traiu ninguém! — disse Nick, com veemência. — O cara de cu é que foi infiel.

— Eu sou igual — insistiu Anna, baixinho —, porque não me importei com quem estava machucando, contanto que eu tivesse o que queria.

E essa era a verdade nua e crua que a envergonhava.

Nick suspirou, mas não tentou contradizê-la outra vez. A sinceridade parecia pesar sobre os dois, mais um tijolo no muro de verdades que ambos usavam para manter os outros longe.

— Você é uma boa pessoa, Anna.

— Bem, eu... obrigada.

A recusa dele em culpá-la aqueceu alguma coisa dentro do coração de Anna.

— Você também é uma boa pessoa, Nick.

Ele deu de ombros e olhou pela janela.

— Estou tentando ser.

— E é só isso que a gente pode fazer.

Chegaram ao restaurante e se apressaram para entrar, pálidos diante do ar gélido que beliscava seus rostos e do vento enregelante que açoitava suas roupas.

Nick atravessou o estacionamento com passos duros e ruidosos, parando para abrir a porta do restaurante para Anna.

Foram acomodados rapidamente numa mesa, e ela deixou escapar um suspiro de prazer enquanto o calor fluía outra vez por seu corpo, o aroma condimentado no ar fazendo seu estômago vazio roncar.

— O que é bom aqui? — perguntou, estudando o menu.

— Tudo, mas talvez seja melhor evitar o *vindaloo*, a não ser que você queira perder uma camada de pele da língua.

Ela ergueu a sobrancelha.

— Diz a voz da experiência?

— Diz a voz de alguém que achou que parecia uma boa ideia depois de nove *pints* de cerveja numa noitada com os rapazes por causa de uma aposta.

— E terminou mal?

— Meus olhos se encheram d'água, meu nariz inchou e minha língua quase caiu.

— Uau! Nesse caso, fico com *korma* de frango, pão *naan* e um daqueles pratos de pepino com iogurte de acompanhamento, por via das dúvidas.

Ele sorriu para ela de maneira afável. Seus olhos castanho-esverdeados cintilaram com humor, e ela se sentiu relaxar em sua companhia. *Eu gosto deste homem*, pensou consigo mesma.

Eles fizeram os pedidos, e Nick bebericou a água mineral enquanto Anna pedia um chá de ervas.

Ela quebrou o silêncio.

— Sua tatuagem deve ser impressionante. Será que posso ver? É... a não ser que esteja em algum lugar muito constrangedor!

Nick riu.

— Não, mas eu teria que tirar a camisa e acho que o dono do restaurante não ficaria muito satisfeito.

Não, mas eu ficaria. Anna descartou o pensamento aleatório rapidamente. Eles não estavam num encontro, estavam só... fazendo uma refeição amigável. Embora às vezes parecesse haver uma fagulha no ar; mas então um deles, ou os dois, recuava.

A comida foi chegando, e eles a atacaram famintos, compartilhando os vários pratos e falando, falando, falando — sobre suas famílias e suas infâncias, sobre trabalho e aquilo que faziam para relaxar, sobre a música que gostavam de ouvir e os filmes que amavam, sobre tudo e sobre nada, sobre a vida. Anna admitiu que era viciada em tecnologia e que tinha que comprar celulares, tablets e notebooks substitutos com regularidade. Nick admitiu que podia ser muito bagunceiro, mas que se treinara para manter todo o seu caos sob controle.

Era a conexão de pessoas que simplesmente *se encaixavam* sem nenhum motivo especial. Eram diferentes e, no entanto, iguais — transformados, alterados por eventos de seu passado.

A noite passou rápido demais e, apesar das horas que ficaram conversando, ainda parecia haver muita coisa a ser dita entre eles.

Nick fitou as mãos, grandes e brutas se comparadas às de Anna, então ergueu os olhos, encontrando os dela, inquisidores.

— Eu não quis machucar a Molly.
Anna encarou os olhos dele, tão cheios de dor.
— Eu sei.
— Sério? Você acredita em mim?
— Acredito.
Ele fechou os olhos, aliviado. Ela havia dito aquilo em e-mails, mas ele precisava ouvir a resposta dos seus próprios lábios.
— Obrigado.
Ela fez um pequeno aceno com a cabeça, exibindo uma expressão de compaixão e de compreensão no rosto.
Nick tomou um gole d'água, envergonhado com a onda de gratidão que o invadiu. Precisava saber que não causava repugnância nela, que Anna não estivera simplesmente tentando agradá-lo por ser uma pessoa gentil.
Quando ergueu os olhos outra vez, viu a despedida no olhar de Anna.
— A noite foi divertida — disse ela, roçando os dedos nos nós da mão dele antes de inclinar o corpo para apanhar a bolsa. — Eu não relaxo tanto quanto deveria, nem de perto. Sou muito ruim em seguir os conselhos que dou.
— Podemos fazer isso de novo a qualquer hora — disse Nick rapidamente, não querendo que ela fosse embora. — Como amigos... ou como um encontro de verdade.
A boca de Anna se escancarou.
— Uau, é... Eu não acho que isso seja uma boa ideia. A gente sair de verdade, quero dizer.
Nick esperou a ferroada de desapontamento passar antes de voltar a falar.
— Eu acho que não tenho uma ideia melhor há tempos — devolveu ele, cautelosamente.
Anna franziu o cenho, torcendo a alça da bolsa nas mãos.
— Nick, você é meu cliente. Existem regras a respeito disso. Aquilo que o advogado da Molly disse no tribunal...
Ele ficou carrancudo, os olhos turvos.

— Aquele filho da mãe estava distribuindo insultos para ver se colava. Ele não tem nada que opinar sobre com quem você pode ou não sair. E, de qualquer maneira, eu não sou seu cliente. Não sou seu cliente há meses. Não tem nada nos impedindo, se você quiser.

Tendo colocado as cartas na mesa, ele se recostou na cadeira e a observou com um olhar intenso.

Anna estudou o rosto dele, prendendo o lábio inferior entre os dentes e contemplando-o enquanto ele estava sentado ali, aguardando o seu veredito.

— Eu acho que não teria nada demais — concluiu ela, por fim. — Só amigos. A minha reputação... Eu não posso arriscar mais nenhum escândalo. Você entende?

O corpo de Nick pesou com a decepção, mas ele fez que sim com a cabeça, mesmo sem muita convicção. Serem amigos era melhor do que nada. Ela estivera ao lado dele numa fase em que amigos haviam sido difíceis de achar. Queria Anna em sua vida.

— Ok, eu topo sermos amigos.

Ela sorriu, e Nick pensou ter visto alívio em seu rosto. Não fazia a menor ideia do que o seu próprio rosto revelava.

— Acho que nós arrasamos nessas perguntas de apresentação — brincou Anna, sorrindo para Nick. — Aquela coisa toda que a gente pergunta quando conhece alguém.

— Que nada, você sabe bem mais a meu respeito do que eu sei sobre você.

— Você acha?

— Eu passei horas falando sobre mim mesmo. — Ele sorriu pesaroso. — Meu assunto preferido.

— Até parece! — exclamou ela, bufando. — Fazer você falar de si mesmo foi dureza. Os únicos momentos que você de fato curtia era quando eu fazia alguma pergunta sobre rugby. Aí você se animava. Era meio impressionante. Essas eram as melhores sessões.

Nick ruborizou. Molly dizia que o rugby era entediante, embora ela curtisse ser namorada de jogador. Se ele tentasse conversar com ela sobre os treinos ou sobre uma partida, ela rapidamente mudava de assunto. Nick se perguntava agora por que ele algum dia achou que deviam se casar.

Balançou a cabeça: não queria pensar naquela vadia com Anna a sua frente.

— Por que você quis ser psicóloga do esporte?

— Uau, as perguntas importantes — comentou ela, ajeitando a postura, o sorriso murchando.

Nick ficou surpreso. De tudo que podia ter perguntado a ela, não havia imaginado que isso a incomodaria. Mas Anna se sentou empertigada, o rosto tenso, o corpo rijo.

— Você não precisa... — sugeriu ele de maneira muito pouco convincente.

— Não, é justo. Eu não ligo, é só... um pouco difícil falar a respeito. Bem, nem tanto assim com você.

Ele ficou surpreso com o comentário, mas não tinha certeza do que dizer. Mas, então, Anna voltou a falar.

— Meu pai foi um jogador de futebol americano importante, integrante do hall da fama da NFL. Era praticamente a única coisa sobre a qual nós conversávamos em casa quando eu era pequena. Ele lia estratégias de jogo para mim na hora de dormir. Juro para você! — Ela baixou os olhos. — Meu pai é uma cara sensacional, mas o futebol sempre veio em primeiro lugar. Eu era meio que a típica filhinha do papai, sempre querendo agradá-lo. Estudei para ser médica para impressioná-lo. Mas acho que aquele futebol todo entrou no meu sangue. Um dia, um cara chegou ao hospital com uma lesão na C7. Ele era *running back* de um time universitário e acabou se tornando um dos meus pacientes de longo prazo; nós conversávamos muito. Eu o visitava até mesmo quando não estava de plantão. Ele admitiu o medo que tinha da possibilidade de o futebol ter acabado para ele, mas também tinha medo de voltar ao campo e correr o risco de se lesionar outra vez. Aquilo me deixou interessada nos bloqueios mentais que impedem atletas de atingirem seu potencial pleno. Eu quis ajudar caras como ele, então decidi fazer especialização em psicologia do esporte com ênfase especial em futebol. — Ela fez uma pausa. — Meu pai queria que eu fosse cirurgiã, que chegasse ao topo de uma carreira dominada por homens. Ficou muito desapontado. — Ela deu uma breve risada. — Apesar de eu ter, sim, escolhido outra carreira dominada por homens. Foi parte do motivo de ter vindo para o Reino Unido. Eu simplesmente não estava conseguindo o tipo de trabalho que queria por lá. Mas, aqui, a psicologia do esporte é bem menos estabelecida, e Steve Jewell era amigo do papai, então foi a escolha natural para mim. Acho que meu pai já deve ter se recuperado a essa altura. Acho que está orgulhoso de mim. Espero que sim.

— E como ele poderia não estar? — perguntou Nick, balançando a cabeça. — Você é muito boa no que faz. Me ajudou muito. E eu vi o quanto você ajudou Dave também. Foi você que percebeu que eu precisava de outra operação. — Nick se encolheu ao dizer isso. — O cirurgião disse que, sem ela, o tendão poderia ter rompido por completo a qualquer instante. Eu nunca te agradeci por isso.

Eles se fitaram por cima da mesa até Anna baixar os olhos.

— Uau, isso é que foi uma conversa de apresentação. — Ela deu uma risada fraca. — Mas preciso pegar o trem logo cedo, então por mais divertido que isso tenha sido, eu realmente preciso ir para casa.

Nick fez sinal para o garçom e colocou o cartão de crédito em cima da conta.

Anna fez menção de se oferecer para pagar metade, então parou no meio da frase quando as sobrancelhas de Nick se juntaram numa expressão de desagrado. Ele era um homem orgulhoso e a convidara para sair aquela noite como forma de agradecimento.

Apesar de ter voltado para a casa dos pais e não ter muito dinheiro, ela devia ser elegante e deixá-lo pagar.

— Obrigada — disse, simplesmente.

Eles foram juntos até o carro, o vento atravessando seus casacos pesados e os flocos de neve formando uma fina manta no chão. Anna estremeceu enquanto sacava as chaves.

— Não imaginei que fosse nevar nessa época do ano.

— É raro, mas acontece. Provavelmente não vai nem acumular. Mas está frio à beça, não está?

— Posso te dar uma carona para algum lugar?

Nick negou com a cabeça.

— Não, obrigado. Vou chamar um Uber.

— Bem, pelo menos fique esperando no meu carro ou você vai virar picolé.

Nick pegou o telefone, franzindo o cenho ao constatar que não havia carros disponíveis.

— Merda, eu deveria ter agendado mais cedo.

— Posso te levar, então?

Nick fez que não.

— São quarenta minutos em cada direção. Não posso te pedir para fazer isso. — *E ele realmente não queria nem a mãe nem a irmã abrindo a porta para ele e fazendo perguntas.*

Anna se refreou, então tomou uma decisão.

— Olhe, eu moro a cinco minutos daqui. Venha tomar um café comigo e peça de lá.

— Tem certeza de que não se importa? Você disse que tem que acordar cedo...

— Não é problema nenhum. E não posso te deixar aqui fora.

A viagem foi curta, e logo Anna parava do lado de fora de seu chalé. Ficou feliz por ter deixado uma luz acesa. Era uma das coisas que odiava sobre morar sozinha: voltar para uma casa escura e vazia. E era bom ter companhia, para variar. Esteve tão ocupada se instalando em Manchester que Nick seria a sua primeira visita. Não que fosse dizer isso a ele.

— Tenha cuidado com os paralelepípedos — avisou ela, já em dúvida quanto à sua decisão impulsiva de convidá-lo para ir à sua casa. — São lindos de olhar, mas muito escorregadios, especialmente com um tempo desses.

Nick não estava olhando para o chalé, mas para os flocos de neve grudados nos cílios dela e para o hálito dela, congelando no ar da noite. Enquanto Anna falava, ele se virou para olhar a casa. O chalé lembrava um cartão de Natal, com a cantaria pincelada de neve e cálidos bruxuleios de luz escapulindo por uma fresta entre as cortinas.

Nick foi subindo com cuidado o caminho coberto de neve e passou pela pesada porta de madeira, observando à sua volta o hall de entrada de Anna. Na mesa de canto havia um vaso de flores, e um abajur Tiffany projetava um cálido fulgor de luz colorida sobre paredes e teto. Era tudo luxuoso e sofisticado, como ela, mas, ao mesmo tempo, caloroso e acolhedor. Igualzinho a ela.

Ele se livrou do pesado casaco e a seguiu sala de estar adentro.

Precisou se abaixar para entrar, desviando das vigas baixas que revelavam a idade do chalé. Caminhando lentamente, olhando para os móveis antigos e para o charme de velho mundo, encontrou Anna ajoelhada sobre um tapete diante de uma grade. Ela segurava um fósforo aceso na mão, e um leve cheiro de enxofre pairava no ar.

Anna não havia acendido as luzes, e a única claridade vinha de um pequeno abajur com uma cúpula vermelha que emitia um brilho tênue e romântico.

A frequência cardíaca de Nick acelerou freneticamente.

— Eu adoro ter aquecimento central — murmurou ela, pensando alto —, mas tem algo de especial em fogo de verdade, você não acha?

Ela ainda não havia se virado; tentava convencer as pequenas chamas a lamberem o jornal e os gravetos.

Nick imaginou fazer amor com Anna naquele tapete de pele de carneiro, na frente do fogo, então teve que desviar o olhar. *Essa história de amigos ia ser uma merda.*

As chamas lançaram sombras dançantes sobre a sua face, e quando ela ergueu os olhos para ele, uma lustrosa mecha de cabelos escorregou na frente do seu rosto.

Ele ficou de pé no vão da porta, admirando a longa curva do pescoço e os músculos das pernas dobrados por baixo dela.

— Você está me encarando — disse ela, inquieta, dando uma olhada ao redor antes de fitá-lo diretamente.

Ele deu um passo à frente e hesitou. O coração de Anna vacilou diante da intensidade do olhar de Nick, e algo no corpo dela despertou.

Aquele homem lindo e digno estava na casa dela, encarando-a como se ela fosse a sua próxima refeição.

— Me desculpe. Eu não consigo evitar. Você é tão...

Nick parou, com medo de assustá-la. Estava em sua casa, e era mais alto, mais forte e mais pesado do que ela, além de ter antecedentes criminais de violência contra mulheres. Contra *uma* mulher. Mais um segundo e ela teria um ataque de histeria ou o expulsaria dali. Devia ter mantido a porcaria da boca fechada.

Anna continuou a fitá-lo, os olhos encobertos pela sombra da luz fraca das chamas tremeluzentes que agora dançavam pelas toras empilhadas na lareira.

O que ele estava dizendo? O que queria dizer? Será que ela conseguia fazer isso? Conseguia arriscar tudo outra vez? Tinha todos os motivos para recuar bem na palma da mão.

Mas ela não recuou.

— Eu sou tão o quê?

A voz dela saiu grave e rouca, a expressão em seu rosto permanecendo oculta. Nick engoliu em seco.

— Eu não devia ter dito nada.

Anna se levantou de uma vez só e suavemente, aproximando-se dele.

— Eu sou tão o quê? — repetiu.

— Sexy — admitiu, a garganta se contraindo com a palavra.

Ela fez uma pausa, a cabeça inclinada para o lado.

— Você me acha sexy?

— Caramba, esse piercing de língua — falou ele com a voz rouca. — Eu já sonhei com ele, com o que você pode fazer com ele.

Um sorriso lento e divertido se espalhou pelo rosto dela.

— É mesmo?

— Porra, você nem imagina!

O sorriso desapareceu e o lábios dela se entreabriram.

Ela ainda não dera um único passo em direção a ele, e Nick esperou, o coração batendo furiosamente, ansiando pelo toque dela.

Os olhos cinza-prateados dela o percorreram, rápidos como dardos: seus cabelos, sua barba, então pararam em sua boca. Ela deu um passo à frente e tomou o rosto dele entre as mãos frias, beijando-o suavemente nos lábios.

Foi a autorização da qual precisava.

Nick estremeceu, um profundo tremor que desencadeou um tsunami de emoções.

Suas mãos grandes enlaçaram a cintura dela, puxando-a para perto, e ele apertou os lábios contra os dela enquanto o vento uivava ao redor da chaminé, avidamente, em um lamento.

A boca de Anna se abriu, e Nick sentiu o sabor de menta do chá que ela havia bebido, além de algo mais picante e misterioso.

Ela retribuiu o beijo com voracidade, e, pela primeira vez, ele sentiu o metal do piercing de encontro à própria língua, duro e erótico, completamente inesperado vindo de alguém como ela. Era excitante demais.

Anna agarrou sua barba para mover a cabeça de maneira que se adaptasse à inclinação da própria boca. Aquela agressividade enviou ondas de choque por Nick, e as mãos dele percorreram a extensão das suas costas — uma para envolver o pescoço, a outra, mais abaixo, acariciando a coluna para então envolver o quadril.

Um gemido escapou de dentro dela, e Anna soou como se estivesse em sofrimento, se afogando, perdida, e toda a essência protetora de Nick se eriçou com orgulho e desejo.

Seu pau engrossou por dentro da calça, e ele afastou a boca da dela bruscamente para beijar e morder o pescoço, a barba ao mesmo tempo macia e áspera sobre a pele de Anna.

As mãos dela deslizaram por debaixo do suéter dele, puxando a malha tricotada para cima até parar, desconfortavelmente, debaixo dos braços. Ele xingou, se libertando e arrancando o suéter por cima da cabeça junto com a camiseta cinza que usava, e atirou ambos longe.

Os olhos de Anna arregalaram diante da tatuagem preta que se espalhava por cima do coração dele, por cima do ombro e do braço esquerdo. Ela estendeu as mãos para tocá-lo, a pele dele macia e bronzeada sob a luz do fogo, os mamilos masculinos planos eriçando ligeiramente.

— É linda — suspirou ela, aquecendo a pele dele enquanto os dedos seguiam os traços da tatuagem. — Tão forte, tão intensa... como você.

Nick permaneceu imóvel enquanto os dedos passeavam por seu corpo, mas em todos os lugares onde ela o tocava, sua pele formigava e seu sangue incendiava.

— É tão complexa. Significa alguma coisa?

Nick precisou engolir em seco antes de conseguir falar, e quando o fez, quase não reconheceu a tensão estrangulada em sua voz.

— *Ta moko*, a ancestral arte maori. As marcações representavam as suas realizações, e um guerreiro não gritava enquanto era tatuado. Aguentar a dor era uma questão de orgulho.

Ela fez uma pausa na exploração, seu olhar se prendendo ao dele.

— E a sua? O que a sua tatuagem significa?

Nick hesitou; a resposta revelava mais do que seu corpo nu.

— Que eu sobrevivi. Que passei pela dor, pelo rito do fogo.

— Um sorriso irônico repuxou o canto de sua boca, embora ele não estivesse com vontade de sorrir. — Eu estava tão mal comigo mesmo depois de tudo o que aconteceu, a lesão, as cirurgias, o processo, que precisava de alguma coisa só minha, algo para mostrar que sobrevivi e que saí disso tudo mais forte.

Os lábios de Anna se curvaram ligeiramente para cima antes de ela falar.

— Um guerreiro.

Nick fez um pequeno aceno com a cabeça. *Ela compreendia.*

Anna não voltou a falar, mas correu as mãos por seu peito, as unhas curtas arranhando suavemente a pele dele. Então inclinou o corpo para a frente e arrastou o piercing de língua pela faixa larga de tinta que cobria o seu coração.

Nick quis estender a mão na direção dela, quis tocá-la, possuí-la, mas conhecia Anna bem o bastante para deixá-la estabelecer o ritmo. Ela já tinha dado um fora nele aquela noite — ele não achava que aguentaria se ela parasse agora.

Nick cerrou os dentes e apertou os braços contra as laterais do corpo, as mãos dela ancoradas em seus quadris enquanto continuava a lamber seu corpo até embaixo.

Desviando o olhar rapidamente para cima, ela se desvencilhou das mãos dele, então abriu um sorriso breve e diabólico enquanto caía de joelhos e abria o botão de cima da calça dele. Ela foi descendo o zíper com dolorosa lentidão, tirando o jeans gasto do caminho.

Nick deixou o ar escapar lentamente, seus pulmões tremendo enquanto esvaziavam, os olhos fechando de prazer. Ele pensava nisso havia muito tempo, até mesmo quando ainda estava noivo de Molly — tinha pensado a respeito, mas nunca teria tomado nenhuma atitude.

Anna o beijou suavemente por cima do tecido da cueca. Conforme arrastava o piercing por cima de sua barriga, ele sentia o metal liso em sua pele. Os braços dele doíam, retesados com a necessidade de abraçá-la.

Ela descansou a bochecha sobre a barriga lisa dele, as mãos se deslocando para segurar a parte de trás das coxas e seu hálito quente se espalhando sobre a pele dele.

As mãos dele subiram de mansinho para aninharem a nuca de Anna, embrenhando-se em seus cabelos, os fios brilhosos deslizando por entre os dedos dele.

— Eu quero você — disse ela, de olhos fechados, a bochecha ainda descansando sobre a barriga dele.

— Estou aqui, Anna.

A boca de Anna se abriu num sorriso, assim como seus olhos, se incendiando com a determinação.

— Eu sei. O meu quarto fica...

— Não, aqui. No tapete.

Ela arqueou as sobrancelhas e ergueu o rosto para cima, mostrando-se intrigada.

— Na frente da lareira — disse ele, tomando a mão dela e a puxando para a frente.

— Ah. — Ela sorriu.

Sentou-se no tapete com as longas pernas à sua frente e as bochechas coradas sob a luz do fogo — os cabelos brilhando enquanto esperava por ele.

Eles haviam ultrapassado um limite — na verdade, haviam ido muito além dele — e ambos sabiam o que isso significava, o que iam fazer. Desejo e excitação pesavam no ar, uma tensão puramente sexual fervilhando entre eles.

A bota imobilizadora de Nick o deixou desajeitado enquanto ele descia até o chão, e um fiapo de preocupação varreu o rosto de Anna.

— Você está bem?

— Vou ficar quando tirar essa bota maldita — reclamou ele.

Charme zero, Renshaw.

Ela pareceu conter um sorriso.

— Posso ajudar?

— Eu estou bem.

Ela observou, impaciente, enquanto ele abria o velcro — o barulho que fez era como se alguma coisa estivesse rasgando — e soltava o pé de dentro da bota, suspirando de alívio.

— Dói?

— Só quando eu rio.

Anna bufou, divertida, e ele sorriu para ela.

— É? Pois tenho uma cura para isso. — E, então, Anna arrancou o suéter e se sentou diante dele vestindo seus jeans skinny, botas grossas e sutiã verde-escuro.

Seus seios eram pequenos e empinados, e, quando ela alcançou o fecho nas costas e atirou o sutiã de lado, seus mamilos surgiram da cor de canela e rijos com o ar mais frio.

Mas ela estava certa: Nick não estava mais rindo.

Ele buscou as mãos dela, puxando-a para si para que ficasse enganchada sobre as suas coxas. Então, inclinou o corpo para cima para tomar um mamilo em sua boca, chupando com força, sua barba fazendo cócegas, a pele hipersensível enviando faíscas de prazer pelo corpo dela.

Anna tocou o rosto dele, seus dedos passeando por uma cicatriz pequena e branca.

— Como arranjou isto?

— Rugby.

— É claro. E isto?

Ela tracejou outra cicatriz que atravessava a sobrancelha dele.

— Rugby. Eu tenho muitas cicatrizes.

— É mesmo? Onde mais? Ou talvez eu simplesmente saia explorando.

Nick sorriu e se recostou, os braços acima da cabeça, convidando-a a olhar e tocar onde quisesse.

Lesões durante partidas terminavam mais carreiras do que simplesmente a aposentadoria aos 35 anos. Havia muita coisa para ela explorar.

As chamas faiscavam e ardiam na lareira, o cheiro de madeira queimada pairando no ar.

Anna arrancou as botas e balançou o corpo para fora dos jeans skinny enquanto Nick a observava com a expressão de um homem faminto.

Livre das roupas, ela se postou nua diante dele, forte e confiante na própria pele. Ela o deixou olhar, o deixou engoli-la por inteiro, seu corpo brilhando sob a luz do fogo, o fulgor da lareira projetando as sombras mais intrigantes. Então, ela se abaixou por cima dele, seus joelhos afundando no tapete de pele de carneiro, a luz bruxuleante dançando pela pele alva enquanto seus seios encostavam no peito dele. Eles se beijaram com violência e urgência, intensidade, desejo e necessidade controlados há tempo demais.

Anna sentiu-se ousada e empoderada, perguntando-se por que fazer o que era errado era tão bom, mas sem se importar mais. Lambia, mordia e beijava os cumes e os vales dos músculos abdominais entalhados dele, aperfeiçoados por anos de treino dedicado que contavam a sua própria história. Arrastou o piercing por cada centímetro salgado deles enquanto Nick vibrava com intenso prazer e uma necessidade difícil de controlar.

As mãos dele acariciavam e moldavam o corpo dela e, quando aqueles dedos longos, fortes e cobertos de cicatrizes a pressionaram por dentro, enchendo-a com um prazer bruto, ela explodiu como os fogos de artifício do Dia da Independência, a coluna arqueando enquanto gritava.

Ela se deixou despencar sobre seu peito nu, e os braços fortes a enlaçaram, aquecendo-a, abraçando-a.

Nick ignorou a necessidade pulsante do próprio corpo, tentou ignorá-la enquanto Anna se deitava sobre ele com o coração batendo descompassado, a respiração em pesadas arfadas.

Quando os olhos dela se abriram, escuros e selvagens, Anna se inclinou para a frente e foi lambendo do pescoço dele para cima, puxando o lóbulo de sua orelha com os dentes.

— De novo.

Nick cedeu, então, todo o seu controle desaparecendo. Ele girou até estar por cima dela, com chamas nos olhos enquanto ignorava o violento puxão no tornozelo em recuperação, a costura dos jeans pressionando dolorosamente as coxas macias e vulneráveis dela.

Arrastou a boca pelos lábios dela, pelo queixo, pelo pescoço, beijando e mordendo cada parte com fome e necessidade, sem conseguir capturar o suficiente do cheiro dela, do sabor dela, do tesão que era capaz de sentir no ar.

Anna lutou contra os jeans dele, depois enganchou os dedos no tecido da cueca e puxou os dois pela curva da bunda, enterrando as unhas nas firmes redomas de carne. O pau dele saltou, livre, quicando de encontro à perna dela ao se projetar do corpo dele, a cabeça brilhante e escura de excitação.

O cérebro de Nick estava tão inundado de sensações que ele não conseguia pensar, mal conseguia respirar, o coração martelando de encontro às costelas, o pau pulsando e latejando.

— Eu estou protegida — sussurrou ela, de encontro à sua pele quente.

Ele hesitou, os pensamentos lentos como piche, mas então sacudiu a cabeça e pegou uma camisinha nos jeans, o corpo tremendo de tensão enquanto ele se protegia.

O tapete era espesso e macio por baixo dela, e Nick estava quente e duro por cima.

Ele a penetrou com um longo gemido, e um delicioso alívio explodiu por sua coluna. Sem conseguir retardar a necessidade que acelerava dentro dele, Nick impôs um ritmo frenético conforme seus corpos batiam um de encontro ao outro, o som de carne contra carne ecoando pela casa vazia enquanto o suor encobria seu corpo magnífico.

Fundo, forte, mais fundo, mais forte, mas não era suficiente.

O prazer preencheu o ventre de Anna, inundando-a rapidamente conforme os quadris de Nick giravam e balançavam. Mais e mais, até seu ritmo falhar, estilhaçando de maneira espetacular enquanto ele explodia.

Anna o sentiu enrijecer, seu pau dando um tranco dentro dela enquanto ela cruzava os tornozelos abaixo da sua bunda, puxando-o para mais perto quando ele gozou com um gemido desesperado. Uma onda quebrou por cima do corpo dela, e Anna gritou. Pequenos pontos de luz explodiram atrás de seus olhos conforme inúmeras sensações desaguavam por cima dela, quase fortes demais para suportar.

Lentamente a maré de sensações regrediu e, à medida que o corpo de Nick ia amolecendo, sua testa úmida encostou na dela, um gesto privado e íntimo que ameaçou partir o coração de Anna. Então, ele rolou de cima dela, puxando-a para perto do seu corpo que queimava enquanto as chamas saltavam na lareira e ondas de calor despencavam sobre eles.

Os olhos de Anna se fecharam, o corpo latejando conforme os tremores se calavam pouco a pouco.

— Você é tão linda — disse ele.

E ela sorriu.

Quando Nick acordou na manhã seguinte, sentiu-se rígido e dolorido, mas magnificamente relaxado. A manta que o cobria era macia. Mas, quando abriu os olhos, o fogo havia sido apagado, deixando uma pilha de cinzas na lareira.

— Anna?

A casa estava silenciosa, e ele recebeu apenas o sussurro do vento nos beirais como resposta.

Ele se sentou, franzindo o cenho, e vestiu os jeans, tremendo ligeiramente na casa que começava a esfriar. Vestindo-se rapidamente, ele abriu as cortinas e deixou um feixe de luz branco--azulada penetrar na sala. Lá fora, o mundo estava coberto com um brilhante manto de neve cristalina, fresco e novo.

Nick calçou a bota imobilizadora e foi mancando até a cozinha, fazendo cara feia para um imenso fogão creme que ocupava um quarto do espaço. Sobre uma mesa de pinho, havia uma xícara de café frio e um bilhete.

Não quis te acordar — você parecia tão tranquilo.
Fique bem.
Beijos,

Anna

Ele leu o bilhete duas vezes, então o colocou debaixo do café frio antes de bater a porta e sair do chalé. Ela não havia deixado nem um número de telefone.

Ela se fora, e ele estava sozinho.

Capítulo 16

Julho de 2015

O suor escorria pelo rosto de Nick, e ele fez uma careta.
Dia de malhar perna.
A maioria dos homens detestava o dia de malhar as pernas na academia. Elas formavam o maior grupo muscular e, portanto, davam mais trabalho. Pois é, os caras reclamavam sobre isso — mas Nick não era um deles. Ele apreciava a tensão nos músculos, sabendo que cada dia trazia mudanças. Fazia repetições de agachamento livre, agachamento de frente, passada com halteres e impulso de quadril com uma barra de cento e quarenta quilos atravessada na parte de cima da coxa enquanto arqueava as costas para fortalecer os glúteos e a lombar. Era exaustivo, mas seu corpo estava forte. E o mais importante era que estava confiante de que o tornozelo direito não ia desapontá-lo. Toda vez que ele exigia mais, seu corpo atendia. Ele quase ousava esperar que um condicionamento físico de nível competitivo estivesse ao seu alcance.
Seu cirurgião, Sir Gerald Whitworth, tinha valido a soma exorbitante que cobrava. Nick conhecia seu corpo e agora podia confiar nele outra vez. Meses e meses de trabalho, dias repletos de suor e desgaste, músculos doloridos e noites de Tiger Balm e Deep Heat. Desde que recebera alta do reparo do tendão, malhava todos os dias na esperança de ser contratado por algum clube.

Até agora, nada.

Mas aquilo tudo ia além do que apenas jogar rugby. Ele era um atleta e não era um desistente. *Precisava* mostrar o que valia depois de tudo o que acontecera.

Sacudindo a cabeça, recusou-se a permitir que o pensamento negativo se enraizasse. *Quando* ele fosse contratado, estaria pronto. Ironicamente, foi Anna quem ensinou a ele como transformar os pensamentos daquela maneira.

Franziu o cenho. Pensar nela o deixava perturbado. Há muito tempo, ele tinha perdido a esperança de ter notícias dela. Uma resposta breve a um e-mail dele havia deixado claro que aquela noite fora um caso de uma só noite para ela.

Nick teve que deixar para lá.

Mas, ainda assim, doía. Ele achava que havia surgido uma conexão entre os dois. Não gostava da sensação de ter sido usado, mesmo sabendo que isso era injusto. Ela dissera que não sairia com ele. Foi estupidez esperar mais.

No banco, ao seu lado, o celular tocou. Olhou para baixo e viu que era seu agente, ligando para a costumeira atualização semanal.

— Oi, Mark. Como vão as coisas?

— *Excelentes, meu amigo. Como você está? Não, não responda porque daqui a trinta segundos você vai me dizer que este é um dia fantástico. Onde você está?*

Nick fitou o telefone, confuso, perguntando-se desde quando Mark começara a tomar pílulas da felicidade.

— É... eu estou na academia.

— *É claro que está. Por acaso você vai a algum outro lugar? Deixe para lá. Eu tenho notícias, boas notícias, as melhores notícias. Venho negociando com Sim Andrews, o novo treinador principal dos Finchley Phoenixes, da zona norte de Londres. Eu não quis dizer nada até ter certeza... mas ele quer te contratar. No começo da próxima temporada você vai ser o novo* fullback *deles!*

Nick ficou paralisado, tão chocado com a notícia que sua mente parecia ter rachado ao meio. Finalmente, depois de tanto trabalho, depois de todos os reveses, das lesões, de tudo o que ele havia aguentado, tinha a oportunidade de voltar a jogar para um clube. Não só uma oportunidade: uma proposta de verdade. Ele fechou os olhos, as esperanças crescendo, voando cada vez mais alto e mais longe.

Sua garganta queimava, e ele se deu conta de que estava sufocando emoções que ameaçavam emasculá-lo.

Finalmente. Finalmente podia respirar outra vez.

Abriu os olhos e viu que a mão esquerda estava fechada num punho cerrado. Forçou-se a abri-la, ainda tentando assimilar a notícia.

Os Phoenixes eram um bom time, de longa tradição, embora estivessem em má posição atualmente, tendo terminado a temporada na parte inferior da tabela, a um ponto do rebaixamento — mas era a parte inferior da tabela do Premiership. Era um time perfeito para o retorno de Nick, uma chance para dar um *reboot* na sua carreira. Perfeito de todas as maneiras.

Exceto uma.

Ficavam em Londres.

Perto de Anna.

Nick odiava a ideia de ela estar tão perto e, ainda assim, tão fora de alcance.

— *Nick? Nick! Cadê a alegria?* — berrou Mark, sua voz soando metálica pelo viva-voz. — *Alô?*

— Ah, desculpe, Mark. Eu só... estou surpreso, sabe? Eles fizeram uma proposta de verdade?

— *Uma proposta em ouro maciço, um American Express Platinum Card.*

— Um clube de Londres.

Mark bufou de frustração.

— *Sei que você prefere ficar no norte, mas ninguém está interessado. Sei que não é certo nem justo, mas, por ora, você fechou todas as portas para si mesmo por aqui. Isso vai mudar, mas você precisa de umas vitórias no currículo, o que não vai conseguir sem jogar, sentado em cima dessa bunda. Porra, Nick! Você poderia parecer um pouco mais grato. Dei um duro filho da mãe para arranjar esta oportunidade para você, seu safado ingrato! Preciso da minha porcentagem senão as meninas não vão ter o que comer este mês.*

Nick riu baixinho. Mark tinha cinco filhas adultas, e cada uma delas havia ganhado uma Mercedes novinha em folha ao completar 18 anos. Não conseguia imaginá-lo negando o que quer que fosse às suas princesas.

— *Não venha me dizer que você vai recusar?!*

Ele quase conseguiu ouvir os olhos de Mark saltando das órbitas.

— Merda, eu sinto muito. É uma excelente oportunidade. É claro que vou aceitar. Valeu, Mark. Você tem sido... — *um bom amigo, alguém em quem pude confiar, alguém que acreditou em mim* —... fantástico.

Foram necessários mais vários minutos de puxa-saquismo para Mark se acalmar.

— *Os contratos vão ser assinados no clube na semana que vem. Embarque num trem para o Grande Nevoeiro. Você vai fazer o seu teste de condicionamento físico e eles vão querer uma ressonância nova do seu tornozelo. Aí a gente revisa as letrinhas miúdas. É um contrato-padrão.* — Ele fez uma pausa. — *Mas tem uma cláusula que eu devia mencionar.* — Ele pigarreou. — *Se o seu tendão de Aquiles for para o buraco outra vez, o contrato é anulado.*

O estômago de Nick deu um nó. Era o doloroso temor de se lesionar outra vez chegando para assombrá-lo.

— *Além disso, nada com o que se preocupar* — disse Mark.

Seu agente desligou após Nick prometer que estaria em Londres dali a sete dias.

Não, nada com o que se preocupar. Era o que ele queria, então aproveitaria a oportunidade ao máximo. Anna havia ensinado isso para ele.

* * *

Uma semana depois, o trem de Nick chegava à estação de St. Pancras. Ele vestia traje "esporte fino" porque a mãe insistira que só tinha uma chance de impressionar o novo clube. Ela até mesmo passara a camisa a ferro para ele. Nick achava que jogar bem os impressionaria mais, mas não ia discutir e estragar a animação que estava sentindo por ele. Seus pais tinham ficado silenciosamente felizes, até mesmo o pai, secando uma lágrima máscula quando achou que ninguém estava olhando.

Eles ficaram ao seu lado, e ele nunca se esqueceria disso, mas aos 27 anos, quase 28, voltar a morar com os pais estava começando a cansá-lo. Estava pronto para viver a própria vida outra vez.

Conforme o trem diminuía a velocidade até parar por completo, ele olhou o mapa do metrô em seu telefone, embora já soubesse o caminho de cor: sete paradas na linha norte. Era só seguir o coelho branco.

Nick deixou os outros passageiros saltarem primeiro, então tirou a bolsa de ginástica de cima do bagageiro e foi se afastando da plataforma, mostrando seu bilhete na cancela do portão.

A linha norte era uma das partes mais profundas do metrô de Londres, e Nick precisou usar três escadas rolantes para chegar à linha que seguia para o norte. O ar era mais quente lá embaixo, e um filete de suor escorreu por sua têmpora e a camisa ficou úmida, grudando no corpo. A plataforma encheu rapidamente, porém mais e mais gente se apertava sobre ela, à espera do cheiro de papel queimado e da rajada de vento quente que sinalizava a chegada do trem.

Nick tentava ser educado e respeitar o espaço alheio, mas todos à sua volta o tratavam com a indiferença de uma pedra. Ninguém sorria, ninguém fazia contato visual, cada um perdido em seu próprio mundinho — o cotidiano das idas e vindas no transporte urbano.

Finalmente, o trem chegou, causando apenas um breve empurra-empurra enquanto todos tentavam embarcar ao mesmo tempo. Nick foi espremido de encontro a um suporte vertical, o metal pressionando a sua coluna.

A cada parada, o congestionamento diminuía um pouco. Nick deu um pulo, surpreso, quando alguém beliscou sua bunda, mas não conseguiu descobrir se tinha sido homem ou mulher. Olhou ao redor no mesmo instante, mas ninguém assumiu o ato. Com um suspiro, ele abriu caminho até o interior do trem e manteve-se encostado à parede com a bolsa de ginástica à sua frente até chegar à Finchley Central.

Caminhando pela rua principal, viu os gigantescos holofotes do estádio do clube a distância, e a animação começou a pulsar em suas veias. Conhecida localmente como o Ninho do Pássaro, a arena Hangar Lane tinha capacidade para 29 mil espectadores e era um dos maiores campos de rugby de Londres, exceto pelo poderoso Twickenham, com capacidade para 82 mil e onde todas as finais e partidas internacionais aconteciam.

Nick esteve ali algumas vezes, mas só como espectador. Não podia imaginar como seria ficar na frente daquele número de pessoas. Até então, a maior multidão para a qual jogara tinha sido de três mil e quinhentas pessoas — e isso já foi como entrar em uma parede sonora.

Ele tirou uma garrafa de água de dentro da bolsa e tomou um longo gole.

Anna tinha ensinado a ele que parecer confiante ajudava muito na hora de se sentir confiante. Ela havia explicado como o corpo podia enganar a mente e como ele podia usar essas técnicas.

Pensar nos ensinamentos dela começou a mexer com pensamentos mais profundos, pensamentos que ele se esforçava muito para sufocar. E ele sabia onde ficava seu consultório em Londres: estava a uns vinte quilômetros dele, do outro lado da cidade.

Ele queria não se importar.

Afastando o pensamento, Nick se aproximou da entrada, sabendo que aquele dia, aquele momento, poderia transformar o restante da sua vida.

Abrindo a porta, ele entrou.

Foi recebido por um dos treinadores assistentes, fez um breve tour pelo campo e pelas instalações, então foi conduzido à sala de treinamento onde o treinador principal recém-contratado, Sim Andrews, o aguardava.

— É um prazer te conhecer, Nick — disse ele, apertando sua mão. — Agora, vamos ver você arrasar nesse teste de condicionamento físico.

Enquanto Nick vestia a roupa de treino, fez uma pequena prece para que tudo corresse bem. E deveria correr bem, sim; ele sabia que estava em forma, mas sempre havia aquela pontinha de dúvida. Tratou de expulsar o pensamento.

Respirando fundo, seguiu o treinador até a sala de treino.

Uma chance. Eu tenho uma chance para acertar.

A determinação de Nick era um ser vivo, empurrando-o adiante, desesperado pelo sucesso. Ele ia conseguir: *sem medo.*

Pense.

    Visualize.

        Acredite.

           Faça.

O médico do clube conduziu o processo, checando peso, coração, pressão sanguínea, pulmão e flexibilidade básica. Em seguida, ele foi enfiado num táxi e enviado para uma clínica particular para mais uma ressonância magnética.

Três horas depois, Nick estava de volta ao clube olhando fixo para uma folha de papel, as sobrancelhas unidas numa expressão de profunda concentração.

Estudou as estatísticas que o treinador assistente dos Phoenixes dera a ele. Em preto e branco, descrevia o padrão mínimo de condicionamento físico que ele precisava atingir para passar pela porta da frente.

Prova para backs

Gordura corporal total de 7 dobras cutâneas (mm)	< 56
Salto vertical (cm)	65
Corrida de arrancada 10 m (seg) na grama	1,65
Corrida de arrancada 40 m (seg) na grama	5,25
Máx. supino (kg levantado/kg peso corporal)	1,3
Máx. agachamento (kg/kg peso corporal)	1,3
Repetição de corrida de arrancada (m) na grama	780
Beep test (nível)	13,5
Corrida de 3 km (min/seg) na pista	11,15

Não havia nada de inesperado, mas também não seria fácil.

— Esta é a meta para hoje — explicou o treinador. — Daqui a seis semanas, você vai precisar ter melhorado os seus resultados, e outra vez seis semanas depois disso. Queremos te ver treinando com vontade.

Ele estendeu a mão com um enorme sorriso no rosto.

— Bem-vindo aos Finchley Phoenixes!

Anna terminou a ligação com um sorriso satisfeito. Os negócios iam bem, e ela acabava de ganhar mais um novo cliente. Mudar-se para Londres tinha sido a decisão certa.

Seu sorriso esmaeceu ligeiramente ao pensar no homem que havia deixado para trás.

Não, Londres era, definitivamente, o melhor lugar para ela. Nick era tentador para caramba. Ela sabia que a noite que passaram juntos havia sido um erro, mas também tinha sido uma noite maravilhosa. A melhor que ela já teve.

A culpa a cutucou. Sair correndo e deixá-lo para trás foi um ato de covardia. Ela sabia disso. Ele sabia disso.

Nick havia mandando um e-mail certa vez, perguntando se ela estava bem. Ela enviou uma resposta curta. Ele não respondeu.

Nunca misture trabalho com prazer. Havia um motivo para as pessoas dizerem isso.

Bando de babacas presunçosos.

Ela suspirou. Meses depois, ainda conseguia recordar o sabor dele, a forma como seus olhos escureceram quando a tocara, a forma como se moveu dentro dela. Essas lembranças eram o seu inferno particular, e agora ela estava vivendo com as consequências. Mais uma vez.

A noite continuava viva demais em sua memória, lembranças que a assombravam. Fechou os olhos, as imagens avançando, tropeçando em sua mente.

Eles haviam feito amor lindamente, intensamente, eroticamente e, por alguns minutos, Anna tinha se sentido em paz. Mas conforme o corpo de Nick relaxava e ele adormecia, ela se sentara lentamente e o fitara — a repulsa pelo que fez a despertando de vez.

Primum non nocere — primeiro, não prejudicar.

Era o princípio básico de toda a formação médica. E ela havia violado isso. Sabia, com todo o seu instinto feminino, com cada minuto de formação médica, que dormir com Nick era errado. Ele havia sido seu cliente; com ela, ele compartilhou seus segredos, suas esperanças e sonhos; uma relação íntima com ele era errada, errada, errada.

Enojada com a sua falta de controle, Anna rastejara para fora da sala, juntando suas roupas num silêncio envergonhado até mesmo quando suas coxas contraíam com a lembrança de Nick se movendo dentro dela.

Parecia tão certo, apesar de ter sido tão errado.

Se algum dia descobrissem que ela teve um caso com um ex-cliente, estaria fodida. E não de uma maneira bacana, como quando levam café da manhã na cama no dia seguinte.

E no mundo altamente competitivo da psicologia do esporte — dominado por homens, especialmente quando se tratava do rugby —, ela estaria acabada, sua reputação arruinada.

Decidira que seria melhor terminar com Nick antes mesmo que alguma coisa começasse... ou que eles fossem mais longe.

Mesmo sabendo de tudo isso, o arrependimento era uma sombra que nunca saía de perto dela.

No quarto, ela se lavara rapidamente com medo de que o barulho do chuveiro o acordasse; então vestira roupas bem quentes e pegara a mala já pronta. Partindo feito uma ladra no meio da noite, ainda podia pegar o último trem.

Descendo a escada na ponta dos pés, tinha sobrecarregado os braços para não deixar a mala bater nas estacas estreitas do corrimão de madeira. De pé à mesa da cozinha, ela hesitara, mas por fim tinha deixado um bilhete breve, rabiscando aquela pequena mensagem. Então, tremendo ligeiramente, correra o risco de preparar uma rápida xícara de café, deixando outra para Nick, certa de que ele logo acordaria. Mas, quando espiara em direção à sala, ele continuava dormindo profundamente, o peito subindo e descendo ritmicamente, uma mecha de cabelo formando um cacho por cima da testa.

Com a emoção comprimindo seu peito, ela pegou a manta de cima do sofá e a colocou por cima dele, carinhosamente.

— Eu sinto muito — sussurrou.

E com a culpa formigando sua pele, ela deixara a casa.

Agora, tanto tempo depois, eles estavam juntos outra vez em seus sonhos e a cada noite ela sonhava tomar uma decisão diferente, uma em que ela não ia embora.

Mas, também, tudo era possível em sonhos.

O que havia naquele homem que a fizera esquecer toda a sua formação ética, o seu profissionalismo e até mesmo a sua abominável história com Jonathan? Será que estava condenada a repetir o mesmo erro, repetidamente?

Sim, ir para Londres definitivamente tinha sido a escolha certa.

Desligando a voz silenciosa de suas emoções, ela se concentrou no trabalho. Havia contratos a serem elaborados, sessões de treinamento a serem marcadas e fichas de clientes a serem revisadas.

Anna levantou e se alongou, seguindo até a sala ao lado, onde ficava o seu novo assistente. Sentia a falta de Belinda, mas Brendan vinha demonstrando ser outra escolha de sorte. Tinha vinte e tantos anos, era excepcionalmente eficiente e muito bonito, de uma maneira magrela e nerd. Usava óculos pretos de armação grossa e um topete esculpido todas as manhãs com generosas quantidades de gel — e, como o próprio Brendan dizia, mais gay do que ele, impossível.

Brendan ergueu a vista do computador, seus olhos ligeiramente aumentados por trás das lentes grossas.

— Hmm, alguém parece feliz! Ou você andou fazendo sexo na hora do almoço ou nós temos cliente novo. Sexo e dinheiro: os dois colocam um sorriso no meu rosto também, querida.

Brendan tinha cruzado a barreira entre funcionário e empregador logo no primeiro dia e nunca mais tinha voltado. Ele parecia fascinado com a vida amorosa de Anna, ou com a inexistência dela.

Anna sacudiu a cabeça, sorrindo.

— Cliente novo.

— Uma pena. Você é tão delicinha, para alguém que se veste igual a uma freira numa excursão para Skegness. Você bem que podia arranjar alguém para fazer uma manutenção nesse motor antes de ele enguiçar.

— Vou te ignorar, Brendan. Sim, nós temos um cliente novo. Um time de rugby do norte de Londres.

— Delícia! Homens peitudos com coxas musculosas. Meus preferidos.

— Homens podem ser chamados de peitudos?

Ele revirou os olhos.

— Você já viu o tamanho daqueles peitorais? Peitões são tudo, Annie. Sem peito, sem sexo.

Ela ergueu uma das sobrancelhas, olhando para os ombros estreitos e o corpo esguio de menino.

— A não ser que você seja lindo como eu, é claro. — Ele abriu um sorriso.

— É claro. No que eu estava pensando? Ok, então, preciso que você encaixe uma sessão de três horas na minha agenda durante seis semanas, a partir de 31 de agosto, e prepare a documentação de sempre. Os contratos vão ser enviados para você via e-mail hoje. Imprima, e eu assino mais tarde.

— Perfeito. E o nome do nosso patrão novo é?

— Finchley Phoenixes.

— Adorei.

— E vou precisar de uma reunião preliminar com o diretor e com o treinador principal para saber exatamente o que vão precisar de mim.

— É para agorinha mesmo!

Ele se virou outra vez para o computador e começou a digitar furiosamente.

Capítulo 17

Agosto de 2015

Brendan entregou a Anna a sua agenda da semana, junto com uma pasta sobre os novos clientes, os Finchley Phoenixes. Com a mente parcialmente nos e-mails, ela passou os olhos pelo documento, então engasgou com a bebida, cuspindo uma golada de água quente com limão em cima do teclado.

Seus olhos se encheram d'água, e seu rosto ficou vermelho enquanto ela lutava para desobstruir as vias respiratórias. Brendan bateu em suas costas e tentou fazer a manobra de Heimlich, mas Anna o dispensou com um aceno da mão, ficando de pé para recuperar o fôlego.

Quando teve certeza de que ela não estava à beira da morte, Brendan se atirou na cadeira em frente à dela e pressionou a mão sobre o peito.

— Sabe, chefe — começou ele, pensativo, enquanto Anna voltava a se sentar, cautelosamente —, eu me acho bastante chinfrim, sabe? Especialmente sexta à noite na Heaven... Mas, de vez em quando, você me faz parecer tão classudo.

Anna fez uma careta azeda, e Brendan riu histericamente de alívio e choque tardio.

— Então, o que foi que provocou esse vomitinho? Seus olhos se esbugalharam e aí... blergh!

— A bebida desceu pelo lado errado, só isso. Estou bem. Obrigada por perguntar.

— Se você está dizendo — disse ele por cima do ombro enquanto se levantava e saía. — Eu ainda arranco a verdade de você.

Era disso que Anna tinha medo.

O engasgo havia sido causado por ela ter se deparado com os nomes dos quatro novos integrantes do time quando estava lendo a ficha dos Phoenixes. Nick Renshaw aparecia listado como o novo *fullback*, usando a camisa de número 17.

— Como eu não soube disso? — gemeu ela, sacudindo a cabeça. — Por que a minha vida é assim? De todos os clubes no mundo, você tinha que vir parar no meu! Droga!

Anna sabia que toda quinta-feira à tarde, pelas próximas seis semanas, talvez mais, ela veria o homem com quem tinha transado e que havia abandonado. Não, não era nem um pouquinho desconfortável. Só imensa, enorme e cosmicamente desconfortável.

— Eu sou uma profissional. Consigo lidar com isso! — Anna colocou a cabeça entre as mãos. — Eu consigo lidar com isso!

A ideia de vê-lo do outro lado da sala de reuniões do time toda semana, sabendo como ele era nu, sabendo qual era a *sensação* dele nu — não, aquilo era horrível demais para pensar. Mas ainda que ela pudesse cancelar o contrato — o que ela não faria —, aquele era o seu negócio. Cancelar o contrato àquela altura não a ajudaria a construir sua clientela.

Assim, ela decidiu enfrentar a questão de frente. Bem, mais ou menos de frente. De frente, mas sem encarar Nick pessoalmente. Entrou no e-mail e enviou uma mensagem.

3 de agosto de 2015, 8:45

Querido Nick,

Pois é, já faz um tempo. Soube que você vai vestir a camisa 17 dos Finchley Phoenixes esta temporada. Fico muito contente por você. Sempre soube que conseguiria.

A essa altura, já deve saber que fui contratada pelo seu time para trabalhar com os jogadores durante as próximas semanas, antes do início da nova temporada. Quero que saiba que serei totalmente profissional e que darei tudo de mim para ajudar vocês a terem uma excelente temporada.

Também sei que devo um pedido de desculpas a você pela maneira como me comportei em abril. Foi grosseiro e covarde, e eu realmente sinto muito. Eu poderia ter lidado muito melhor com a situação. Deveria ter lidado. E sinto muito por não ter feito isso.

Mas o que eu disse na época continua valendo — ainda mais agora que vamos voltar a trabalhar juntos. Sei que nós dois conseguimos ser profissionais, mas espero que também possamos ser amigos. Apesar da maneira como me comportei, tenho enorme respeito por você e pelo que conquistou.

Carinhosamente,

Anna Scott

Então, ela fez uma careta para a tela, dando-se conta de que admitir que ultrapassara um limite, colocar a própria culpa por escrito, não era inteligente. Com um suspiro, apertou "deletar" e começou outra vez.

3 de agosto de 2015, 8:52

Querido Nick,

Pois é, já faz um tempo. Soube que você vai vestir a camisa 17 dos Finchley Phoenixes esta temporada. Fico muito contente por você. Sempre soube que conseguiria.

A essa altura, já deve saber que fui contratada pelo seu time para trabalhar com os jogadores durante as próximas semanas antes do início da nova temporada. Quero que saiba que darei tudo de mim para ajudar vocês a terem uma excelente temporada.

E o que eu disse antes continua valendo — ainda mais agora, que vamos voltar a trabalhar juntos. Sei que nós dois conseguimos ser profissionais, mas espero que também possamos ser amigos.

Tenho enorme respeito por você e pelo que conquistou. Carinhosamente,

Anna Scott

Ela releu quatro vezes, hesitou, então apertou enviar e esperou. Esperou. E esperou.

Então suspirou e foi preparar uma nova xícara de água quente com limão, já que a última havia esfriado — ou o que sobrara depois de ela cuspir a maior parte em cima do teclado.

Quando retornou à sua mesa, Nick havia respondido:

3 de agosto de 2015, 9:16

Querida Anna,

Não será um problema.

Nick

Quando leu a resposta concisa, Anna se encolheu. Ele obviamente não estava contente com ela. Talvez não devesse ter incluído a parte sobre serem amigos. Provavelmente tinha soado... droga, ela não fazia a menor ideia de como tinha soado. Como um fora? Como se aquilo tivesse sido uma trepada sem importância para ela?

O problema é que Anna, na verdade, tinha gostado até demais! Demais para ter que ver o homem toda semana. Não tinha sido sem importância.

Ela descansou a cabeça entre as mãos. Mas que confusão da porra!

— Eu só preciso aguentar as próximas seis semanas — murmurou para si mesma. — Como é que vou conseguir isso, merda?

Foi tudo muito cortês.

Muito inglês, decidiu Anna.

Quando Sim Andrews a apresentou para o time, Nick fez um aceno com a cabeça, apertou sua mão e disse:

— Bom ver você outra vez, Dra. Scott.

Bom. *Bom?* De repente ela não gostava mais da palavra.

De maneira discreta, ela estudou o rosto dele, mas nada em sua expressão indiferente revelou o que estava pensando.

Nick parecia bem — muito bem: em forma, com os ombros ainda mais largos do que antes, bronzeado, e as coxas grossas mais musculosas; o moletom aderindo às pernas quando ele se mexia. Mas seus olhos estavam mais duros e mais frios do que antes.

Tinha cortado o cabelo e raspado a barba, e ela apostaria seu último centavo que ele havia depilado o peito com cera também. Por meio segundo, Anna precisou fechar os olhos enquanto as lembranças daquele peito escultural pressionando por cima dela surgiam em sua mente.

Ela captou o mais suave aroma do sabonete e do perfume dele quando Nick passou por ela. Por que seria o olfato o mais evocativo dos cinco sentidos? Cinco? Anna teve a sensação de que pelo menos uma dúzia havia despertado simplesmente por estar no mesmo aposento que Nick.

Mas além de cumprimentá-la educadamente, ele não voltou a dirigir a palavra a ela. Uma, talvez duas vezes, pensou ter detectado alguma coisa em seus olhos, um lampejo de emoção, mas sumiu tão rapidamente que podia ter sido pura esperança.

Será que ainda estava zangado com ela? Quem sabe até mesmo magoado? Ela não conseguia decifrá-lo. Ou seria só orgulho ferido por Anna ter transado com ele e o dispensado?

Sim Andrews caminhou até a frente da sala e começou o seu discurso motivacional pré-temporada.

— Bom dia a todos e bem-vindos. Meu nome é Sim Andrews, treinador principal. A maior parte da minha carreira como jogador foi com o Bath e com o Bristol. Fui vencedor da Copa sete vezes e convocado para a seleção inglesa doze vezes. Fui treinador assistente dos Saracens durante nove anos. Esta temporada eu quero levar os Phoenixes de volta ao topo da tabela da liga, onde é o nosso lugar.

"Juntando-se a nós, temos Giovanni Simone, do ASR Milano jogando como abertura; Bernard Dubois, do Stade Toulousain, jogando como meio-*scrum*; Fetuao Tui, do Apia West da Samoa como nosso novo pilar direito; e Nick Renshaw, dos Manchester Minotaurs, como *fullback*.

"Espero que todos vocês tenham descansado bastante durante o verão e que tenham voltado em plena forma, porque nós vamos treinar pesado de agora em diante. Temos muito trabalho pela frente, e quero ver os Phoenixes de volta ao topo, onde é o nosso lugar!

"Vou falar sobre os nossos objetivos para esta temporada e sobre os valores que temos aqui em Hangar Lane. Sei que alguns de vocês já ouviram isso, mas vale a pena repetir. Nós jogamos com empenho, jogamos de forma justa e não desistimos. Nunca. Como vocês se comportam fora de campo é tão importante quanto dentro dele. Não quero ninguém aqui indo parar nos jornais por nenhum motivo além de jogar bem."

Ele olhou ao redor fazendo questão de encarar cada um dos jogadores nos olhos. Durante o verão, dois jogadores da seleção da Inglaterra haviam sido flagrados pagando prostitutas, e um deles estava usando cocaína na ocasião. Durante alguns dias, tinha sido um enorme escândalo — houve multas pesadas e suspensões; chegaram a comentar que eles seriam dispensados da seleção inglesa.

Quando Sim pensou já ter dado o seu recado, virou-se para apresentar Anna.

— Como parte da nossa nova equipe, temos a Dra. Anna Scott. A Dra. Scott é uma experiente psicóloga do esporte e vale a pena ouvir o que ela tem a dizer. Ela vai trabalhar com vocês em grupos hoje à tarde.

"Nós iremos revisar objetivos específicos em alguns minutos, mas sabem o que vou pedir: vamos manter esses *tackles* perdidos em menos de dez por cento, e erros e *tries* concedidos a dois ou três por partida, ou ficaremos para trás rapidamente.

"Nós temos um excelente time aqui, e se vocês se comportarem direitinho, vamos conseguir trazer a Copa para casa este ano. Podemos nos divertir enquanto fazemos isso, mas todos nós temos um trabalho a fazer. A temporada é longa, e queremos sofrer poucas lesões. Então, a um ano bem-sucedido."

Nick se forçou a se concentrar, mas conforme a manhã se arrastava ele achou impossível estar no mesmo aposento que Anna. Pegava-se olhando para ela a cada poucos segundos, embora tivesse jurado a si mesmo que não o faria. E ficou irracionalmente furioso quando Giovanni Simone, o jogador italiano sentado ao seu lado, deu uma única olhada para Anna e sorriu com apreciação, murmurando: "*Ciao, bella!*"

O falatório de Sim continuou enquanto ele fazia os jogadores anotarem seus objetivos pessoais para a temporada e também os do time.

Com relutância, Nick puxou um lápis e uma folha de papel em sua direção e coçou o pescoço. Olhou ao redor, vendo que todos se debruçavam sobre o próprio trabalho, rabiscando furiosamente. Deixou escapar um suspiro e escreveu algumas ideias.

O que eu vou fazer:

- *Não cometer erros*
- *Jogar melhor do que meu adversário direto*
- *Ajudar meus companheiros de equipe*
- *Marcar pontos*
- *Dar tudo de mim*

Anna inclinou o corpo para ler o que ele havia escrito, e a coluna dele enrijeceu quando sentiu o aroma do shampoo dela, já tão familiar, perto demais de seu corpo.

— Está bom, Nick, mas você precisa ser mais específico. É realista dizer que não vai cometer erros? Isso provavelmente não é realizável. O que seria mais realista? Pense nisso.

Ele fechou a cara enquanto ela se afastava, e Giovanni arqueou as sobrancelhas inquisidoramente.

Nick balançou a cabeça e tentou outra vez:

1. *Menos de dois erros*
2. *Zero tackles perdidos*
3. *Fazer barulho, ser confiante*
4. *Eu estou aqui para fazer o meu trabalho e ajudar o time*
5. *Seguir o plano de jogo*
6. *Dar tudo de mim*
7. *Deixar tudo no campo*
8. *Curtir este momento, curtir o jogo e ser grato por estar na posição de fazer o que eu faço.*

Anna passou por ele outra vez, parou para ler as palavras e sorriu. Mas era o seu sorriso profissional. Nick ficou com raiva de saber a diferença.

Mais tarde, naquele dia, quando a palestra se tornou interativa, ele achou impossível falar com ela com naturalidade, então não falou. Mesmo quando se separaram em grupos menores para praticar algumas das técnicas que ela sugeriu para ajudá-los com foco, Nick não conseguiu se concentrar. Sua energia foi gasta em tentar não olhar para ela, mas seus olhos traidores a buscavam continuamente, e ele se via querendo ouvir sua voz, atraído por seu riso. Foi um pesadelo infernal.

O silêncio dele ficou óbvio e foi observado com preocupação pelo novo treinador principal. Nick teve raiva de si mesmo por passar a impressão de que não estava interessado, de que não conseguia se envolver como os outros integrantes da equipe. Mas o simples ato de apertar a mão de Anna fizeram labaredas saltarem por sua pele. Ela não parecera notar, mas de vez em quando sentia os olhos dela o observando enquanto falava: suaves, inquisidores, depois duros e irritados.

De todas as outras maneiras, ele havia recuperado o ritmo, treinando como se a sua vida dependesse disso, até mesmo nos dias de folga, pronto para assumir o seu lugar no time.

— O que está rolando entre você e a psico, hein? A tal de Anna não-sei-das-quantas? — perguntou Jason Oduba, um dos pontas, enquanto deixavam a sala de palestra.

— Como assim?

— Você já a conhecia, não conhecia?

Nick olhou para Jason inquieto.

— Conheço, de quando eu estava com os Minotaurs.

— É, isso aí. Então, qual é o problema? Achei ela muito boa. Eu certamente vou experimentar algumas das ideias dela. Mas você...

— O que tem eu?

— Parece estar a fim de matar ou de comer a mulher. Sei lá, cara, parece que você tem algum problema com ela. Não participou de nenhuma das discussões em grupo. — Ele baixou a voz. — O Sim perguntou se tinha alguma coisa rolando com você, eu ouvi. Cara, é melhor ficar esperto, senão vai acabar no banco antes mesmo de ter uma oportunidade. Está me entendendo?

O estômago de Nick deu um nó. Jason era o tipo de cara sincero, confiável, então o que estava dizendo era verdade. E, de qualquer maneira, Nick entendia perfeitamente o que Jason queria dizer. Havia feito o que podia para ser indiferente a Anna, mas não estava funcionando. Teria que se esforçar mais. Muito mais.

Sim Andrews tinha a mesma opinião quando puxou Anna para um canto.

— Você conheceu Nick Renshaw quando ele estava com os Minotaurs, não conheceu?

— Conheci.

— Hmm. E o que achou dele?

Gostoso, sexy, sensacional na cama.

— Decidido, muito ansioso para melhorar sua jogada. Mas foi prejudicado por uma lesão persistente, então isso afetou o juízo dele na época.

Sim tamborilou os dedos na coxa com impaciência.

— Ele trabalha bem em equipe?

— Pelo que posso perceber, sim, embora ele nunca tenha tido a oportunidade de jogar pelos Minotaurs, como você sabe. Mas estudei muitos vídeos dos jogos dele com o time anterior...

— E?

— Ele não era o capitão, mas era a espinha dorsal do time. Todos dependiam dele. Ele *era* o time.

Sim Andrews suspirou e balançou a cabeça.

— Então por que não está se engajando nas suas sessões? O homem se transforma em pedra no instante que você começa a falar. Qual é o problema dele?

Anna sentiu as bochechas esquentarem. *Eu, eu sou o problema dele.*

— Não sei ao certo. Talvez esteja só se adaptando.

Sim Andrews franziu o cenho, irritado.

— Converse com ele. Faça com que se envolva. Preciso de todos os membros da equipe cem por cento comprometidos, ou estão fora.

Uma onda de culpa deixou Anna enjoada.

— Vou falar com ele.

Sim fez um aceno brusco com a cabeça, olhando com fúria para as costas largas de Nick, e se afastou pisando duro.

Como se estivesse sentindo o olhar fulminante, Nick se virou para observar Sim, então seus olhos recaíram sobre Anna e se estreitaram. Ela abriu um sorriso fraco, mas ele deu as costas, dirigindo-se ao vestiário para se trocar para o treino aeróbico do time.

Durante a sessão seguinte, Nick evitou interagir com Anna e se sentou convenientemente próximo à porta, para que pudesse ser o primeiro a deixar a sala de reuniões. Sim Andrews não foi o único a notar o seu comportamento. Mas outros dez dias se passaram antes que Anna finalmente tivesse oportunidade de conversar com Nick a sós.

Dessa vez, ela estava preparada. Simplesmente esperaria ele terminar o que tinha que fazer.

Assim, enquanto Nick estava com os companheiros em noventa minutos de exercícios aeróbicos, Anna preencheu uma papelada, e depois encostou na parede do lado de fora da sala de treinamento.

Os jogadores foram saindo para o vestiário, suados e com calor, conversando animadamente. Alguns seguiram para os chuveiros, outros para a banheira de gelo, mas Anna abordou Nick antes que ele fizesse qualquer uma das duas coisas.

— Posso conversar com você?

Ele cruzou os braços sobre o peito largo, a camiseta úmida grudando no corpo, e baixou os olhos para fitá-la com uma expressão cautelosa.

— Claro.

— Não aqui. — Ela umedeceu os lábios, e o olhar severo de Nick voou para a sua boca.

— Tenho que tomar banho — disse ele, friamente, o lábio se encurvando ligeiramente enquanto falava.

Anna endireitou os ombros e deu meio passo para trás ao se dar conta do quão perto estava dele, perto o bastante para sentir o cheiro do sal e do suor em sua pele.

Ela voltou a umedecer os lábios, nervosa.

— Sim Andrews me pediu para conversar com você.

A expressão inflexível de Nick se transformou em preocupação.

— Vamos dar um pulo na sala de fisioterapia um instante para podermos conversar em particular — disse Anna, com firmeza.

Nick a seguiu corredor abaixo, e ela entrou na segunda das duas salas de fisioterapia.

Era um espaço razoavelmente pequeno, entulhado com duas macas, três cadeiras e um armário de medicamentos contendo ataduras, gel anti-inflamatório e uma gama de tratamentos para torções, arranhões e outros pequenos ferimentos.

Com Nick olhando carrancudo para ela, a sala pareceu ainda menor.

— Sobre o que você quer falar? — perguntou ele, a linguagem corporal defensiva, o tom de voz tenso.

Anna pigarreou.

— Vamos nos sentar — sugeriu ela, apontando para as duas cadeiras.

Exalando relutância, Nick se sentou.

— Observaram — começou ela, cuidadosamente — que você não está engajado com o time ou... ou comigo durante as minhas sessões.

Ele apertou os lábios, e a carranca se acentuou.

— Olhe, sei que isso é constrangedor de mil maneiras — ela suspirou —, mas o seu comportamento já está deixando Sim preocupado. Está fazendo ele se perguntar sobre o seu comprometimento com o time.

Nick explodiu, sua raiva preenchendo o cômodo quando ele ficou em pé em um pulo e começou a caminhar de um lado para o outro, as mãos esfregando o rosto rudemente.

— Ele está questionando o *meu* comprometimento?! Eu treino com mais empenho do que qualquer um! Treino nos meus dias de folga — vociferava ele, furioso, a voz tensa de emoção.

— Nick...

— Eu fico lá, me matando, pegando mais pesado e por mais tempo do que qualquer outro durante os treinos!

— Nick...

— Eu *lutei* para me recuperar de uma lesão. Estou em forma! Estou pronto! Eu...

— NICK! — Anna bateu a mão espalmada sobre a maca. — Você pode me escutar?

Ele trancou a mandíbula com um estalo e semicerrou os olhos furiosos, fitando os dela.

— Sim não enxergou esse comprometimento durante as *minhas* sessões.

— E nós dois sabemos o porquê disso — comentou ele, sarcástico. — Você não quer nenhum compromisso comigo.

Anna arqueou as sobrancelhas, e Nick parecia já estar arrependido de suas palavras. Respirou fundo e desviou o olhar enquanto ela escolhia as suas próximas palavras com todo o cuidado.

— Você me garantiu que seria profissional e...

— Bem, me desculpe se ver você de novo está fodendo com a minha cabeça! Nem todo mundo consegue ser tão frio e calculista quanto você!

Ela sabia que merecia essa ira, mas sua própria frustração estava emergindo, enfrentando a dele. A pressão vulcânica foi se acumulando por dentro dela, buscando um escape, buscando uma fragilidade.

— Não posso ter nenhum tipo de relacionamento com um cliente! — sibilou ela, com o corpo rijo. — Você sabe disso!

— Isso não te impediu antes — zombou ele.

— Você não era meu cliente naquela época — disse com a voz sufocada. — Mas você tem razão. Eu devia ter parado. E, cara, como eu me arrependo agora!

Ela atirou a prancheta em cima da mesa e enfiou um dedo na cara dele.

— Você está tentando estragar a minha oportunidade? É isso que está fazendo? Como o seu ego não está aguentando, você quer ter certeza de que vou perder o contrato? Ou talvez acabar com a minha reputação para sempre nos deixe quites. Diga, Nick! O que você quer de mim?

Anna ofegava, e suas bochechas ficaram vermelhas naquele rosto que antes era bem lívido.

Ele caminhou até ela silenciosamente, a mandíbula travada, os punhos cerrados.

— O que eu quero? Eu quero foder você com tanta força que você nunca mais vai esquecer que foi o meu pau que esteve dentro de você. Quero você berrando o *meu* nome. Quero que você diga que não foi um erro. É isso que eu quero, Anna, e está me matando não poder nem tocar em você!

Ele estava tão próximo que ela conseguia ver as manchas douradas em seus olhos furiosos, sentir o cheiro do suor salgado da sua pele e sentir o calor de seu corpo imenso.

Ela se lembrava. Ela se lembrava de tudo. Da maneira como se moviam juntos, do jeito que os tendões ficavam à mostra no pescoço dele e como ele fechava bem os olhos quando gozava, do jeito que escondia o rosto em seu pescoço, a respiração dos dois acelerada.

O corpo dela se encheu de calor.

— Meu Deus! Eu...

Nick não a deixou terminar a frase, embora parecesse pouco provável que as palavras viessem a ela.

Uma imensa mão enlaçou sua cintura, puxando-a em direção a ele, e lábios cobriram os dela possessivamente, a língua dele invadindo a boca de Anna.

A cabeça dela berrava "não", mas era o corpo que estava no comando. Anna passava as mãos pelos cabelos curtos de Nick, e quando seus dedos tentaram segurar inutilmente os fios, ela agarrou a camiseta úmida, puxando-o para a frente para que seus corpos estivessem unidos.

Lambeu o gosto salgado de seu pescoço, arrastando o piercing da língua pela pele de Nick da maneira que sabia ser capaz de levá-lo à loucura. Ele meio grunhia, meio gemia enquanto ela arrancava a camiseta pelo pescoço dele. Ele rasgou a blusa dela para abri-la, os botões caindo e saltando pelo chão em todas as direções.

O pau duro pressionava contra a frente dos shorts, acomodando-se, quente e grosso entre as coxas de Anna. Ela gemeu e mordeu o pescoço dele. Nick soltou um palavrão e abriu o sutiã dela, apertando seus seios e torcendo os mamilos quase dolorosamente.

Em retaliação, ela enfiou a mão pela frente dos shorts de Nick e envolveu os dedos em torno dele, fazendo-o grunhir e xingar, provocando-o.

Nick deu uma palmada na bunda dela, e ela arfou, então puxou sua calça e a calcinha para baixo. Sem dizer uma palavra, ele a virou com rapidez, imprensando-a contra a maca, então pressionou a mão entre as escápulas e a empurrou para baixo.

— Isso! — sibilou ela.

O rosto de Nick estava sério enquanto libertava o pau, puxando os shorts e a cueca para baixo da curva da bunda. Ele arfou, então a penetrou com força.

Anna gritou contra a mesa, mordeu uma costura da capa de plástico e soltou um ganido abafado enquanto as coxas de Nick batiam de encontro a ela, seu pau a penetrando com toda a crueza.

Ele trincou os dentes enquanto a pele dos dois se chocava, as mãos agarrando os quadris dela, o suor pingando sobre a blusa dela, rasgada. A raiva, a frustração e a saudade se juntaram numa trepada violenta que o deixou descontrolado.

Em questão de segundos seu saco retesou, e quando Anna soltou outro grito abafado, apertando a musculatura em torno dele, Nick explodiu, gozando dentro dela enquanto despencava, apertando-a ainda mais de encontro à maca.

Ele arfava, e suas coxas tremiam quando saiu de dentro dela, com o pau lustroso. Praguejando baixinho, o colocou ainda duro dentro da cueca, puxou o short para cima e saiu da sala com passos largos, batendo a porta.

Anna não se mexeu.

Sentiu a porra quente escorrer por sua coxa e se forçou a ficar em pé sobre as pernas bambas. As mãos tremiam quando puxou uma toalha de papel do suporte e se limpou o melhor que pôde, mas, quando viu sua imagem no espelho, seu rosto estava vermelho vivo com a marca de uma costura descendo pela bochecha. Seus lábios estavam inchados e machucados, e os cabelos grudavam, suados, ao couro cabeludo.

Levou a mão trêmula à boca. Ainda podia sentir o gosto dele.

Anna cambaleou até a pia e jogou água fria no rosto, penteando os cabelos com os dedos. Lentamente, puxou a calcinha para cima e tentou alisar o amarrotado das calças elegantes, embora não houvesse nada que pudesse fazer a respeito da blusa rasgada. Enfiou-a para dentro do cós da calça e abotoou o paletó do terno bem fechado por cima da blusa.

Seu reflexo zombava dela. Por mais que tentasse se arrumar, estava com cara de culpada.

E de recém-comida.

Capítulo 18

Nick irrompeu o vestiário, recebendo olhares surpresos dos novos companheiros de equipe, mas não se importou.

O que eles haviam feito? O que ele havia feito? Ele a fodeu como um animal e, caralho, tinha sido a coisa mais excitante de todos os tempos. Ele continuava em estado de excitação parcial, mas completamente enojado de si mesmo. Não havia nenhuma desculpa para o seu comportamento. Nenhuma.

Deus, como ele a tinha desejado.

E agora que teve mais um gostinho, queria ainda mais. Estava se segurando por muito pouco. Só mesmo a repulsa que sentia pela maneira como a havia usado é que o impedia de voltar correndo para a sala de fisioterapia e invadi-la outra vez.

Ele se enfiou debaixo do chuveiro, abrindo a água fria enquanto tremia sob o jato forte. Isso o ajudou a pensar e a acalmar a furiosa necessidade que pulsava por dentro dele.

À medida que a adrenalina se dissipava em seu sangue, ele começou a pensar de forma mais racional. E ficou horrorizado.

Precisava se desculpar com ela. Será que Anna exigiria que ele fosse expulso do time? A maneira como ele a tinha usado, que a tinha maltratado.

Sim, ele começaria com um pedido de desculpas e depois tentaria implorar.

Nick se vestiu lentamente, e algo em sua atitude impediu que seus companheiros de equipe fizessem perguntas. Todos sabiam que ele esteve a sós com Anna — todos pressupunham que ele estivesse de mau humor porque tinha ouvido um grande sermão.

Sentado no banco com os pés descalços sobre o chão de piso frio, ele sacou o telefone e pesquisou o endereço de Anna no Google. O consultório estava listado no site. Já era um começo. Ele enviaria... não, ele levaria flores para ela e seguiria daí.

Guardou a bolsa de ginástica e cochichou para um dos caras com quem dividia a casa, Fetuao, que voltaria mais tarde. O enorme pilar samoano olhou para ele e encolheu os ombros colossais.

— Sem problema, cara.

Junto com Giovanni e Bernard Dubois, eles dividiam uma casa de propriedade do clube. Na verdade, era para jogadores de outros países, mas qualquer um que tivesse problemas de moradia podia usá-la. A casa de Nick, próxima dos pais, ainda estava alugada, então aquilo servia perfeitamente.

Nick estava furioso consigo mesmo. Ele nunca, *nunca* havia tratado uma mulher daquela forma. Precisava... Não fazia a menor ideia de como corrigir aquilo. Flores? Bombons? Sacudiu a cabeça, o desespero tomando conta dele.

Levou quase uma hora para atravessar Londres de carro até o consultório de Anna. Passou numa loja de flores no caminho e ficou do lado de fora, indeciso, perguntando-se se aquela era uma ideia ruim num longo dia de ideias ruins.

Queria confiar nela, mas era difícil. Mas definitivamente precisava se desculpar pelo jeito que tinha se comportado.

Que tipo de flores diziam: *me perdoe por foder você como um animal selvagem?*

Decidiu-se por tulipas brancas, a mais virginal das flores.

Ao chegar ao consultório, Nick se deu conta de que já passava do horário comercial e que o prédio estava fechado. Mas como o consultório ficava no segundo andar de um prédio de três, cogitou que ela poderia morar acima do consultório. Resolvendo arriscar, apertou a campainha.

Após uma breve pausa, ele ouviu a voz dela pelo interfone.

— *Alô?*

— É o Nick. — Não houve resposta, apenas estática, então Nick continuou, apressado. — Eu sinto muito, Anna. Sinto para cacete. Aquilo não devia ter acontecido. Eu... Me desculpe. — Ele fez uma pausa, mas ainda assim não houve resposta. — Não quis te machucar. Eu nunca ia querer te machucar. Não quero que você perca o seu emprego, prometo.

Mais uma longa pausa, e Nick fechou os olhos com força, fazendo uma prece rápida.

— *Desculpas aceitas. Adeus.*

Os ombros dele despencaram.

— Anna, por favor. Nós podemos conversar?

Outra longa pausa.

— *Não sei. Podemos?*

— Prometo que nem toco em você. Fico em pé na porta da frente. O que você quiser. Não quero que tenha medo de mim. Meu Deus, Anna...

Ele encostou a cabeça na porta, tropeçando quando o trinco destravou e ela abriu de repente. Uma energia nervosa tomou conta dele, e Nick subiu os dois lances de escada correndo e bateu à porta.

Ela abriu uma fresta, e foi sofrido para ele ver que ela havia colocado a correntinha na porta.

— O que você quer, Nick?

A expressão dele foi de puro desapontamento.

— Dar isto para você — respondeu ele, indicando as tulipas. — E pedir desculpas. Mais uma vez.

Ela hesitou, então lentamente abriu a correntinha da porta. Eles ficaram ali, se encarando por um momento, antes de Nick se lembrar de que estava segurando as tulipas.

Mais uma vez ela hesitou, então finalmente aceitou as flores, seus dedos roçando nos dele. Nick enfiou as mãos nos bolsos e balançou o corpo sobre os calcanhares sem saber direito o que dizer em seguida.

Anna olhou para o seu rosto e deixou escapar um suspiro.

— É melhor você entrar.

O apartamento era um contraste completo do chalé, que era singular e aconchegante, antiquado e excêntrico. Ali, as paredes eram brancas e os móveis da sala, elegantes e modernos; quadros intensos e abstratos enfeitavam as paredes.

— É... diferente — disse Nick, se enrolando com as palavras.

Ela encolheu os ombros estreitos.

— A gente faz o que pode com o que nos é dado, não é mesmo?

Nick não soube ao certo como responder, então ficou calado.

Anna passou vários minutos arrumando as flores num vaso e as colocou sobre uma pequena mesa de centro em sua sala de estar.

— São lindas. Obrigada.

Ela se deixou afundar no sofá de couro, com uma expressão de derrota no rosto.

— Não sei fazer isso, Nick — confessou, arrasada. — Não entrei em contato com você antes porque tive medo... disso. Eu *não* posso me envolver com você. — Ela baixou os olhos. — Mas também não posso *não* me envolver com você.

Ele se sentou ao lado dela, timidamente tomando a mão entre a sua até ela se desvencilhar e se sentar na outra extremidade do sofá.

Nick a seguiu com os olhos, então começou a falar baixinho.

— Eu não sei o que isso é, Anna. Mas quero descobrir. Com você eu me sinto... merda, eu não sei... vivo. Como se não tivesse escolha nisso tudo, embora eu tenha. Depois de tudo o que aconteceu, antes e agora, eu quero... Não, eu preciso descobrir se tem alguma coisa aqui. Eu acho que tem.

— Nós não *podemos*!

Ele esfregou as mãos nos cabelos muito curtos em sinal de frustração.

— Você sinceramente acredita que a gente consegue continuar um mês ou mais desse jeito? Andrews acha que eu não estou comprometido porque estou fazendo um esforço danado para não olhar para você e correr o risco de demonstrar como me sinto.

Ela balançou a cabeça.

— Exato! É por isso que nós temos que... nos controlar.

— Eu não quero *controlar* isso! E se for sincera com você mesma, nem você.

Eles se fitaram através da distância que os separava no sofá.

— Eu não sei se...

Nick estava frustrado. Compreendia a resistência dela, mas não sabia o que fazer a respeito. Levantou-se lentamente, pronto para recuar. Por ora.

— Eu gosto de você de verdade, Anna.

Ela abriu um sorriso derrotado.

— Também gosto de você. Mais do que devia.

— E posso esperar por você. Não sou o Jonathan e não quero te machucar. Então, eu vou esperar por você.

Uma infinidade de emoções se refletiu nos olhos dela, e seus lábios se voltaram para baixo.

— Será que você podia só me abraçar?

Nick deu um passo em sua direção e abriu os braços. Com um suspiro, Anna encostou nele, sentindo o suave peso das mãos dele na sua cintura, à medida que seu calor e solidez a envolviam.

— Está tudo errado, mas mesmo assim parece tão certo — sussurrou ela.

As lágrimas pinicaram os seus olhos, e ela se segurou a ele com mais força, pressionando o rosto no peito largo. Nick balançou a cabeça, acariciando suavemente a curva de sua coluna, os lábios roçando na sua testa.

— Não tem nada de errado aqui. Nós dois somos solteiros e não estamos magoando ninguém.

Ela ergueu os olhos para encará-lo, abrindo um pequeno sorriso para ele.

— Nossos contratos não permitem envolvimento com colegas de equipe.

Nick riu com escárnio.

— Nós já tínhamos nos envolvido antes de assinarmos esses contratos. Se você quiser, vou até o Andrews amanhã e digo a ele exatamente isso.

Anna ficou horrorizada.

— Você não pode fazer isso! Vai me arruinar!

— Nós não fizemos *nada* de errado! — gritou ele, frustrado.

— Eles não vão enxergar dessa forma. — Ela deixou escapar um suspiro.

— Anna! — Ele a agarrou pelos ombros e fitou seus olhos. — Você quer ficar comigo?

Ela o encarou de volta, seus olhos percorrendo o rosto dele, avaliando sua sinceridade.

— Quero — respondeu, por fim. — Eu não devia, mas quero.

Os braços dele se fecharam com mais força em torno dela, e Nick se abaixou para encostar o rosto em seu pescoço.

— Então, é só isso que importa.

Eles se levantaram juntos, apenas sentindo, apenas sendo. Foi um gesto simples e íntimo na sua simplicidade. Então o momento foi interrompido pelo estômago de Nick roncando ruidosamente, e Anna riu baixinho diante da expressão mortificada que ele fez.

— Desculpe — resmungou ele.

— Que nada, tudo bem. Também estou com fome.

— Tem algum restaurante bom aqui por perto?

A expressão fechada voltou ao rosto dela.

— Nós não podemos ser vistos juntos! Não enquanto eu ainda estiver trabalhando para os Phoenixes.

Ele deixou escapar um suspiro.

— Está bem. Que tal pedirmos comida, então?

Pela primeira vez, ela deu um enorme sorriso.

— Não! Eu vou cozinhar para você. Bem, eu sou a *chef*, você pode picar os ingredientes. Fechado?

Nick sorriu.

— Fechado.

Ele tirou o paletó e o pendurou no encosto de uma cadeira, então seguiu Anna cozinha adentro. Ao que parecia, ele a tinha interrompido quando estava preparando uma refeição. Diversos ingredientes para salada encontravam-se empilhados ao lado de uma tábua esperando para serem picados e um par de filés de salmão continuavam lacrados na embalagem.

— Refeição saudável? — Nick sorriu para ela.

— De vez em quando eu sigo os meus próprios conselhos. — Com um sorriso brincalhão, fez com que ele se virasse com um par de luvas térmicas enquanto tirava uma assadeira de dentro do forno pré-aquecido. — E veja se consegue fazer alguma coisa criativa com a salada.

Aquilo parecia certo. Trabalhando juntos em silêncio, de pé lado a lado, preparando uma refeição, sem tensão, sem expectativas — era o mais relaxado que Nick se sentia há meses. E ultrapassava qualquer esperança que ele tinha quando caminhou com passos pesados em direção à casa dela naquela noite.

As tulipas brancas haviam sido arrumadas num vaso de vidro fosco e eram lindas, mesmo que frágeis. Iguais a Anna, refletiu Nick.

Comeram juntos, conversaram e, mais tarde, naquela noite, fizeram amor, suave e ternamente, acalorada e apaixonadamente. E foi o certo.

As preparações que antecederam ao primeiro jogo da temporada dos Phoenixes foram intensas. O jogo era em casa, e as expectativas dos torcedores estavam altíssimas. Depois das últimas semanas estressantes da temporada anterior, quando eles quase haviam sido rebaixados, a pressão já vinha aumentando.

Nick foi selecionado para jogar a partida de abertura. Ficou orgulhoso com a responsabilidade, decidido a dar o seu melhor, se coçando para entrar em campo e mostrar o que sabia fazer de verdade, mostrar que tinha conquistado o seu lugar na equipe.

Passava as manhãs treinando e as tardes analisando vídeos dos jogos da temporada anterior, assim como vídeos dos adversários. Isso deu a ele a oportunidade de ver como o seu estilo de jogo se encaixava no time, embora a presença de outros três novos integrantes também pudesse provocar mudanças significativas.

Quarta era dia de folga, mas Nick saiu para dar uma longa corrida e marcou uma massagem em seguida.

Na quinta e na sexta de manhã, eles revisaram as jogadas e praticaram juntos. O treinamento se concentrou em melhorias de última hora, assim como aprenderem a ler os companheiros de time até onde era possível numa nova estrutura de equipe. Calvin, capitão do time, ditou cenários de jogo, além de jogadas em diferentes partes do campo, quase como um ensaio geral da partida iminente.

Nick sentia-se forte e confiante, como se finalmente tivessem permitido que ele se tornasse o homem que sabia que devia ser.

Mas a melhor parte era que, toda manhã, Nick acordava com Anna enroscada em torno dele. Adorava o fato de ela dormir nua. Adorava a sensação do calor sedoso ao seu lado, a doçura em seus olhos que se transformava numa calidez cintilante quando faziam amor, lenta e intensamente, seus corpos deslizando juntos numa desordem de grunhidos e suspiros, lençóis e travesseiros atirados no chão.

Na noite anterior à sua primeira partida como *fullback* dos Finchley Phoenixes, Nick se juntou ao restante dos rapazes para uma sessão de treinamento leve, massagens e banhos de gelo seguidos de uma tarde de maratona cinematográfica e jantar com bife, arroz e brócolis — rico em carboidratos com um pouco de proteína. Sim Andrews providenciou tudo, mas não compareceu, sabendo que o time precisava relaxar corpo e mente.

Depois disso, ele foi para a casa de Anna, se esquivando das perguntas sobre o que ele andava fazendo e quem ele estava namorando. Sua atitude evasiva tinha levado a especulações de que sua namorada era uma mulher casada. Nick odiava que alguém pensasse tal coisa, mas decidiu que não dizer nada era melhor. Por ora.

— Não devo fazer sexo na noite anterior a uma partida — suspirou ele, quando Anna o recebeu à porta vestindo uma pequena calcinha caleçon e uma camiseta regata.

Ela riu, alegremente.

— Você vai ficar aliviado em saber que isso é a mais completa bobagem. Estudos revelam que não há diferença significativa na performance de atletas que se abstêm e dos que não se abstêm, contanto que o coito ocorra ao menos doze horas antes do jogo. Mas se for feito duas horas antes de uma partida, diminui a performance, sim. Posso achar a referência para você, se quiser. McGlone e Shrier, eu acho.

Nick a fitou, impressionado, então a agarrou no colo num *tackle* de corpo inteiro, atravessou o apartamento correndo e a atirou em cima da cama.

Na manhã seguinte, ele abriu um olho quando Anna deslizou por debaixo do lençol, e a observou vestir um roupão de tecido fino. Alongou-se na cama com um sorriso no rosto enquanto as estrelas se alinhavam. Após um ano deplorável, ele estava de volta, melhor e mais forte, e muitíssimo mais feliz.

Fazia tanto tempo desde que teve um dia de jogo que a rotina pareceu pouco familiar, mas o aroma de café forte flutuou até o quarto, e ele ouviu o apito do micro-ondas. Anna enfiou a cabeça pela porta do quarto.

— Levante essa bunda preguiçosa daí. Eu fiz café.

Nick ergueu os braços acima da cabeça e mais uma vez se alongou lentamente, então se levantou, sentindo o ondular dos músculos ao caminhar completamente nu até a cozinha com o pau semiereto.

Anna sacudiu a cabeça.

— Essa fera precisa de uma coleira!
— Acordou meio taradinha, doutora? — zombou ele. — Você está me encarando outra vez.
Sua voz estava carregada de diversão.
— Não venha me culpar. Você é que está andando pela casa pelado, todo sexy. Eu sou humana.
Ela sorriu enquanto colocava uma tigela de mingau na frente dele e oferecia um pote de mel.
Já fazia meses que ele tinha contado a Anna sobre seu desejo de comer mingau em dias de jogo e sua rotina de preferência, mas ela não havia esquecido.
— Faz bem — disse ela, baixinho, e Nick viu o carinho e a preocupação em seus olhos, em tudo o que ela fazia.
Ele sentiu o familiar formigamento de nervosismo em dia de jogo, mas comeu tudo o que ela ofereceu e tomou duas xícaras de café, discretamente engolindo dois comprimidos de Ibuprofeno, algo que vinha fazendo com certa regularidade.
Então, foi para o chuveiro.
Anna estava à sua espera quando ele saiu, de banho tomado e recém-barbeado.
Segurava um frasco de óleo de massagem.
— Você sabia — começou ela, sugestivamente —, que fiz um curso de massagem em tecido profundo?
Nick grunhiu.
— Não sei, não. Vou ficar excitado demais com as suas mãos passeando pelo meu corpo.
Nick olhou bem para o frasco de óleo para massagem e se deu conta de que estava ficando de pau duro. Suspirou, ciente de que já havia perdido a batalha de qualquer maneira.
— Ok, eu adoraria receber uma massagem. Obrigado.
Nick se deitou de bruços na cama, a cabeça virada para o lado, olhando enquanto Anna se ajoelhava por cima dos seus glúteos redondos.
— Bela bunda, Renshaw. Dá para fazer moedinhas quicarem nessas nádegas.

— Podemos experimentar isso mais tarde. — Ele riu.

Ela enterrou os dedos em dois nós idênticos que encontrou nos ombros dele, e Nick gemeu baixinho, gostando da dor. Ela realmente sabia o que estava fazendo.

Vinte minutos depois, Nick se sentia como líquido, flutuante: todos os nós e tensões haviam sumido, estava relaxado, e ainda assim profundamente concentrado. Deitado ali, sentindo falta do corpo dela cobrindo o seu, ele a escutou na cozinha e, depois, ela reapareceu com um copo d'água.

— Acrescentei uns sais para reidratação, eles vão manter os seus níveis de hidratação altos. Trouxe as suas faixas elásticas também, você as deixou na sala.

Nick se sentou, piscando surpreso.

— Achei que você ia querê-las... — continuou ela, baixinho.

Nick nunca teve ninguém que tomasse conta dele daquele jeito num dia de jogo — nunca tinha achado que alguém o faria algum dia. Mas Anna sabia exatamente do que ele precisava antes mesmo de pedir. Ela recordava cada parte da sua rotina, da estrutura que serviria de apoio para ele em um dos dias mais importantes da sua carreira de jogador.

O vazio frio em seu peito criado por Molly finalmente havia derretido, sendo substituído por um calor suave, como o sol brilhando pouco a pouco sobre um campo congelado.

Sentiu a profunda alegria que ser cuidado trazia.

O olhar de Anna pousou sobre o pacote de analgésicos que ele tinha se esquecido de guardar.

— O que é isso? — Ele percebeu, pelo seu tom, que ela já sabia. — Você está com dor?

— Não agora, mas...

— Você toma isso com frequência?

— Não, na verdade, não — respondeu ele, desconfortável.

— Nick, você sabe que isso vicia, não sabe?

— Eu não estou viciado, não se preocupe.

Mas a testa de Anna estava franzida de preocupação.

— Com que frequência você toma isso?

— Não muita. De vez em quando. Antes de algum jogo.

Ela franziu as sobrancelhas, ainda segurando o pacote.

— Se você não estiver sentindo dor, não tome. Se estiver com dor, converse com o médico do clube.

Nick forçou um sorriso.

— Você é a minha médica particular.

— Nick, eu estou falando sério.

— Está bem, eu paro. Prometo. Sério, isso não é um problema.

O que quer que estivesse pensando, Anna aceitou o que ele disse sem questionar, e Nick sentiu uma ferroada de culpa. Ele queria parar de tomar os comprimidos há tempos. Era só nervosismo, caso o tornozelo fosse para o buraco outra vez. Mas ele ia parar. Sem problemas.

— É só que eu me preocupo com você — disse ela, baixinho.

— Obrigado — respondeu ele, porque não tinha palavras que exprimissem adequadamente o quanto a preocupação dela significava para ele.

Ainda assim, Anna percebeu isso no tom de voz dele, e seu sorriso se suavizou.

— De nada.

— Anna...

— O quê?

— Eu te amo.

O queixo dela caiu.

Nick deu a volta até a cadeira dela e tomou o seu rosto entre as mãos.

— Eu te amo para cacete. Amo tudo sobre você.

Ele a beijou carinhosamente, seus lábios macios pressionando os dela.

— Eu também te amo — sussurrou ela.

— Eu sei — disse ele, com a voz baixa. — Você demonstra isso todos os dias.

**

Duas horas antes do início da partida, Nick já estava no clube, e Anna também, mas ele a tinha deixado a quatrocentos metros da entrada para que não chegassem juntos.

Os funcionários e torcedores já estavam lá, e Nick podia ouvir a barulheira incrível de milhares de vozes se erguendo no ar de outono. Alguns torcedores se reuniam na entrada dos jogadores, gritando palavras de encorajamento:

— Tirem sangue desses escrotos!

— Boa sorte, companheiro! Encha a gente de orgulho!

O coração dele apertou, e Nick fez uma pequena prece de agradecimento por estar ali hoje, por ter uma segunda chance. Uma silenciosa onda de orgulho o varreu quando entrou no vestiário e viu a camisa número 17 pendurada numa cavilha.

Cumprimentou os companheiros de equipe, vendo a energia e a animação reprimidas em todos eles. Mas quando abriu a bolsa de ginástica, viu que Anna havia empacotado um imenso saco de lanchinhos incluindo um shake de proteína, granola, aveia, uma lancheira contendo macarrão frio, duas bananas e um pacote de doces para que ele pudesse se empanturrar de açúcar.

E havia mais uma coisa. Nick sacou uma pequena caixa embrulhada com um papel chique e o rasgou. Dentro, havia uma sunga Speedo novinha, nas cores do time: vinho e dourado, junto com um bilhete escrito à mão.

Esta é a sua nova Speedo da sorte. Sei que ela dá sorte porque acredito em você. Você é forte, está em forma e é um homem incrível. Você representa o mundo para mim. Agora mostre ao mundo do que é capaz.

Beijos,

A

Segurando a sunga na mão, o coração de Nick inflamou enquanto lia as palavras. Não havia nada de especial nela — exceto pelo fato de que Anna a comprara para ele. Era o melhor presente que já havia recebido.

Ainda sorrindo sozinho, bebeu uma garrafa inteira d'água, sacou os fones de ouvido para escutar sua playlist preferida enquanto alongava os músculos mais uma vez, então ficou de cueca esperando sua vez para que o médico do clube pudesse enfaixá-lo.

Olhou para as frases motivacionais que Anna tinha fixado pela sala:

Campeões acreditam neles mesmos.

Preparo físico não tem a ver com ser melhor do que outra pessoa. Tem a ver com ser melhor do que você costuma ser.

Olhe no espelho — este é o seu adversário.

Talento + companheiros de equipe!

Eu faço porque eu posso. Eu posso porque eu quero.

Fazemos scrum *pela posse. Corremos até a zona do try. Sangramos pelo time & vivemos pelo jogo.*

A última era de Sim, não de Anna. Ela não queria ninguém sangrando, especialmente Nick, mesmo sabendo que era provável.

Nick terminou de se vestir, bebeu mais água e sais para não ter cãibras durante o jogo, então colocou a Speedo da sorte como se fosse uma armadura, sentindo-se seguro e protegido por estar usando a peça. Ele sabia que era bobagem — era só uma sunga —, mas com a fé de Anna para apoiá-lo, ele se sentia imbatível.

Por fim, amarrou as chuteiras e se levantou, pronto, junto com o restante do time, para que o árbitro e seus assistentes fizessem a checagem das chuteiras e conversassem com o capitão e com os jogadores da linha de frente.

Não estava nervoso, estava ansioso. Tinha muita coisa para provar.

Uma reunião de time com Sim Andrews e com os treinadores assistentes aconteceu em seguida, o que significava mais uma recapitulação das táticas. Então, Sim se colocou na frente do time com os olhos brilhando e o orgulho estampado no rosto.

— Bem, cá estamos, rapazes. Primeiro jogo da temporada. Vocês deram um duro danado para chegar aqui. Nós temos alguns jogadores novos, e é hora de vocês mostrarem o que sabem fazer. Todo o trabalho que fizemos juntos, é hora de colocá-lo em prática. O clube investiu muito dinheiro nos rapazes que temos aqui, e nós tivemos uma excelente pré-temporada. Lembrem-se dos seus objetivos individuais e dos seus objetivos de equipe. Vocês precisam ir lá e jogar melhor do que os seus adversários diretos: façam isso e não vai ter como a gente perder! Os torcedores estão aqui, vocês precisam mostrar a eles do que são capazes. Nós vamos jogar o *nosso* jogo, não o jogo deles, e espero que vocês demonstrem respeito pelo árbitro. Fiz tudo o que podia — ele fez uma pausa, encarando os olhos de cada um deles —, agora é hora de me mostrarem o que vocês conseguem fazer, garotos. Entrem em campo e deem o melhor de si, e eu os vejo no intervalo.

Enquanto Sim deixava o vestiário, o sangue de Nick rugiu. Queria socar o peito igual ao Tarzan e enfrentar o adversário sozinho enquanto faziam exercícios de aquecimento e treinamento de contato com *pads*, preparando seus corpos para as colisões que eram elemento-chave de um esporte bruto.

Seu sangue trovejou ao ver a dura determinação nos rostos de seus companheiros de equipe. Terminaram o aquecimento dando uma rápida volta no campo e, pela primeira vez, Nick experimentou a inebriante sensação de ouvir dezenas de milhares de pessoas torcendo por ele. Foi a mais extraordinária e poderosa das sensações.

De volta ao vestiário, tiveram alguns instantes de tempo pessoal, e Nick estudou os objetivos que tinha anotado para aquele jogo, os números de *tackles* e de *hit-ups*.

Os segundos foram diminuindo até o início da partida, e cada um dos jogadores inseriu seu protetor bucal enquanto Calvin se levantava para fazer o discurso de capitão.

— Vocês ouviram o que o treinador disse. Nós não queremos desapontá-lo e não queremos desapontar os torcedores. Sabemos que podemos ser muito bons se jogarmos bem. Se a gente seguir o plano de jogo, a gente vai vencer. Todos nós sabemos o que temos que fazer, não sabemos?

O time rugiu em uníssono.

— SIIIIM!

Hora do jogo.

Capítulo 19

23 de setembro

Furtivamente, Nick apanhou o telefone e escreveu uma mensagem de texto para Anna.

Nick: Eu tenho que te ver.
Anna: Você devia estar treinando agora!
Nick: Estou fazendo um intervalo.
Anna: Você tem jogo no domingo.
Nick: Eu sei. Mas não hoje à noite. Posso ir pra sua casa?
Anna: Claro. Estou com saudade.

25 de setembro

Anna: Foi tão difícil te ver hoje no clube. Me deu vontade de te levar para a sala de fisioterapia e fazer coisas terríveis com você.
Nick: Que tipo de coisas terríveis?
Anna: Use a imaginação.
Nick: Porra, agora vou ter que andar por aí de pau duro.
Anna: Cachorrinhos mortos. Cachorrinhos mortos.
Nick: Como é que é?!
Anna: Só estava tentando te ajudar com o seu probleminha.
Nick: O meu problema não tem nada de pequeno.
Anna: #verdade

30 de setembro

Nick: Vou para casa hoje à noite.
Anna: Os caras da sua casa não estão ficando desconfiados?
Nick: Estão.
Anna: O que você diz para eles?
Nick: Nada. Não é da conta deles.
Anna: Eu detesto isso.
Nick: Eu sei.
Anna: Aonde eles acham que você vai à noite?
Anna: Nick?
Nick: Eles acham que estou namorando uma mulher casada.
Anna: Caralho! Por que iam pensar uma coisa dessas? Ah, porque você está sempre indo e vindo às escondidas. Argh. Eu realmente detesto isso.
Nick: Se a gente fosse até o Sim e explicasse...
Anna: Não. Eu seria demitida. E você iria para o banco.
Nick: Eu queria tanto te abraçar agora.
Anna: Somos 2.

3 de outubro

Anna: AI MEU DEUS!!!!!! O DONO DO JOGO TODO! ESTOU TÃO ORGULHOSA DE VOCÊ!!!
Nick: Está uma loucura por aqui. Cheio de paparazzi tirando fotos de mim.
Anna: É porque você é loucamente sexy.
Nick: Haha.
Anna: Mas é!
Nick: Sexy é você.
Anna: Vamos ter que concordar em discordar. Curta muito seu jantar pós-jogo!

Nick: Queria que você pudesse estar aqui.
Anna: Eu sei. Divirta-se.
Nick: Eu me divirto mais com você.

15 de outubro

Anna: Vão renovar o meu contrato com os Phoenixes.
Nick: Merda!
Nick: Desculpe, não foi isso que eu quis dizer. Eu só detesto que a gente tenha que esconder isso.
Anna: Eu sei.

21 de outubro

Nick: O treino hoje foi uma merda.
Anna: O que foi?
Nick: Sim Andrews estava sendo sacana. O cara está precisando transar.
Anna: Você definitivamente não tem esse problema!
Nick: HAHAHA!
Nick: Bota os peitos pra jogo!
Anna: Muito adulto.
Nick: Desculpe. Você poderia me mostrar os seus belíssimos seios?
Anna: Não, isso não vai funcionar.
Nick: [*envia foto do tórax*]
Anna: Bacana. Ainda assim, eu não vou te mandar uma foto dos meus peitos.
Nick: Estraga-prazeres.
Anna: [*manda foto de um peito*]
Nick: Você só tem um peito?
Anna: Você só notou agora?

Nick: Os dois. Por favor!
Anna: Não.
Nick: Estraga-prazeres.
Anna: Você já disse isso.
Nick: Pensei que pudesse mudar de ideia.
Anna: Não. Mas você pode ver ao vivo mais tarde.
Nick: Estou indo para casa agora!
Anna: Daria para você trazer comida tailandesa? Estou morta de fome.
Nick: Deixa comigo.
Anna: Te amo!
Nick: ♥♥♥

14 de novembro

Anna: Nick! Por que você está me mandando fotos de pintos?
Nick: Aquele escroto!
Anna: O que foi?
Nick: Gio roubou o meu telefone.
Anna: AI MEU DEUS! Aquele é o pinto do Giovanni?
Nick: É.
Anna: Eca.
Anna: Eu devo me preocupar? Com qual nome eu apareço no seu telefone?
Nick: Doutora.
Anna: Você está brincando!
Nick: Não.
Nick: Qual nome você deu para mim?
Anna: Dezessete. Igual à sua camisa.
Nick: Legal.
Anna: E porque você me fez ter 17 orgasmos no nosso primeiro fim de semana juntos.

Nick: Eu achei que só homens faziam essas contas.
Anna: Quem te disse isso?
Nick: Uma ex-namorada.
Anna: Ela mentiu.
Nick: Que merda!
Anna: Está tudo bem. Sua média geral é boa.
Nick: Sério que você faz essas contas?!
Anna: Está preocupado?
Nick: Não!
Anna: Nem um pouquinho?
Nick: Agora estou!

14 de novembro

Anna: Eu te amo. Sinto a sua falta quando você está longe.
Nick: Eu também te amo. A cama fica grande demais. E o Jason ronca.
Anna: Você também.
Nick: Não ronco, não!
Anna: Ronca, sim.
Nick: Sério?
Anna: Só um pouquinho. Está mais para uma fungada suave. É bonitinho.
Nick: Você ronca.
Anna: Ronco nada!
Nick: Eu cheguei a pensar que tinha uma manada de búfalos-d'água dentro do quarto.
Anna: Que maldade!!!
Nick: Brincadeira!
Nick: Quase tudo.
Anna: É sério que eu ronco?
Nick: É, um pouco.

Anna: Estou morta de vergonha.
Nick: Não fique. Eu amo tudo em você.
Anna: Eu acho que é a coisa mais bacana que alguém já disse para mim.
Nick: Isso quer dizer que você vai me mandar uma foto dos seus peitos?
Anna: [*manda foto dos peitos, sem rosto*]
Nick: Merda, fiquei com o pau igual ao de um jumento agora!
Anna: Peludo?!
Anna: A culpa foi sua!
Nick: Cacete, você está me matando!
Anna: Tenho que ir. Vou jantar com o Brendan.
Nick: Ok. Divirta-se. Mas não demais. Me liga mais tarde?
Anna: Ligo! Te amo!
Nick: ♥♥♥

19 de novembro

Nick: Me encontre na sala de fisioterapia 2 em 10 mins.
Anna: Não posso. Estou trabalhando.
Nick: 7 mins.
Anna: Não posso!
Nick: Quer que eu implore? Eu imploro. Quero estar dentro de você!
Anna: A caminho.
Nick: Isso foi um tesão!
Anna: Shh! Sim está olhando para mim!
Nick: Aquele troço que você fez com o piercing de língua foi uma loucura!
Anna: Sai daqui!
Nick: Não consigo parar de pensar em você.

Anna: Estou trabalhando!
Nick: Você é sexy para caralho. Eu sou um filho da mãe sortudo.
Anna: Idem.
Nick: Te vejo em casa.
Anna: :)

20 de novembro

Nick: Quer que eu compre alguma coisa para o jantar ou a gente vai cozinhar de noite?
Nick: Você está aí?
Nick: Você está me assustando! Não está atendendo o telefone. Está tudo bem?
Anna: Desculpe. Estava falando com o meu pai.
Nick: Caramba! Quase tive um enfarte.
Nick: Está tudo bem?
Anna: Na verdade, não...
Nick: ?
Anna: Acabamos de ter uma superbriga. Ele ficou me dizendo que estou sendo idiota em namorar você por causa da política do clube de não podermos sair com colegas de equipe. Ficou falando sem parar. Ele não entende.
Nick: Ele só está preocupado com você. Ele te ama.
Anna: Eu sei. Mas ele me magoou muito.
Nick: Eu bato nele.
Anna: Ele tem 1,98 m e pesa 132 kg.
Nick: Bato nele e saio correndo.
Anna: Eu te amo.
Nick: Você é a melhor coisa que já aconteceu comigo.
Anna: Melhor do que jogar para os Phoenixes?
Nick: Sempre.

Anna: Quando foi que você ficou tão fofo?
Nick: Estou falando sério.
Anna: Obrigada.
Anna: Eu te amo.
Nick: :)
Nick: Comida tailandesa?
Anna: Sim, por favor.

Capítulo 20

— *As pessoas costumam ficar um pouco mais animadas quando eu ligo para elas. Estou falando com Nick Renshaw?*

Animadas? O cérebro de Nick ainda não tinha engrenado por completo. Ele esfregou os olhos enquanto Anna se mexia sonolenta ao lado dele.

— Quem é? — perguntou ela, sua voz matinal tão rouca que fez um raio de desejo percorrer o corpo dele.

Pelo menos isso o despertou, e ele levou o telefone de volta à orelha.

— Isso, aqui é Nick Renshaw. Me desculpe, quem é mesmo que está falando?

— *Eddie Jones, treinador principal da seleção inglesa de rugby union.*

Nick grunhiu, incrédulo.

— Sei, sei. Quem foi que armou para você fazer isso, hein? Porque você acertou na voz direitinho.

— *Eu falei com Mark Lipman hoje de manhã. Talvez você queira falar com ele.*

Por um instante, Nick não disse nada.

— Uau, você é bom, cara, ainda colocando o nome de Mark na história. Sério, quem te mandou fazer isso? Foi o Giovanni? Não, espere aí, Jason? Bernard?

A resposta saiu ríspida.

— *Sugiro que você fale com o seu agente, e, quando ele parar de se mijar de rir, vai te mandar procurar o passaporte e tirar a cabeça de dentro do cu. Você foi convocado para jogar pelo seu país, embora eu esteja começando a questionar essa decisão. Tenha um bom dia. Cara.*

A essa altura, Nick estava completamente desperto, e Anna estava sentada ao seu lado, preocupada.

Um lampejo quente de vergonha coloriu as bochechas de Nick enquanto ele digitava o número de seu agente com mãos trêmulas. Será que ele acabava de fazer o mais completo papel de babaca com Eddie Jones? O Eddie Jones, treinador principal recém-nomeado da seleção inglesa de rugby union?

Mark atendeu no primeiro toque.

— *Eu estava sentado ao lado deste maldito telefone esperando você me ligar* — disse ele, sarcástico. — *Eddie Jones ligou às sete e meia desta manhã. Ele falou que Alex Bruce está fora com um fêmur fraturado? Parabéns, Nick, é a sua primeira convocação pela Inglaterra. Eu sempre disse que isso ia acontecer. Muito bem, rapaz.*

— Obrigado — disse Nick. Em seguida, mais baixo: — Merda!

— *O quê?*

Ele gemeu enquanto recordava cada palavra idiota que dissera para o técnico principal da seleção da Inglaterra.

— *Está tudo bem?* — perguntou Mark.

— Sim. Bem. Tudo bem. Ótimo. Melhor que nunca. Uau.

— *Bem... Eu te mando os detalhes via e-mail, mas você vai jogar contra a Irlanda no Twickenham no dia 13 de fevereiro. Ok?*

Twickenham. A casa do rugby inglês. 82 mil torcedores. *Caralho!*

— Ok, tudo bem. Perfeito! Obrigado, Mark. Desculpe te incomodar num domingo.

— *Sem problema, filho. Não me importo em ser incomodado com notícias como essa. Muito bem. Você deu um duro danado.*

— O que é que está acontecendo? — perguntou Anna.

Nick deixou o telefone cair em cima da cama com um imenso sorriso iluminando seu rosto e o orgulho crescendo por dentro. *Eu sou bom o bastante para jogar pelo meu país.*

Sua garganta secou enquanto tentava encontrar as palavras, à medida que as mais impressionantes sensações de conquista, esperança e sucesso o dominavam.

— Fui selecionado para jogar pela Inglaterra.

— Meu Deus!

Anna gritou e se atirou em cima dele tão de repente que Nick caiu para trás e bateu com a cabeça na cabeceira da cama.

— Ai, meu Deus! Ai, meu Deus! Essa é a melhor notícia de todos os tempos! Estou tão orgulhosa de você! Eu sabia que você ia conseguir! Todo o seu empenho, eu sabia! Eu te amo!

Ela o beijou com intensidade, depois inclinou o corpo para trás. Lágrimas cintilavam em seus olhos cinza e sérios. Suavemente, ele passou o polegar debaixo dos olhos dela, então as secou com um beijo.

Uma hora depois, Nick pegou o telefone outra vez para ligar para os pais com a boa notícia.

A mãe foi a segunda mulher que ele fez chorar aquela manhã. Lágrimas de felicidade.

Quatro dias depois, Anna terminava de ler, satisfeita, um artigo de página dupla no *The Independent*. Havia uma história parecida, mas com uma manchete mais chamativa, no tabloide *The Sun*.

CONFIRMADO! Nick é escolhido para a seleção inglesa!

Nick Renshaw é a estrela em ascensão dos Finchley Phoenixes, ressuscitando sua carreira com um angelical conjunto de tries fantásticos e uma jogada deliciosamente diabólica que colocou o time, anteriormente prejudicado, no topo da tabela do campeonato.

Nick, apelidado de "a gostosura de Hangar Lane", agora vem acrescentar às suas aquisições uma convocação para jogar pela Inglaterra pelo novo técnico principal Eddie Jones.

"Nick é rápido com a bola e tem um bom olho para o jogo. Eu ando impressionado com como ele vem jogando para os Phoenixes."

— Ei, você sabia que andam te chamando de "a gostosura de Hangar Lane"?

Nick revirou os olhos ao entrar na cozinha só com uma toalha em volta da cintura, gotas d'água reluzindo em seus ombros e peito.

— Não sei por que você lê esse troço.

Anna riu.

— Está brincando? Vou mandar colocar num quadro só para eu poder olhar para a minha própria "gostosura" todos os dias.

Nick gemeu enquanto se abaixava para beijar o pescoço dela.

— Se você pendurar isso em algum lugar, eu uso como alvo para dardos.

— Eu ia pendurar no banheiro — ela zombou.

— Isso, enfia na privada. É o melhor lugar.

Pensativa, Anna olhou para ele.

— E como é ser escolhido para jogar por seu país?

Nick fechou os olhos brevemente, um pequeno sorriso aparecendo em seu rosto. Quando os abriu outra vez, ela percebeu a calma dentro dele. Tinha enfrentado a tempestade e saíra mais forte.

— Eu me sinto orgulhoso, honrado. Sei a trabalheira que deu chegar aqui.

Ele se ajoelhou diante dela, os braços envolvendo a sua cintura enquanto afundava a cabeça em seu peito.

— Eu não teria conseguido sem você.

Ela sorriu e beijou seus cabelos úmidos.

— Teria, sim. Você já estava conseguindo antes de eu aparecer. Teria conseguido comigo ou sem mim. Estou tão orgulhosa de você, Nick.

Ele ergueu a cabeça, seus olhos solenes.

— Eu te amo, Anna.

— Eu também te amo, gostosura.

Os olhos dele ficaram sérios, e ele a agarrou, atirou-a por cima do ombro e correu até o quarto.

Anna guinchou, arrancando a toalha do corpo de Nick e dando palmadas em sua bunda nua.

— Me coloque no chão! Não posso me atrasar para o trabalho!

Nick não deu ouvidos. Atirou-a sobre a cama e abriu o roupão com violência, fazendo amor com ela rápida e furiosamente.

Já excitado, ele a penetrou com rapidez, amando a sensação dos calcanhares dela pressionando sua bunda. Minutos depois, ela se sentava ofegante, e Nick verificou o relógio da mesa de cabeceira enquanto se deitava de lado.

— Fiz você gozar em quatro minutos — comentou ele com um sorriso imenso e satisfeito no rosto.

— Isso não é, necessariamente, uma recomendação — devolveu Anna, rindo e ainda arfando. — Apesar de isso poder ser mais um motivo para o seu apelido, Foguete.

Nick sorriu.

— Você disse que não queria se atrasar para o trabalho.

Quanto a isso, ela não tinha como discutir.

— Esse foi um orgasmo incrível — comentou ela, sonolenta.

Anna percebeu o sorrisinho convencido no rosto de Nick.

— Ei, você não foi o único responsável por isso! — protestou ela. — Eu sou responsável por pelo menos metade da *maravilhosidade*, meu amigo!

— É o que você diz. Vou cozinhar para você hoje à noite! Torta cottage com ervilha fresca.

— A-ha! A internacionalmente famosa torta cottage que não é torta! Mal posso esperar. Por mim está ótimo. Talvez eu traga para casa pudim de tâmaras para você.

Os olhos de Nick ficaram marejados.

— Com creme — completou ele, em um tom sonhador.

Anna riu. Ficava feliz em satisfazer a paixão que ele tinha por doces. Ficava feliz em satisfazer as paixões dele, ponto.

Enquanto tomava banho lentamente — e sozinha —, os pensamentos de Anna se voltaram para a mesma época no ano anterior e no quanto a sua vida estava diferente. Seu negócio ia bem e ela estava praticamente morando com um homem incrível que cuidava dela, que a amava e que dizia isso todos os dias.

Devia estar feliz pelos Phoenixes a terem mantido sob contrato por estarem extremamente satisfeitos com o seu efeito positivo sobre o time. Devia estar, mas parte dela se entristecia porque isso significava que ela e Nick continuavam a manter segredo.

Os boatos mais bizarros corriam pelo vestiário sobre onde Nick passava a maioria das noites. Uma ou duas vezes por semana, ele aparecia para passar algum tempo com seus companheiros de casa, mas o time era incrivelmente fofoqueiro e já havia especulado que: ele era secretamente um travesti e vivia como mulher; só podia estar saindo com uma mulher casada; estava namorando um homem. Como o capitão do time era gay e ninguém dava a menor importância para isso, esse boato morreu rapidamente, mas, ainda assim, continuavam intrigados.

Nick queria poder contar a eles, mas não podia. Nas noites em que esposas e namoradas eram convidadas para eventos do time ou nas noites em que a imprensa estava presente, ele comparecia sozinho, ficando na companhia dos outros rapazes que não estavam saindo com ninguém. Muitas vezes pediram que acompanhasse a irmã ou melhor amiga da mulher de alguém, e ele se sentiu como um farsante fazendo aquilo. Odiava isso, especialmente quando Anna via as fotos e lia as especulações nos jornais no dia seguinte. Odiava as sombras que passavam pelos olhos dela.

O segredo o consumia e, embora não se considerasse famoso, os jornais começavam a se interessar por ele. Nick e Anna precisavam ser ainda mais cuidadosos. Ficava frustrado pelo fato de ser arriscado simplesmente levá-la a um restaurante bacana. No aniversário dele, tinham pedido pizza. Comiam em casa todos os dias porque era o que tinham que fazer, mas ele havia pensado num jeito de mimá-la e de mostrar o quanto se importava com ela.

Havia escutado Anna conversando com o pai e se dera conta de que era Ação de Graças e de que ela estava perdendo as comemorações pelo segundo ano consecutivo. Ela havia minimizado a importância da coisa toda, mas ele sabia que a namorada devia estar se sentindo triste e com saudade da família.

Não podia fazer nada com relação a isso. Mas já que ela não podia ir para casa comemorar o dia de Ação de Graças, iria levar a comemoração até ela.

Anna chegou em casa após um longo dia junto a uma jovem jogadora de futebol que tinha um histórico de depressão. A moça tinha a oportunidade de uma bolsa nos Estados Unidos, mas a universidade havia pedido a Anna que desse a sua opinião profissional se ela seria ou não capaz de lidar com o estresse.

Foi uma decisão difícil, mas Anna acreditava que a jovem estava vulnerável demais para ser separada da família no momento. Sugeriu que a oferta fosse mantida por um ano, para dar à jogadora a oportunidade de amadurecer e de se preparar para uma imensa revolução na sua vida. A recomendação não foi recebida muito bem pela garota nem por sua família.

Assim, quando abriu a porta do apartamento e sentiu o delicioso aroma de peru assando, pensou estar tendo uma alucinação. Mas, não: lá estava Nick em sua cozinha, amassando batatas com a ferocidade de um homem que não comia há um mês. Ele tinha até mesmo decorado a mesa com duas velas no formato de abóboras-miniatura e velinhas espalhadas pelo parapeito da janela.

— Se você tiver torta de abóbora com creme de chantilly, eu talvez tenha que me casar com você.

Nick virou-se com os olhos arregalados. Chocada e surpresa, Anna desejou poder engolir suas palavras. Em vez disso, forçou um sorriso.

— Está tudo maravilhoso! Muito, muito obrigada. Isso é impressionante.

Nick relaxou, mas seus olhos mantiveram uma cautela que ela não via desde que voltaram a se ver.

Ele a apertou num abraço e beijou seus cabelos.

— Feliz dia de Ação de Graças, meu amor.

— Muito obrigada — murmurou contra o peito largo dele.

Ele riu baixinho, então desabotoou o casaco dela e o deslizou pelos ombros.

— O chá vai ser servido daqui a cinco minutos — avisou ele.

Anna ainda não tinha conseguido se acostumar com como as refeições pareciam intercambiáveis na Inglaterra. "Chá" podia ser só uma xícara de chá, um convite para apreciar um bule de chá com uma fatia de bolo às quatro da tarde ou podia ainda significar jantar, como era o caso. Pelo menos "café da manhã" e *brunch* tinham o mesmo significado que nos Estados Unidos, embora ela gostasse do "lanche das onze", que significava um café com biscoito no meio da manhã. Por outro lado, um de seus clientes australianos havia contado a ela que o intervalo do meio da manhã se chamava *smoke-oh*, ou pausa do cigarro, ainda que ele não fumasse.

— Divididos por uma língua comum — comentou ela, sorrindo, enquanto lavava e secava as mãos no banheiro.

— O quê, querida?

— Eu só estava pensando em como os britânicos são diferentes dos americanos.

— É, vocês falam esquisito — zombou ele, colocando um prato diante dela com grossas fatias de peito de peru, ervilhas e brócolis e um verdadeiro Everest de purê de batata.

Um argumento já pronto saltou até os lábios dela, mas então seus olhos se deliciaram com o prato e ela inspirou o aroma de peru assado com molho. Nick sorriu ao ver sua mulher inteligente e contestadora ser silenciada. E, sim, ele tinha torta de abóbora assim como certos planos para o creme de chantilly.

Saciada com ótima comida e duas taças de vinho, Anna se esparramou no sofá descansando a cabeça sobre a coxa de Nick. Tinha quase passado vergonha com os olhos marejados quando ele mudou para a seção de filmes infantis e *Charlie Brown e o Dia de Ação de Graças* começou a passar.

Quando seu telefone começou a tocar na cozinha, ela estava cheia e sonolenta demais para se mexer e acenou com a mão displicentemente na direção do toque irritante.

— Então deixa que eu atendo, né? — riu Nick, baixinho.
Ela o ouviu entrar na cozinha e atender o celular.
— É o seu pai — disse ele, passando o aparelho para ela. — Vou limpar a cozinha.
— Oi, pai! Feliz dia de Ação de Graças!
Houve um longo silêncio.
— Alô?
— *Como vai a minha filha preferida?*
Ela sentiu uma onda de emoções ao ouvir a voz dele cruzar os quilômetros de distância.
— Pai! Eu sou filha única! Mas estou bem, muito bem! E como você e a mamãe estão?
— *Ela vai falar com você daqui a um minuto.* — Ele fez uma pausa. — *Quem foi que atendeu o telefone ainda agora?*
Anna se empertigou.
— Foi o Nick.
— *O homem de quem você nos falou. Um dos jogadores.*
— É — respondeu ela, breve.
— *Você ainda está saindo com ele apesar de tudo o que eu disse?*
O cérebro dela não conseguiu produzir uma resposta rápido o suficiente, e seu silêncio falou mais alto do que as palavras com as quais ela engasgou.
Ouviu o pai praguejando ao fundo enquanto passava o telefone para a mãe.
— *Anna, é a mamãe. O que está acontecendo? Por que seu pai está tão zangado?*
— Eu... eu ainda estou saindo com o Nick — sussurrou ela, segurando o celular com força. — Ele não era meu cliente quando a gente se conheceu.
Estava distorcendo a verdade, mas ela *de fato* o tinha visto pela primeira vez quando saiu para jantar. Anna se encolheu diante das próprias palavras e do suspiro desapontado da mãe.
— *De novo, não, Anna.*

— Não é a mesma coisa! Bem, é, mas... Eu sinto muito, mãe.
— Por que estou me desculpando? Eu tenho 30 anos! — Você iria gostar dele. Ele é ótimo! Fez jantar de Ação de Graças para mim.
— Eu espero que ele seja bom para você porque sabe o risco que está correndo. Ele vale a pena?
— Eu o amo.
A mãe deixou escapar mais um suspiro.
— Por favor, pense com cuidado, meu amor. Nós discutimos esse assunto há meses. Você não nos contou que ainda estava saindo com ele. Não posso deixar de achar que é porque você sabe que é uma ideia ruim. — Ela suspirou, baixinho. — Não tenho certeza se seu pai aguentaria passar por aquilo tudo uma segunda vez.
— Eu sinto muito.
— *Eu sei que sente.*

Ao fim da ligação, as lágrimas escorriam pelas faces de Anna. Ela odiava desapontar seus pais. Sentia-se enojada consigo mesma, chateada com a preocupação que ouviu em suas vozes, chateada com a raiva do pai.

A menção feita pela mãe ao caso que ela teve com Jonathan a magoara profundamente. Sabia que, aos olhos deles, estava cometendo o mesmo erro. Aquela fora uma verdade difícil de ser contada.

Mas isto *não* era um erro! Ela e Nick se amavam! Ele dizia todos os dias que a amava.

As lágrimas começaram a cair mais rápido.

Se Nick valia o seu emprego? Sem dúvida.

Será que ele valia seu emprego, sua reputação e a decepção e a dor dos seus pais?

Anna correu até o banheiro e jogou água fria no rosto, tentando reduzir o rubor de tristeza que coloria as suas faces, mas foi uma batalha perdida.

Quando se arrastou de volta para a sala, Nick estava sentado no sofá à sua espera.

Estava claro que Anna andara chorando. Ela tentou negar, disse que tinha comido demais e que se sentia um pouco enjoada, mas Nick a conhecia bem o bastante para enxergar a infelicidade em seu rosto. Ficava imensamente frustrado por ela não contar o que a tinha aborrecido. Ainda que ele tivesse uma boa noção. Ficava assustado por ver que manter aquele segredo estava envenenando o seu relacionamento. Não podiam continuar daquele jeito.

Dois dias depois, conseguiu arrancar a verdade dela. Ficou com raiva do seu pai, mas não pôde culpá-lo. A história toda o deixou se sentindo como o maior babaca do mundo. Por causa da discussão, Anna havia decidido ficar em Londres no Natal; enquanto ele iria para a casa dos pais, ela ficaria sozinha. Não ia deixar isso acontecer.

— Venha comigo quando eu for para casa no Natal — sugeriu, enquanto ela começava uma lista de compras.

— Não sei se é uma boa ideia — disse ela, soltando a caneta e cruzando os braços por cima do peito.

Nick deixou-se distrair momentaneamente quando seus olhos seguiram o movimento dos seios dela, então ele fez o cérebro funcionar outra vez.

— Por que não?

— Porque sim!

Ela acenou como se fosse óbvio.

Nick se limitou a encará-la com uma expressão de confusão no rosto. Anna bufou de frustração.

— Porque ninguém pode saber a nosso respeito!

Nick riu. Riu de verdade, e Anna quis dar uma tapa naquela cara metida. Depois dar um beijo para sarar.

— Contei aos meus pais a seu respeito há meses. Estão ansiosos para conhecer você. Trish, também.

— Você... você *contou* a eles?

— É claro que sim.

— Mas...

Ele tomou as mãos dela e as colocou ao redor da própria cintura para então puxá-la em direção ao peito.

— Você é importante para mim. Eu te amo. É claro que contei à minha família sobre você. Eles sabem o quanto você me ajudou. E sabem que nós temos que manter isso em segredo por enquanto.
— Ah.
A preocupação pairou no ar como uma neblina.
— Nós vamos na véspera de Natal. Se sairmos bem tarde, o trânsito não vai estar tão ruim.
— Ah.
Ele sorriu e beijou sua testa.
— Hora de conhecer seus sogros. — E a soltou com uma piscadela.
Espere aí, o quê? Sogros?!

Capítulo 21

24 de dezembro de 2015

Nick se sentia feliz por estar indo para casa. Ainda mais feliz por Anna estar sentada ao seu lado enquanto ele seguia para o norte.

As calçadas de Sheffield luziam com uma geada sólida, e os carros parados nos sinais de trânsito criavam rastros de vapor. Apesar do frio gélido e da hora tardia, multidões de celebrantes caminhavam pelas ruas, acenando alegremente para os carros que passavam.

— Sabe, nunca te vi como o tipo de cara que dirigiria uma BMW.

— É, mesmo? E por quê?

— É um carro bacana, mas...

— Fala logo, amor.

— Bem, é meio espalhafatoso!

Nick riu, mas não mencionou que a BMW tinha sido escolha de Molly. Ele havia pensado em vendê-la, mas, bem... era ótima de dirigir.

Olhou para Anna. Ela estava ansiosa, embora tentasse não demonstrar. Certamente havia exagerado na quantidade de presentes para a família dele, e o banco de trás estava empilhado com embrulhos dos mais diversos tamanhos, todos profissionalmente embalados em coloridos papéis com estampas natalinas.

— Vai ficar tudo bem. Eles vão te amar.

Ela nem ouvia as palavras tranquilizadoras de Nick e estava empertigada em seu assento.

Ele comprimiu os lábios um de encontro ao outro, mas não tentou convencê-la outra vez. Se ela realmente estivesse desconfortável, podia tentar encontrar um hotel. Apesar de não saber direito o quão fácil isso seria na véspera de Natal.

Parou do lado de fora da casa geminada dos pais, localizada numa pacata rua dos arredores da cidade, e se virou para Anna. Não disse nada, apenas a beijou rapidamente. Às vezes, os beijos deles eram tão excitantes que os móveis acolchoados corriam o risco de incendiar — mas aquele beijo tinha a intenção de tranquilizá-la e lembrar a ela de que, não importava o que acontecesse, eles estavam juntos.

Nick não estava preocupado com seus pais. Sabia que eles gostariam dela e tinha certeza de que viriam a amá-la. A ansiedade de Anna vinha da reação dos próprios pais ao relacionamento. Isso ainda o deixava irritado.

Ele saltou do carro e esticou as costas enquanto caminhava até o lado dela para abrir a porta, mas ela já havia saído e tirava os pacotes do banco traseiro.

Um feixe largo de luz amarela se espalhou sobre o degrau da porta da frente, e a mãe de Nick foi correndo em direção a eles.

— Nick! Feliz Natal, meu amor.

Ele riu enquanto sua mãezinha minúscula o puxava para baixo para um abraço.

— E você deve ser Anna.

Anna gelou ao ver a mãe de Nick caminhar decidida em sua direção, seus chinelinhos de lã deixando tênues impressões na neve. E logo ela se viu envolvida num caloroso abraço.

— Ah, mas que graça ela é, Nick! Vamos sair desse frio, querida. Deixe os homens tirarem as malas do carro. Você deve estar exausta.

Protestando debilmente, Anna foi conduzida ao interior da casa. O pai de Nick apertou sua mão enquanto saía para ajudar o filho a esvaziar o carro, e, em seguida, Trish a abraçou com força.

— Sou a irmã mais velha de Nick — apresentou-se ela, sorrindo. — É ótimo finalmente conhecer você. Do jeito que ele tem evitado isso, qualquer um acharia que nós temos sarna.

Anna se sentiu culpada.

— Ah, eu sinto muito. Isso deve ser porque... bem, eu... é... bem...

Trish fez um aceno com a mão.

— Eu sei, ele contou que vocês têm que manter isso em segredo. Mas não para a *família*.

Anna não tinha certeza do que responder, então ficou calada.

— Quer uma xícara de chá? — ofereceu a mãe de Nick.

— Mãe! Ela acaba de vir de carro de Londres e agora tem que encarar a gente! Deve querer uma taça de vinho. Ou talvez uma garrafa de vodca, se o Nick ainda não a tiver levado para beber.

Anna sorriu.

— Aceito um chá, obrigada. Está bem frio lá fora.

Ela teria adorado uma taça de vinho, mas não comia nada desde o almoço e já eram quase nove da noite. É claro que o dia em que conheceria os pais do Nick não era o melhor momento para beber até cair.

A mãe de Nick lançou um olhar triunfal para Trish.

— Como você toma o seu chá? Com leite e açúcar?

— Hum... puro e fraco. A senhora tem limão?

A mãe de Nick pareceu desesperadamente desapontada.

— Desculpe, querida, mas não temos. Só puro e fraco está bem? Ou um café? Que tal um chocolate quente?

— Mãe! — bufou Trish. — Deixe a garota em paz. Ela disse que um chá está bom.

— Eu só estou sendo hospitaleira, dona mandona!

Anna sorriu, mas o carinho delas a fez sentir saudade da própria família. Detestava brigar com o pai.

— Qualquer coisa quente e molhada está perfeita — disse ela.

Quando se deu conta de como aquilo havia soado, os olhos dela se arregalaram e as bochechas ficaram coradas. Trish caiu na gargalhada.

— Ah, meu Deus! Eu concordo plenamente!

A mãe de Nick se limitou a sorrir e balançou a cabeça. Anna estava morta de vergonha.

— Não acredito que eu disse isso! — exclamou Anna.

— Disse o quê? — perguntou Nick, enchendo o pequeno aposento com sua enorme presença enquanto despejava malas, bolsas e pacotes numa pilha bagunçada.

— Sua namorada disse para a mamãe que gosta da coisa quente e molhada! — disse Trish, rindo. — Ai, meu Deus, ela é ótima, Nick. A gente pode ficar com ela?

Nick riu, e em seguida se espremeu entre Trish e Anna no sofá, ignorando os guinchos irritados da irmã enquanto era empurrada para o canto.

— Sei que você gosta da coisa quente e molhada, gata — sussurrou ele no ouvido dela —, mas é melhor ficar só no "olá" nos primeiros cinco minutos.

— Eu odeio você — resmungou ela, as bochechas ainda queimando.

— Que nada, você me ama. — Ele riu. — Você não consegue evitar, não é mesmo?

Ela sorriu com relutância.

A mãe de Nick chegou com xícaras de chá para todos e pratos com sanduíches e pequenos enroladinhos de salsicha. Vendo aquele monte de malas no meio da sala, ela deu uma bronca em Nick e o mandou levar a bagagem para o segundo andar da casa. Anna podia ouvi-lo caminhar com passos ruidosos. *As paredes parecem muito finas*, pensou, desanimada.

Trish passou um prato de comida para ela e um guardanapo de papel enfeitado com renas de Papai Noel.

— Obrigada por colocar um sorriso no rosto do meu irmão — disse, com a voz baixa e sincera.

Dia de Natal, 2015

Aquele era o melhor Natal de anos, decidiu Nick. Seus pais adoraram Anna, exatamente como sabia que adorariam, e Trish e ela vinham tagarelando como velhas amigas.

Na véspera de Natal eles ficaram abraçadinhos na sua cama estreita escutando os sinos da igreja badalarem a missa do galo. Fizeram amor lenta e silenciosamente, e Anna segurou um travesseiro por cima do rosto para não fazer barulho demais, embora, ainda assim, seu corpo tivesse estremecido em torno do dele, fazendo-o gozar. Os dois então caíram num sono profundo.

Acordaram na manhã de Natal com vontade de rir, sentindo-se infantis, aconchegando-se debaixo do edredom e fazendo visitas relâmpago ao banheiro enquanto esperavam o aquecimento central ser ligado.

No almoço, Nick não se importou que o peru preparado pela mãe estivesse seco e as batatas assadas, torradas, ou que seus avós tivessem se embriagado com Sherry doce e dormido na frente da TV durante o discurso de Natal da rainha. Não se importou que Trish tivesse dado a ele um suéter horroroso com uma rena bordada, que tinha uma bola de rugby no lugar do nariz e parecia ser vesga. Ele estava mais feliz do que conseguia se lembrar.

Os presentes de Anna para Nick incluíram o download de algumas músicas relaxantes para o celular dele, para que pudesse escutar antes das partidas, um vale-presente para dirigir um Aston Martin na pista de corrida de Silverstone, algo que ela sabia sempre ter sido um desejo dele, produtos de banho Roget et Gallet e — o preferido dele — vales para novas massagens. O presente dele para ela foi um delicado colar de ouro com uma minúscula bola de rugby. Quis dar uma aliança, mas achou que era cedo demais. Mas um dia, com certeza.

Ela também tinha dado um frasco de óleo de massagem de aromaterapia e prometido, com uma piscadela, que o usaria nele mais tarde.

Por volta das seis da tarde, depois de se empanturrarem de bolo de Natal e mais xícaras de chá, Nick estava pronto para esticar as pernas.

— Vamos dar uma volta — avisou ele. — Quer vir, Trish?

— Não, vou ficar aqui massageando a minha barriga — gemeu ela. — Divirtam-se, crianças.

Nick resmungou alguma coisa baixinho, então ajudou Anna a se agasalhar com uma echarpe grossa e um casaco quentinho.

O ar estava limpo e fresco, e as estrelas cintilavam num céu escuro como tinta enquanto o hálito dos dois encaracolava no ar que nem fumaça. Seus passos eram ruidosos na neve congelada e seus narizes ficaram cor-de-rosa.

Ao passarem pelo pub White Rose, Nick virou a gola do casaco para cima, esperando não ver nenhum conhecido. Até um ano antes, o pub tinha sido um antiquado bar local com chão de madeira e bancos duros de couro, que servia seis *ales* diferentes. Agora era um bar de vinhos popular, mobiliado com bancos de bar em couro preto e decorado em cromo reluzente.

Estava abarrotado de gente, como se todo mundo tivesse decidido que também precisava de um tempo longe da família.

Nick desceu da calçada para abrir espaço a um grupo prestes a entrar no pub, mas Anna quase foi derrubada por uma mulher bêbada.

— Eu te conheço. De onde que eu te conheço?

Anna virou a cabeça de repente e ergueu os olhos enquanto recuperava o equilíbrio, a voz pastosa mandando calafrios por sua coluna, então ouviu Nick xingar baixinho. Olhando fixo para ela com uma expressão confusa e agressiva no rosto estava a ex-noiva de Nick, Molly.

Seus cabelos haviam retornado ao tom louro manchado e o vestido bandagem que ela usava pressionava os seios para cima de tal modo que pareciam estar sendo servidos num prato. Apenas uma jaqueta de brim rosa a protegia do frio intenso.

— Estou falando com você!

Molly cambaleou para mais perto. Não pareceu notar que Nick continuava de pé na rua.

— Estou ciente disso — respondeu Anna, secamente, inclinando o corpo para longe do bafo de álcool que Molly exalava e olhando ressabiada para Nick.

Molly o viu e imediatamente levou uma das mãos ao cabelo enquanto jogava um dos quadris para o lado, fazendo pose.

— Ora, ora, ora, veja só quem deu as caras!

Molly sorriu convencida enquanto os olhos dele voavam dos seios ao rosto dela.

— Olá, Nicky — ronronou ela. — Sentiu a minha falta?

— Claro, tanto quanto de herpes.

Os olhos de Molly luziram de raiva, em seguida ela riu alto.

— Mas você não conseguiu deixar de dar uma boa olhada, não foi?

— É a fascinação com o abominável — grunhiu ele, lançando um olhar preocupado para Anna, que parecia paralisada.

Molly seguiu o seu olhar, semicerrando os olhos com malevolência.

— Você só pode estar de sacanagem! Agora estou te reconhecendo, sua vagabunda! — Então, virando-se para Nick: — Caralho! O que *ela* está fazendo aqui?

Molly olhou com raiva para Anna, que estava em estado de choque, transtornada.

— Nós só estávamos dando uma volta para gastar um pouco do jantar de Natal — disse Nick, calmamente, embora seu coração estivesse acelerado. — E a única vagabunda aqui é você. Agora, vá se ferrar.

De todas as pessoas que ele esperava nunca mais ver na vida, Molly ocupava o primeiríssimo lugar.

— Eu sabia! — sibilou ela, os olhos cintilando com malícia. — Eu sabia que você estava comendo ela desde sempre. Deu para perceber! — rosnou, apontando a unha de dois centímetros para Anna.

— A única pessoa aqui que traiu alguém foi você, sua vadia infeliz. Agora vá encher o saco de outra pessoa — disse Nick com firmeza, a atitude protetora enquanto se colocava entre as duas mulheres.

Molly se empertigou, não mais parecendo bêbada.

— Você não vai se livrar disso! — vociferou. — Sua piranha!

Para Anna, aquilo soou como uma ameaça.

Molly foi se afastando com passos vacilantes, xingando todo mundo que se colocava em seu caminho.

— Desculpe por isso — murmurou Nick, o bom humor já distante, enquanto Molly desaparecia bar adentro.

Anna estava calada, fitando o chão.

— Eu quero ir embora agora — pediu ela, a voz como um sussurro rouco, anunciando as lágrimas contidas.

— Ah, vamos lá, amor — implorou Nick. — Não deixe alguém como ela te afastar de mim.

Anna deu meia-volta e começou a percorrer o caminho por onde haviam seguido.

Nick a acompanhou, sem saber direito o que dizer. Nada parecia ajudar, e Anna não queria falar. Depois de dez minutos de silêncio absoluto, Nick se cansou de ser ignorado. Colocou-se na frente dela e enlaçou os braços em seu corpo retesado, puxando-a para si. Ela permaneceu fria e inabalável.

— Anna, ela estava bêbada. É provável que nem se lembre disso pela manhã.

Os olhos de Anna brilharam em fúria, e ela se desvencilhou do seu abraço.

— É esse o seu brilhante resumo da situação, é?

— Como assim?

— Que ela vai estar bêbada demais para se lembrar de que encontrou o ex-noivo com uma mulher que depôs contra ela no tribunal e que, na cabeça dela, a traiu com esse mesmo noivo? Se você acha que isso vai simplesmente parar por aqui, ou você é muito idiota ou incrivelmente ingênuo.

Nick se irritou.

— Não me chame de idiota!

A voz de Anna ficou mais alta.

— Então deixe de ser tão burro! Será que não compreende o quanto isso é sério? Ela pode *acabar* comigo!

— Ela não vai fazer isso.

— Que droga! Você não sabe disso! Você ouviu o que ela disse: nós não vamos nos livrar disso!

Nick tentou pegar as mãos que ela abanava no ar, mas Anna se virou e começou a caminhar com passos duros pela rua congelada.

— Caralho — praguejou Nick, baixinho, para então sair correndo atrás dela. — Anna, vai ficar tudo bem, eu prometo.

A voz dela saiu fria como o ar penetrante.

— E como você pode prometer uma coisa dessas, Nick?

— Porque eu te amo! — gritou ele, frustrado. — Estamos juntos nessa! A gente vai enfrentar qualquer coisa que acontecer!

— Então o amor resolve tudo, é? — zombou ela. — Ora, por que eu não pensei nisso? Espere, a resposta está me ocorrendo... ah é, porque *o amor não faz a menor diferença!*

Nick teve a sensação de ter levado um soco no peito.

— É claro que faz diferença, porra! — berrou ele.

Anna sacudiu a cabeça com fúria e saiu andando rápido.

— Eu sabia que isso ia acontecer — resmungou. — Eu *sabia* e fui em frente mesmo assim. Eu sou uma idiota.

— Epa! Alto lá! Não aconteceu nada — insistiu Nick, acompanhando seu ritmo rápido.

— *Ainda*. Nada aconteceu *ainda*.

— Olhe, se isso acalmar você, posso conversar com a Molly.

Ela riu sem humor.

— Estranhamente, não, isso não me acalmaria nem um pouco. Você só estaria dando mais munição a ela.

— Você está fazendo tempestade em copo d'água — disse, irritado.

Anna o encarou com uma expressão que devia ter congelado o saco dele.

— É mesmo? Estou? Bem, eu acho que nós vamos descobrir o quão esperta é a sua ex-noiva. E, depois, vamos ver o quão esperto *você* é.

— Pare de ser tão pé no saco!

Ela se virou de repente, toda a compostura perdida.

— Você não entende? Acabou! Eu vou ser arruinada!

— Anna...

— Ela não vai deixar barato, Nick! Eu vou perder *tudo*!

— Você não vai me perder.

Ela caiu em prantos, todo o espírito de luta indo embora.

Nick a puxou para si e a abraçou com força, sussurrando em seus cabelos que cuidaria dela, que a protegeria; enquanto isso, seu sangue fervia de ódio e o coração gelava de pavor. Tantas emoções percorriam seu corpo que ele teve a sensação de estar sufocando.

Em vez disso, concentrou-se na mulher que se encontrava à sua frente e que ele amava mais do que a sua própria vida e a segurou nos braços. Caminharam a passos lentos durante a volta para casa. Trish deu uma olhada para os dois, abriu a boca para fazer perguntas, mas Nick foi mais rápido.

— Molly estava no pub.

— Que merda. O que foi que aquela vaca disse para ela?

— Eu te conto mais tarde. Vou levar Anna lá para cima.

Eles se deitaram completamente vestidos na cama estreita de Nick, os braços dele em torno de Anna enquanto ela se deixava cair, flácida e inerte, de encontro ao seu peito.

Ele achou que ela estava enganada em se preocupar com Molly e estava certo de que a diretoria dos Phoenixes seria compreensiva se dissesse que ele e Anna estavam noivos. Mas não era idiota a ponto de pedir a ela que se casasse com ele naquele momento. Além do mais, tinha a sensação de que ela não aceitaria. Ela estremeceu em seus braços, e Nick sentiu uma lufada gelada de medo. Será que iria embora? Que fugiria dele? Voltaria para os Estados Unidos? Ou, em vez disso, terminaria com ele para salvar a sua carreira?

Estava desesperado para perguntar, desesperado para saber, mas se limitou a abraçá-la. Ficaram assim a noite toda e, de manhã, se despediram dos pais de Nick, calados e quietos.

Nick contou a Trish sobre as ameaças de Molly. Ao contrário dele, ela as levou muito a sério.

— Você precisa ficar de olho nela, Nick. Ela é uma vagabunda psicótica e é muito malandra, além de vingativa. Lembre-se de como ela destruiu a sua casa, algo pelo qual você a deveria ter processado, aliás.

— Pare com isso, Trish.

— Só estou avisando. Ela é rancorosa e amarga.

— Foi ela quem me traiu! Mas fui eu quem acabou com a multa, com o serviço comunitário e com os antecedentes criminais.

— Sim, é verdade, mas você também está jogando para um time do Premiership e foi convocado para jogar pela Inglaterra. Enquanto isso, ela levou um pé na bunda de Kenny e sabe que fez merda traindo você. Tudo o que ela sempre quis é o que Anna tem agora. Você devia, sim, se preocupar com Molly. Estou falando sério.

As palavras da irmã reverberaram pelo seu cérebro, dando a ele uma tenebrosa dor de cabeça.

Anna estava rabugenta e taciturna, respondendo às suas poucas perguntas com monossílabos.

Nick ficou sem saber direito o que fazer.

Então, não fez nada.

Capítulo 22

A ansiedade de Anna foi crescendo, enterrando-se bem fundo, corroendo a sua barriga, sussurrando palavras rancorosas, despejando veneno em seus ouvidos. Havia uma bomba fazendo tique-taque debaixo dela e o seu tempo estava se esgotando.

Voltaram para Londres no dia seguinte, e não havia nada nos jornais ou na internet. A autoconfiança de Nick retornou rapidamente, certo de que Molly estava só de conversa e não faria nada. Mas, pelos dias que se seguiram, Anna vasculhou os tabloides e sites de notícias on-line todas as manhãs, seu estômago revirando de tanta apreensão.

Só era necessário um telefonema para a redação de um desses jornais, algumas perguntas, uma foto de Nick saindo do apartamento dela e estaria tudo acabado. Até então, não havia sinal de intriga, mas Anna não conseguia relaxar. Não comia há três dias e passara de esbelta a magricela, a clavícula se projetando pela fina camada de pele.

Ela não podia conversar com Nick a respeito porque ele era tão tranquilão que simplesmente partia do pressuposto que o problema desapareceria; não podia conversar com os pais porque haviam desaprovado o relacionamento desde o início; e seus amigos estavam longe e ela não tinha certeza de que compreenderiam.

Belinda talvez pudesse ter ajudado, mas estava imersa nas alegrias de um neto recém-nascido e ocupada celebrando o período de festas.

Em vez de tudo isso, foi Brendan quem notou a mudança nela.

— Que bicho mordeu a senhorita? — perguntou ele, sarcástico e claramente chateado por ela estar infeliz e com o pavio curto desde que eles haviam voltado a trabalhar.

— Me desculpe — disse ela, com um suspiro. — Estou com muita coisa na cabeça.

Brendan a encarou com uma expressão petulante e colocou uma das mãos na cintura.

— Não tente me enrolar com essa, dona Anna Banana. Conte à titia Brendan o que há de errado. E nem pense em dizer "nada".

— Eu...

— Eu estou falando sério!

Ela respirou bem fundo, desesperada por poder compartilhar o que sentia com outro ser humano.

— Eu tenho saído com alguém... com um homem...

— Nick Renshaw, sim, eu sei. Que garanhão.

Anna piscou, aturdida, o queixo caindo de tanta surpresa.

— Você... você sabe?

Brendan revirou os olhos.

— Você não me contratou só pela minha escandalosa beleza, sabia?

— Mas...

— Querida, os seus olhos se iluminam igual ao Piccadilly Circus quando alguém até mesmo menciona o nome dele. É pura emoção quando vocês dois estão na mesma sala. Até *eu* sinto vontade de te agarrar, o que, aliás, está difícil de fazer hoje em dia tendo em vista que você está só pele e osso.

A cabeça de Anna estava rodando. Se Brendan havia sacado, quem mais talvez soubesse?

Ele pareceu ler a sua mente.

— Não se preocupe, o seu segredinho lascivo está seguro comigo. Nem todo mundo é dotado da minha incrível percepção. Eu sou um assistente *pessoal*, Srta. Sabichona. Sou onipresente e onisciente.

— Ah — disse ela.
— Então você tem feito travessuras com o Sr. Morenão Pecaminoso e Deliciosamente Perigoso, e está obviamente preocupada que alguém descubra. — Ele abanou o rosto. — Tããão óbvio.
Anna baixou os olhos.
— Alguém já descobriu.
— Não por mim! — se defendeu Brendan rapidamente.
Ela ergueu o olhar e tocou o braço dele brevemente.
— Não, Bren, não foi por você. Foi no Natal. Eu... nós... estávamos hospedados na casa dos pais de Nick e esbarramos com a ex-noiva dele. Ela não ficou nada feliz, para dizer o mínimo.
— A piranha que traiu ele?
— A própria.
— Ah.
— Pois é.
Brendan tamborilou uma caneta nos dentes recém-clareados.
— Só para saber, quando foi que esse romancezinho todo começou?
Anna deixou escapar um suspiro.
— Por acaso, na noite antes da sua entrevista.
— Sério?
— Sério, foi uma vez só e ponto.
— Hmm, uma noite de paixão desenfreada com um homem que tem nádegas de aço. Que sorte a sua. Não é à toa que você estava tão bem-humorada na minha entrevista.
Anna deu um sorrisinho.
— Aí, nós nos encontramos outra vez quando ele começou a jogar pelos Phoenixes. A... atração continuava a mesma.
— Mas que eufemismo. — Brendan tossiu e revirou os olhos com tanta afetação que quase torceu as pálpebras. Ele se sentou na beirada da mesa e cruzou as pernas. — Ataque preventivo.
— Como assim?
— Você precisa ir falar com Sim Andrews. Ele gosta de você, venera o chão sobre o qual caminham os seus Manolos já que os Phoenixes estão indo tão bem. E gosta do seu namoradinho. Entre-

gue-se à misericórdia dele. Confesse tudinho. Vai ser bem melhor do que se ele ler como notícia de primeira página no *A Putaria Diária*.

— Mas...

— Ora, por favor! — suspirou ele, abanando a mão na frente do rosto dela. — Eu já confessei ter cometido mais pecados do que a típica coelhinha da Playboy. Eu sei como isso funciona. Além do mais, vocês dois são valiosos demais para eles perderem. Pode confiar. Vai ficar tudo bem. — E ele bocejou. — E é melhor do que ficar se escondendo, fingindo indiferença um pelo outro.

— Você acha mesmo?

Brendan a fitou com seriedade.

— Você é a melhor chefe que eu já tive, Annie. Não quero que estrague isso para nenhum de nós dois.

Ele tirou o telefone do escritório de cima da mesa, discou um número e se virou para ir embora.

— Fale com ele agora. Comece o Ano Novo com a consciência limpa. Bem, é o que as outras pessoas costumam fazer. Eu gosto de começar o ano nos braços de um belo bofe: motoqueiros, marinheiros, Ethan do estúdio de tatuagem. Mas isso sou eu.

A ligação chamou quatro vezes, então Anna ouviu a voz seca de Sim:

— *Sim Andrews falando. Deixe um recado.*

Ela respirou fundo e estava prestes a falar quando seu telefone alertou o recebimento de uma mensagem e as palavras que ela vinha temendo lampejaram diante de seu rosto.

Ela bateu o fone da linha fixa, o coração martelando, loucamente.

— Brendan!

Ele entrou correndo.

— Já ligou para o Sim?

— Não. Olhe!

Ela passou o celular para ele com as mãos trêmulas.

NICK SAFADINHO BRINCA DE MÉDICO!

E havia uma foto dos dois se beijando e, *ah, meu Deus! Devia ter sido tirada de fora!*

Anna cambaleou até a janela e fechou as cortinas com um puxão enquanto Brendan a observava com compaixão nos olhos.

— O que está escrito? — sussurrou ela. — Eu não tenho coragem de olhar.

— É... bem... não é tão ruim assim, na verdade. Só diz que... é... que Nick está envolvido com a médica do clube... eles erraram aí... e que você é uma americana gostosona.

Anna piscou, aturdida.

— Eu sou uma o quê?

Brendan desdenhou da pergunta com um aceno da mão.

— Não se preocupe com isso, capturaram o seu melhor ângulo. Você está mesmo gostosérrima e, devo dizer, que essa é uma pegação maravilhosa que eu não me importaria de compartilhar com o seu Nick.

— Brendan!

— Desculpe.

— Está só nesse site de notícias?

Brendan foi descendo pelos alertas do telefone.

— É... não, tem menções nos outros, mas eles só têm fotos de bancos de imagens, nada igual a... bem, nada mais.

O coração de Anna estava batendo descompassado, e ela não conseguia recuperar o fôlego.

— Ih, cacete! Venha se sentar, Annie! Você está com cara de quem vai desmaiar! Onde estão os sais aromáticos?

Ele a fez se sentar numa cadeira e correu até o consultório, voltando com uma garrafa de conhaque e dois copos.

— Tome um gole, faz bem para choque.

Anna fez o que ele disse, embora a minúscula parte do seu cérebro que continuava racional soubesse que chá quente com açúcar era melhor para choque do que álcool.

Ela bebericou o conhaque e tossiu.

— Eu preciso contar ao Nick.

— Onde ele está?
— No clube, provavelmente na academia.
— É melhor você ligar para ele, antes de a merda bater no ventilador.
— Eu sei. Meu Deus, eu sei!

Ela tentou três vezes até encontrar o nome dele na lista de contatos e apertar o botão correto. O telefone tocou uma vez e caiu na caixa postal.

— Nick, sou eu. Eles sabem. Todos os sites de notícias estão falando sobre nós. Me ligue quando você receber essa mensagem.
— Você vai ligar para Sim Andrews?

Anna mordeu o lábio.

— Quero falar com Nick primeiro.

O telefone do consultório tocou, e Anna deu um pulo.

Brendan agarrou o fone e atendeu com sua voz mais formal.

— Scott Psicologia do Esporte, Brendan falando...

Ele escutou por um momento, então colocou o telefone de volta no gancho, cuidadosamente.

— Quem era?

Ele apertou os lábios.

— Era do *The Daily Express*, pedindo um comentário.

O telefone tocou outra vez, e Brendan atendeu, escutou por um segundo, então o bateu. Sem dizer nada, ele o desconectou da linha.

— Acho que você devia ligar para Sim outra vez agora mesmo. Se estão ligando para você, vão ligar para ele.

Anna engoliu em seco e assentiu lentamente com a cabeça.

A linha do escritório de Sim estava ocupada em todas as tentativas, e Anna podia imaginar o porquê. Por fim, ela ligou para o celular dele.

Ele atendeu imediatamente, sua voz ríspida.

— *Anna.*
— Sim, eu sinto muito!
— *Então é verdade?*

— Sim e não.
— *É melhor você explicar isso, Anna, porque a diretoria está enchendo o meu saco sobre eu ter te trazido para o clube em primeiro lugar!*
— Eu sinto muito, mas *muito* mesmo, Sim.
— *Sentir muito não ajuda!*
— Eu sei — sussurrou Anna, de coração partido. — A verdade é que Nick e eu fomos completamente profissionais nos Minotaurs. Nada aconteceu enquanto estávamos lá, eu juro. Fui testemunha no processo dele, como você sabe. Depois, ele me mandou um e-mail para agradecer por eu ter falado em sua defesa e nós passamos a conversar on-line. A essa altura eu já não tinha mais contrato com os Minotaurs e estava montando meu consultório londrino. Na noite antes de eu entrevistar meu assistente, Brendan, Nick e eu... passamos a noite juntos. Essa foi a primeira e última vez, até...
— *Até?* — A voz de Sim saiu como um rosnado rouco.
— Até eu entrar na reunião dos Phoenixes e encontrar ele lá, com vocês. Eu sabia que ele estaria presente, por suas anotações. Ele estava magoado e triste, então nós conversamos.
— *Eu acho que vocês fizeram bem mais do que conversar, Dra. Scott.*
Anna ruborizou.
— Não é só isso... Nós temos um relacionamento... Nós nos amamos.
Ela escutou o suspiro impaciente de Sim.
— *Imagino que os dois estejam cientes da política do clube quanto a namoro entre colegas?*
— Estamos.
— *Sinto muito, Anna. Você tem sido boa para o time, mas eu não posso deixar isso para lá. Você será informada da decisão da diretoria, mas a coisa está me parecendo bastante clara.*
— Eu sei. Eu sinto muito... por ter decepcionado você, Sim.
— *Você só decepcionou a si mesma, Anna.*
A ligação terminou, e Anna colocou a cabeça entre as mãos. Mas ainda havia um telefonema desagradável para ser dado.

Contar aos pais foi a coisa mais difícil que ela já teve de fazer. A notícia ainda não havia chegado aos jornais dos Estados Unidos, mas já se espalhara pela internet. Além disso, ela sabia que, devido à fama do pai, a história ia render muito mais tempo.

Embora fosse somente meio-dia, eles já sabiam. "Amigos" haviam se apressado em contar a eles.

— Eu sinto muito, mãe — sussurrou ela.

— *É verdade o que estão dizendo?*

— Uma parte — respondeu ela, cansada. — Só que nós temos um relacionamento. O resto é mentira. Eu posso falar com o papai?

Houve uma longa pausa, e ela ouviu vozes abafadas ao fundo. Por fim, a mãe voltou ao telefone.

— *Eu não acho que seja uma boa ideia neste instante, meu amor. Seu pai não está se sentindo muito bem. Sabe como ele fica hoje em dia. Nós falaremos com você mais tarde. Você sabe que estamos do seu lado.*

Anna terminou a ligação se sentindo pior do que antes. Durante cinco minutos, ficou ali sentada sem enxergar nada, sem escutar nada, se perguntando mais uma vez como havia conseguido ferrar tão completamente a própria vida. Estupidez. Era a definição do dicionário: cometer o mesmo erro duas vezes e esperar um resultado diferente.

Seu próprio pai não queria falar com ela. Anna não achou que conseguiria afundar ainda mais.

Quando decidiu escutar os recados deixados em seu telefone, foi atacada por mais de trinta mensagens de texto e de voz. A maioria parecia ser de jornais e repórteres, mas outras eram de números desconhecidos e simplesmente horríveis.

Enviou uma mensagem de texto para Nick dizendo que estava bem, mas insistindo que ele ficasse longe. Seu coração de despedaçou diante da ideia de não vê-lo, de não tê-lo por perto para abraçá-la.

Brendan viu a expressão em seu rosto, então se abaixou e a abraçou. Aquele era o único alento que ela teria.

* * *

Nick tinha acabado um treinamento físico especialmente pesado e estava sendo massageado por um dos fisioterapeutas do clube, quando Jason entrou segurando o celular.

— O que foi, Jason?

Ele olhou para Ben, o fisioterapeuta.

— Pode nos dar um minuto, amigo?

— Claro. Eu já estava terminando aqui de qualquer forma.

O fisioterapeuta lançou um olhar curioso aos dois enquanto pendurava uma toalha no ombro e fechava a porta.

— Você ainda não soube?

— Soube o quê?

Jason passou o celular para Nick.

Enquanto ele descia a página de notícias, seu rosto foi ficando tenso.

— Que merda! Tenho que ligar para Anna.

Jason deixou escapar um suspiro e passou as mãos pelos cabelos.

— Era por isso que você não queria contar para a gente com quem estava namorando. Era com ela que você estava esse tempo todo?

— Era.

— Bem, espero que seja sério, companheiro, porque a merda está perto de bater no ventilador. Você vai ser multado e colocado no banco por dois jogos, e a Anna...

— Caralho! Eu sei! Tenho que ligar para ela!

Ele saiu como um furacão, e o vestiário ficou em silêncio.

Giovanni caminhou até Nick e colocou um braço ao redor dos seus ombros.

— Que dureza, *amico*.

Nick se desvencilhou do braço de Giovanni e pegou o celular para ligar para Anna. Gemeu quando viu que ela já havia tentado ligar diversas vezes, embora houvesse também vários números que ele não reconhecia. Ficou chocado quando leu algumas das mensagens de texto enviadas por jornalistas e se perguntou como teriam descoberto seu telefone tão rápido. Aquilo era um pesadelo! Leu as mensagens enviadas por Anna, triste e zangado por ela estar pedindo a ele que ficasse longe. Que diferença podia fazer agora? Tentou retornar a ligação dela, mas só teve a resposta da caixa postal.

— Eu acabei de saber. Estou indo para casa. Me ligue quando receber a mensagem.

Ele se vestiu às pressas e ainda estava fechando o zíper dos jeans quando seu telefone voltou a tocar.

— Anna, graças a Deus. Eu sinto muito!

A voz dela estava fraca e distante.

— *Acho melhor você não vir aqui hoje à noite.*

— O quê? É claro que eu vou para aí. Nós precisamos...

— *Nick, não! Tem jornalistas aqui fora agora. Não posso arriscar que mais fotos de nós dois juntos saiam nos jornais.*

— Mas... eles já sabem!

— *Não posso dar mais munição a eles. Eu falei com Sim.* — Ela respirou fundo e o coração de Nick se revirou. — *Vou perder o contrato. Foi o que ele deu a entender.*

— Anna...

— *Por enquanto, tenho uma chance de manter meus outros contratos, mas preciso que essa história desapareça dos jornais o mais rápido possível. Eu não posso te ver. Não posso ser vista com você.*

A boca de Nick ficou seca.

— Ok, ok. Eu compreendo. Por quanto tempo?

— *Não sei. Um tempo.*

— Caramba. Eu te ligo mais tarde, está bem?

— *Eu vou desligar o telefone. Os jornalistas conseguiram o meu número...*

— O meu também.

— *Então talvez eu não atenda. Não se preocupe comigo. Eu vou ficar bem.* — Ela deu uma risada falsa. — *Eu já passei por isso tudo antes.*

— Anna, não.

— *Eu vou ficar bem, Nick.*

— Isso, *nós* vamos ficar bem. Eu te a...

Mas ela já havia desligado.

Giovanni se aproximou e sentou-se ao seu lado.

— Você vem para casa hoje à noite?

— Parece que sim — suspirou Nick.

— Que bom. Vou fazer para você *pasta con pomodoro e basilico*. Macarrão com tomate e manjericão.

— Valeu, Gio.

Eles bateram os punhos em despedida.

— Renshaw! Já na minha sala!

Sim Andrews estava com o rosto roxo e rugia como um touro.

— Acho que te vejo mais tarde, *amico* — disse Giovanni, baixinho.

— Se eu viver até lá — murmurou Nick pelo canto da boca.

Nick seguiu Sim com passos pesados e afundou numa cadeira que ficava em frente à escrivaninha entulhada.

— Você fez merda, Nick. Seu contrato podia ter sido rescindido.

Nick trincou os dentes, esperando a guilhotina cair.

— Eu me arrisquei contratando você: lesionado, vindo de uma divisão abaixo da nossa. Mas sigo a sua carreira há muito tempo e gosto do fato de você ter sido leal ao Rotherham por tanto tempo. Mas *isto!* Isto deixa a minha imagem ruim perante a diretoria e eu não gosto de ficar com a imagem ruim. O que você tem a dizer em sua defesa?

— Eu amo a Anna.

Sim piscou aturdido; não tinha esperado essa resposta. Em seguida, seus olhos endureceram outra vez.

— E há quanto tempo isso está acontecendo?

Nick pigarreou.

— Desde agosto, treinador.

Sim apertou os olhos para fitá-lo.

— Não foi antes?
— Não exatamente.
— E o que isso quer dizer?
— Eu tinha sido dispensado pelos Minotaurs, e Anna estava de mudança para Londres. Na noite antes de ela se mudar para cá definitivamente, nós... é... nós ficamos juntos. Mas foi só quando eu também vim para Londres...
— Algum dos seus companheiros de equipe sabia?
— Não, treinador.
— Hmm.
Sim encarou Nick, seus olhos escuros e zangados. Por fim, ele falou.
— Considere-se suspenso pelos próximos dois jogos. A diretoria vai decidir o valor da sua multa; isso não é minha responsabilidade. E é bom se comportar direitinho de agora em diante ou está fora, por melhor que você jogue. E eu não me surpreenderia se Eddie Jones tiver algo a dizer sobre isso. Você agiu como a porra de um imbecil, me custando uma excelente psicóloga do esporte e acabando com a reputação do clube.
— Não é justo que Anna...
Sim se levantou e rugiu, as veias de sua testa saltando ameaçadoramente.
— Eu estou falando! Não fale enquanto eu falo! Quando eu termino de falar, aí, sim, você fala! — Seu rosto ficou roxo. — Acabou para ela aqui. Não posso fazer nada. Agora saia da minha frente!
Nick engoliu em seco, mas sabia que discutir mais não adiantaria nada.
— Sim, treinador.

O jogo dos Phoenixes, no dia seguinte, foi uma tortura para Nick. Ele nunca havia ficado no banco estando em plena forma, nunca tinha precisado ficar sentado assistindo ao seu time perder sabendo que se estivesse em campo a história poderia ser diferente.

Assim, ficou ali, sentado, bufando, aguentando os olhares hostis dos torcedores — e suas palavras ainda mais hostis, que diziam algo mais ou menos como: "Devia ter guardado essa piroca nas calças, não nela, Nick Safadinho!"

O pior de tudo era que Anna não atendia às suas ligações nem respondia aos seus e-mails. Ele conversou brevemente com Brendan, o assistente pessoal dela, mas, além disso, nenhum contato.

Brendan tinha contado que Anna estava "indo". Isso não soou muito encorajador, e Brendan, que era normalmente animado e sarcástico, estava mal-humorado e irritado.

Também teve de aturar as fotos de Molly nos tabloides, com uma expressão triste e recatada, posando como a mulher desprezada, manipulando a verdade e conseguindo fazer a imagem de prejudicada.

Nick ficou deitado sozinho em sua cama, na casa do clube, escutando os barulhos estranhos da casa e os roncos orquestrais de Bernard, Fetuao e Giovanni.

Pelos dois dias seguintes, os artigos continuaram a aparecer até que finalmente o interesse começou a sumir. Mas, então, um dos jornais levantou a questão de que, se Anna e Nick já estavam juntos à época do processo dele, ela teria cometido perjúrio ao negar que os dois tinham um relacionamento.

Nick sentiu o cheiro das diabólicas maquinações de Molly nesse artigo. Era tudo tão ridículo, mas isso manteve a história nos jornais e nos sites de fofoca, e à medida que se aproximavam do Ano Novo, ela não demonstrava o menor sinal de perder o fôlego.

NICK NO BANCO DOS SAFADINHOS!

ANNA AUMENTA OS BATIMENTOS DE NICK SAFADINHO!

SERÁ QUE ELES MENTIRAM?
A noiva de Nick Safadinho conta tudo
[fotos nas páginas 2, 5, 6 e 7]

Eddie Jones, técnico da seleção inglesa, ligou para Nick para berrar com ele por alguns minutos, então disse com toda calma que aquilo não afetaria a sua vaga no time inglês, então isso já era alguma coisa.

E, naquele momento, Nick estava se agarrando a qualquer coisa.

Capítulo 23

Véspera de Ano Novo, 2015

A manchete do jornal estava dois centímetros acima de uma foto de Anna e Nick se beijando. A foto estava desfocada e difícil de visualizar. A manchete se destacava como um sinal de trânsito.

SERÁ QUE ELA MENTIU?

As mãos de Anna tremiam enquanto ela lia o artigo que vinha abaixo, esquadrinhando cada palavra, machucando a si mesma, mas incapaz de parar.

Quando já não havia mais nada para ler, ela leu de novo.

Era meio-dia da véspera de Ano Novo, e Anna ainda não havia feito nada no trabalho.

Sentia falta de Nick desesperadamente, mas estava sitiada por jornalistas e tinha decidido que permanecerem separados era o melhor a ser feito — certamente o melhor para ele. Naquele momento, ela era puro veneno junto à imprensa.

Brendan estava na sala ao lado, atendendo aos telefones que não paravam de tocar com abrupta eficiência, interrompendo jornalistas com poucas palavras. As ligações de clientes se tornavam cada vez mais raras e, embora apenas um time de futebol tivesse pedido a ela uma reunião no início do Ano Novo a respeito de "certas alegações lamentáveis feitas pelos jornais", até o momento, ninguém havia tentado rescindir seu contrato com ela. Se iam ou não renová-los na temporada seguinte, já era outra questão.

— Olhe, já é praticamente hora do almoço do réveillon — disse Anna, cansada. — Nós não vamos conseguir trabalhar nada hoje. Por que você não vai para casa cedo? Você disse que tem uma festa para ir.

— É claro que eu tenho uma festa para ir! — devolveu Brendan, azedo. — Quem *não* tem uma festa para ir no réveillon?

Anna sorriu para ele com ironia.

Brendan balançou a cabeça e voltou ao que estava fazendo. Anna se emocionou com a lealdade do funcionário.

Nick tinha uma festa do time para comparecer. Anna estava planejando uma noite tranquila com uma garrafa de Prosecco, um pacote de minichocolates recheados com manteiga de amendoim da Reese's e Netflix.

Passava um pouco de uma da tarde quando a campainha do escritório tocou, e Anna deu um pulo de 30 centímetros, entornando chá quente em cima da mesa e em parte do teclado.

— Merda!

Brendan enfiou a cabeça pela porta da sala dela.

— Provavelmente mais jornalistas. Eu atendo.

— Obrigada, Brendan.

— Qualquer coisa para você, Annie. — Ele piscou para ela.

Um instante depois, Brendan voltou ao escritório com os olhos arregalados e preocupados.

— Annie, é a polícia. Querem falar com você! Estão subindo!

— Ah, meu Deus! Deve ter acontecido alguma coisa com Nick!

Ela agarrou a beirada da mesa enquanto o mundo girava.

Dois policiais à paisana entraram e mostraram seus distintivos, seguidos de dois policiais uniformizados. A policial encarregada falou primeiro.

— Dra. Anna Scott?

— Sim?

— Anna Scott, você está presa sob suspeita de perjúrio. Não precisa dizer nada, mas poderá prejudicar a sua defesa se não mencionar, quando questionada, algo que mais tarde venha a usar no tribunal. Qualquer coisa que disser poderá ser usada como prova.

Anna ouvia as palavras, mas não conseguia compreendê-las. Estivera esperando receber más notícias sobre Nick, não... *o que estava acontecendo?*

— Eu não entendo. O que você quer dizer com isso?

Ela olhou com uma expressão de súplica para Brendan, que continuava paralisado ao lado da porta, em estado de choque.

A policial mal parou para respirar:

— É necessário detê-la como forma de preservação das provas, de acordo com o Código G da Lei de Evidência Policial e Criminal de 1984. Está me entendendo?

O segundo policial deu um passo à frente.

— Você precisa nos acompanhar até a delegacia para ser interrogada.

Perjúrio: o crime de se afirmar uma inverdade intencionalmente ou de distorcer a verdade sob juramento.

E o único processo judicial no qual Anna já esteve envolvida foi o de Nick.

De repente, tudo aquilo se encaixou. Ela havia declarado sob juramento que eles não estavam em um relacionamento à época: Molly devia ter dito o contrário aos jornais. O interesse da mídia então, forçou a polícia a investigar.

Anna cambaleou, e Brendan deu um passo à frente para segurar seu cotovelo.

— Ai, meu Deus — sussurrou ela. — Eu vou vomitar.

Brendan agarrou os seus ombros.

— Não vai, não. Você não fez nada de errado, Annie. Respire fundo. Vou ligar para Sim Andrews e colocar os advogados do clube em ação.

— Mas...

— Deixe eu te ajudar, Annie! Deus sabe que você precisa de ajuda! Eu faço o que for preciso. Tudo. — E ele a olhou com uma expressão carregada de significado.

Anna apenas concordou enquanto pegava o casaco, mas foi instruída a deixar a bolsa e saiu do prédio acompanhada.

Pedestres curiosos se viraram para observá-la ser conduzida até a traseira de um furgão da polícia. Várias pessoas empunhavam telefones, e os flashes das câmeras a cegaram enquanto os jornalistas que estiveram à sua espera conseguiam a foto perfeita. Meu Deus, quanta humilhação. Pelo menos não estava algemada.

As portas do furgão foram abertas, e ela entrou na gaiola metálica de chão de metal e banco duro de madeira. Não havia janelas, luzes ou cinto de segurança.

Brendan ficou olhando enquanto Anna era levada. Dois policiais uniformizados permaneceram no local e revistaram o escritório metodicamente. Confiscaram o celular e o tablet de Anna, desligaram seu notebook da tomada e o levaram embora também. Vasculharam as gavetas da sua mesa e a sua papelada enquanto Brendan permanecia em pé, impotente, filmando os procedimentos com o celular até usar toda a memória.

Frustrado, ele os seguiu quando começaram no apartamento dela, revistando cômodo por cômodo, sistematicamente. Ao perguntar o que procuravam, deram a ele a resposta padrão de que tinham "suspeita razoável de que um crime havia sido cometido e que tinham autoridade para busca e apreensão, preservando provas de qualquer possível delito".

Sem poder fazer mais nada, sem conseguir proteger Anna, Brendan ligou para o escritório de Sim. Mas ele já tinha ido embora e sua assistente disse a Brendan que o advogado do clube não estava disponível para a Srta. Scott porque ela era autônoma e não funcionária assalariada do clube.

Preocupado, triste e mais do que um pouquinho desesperado, ele tentou o número de Nick, mas teve que deixar uma mensagem de voz.

Por fim, buscou no Google advogados que pudessem ajudar Anna, mas ninguém queria ir a uma delegacia na véspera de Ano Novo. Ele levou duas horas para encontrar alguém que concordou em ajudá-la. Duas horas durante as quais Brendan se perguntou o que estaria acontecendo com Anna. Duas horas durante as quais os policiais questionaram os vizinhos dos dois lados da propriedade e os da frente: há quanto tempo Nick Renshaw vinha visitando Anna e o que haviam visto?

Brendan acreditava no que Anna havia contado a ele, mas não parecia que a verdade a ajudaria agora.

Durante o curto percurso até a delegacia, Anna ficou olhando para a lateral do furgão. Não havia janelas, mas ela sabia que, à sua volta, o dia chegava ao fim e as pessoas se preparavam para a festa de final de ano. Eles passariam os chafarizes de Trafalgar Square, já cobertos com tapumes para impedir que as pessoas dançassem na água gelada e acabassem com hipotermia. Os serviços de ambulância já estariam ocupados o suficiente sem isso.

Anna estava desesperada para ver Nick, mas ironicamente a sua aparição na delegacia simplesmente a faria parecer culpada — mais culpada. Já tinha sido julgada pela mídia e condenada. Era tudo tão injusto. Ela queria chorar, mas as lágrimas estavam trancadas lá no fundo. Sentiu-se gelada, e seu pulso estava fraco apesar de o coração bater rápido demais; sua pele estava pegajosa, e ela, tonta. A formação médica de Anna a alertava que estava entrando em choque.

Colocou a cabeça entre os joelhos e se forçou a respirar fundo.

Após uma espera considerável na delegacia, Anna teve sua prisão registrada, então foi levada para uma cela. Em várias etapas, preencheu questionários médicos e de saúde mental e foi informada de que a polícia podia detê-la durante até 24 horas.

— Você tem advogado?

— Sim. Não. Não tenho certeza.

O policial mostrou-se indiferente diante da pilha de papéis que precisava preencher.

— Se você tiver o seu, é mais rápido. Depois que os policiais tiverem terminado a busca nas suas instalações, eles retornarão para interrogá-la.

Sim, Anna podia usar os serviços de um defensor público, mas talvez demorasse um pouco, em especial no réveillon, em especial quando havia sete outras pessoas à frente dela que careciam de assistência jurídica. Ela não sabia, não tinha como saber, que o clube já estava lavando as mãos — nenhuma ajuda viria de lá.

A cela de Anna era fria e desconfortável. Havia uma privada de metal e um colchonete de plástico azul de dois centímetros de espessura sobre o banco. Ela ficou ali sentada, tremendo, incapaz de parar os tremores que sacudiam seu corpo. Por toda a extensão do corredor, podia ouvir o barulho de bêbados gritando, brigando e xingando. Aquele pareceu o lugar mais triste do mundo.

O medo se instalou por dentro dela, uma pedra na boca do estômago. Não era nem incerteza: era a noção fria e cruel de que sua vida, da maneira que ela a conhecera, tinha acabado. As fotos de sua prisão durariam para sempre, mais tempo do que a sua própria existência. Seu nome ficaria para sempre associado ao da médica que trepou com o paciente. Os minúsculos detalhes da verdade: quem se importava com eles?

O futuro de Anna se desenrolou à sua frente: humilhação, vergonha pública, desgraça, desonra. Sua integridade: perdida. Seu sustento: perdido. Tudo pelo qual ela havia trabalhado: perdido.

Alguém berrou perto de sua cela, e ela se sobressaltou. Os ganidos foram ficando mais altos como se alguém estivesse enlouquecido de dor. Aquilo continuou até Anna sentir vontade de berrar junto. Era apavorante e selvagem, e ela ficou aterrorizada.

Os gritos pararam de repente e foram substituídos por violentos soluços. As lágrimas escorreram pelas faces de Anna, e ela não sabia se estava chorando por si mesma ou pelo miserável da cela ao lado. O barulho aumentava conforme mais bêbados eram trazidos, e ela teve a sensação de ter ido parar num manicômio de duzentos anos antes.

Como aqueles policias suportavam uma coisa daquelas? O barulho, o cheiro, o fedor de desespero e de derrota?

Quando achou que não aguentava mais, uma senhora com uniforme de agente de custódia levou a ela uma xícara de chá num copo de isopor.

Uma coisa tão normal, tão comum de se fazer.

Anna odiava chá com leite, mas estava com tanto frio e sentindo-se tão infeliz que ficou pateticamente agradecida.

— A senhora poderia me dar um cobertor? — pediu, educadamente, o rosto abatido e as mãos tremendo.

A agente a olhou com compaixão.

— Eu até poderia te dar um, mas não tenho certeza de que você iria querer.

— Por que não? — perguntou Anna, envolvendo o frágil copo branco com as mãos frias.

— Bem, estão cheios de sarna e impetigo, mas você é quem sabe.

Anna arregalou os olhos enquanto ela se encolhia e balançava a cabeça.

— Você vai ficar bem, querida — disse a mulher num tom gentil enquanto a porta de metal fechava com um tinido.

Mas Anna não estava bem; ela mal estava se aguentando. As lágrimas continuavam a descer irremediavelmente por suas bochechas, e ela estava cansada demais e desesperada demais para enxugá-las. Tinha controlado a bexiga durante horas, até estar chorando de dor, antes de se dispor a usar a privada nojenta. Não tinha papel.

Ela se perguntou o que Nick estaria fazendo e onde estaria. Não havia nada que ela quisesse mais do que vê-lo, do que abraçá-lo, embora também rezasse para que o namorado não fosse até lá.

Seu cérebro cansado estava atormentado pelos ganidos e lamentos que a cercavam, pelo som de gente vomitando e xingando à medida que mais e mais bêbados eram trazidos para curar a bebedeira em segurança.

Não havia janelas, e seu relógio foi removido, mas quando uma pequena bandeja com um jantar pré-preparado chegou, Anna soube que já devia estar ali há cinco ou seis horas. Ainda assim, nenhum advogado apareceu e ninguém tinha nenhuma notícia para dar. Estava frio e escuro, e ela estava assustada e solitária. Muito assustada e muito solitária.

A angústia era esmagadora.

Ela chorou.

Nick pegou o telefone no instante em que a mensagem entrou. Mas não era de Anna, e sua esperança morreu. Em vez disso, o nome de Brendan piscou outra vez na tela com um aviso urgente.

Ele tinha ficado chocado e furioso quando recebeu a mensagem de voz pouco tempo antes. Ignorando as perguntas dos companheiros de equipe, saiu da festa como um raio e enviou um SMS imediatamente para Brendan dizendo que estava a caminho.

Mas a mensagem dele tinha sido clara:

NÃO VÁ, eu repito, NÃO VÁ à delegacia!
NÃO VÁ ao apartamento de Anna.
Você só irá piorar as coisas.
Preciso me encontrar com você. Onde é seguro?

Brendan

Desesperado, Nick digitou uma mensagem combinando de encontrá-lo num pequeno pub perto da casa que compartilhava com os outros jogadores, mas o lugar estava cheio e barulhento. Relutantemente, mandou uma mensagem para Brendan com o endereço de casa, na esperança de que os jornalistas tivessem desistido e ido fazer algo mais interessante do que espiá-la no réveillon.

Havia um jornalista à espreita dentro de um carro, mas ele prestou pouca atenção a Brendan, tirando algumas fotos mal iluminadas que mostravam apenas um homem bem vestido de cara feia. Não exatamente a foto que faria a sua carreira.

— Como está Anna? — perguntou Nick, agarrando o braço de Brendan.

— Tire as mãos! — rosnou Brendan, dando um tapa nas mãos de Nick e as desvencilhando do casaco. — Consegui arrumar um advogado para ela...

— E o advogado do clube?

— Ele não pode fazer nada por ela porque, tecnicamente, Anna é autônoma. E não me interrompa. Meu Deus, eu preciso de um drinque.

Tenso o suficiente para socar uma parede, Nick levou Brendan até a copa-cozinha e serviu gim e tônica, acrescentando até mesmo uma fatia de limão. Ele já havia tomado dois iguais: poucas calorias e muito álcool.

Brendan tomou um longo gole e se atirou numa cadeira.

— Foi a morte tentar encontrar um advogado na véspera de Ano Novo. Eu consegui um, mas ele só pode ir lá amanhã de manhã. Ainda assim, bem melhor do que ter que esperar o defensor público, embora eu esteja começando a me questionar quanto a isso.

— Está brincado? Anna tem que passar a noite toda numa cela?

Os olhos de Brendan faiscaram de raiva.

— Você acha que estou gostando disso? Você não é o único que se preocupa com ela. Tente *você* arranjar alguém no réveillon.

— Desculpe, é só que...

— Eu sei. A polícia levou o telefone dela, o tablet, o notebook e revistou o apartamento e o escritório. Estão dizendo que ela cometeu perjúrio durante o seu processo.

— Ela não cometeu perjúrio!

— Então nenhuma prova incriminadora vai ser encontrada nos aparelhos.

Nick ruborizou.

— Nós... é... trocamos algumas fotos...
Brendan deu um tapa na própria testa.
— Sério? Sexo por mensagem? O que há de errado com vocês? Quando foi que isso começou?
— Foi só um pouco de diversão quando eu fui jogar uma partida longe de casa. E não, nada aconteceu até a gente se encontrar outra vez em Londres.
— Bem, isso já é alguma coisa. Tenho recibos para tudo o que a polícia levou, mas me contaram que não há muita chance de receber qualquer coisa funcionando.
— Por que não?
Brendan deixou escapar um suspiro.
— Bem, pelo que entendi, essas coisas são passadas para os superhackers da polícia para eles correrem atrás de qualquer prova incriminadora e depois são largadas num armário para provas onde ficam até o próximo milênio. Aparentemente, eles mandam todos os aparelhos eletrônicos para a unidade de crimes *high-tech*, a Cy-comm, ou seja lá qual for o nome. Lá eles acessam cada imagem, cada mensagem, cada e-mail. Mas isso pode levar até seis semanas.
— Seis semanas! Vai levar seis semanas para limparem o nome dela?
— Pelo menos.
— Que merda!
— E vão poder ler arquivos deletados também.
Nick franziu o cenho.
— Isso só vai provar que ela está falando a verdade. Então, é uma boa coisa.
Brendan olhou para ele como se Nick fosse um aluno burrinho.
— Nick, a reputação dela já está arruinada. Você chegou a dar uma olhada nos sites de fofoca?
Ele bufou com impaciência quando Nick negou com a cabeça.
— É claro que não. Descobriram sobre o ex dela, Jonathan, o professor casado; e a *sua* ex também tem aberto aquela matraca. Ela está se divertindo horrores pintando Anna como uma des-

truidora de lares, e os jornais estão devorando cada palavrinha. Começaram a descrever Anna como alguém que dorme com pessoas inadequadas. Sem querer ofender.

— Merda, eles sabem a respeito do ex dela?
— Tome, leia isto.

Doutora Decepção Amorosa

A doutora destruidora de lares, Anna Scott, tem um péssimo histórico de dormir com homens casados ou que já estão envolvidos com outras pessoas. Tem sido amplamente divulgado que ela teve um relacionamento íntimo com o astro do rugby Nick Renshaw enquanto ele estava noivo de sua namorada de anos, Molly McKinney. A Dra. Scott atualmente aguarda julgamento por perjúrio relacionado à natureza de seu relacionamento com o fullback da seleção da Inglaterra enquanto fazia "coaching" com ele em seu clube anterior.

A doutora sexy também foi filmada com Nick Safadinho em seu novo clube, os Finchley Phoenixes, desrespeitando uma severa política que impede funcionários de se relacionarem entre si.

"Regras não parecem significar muita coisa para nenhum dos dois", foi a declaração dada por uma fonte.

Desde então, foi revelado que a Dra. Scott teve um caso com um homem casado enquanto ele era seu orientador de doutorado. O professor Jonathan Frankle, pai de três, supervisionou os estudos de Anna Scott quando ela era aluna da Universidade de Boston. Após o caso se tornar público, o professor grã-fino foi enviado a um período sabático de pesquisa durante um ano enquanto a Dra. Scott foi banida do campus e forçada a terminar o seu doutorado à distância. Amigos do professor Frankle descreveram a Dra. Scott como "atraente, mas manipuladora — uma mulher perigosa que usou o sexo para chegar ao topo". Funcionários da Universidade de Boston foram procurados, mas se recusaram a comentar.

Outras manchetes seguiam um tema parecido:

*Doente de amor! O passado chocante
da psicóloga do esporte*

A vergonha secreta da doutora do rugby

Bem, não era mais um segredo.
E três outros sites já haviam recebido a notícia da prisão de Anna.

MENTIROSA! Doutora do esporte tem prisão chocante!

Anna já era! Namorada de Nick Safadinho é presa

Enojado, Nick atirou o telefone de Brendan para o lado.
— Quanta besteira!
— Com pedaços suficientes da verdade para deixarem a coisa plausível — acrescentou Brendan, pegando o celular de volta.
Nick lançou um olhar furioso para ele.
— Ei! Eu não disse que acreditava, mas outras pessoas podem acreditar. Por enquanto, pelo menos.
— Isso é loucura! O que posso fazer?
Brendan suspirou e balançou a cabeça.
— A história já viralizou: sexo, esportes e celebridades. Devem estar hackeando o *seu* telefone neste instante.
— Quem? A polícia?
— Não, seu mané! Jornalistas! Hackers! Os jornais têm hackers de plantão para invadir "telefones de interesse". Será que você nunca *lê* os tabloides?
Nick sacou o telefone do bolso, fitando o aparelho como se este talvez o mordesse. Seus olhos se encheram de ira ao ler a última mensagem que tinha recebido de Anna há horas, antes de ela ser presa.

Eles sabem. Tem fotógrafos aqui fora.
Não venha para casa à noite. Por favor.
Eu te amo.

— Você ainda tem alguma... sabe... fotos, mensagens de texto ou de voz *privadas* de Anna aí?

Nick ficou constrangido, e Brendan teve a sua resposta.

— Apague — aconselhou ele. — É tudo o que você pode fazer por ela no momento.

O coração de Nick ficou apertado conforme ele excluía, uma a uma, todos as *selfies* sexys que ela enviara; conforme todas as fotos que ele mandara e todas as conversas doces e engraçadas deles eram apagadas. Ele até mesmo memorizou o telefone dela antes de deletá-lo. Era como se ela nunca tivesse feito parte de sua vida.

E a ideia de Anna passar a noite toda presa estava matando Nick.

— Tem que haver alguma coisa que eu possa fazer, não?

Triste, Brendan negou com a cabeça.

— Você fez tudo o que pôde. Apenas torça para que os hackers não tenham conseguido acesso às fotos das mensagens sensuais.

Mas Nick tinha demorado demais, e mais uma vez os fantasmas voltariam para assombrá-lo.

Antes mesmo de a polícia ensacar e etiquetar as provas, o segundo maior pesadelo de Nick se tornou realidade, e as fotos nuas começaram a pipocar nos sites. Nick ficou enojado ao ver as fotos íntimas que Anna tinha compartilhado com ele, e com ele apenas, agora disponíveis para que qualquer um pudesse ver.

Molly tinha feito o mesmo, com a diferença de que recebera uma bela quantia pelas fotos dos seus peitos. Junto com um boato de que participaria da próxima temporada de *I'm a Celebrity, Get Me Out of Here*.

Capítulo 24

Dia de Ano Novo, 2016

O café da manhã chegou com mais uma refeição de avião, pré-embalada. Anna engoliu o máximo que conseguiu porque, embora seu estômago estivesse tentando sair pela garganta, ela se sentia fraca e tonta e sabia que precisava comer.

Ficou sem palavras para descrever o alívio que sentiu ao dizerem que seu advogado havia chegado e que a aguardava na sala de entrevista.

Ela se sentiu suja, imunda, contaminada, quando foi conhecer o advogado, um homem mais velho que vestia um terno azul-marinho de três peças e exibia um sorriso amigável.

— Srta. Scott, sou Damian Harris. Fui contratado em seu nome por Brendan Massey.

— É? Mas o senhor trabalha para os Finchley Phoenixes?

— Não, eu sou do escritório de advocacia Weston, Harris e Dempsey. — Ele pigarreou — Pelo que entendi, a cobertura jurídica do clube de rugby não se estende àqueles classificados como autônomos.

Um calafrio percorreu Anna. Os Phoenixes a haviam dispensado. Ela devia ter esperado isso.

O interrogatório começou, e Anna tinha plena ciência de que estava sendo gravado em registro digital. Dois policiais a interrogaram. Não havia bom policial/mau policial ali, apenas duas pessoas que pareciam ter tido uma longa noite.

As perguntas começaram e falavam sobre o mesmo assunto repetidamente:

— Há quanto tempo conhece Nick Renshaw? Quando se tornaram íntimos? Mais alguém poderia confirmar isso? Você tem um álibi?

Um álibi para o amor? Como seria isso? Anna não fazia a menor ideia.

Após 90 minutos de perguntas e respostas, ela foi deixada a sós com seu advogado.

— O que vai acontecer agora?

— Você vai receber liberdade provisória sob fiança e terá que seguir determinadas condições. Estão decidindo essas condições agora. Se não houver provas para serem encontradas... — e nesse momento ele a encarou com severidade — não haverá processo para responder e as acusações serão retiradas.

— Eles não vão encontrar nada porque não há nada para encontrar. — Anna suspirou. — Quanto tempo isso tudo vai levar?

— Imagino que entre dois e três meses.

Anna engasgou.

— Isso tudo?

— Isso é bastante rápido para o sistema judiciário. Num caso de alta visibilidade como esse, vão querer tudo resolvido rapidamente.

— O meu negócio vai ter falido até lá — choramingou ela, baixinho.

— Você vai poder trabalhar normalmente, embora deva haver restrições a qualquer viagem ao exterior, eu imagino.

Anna balançou a cabeça.

— Acabou para mim. Eu sei.

Ele deu um tapinha afável na mão dela.

— E se eu for considerada culpada? — perguntou, engolindo em seco.

— Como você disse, não há provas para serem encontradas.

— Mas, e se... Eu tinha sessões privadas com Nick quando ele estava com os Minotaurs. Eu não gravei todas!

— Eles precisam de *provas* — afirmou o advogado, com a voz suave. — Uma pena de prisão é altamente improvável.

Anna se sentiu fraca.

— O que acontece agora? Com a investigação, quero dizer?

— Eles entrevistarão testemunhas: vizinhos em Londres, seus vizinhos em Manchester, e perguntarão se o Sr. Renshaw alguma vez a visitou lá; vão conversar com os seus colegas de trabalho e com os dele; vão analisar os seus aparelhos eletrônicos, como explicou a polícia. Neste momento, vamos nos concentrar em tirar você daqui, Srta. Scott.

— Eles falaram quem disse que eu cometi perjúrio?

Ele negou com a cabeça.

— Não quiseram revelar quem foi o informante, mas considerando o que você me contou, eu sugeriria que a ex-namorada do seu companheiro é uma candidata provável. A julgar pelos relatos dados aos tabloides, eu diria que ela própria parece acreditar no que diz.

— Como pode?!

— Difícil dizer. Delirante? Simplesmente enciumada?

Ou apenas uma vaca manipuladora.

— Nick está com problemas?

— É pouco provável. Não há sugestão de que ele tenha cometido perjúrio, uma vez que não foi perguntado a ele durante o processo sobre o relacionamento entre vocês. Você diz que não se comunicou com ele antes do julgamento e que foi a advogada dele quem pediu que você se apresentasse como testemunha de caráter. Correto?

— Sim — sussurrou Anna.

Ela se encontrava presa num pesadelo horrendo sem conseguir acordar e deixá-lo para trás. Tinha sido enredada por ele e estava sendo arrastada cada vez mais para baixo até não conseguir pensar ou respirar.

Os policiais retornaram 30 minutos depois com uma pilha de documentos.

— Você está sendo colocada em liberdade provisória sob fiança, com a condição de não contatar o Sr. Renshaw.

Anna permaneceu boquiaberta enquanto o policial seguia adiante. Tendo perdido todo o seu orgulho, começou a chorar baixinho, as esperanças perdidas.

— Caso viole tais condições, ficará sujeita a outra detenção. Você está sob fiança por dois meses. Se precisar viajar para o exterior, terá que notificar a polícia por meio do seu advogado.

Anna se levantou sobre pés vacilantes enquanto Damian Harris a conduzia para fora da sala.

— Eu não posso ver Nick *de jeito nenhum?* Eu não posso ver Nick? — insistiu ela.

O olhar do advogado foi duro.

— Você não pode ter nenhum contato com ele. Se tiver, estará em clara violação das condições da sua fiança e poderá voltar a ser interrogada e, até mesmo, detida.

Um fosso escuro se abriu sob os pés de Anna, e ela quis gritar.

— Há fotógrafos lá fora — avisou ele, mais gentilmente. — Tem um táxi à nossa espera.

O pesadelo continuou enquanto Anna deixava a delegacia. Os berros começaram imediatamente.

— *Você mentiu, Anna?*

— *Há quanto tempo você e Nick estão namorando?*

— *Você fez isso pela publicidade, Anna?*

— *Você se sente mal por ter impedido o casamento de Nick com Molly, Anna?*

— *Você prefere homens casados, Anna?*

Ela ignorou todos eles, mantendo os olhos fixos no chão enquanto Damian a movia o mais rápido possível em direção ao táxi.

Uma vez dentro, ela afundou no assento de couro, exausta, o corpo doendo, o cérebro entorpecido. Soube que teria que passar por aquilo tudo outra vez assim que chegasse ao apartamento quando Damian lembrou a ela que não falasse com os jornalistas.

— Por que eu faria uma coisa dessas? — sussurrou ela.

Ele a fitou com piedade.

— Na minha experiência, alguns clientes acham que contar o seu lado da história pode ajudar. Não ajuda.

Os lábios de Anna se voltaram para baixo.

Ela queria ver Nick, mas não podia.

Ela não tinha nada ou ninguém.

Quando atravessasse a porta da frente, seu apartamento estaria escuro e vazio como o seu coração.

Nick estava enfurecido. Caminhava de um lado para o outro de sua pequena cozinha com a raiva irradiando do corpo e uma expressão homicida que fez Brendan se afastar e colocar uma mesa entre os dois.

— Como assim, eu não posso ver a Anna?! Isso é ridículo!

— São as condições da liberdade provisória — repetiu Brendan, nervoso.

— Como eles podem dizer que eu não posso ver a minha própria namorada? Quem eles pensam que são, caralho?!

— É... a polícia?

— Não consigo acreditar que isso esteja acontecendo!

Nick roçou o punho cerrado nos cabelos e fechou os olhos. Queria bater em alguma coisa, quebrar alguma coisa, destruir alguma coisa da mesma maneira que estava se sentindo destruído por dentro. O desespero foi se misturando com a raiva. Não havia com quem lutar. Não havia maneira de vencer.

— Isso não vai ser para sempre — tentou argumentar Brendan.

— Eu preciso ajudá-la! — gritou Nick, fazendo com que Brendan se encolhesse completamente. Então, num tom mais ameno: — Ela me ajudou quando eu precisei de alguém. Porra! O que é que eu faço?

Brendan mordeu o lábio, ansioso.

— Neste instante, a única forma de ajudar a Anna é deixando ela em paz.

Nick lançou um olhar fulminante a ele.

— Ela precisa de mim!

— Na verdade, Nick, você é a última coisa de que ela precisa neste momento.

— Eu tenho que vê-la!

Brendan perdeu a paciência.

— A culpa é toda sua! — berrou ele, cutucando o peito de Nick com o dedo. — Eu aposto qualquer coisa que foi aquela sua ex piranha quem vazou esse monte de mentiras para os jornais. Foi por causa do *seu* processo que esse fiasco todo acabou com a Anna sendo acusada de perjúrio! É tudo por sua causa! E agora você quer bancar o machão e ignorar as condições da fiança dela. Será que ela ter que passar uma noite numa cela não é o bastante para você? Você quer vê-la acabar na cadeia também?

Nick teve a sensação de ter levado um chute no peito e não conseguia respirar.

— Você tem que deixá-la em paz — disse Brendan, com firmeza.

Nick estava derrotado. Brendan tinha razão — tudo aquilo era sua culpa.

— Diga a ela... diga a ela que eu sinto muito. Diga a ela que eu a amo e que vou esperar por ela. E que a gente consegue superar isso.

— Eu digo, eu digo a ela.

Nick esfregou a testa enquanto se deixava cair numa cadeira dura de madeira, descansando os cotovelos sobre a mesa da cozinha.

— Isso não pode estar acontecendo!

Mas estava.

Com uma expressão dura no rosto, Anna ignorou os jornalistas que clamavam do lado de fora de seu apartamento. Ela queria berrar com eles, gritar para eles: *Vocês já conseguiram o que queriam! Vão embora! Vão embora! Me deixem em paz!* Mas não podia. O silêncio era a sua única defesa.

Apressou-se para dentro, batendo a porta ao passar.

Mas ela não estava sozinha — havia alguém à sua espera.

— Brendan!
— Ah, Annie!

Ela caiu em seus braços e soluçou, libertando as lágrimas que vinha tentando segurar de todo jeito. Ele a conduziu até o sofá onde ela e Nick haviam se sentado tantas vezes.

— Ele queria estar aqui, Annie, mas não pode, você sabe disso. Ele me pediu para te dizer que sente muito, que te ama e que vai esperar por você. Não posso levar ou receber nenhuma outra mensagem, mas ele está falando sério, Annie, sei que está. Ele estava transtornado. Ficamos na casa dele a noite toda esperando notícias. — Ele fez uma pausa. — E tem outra coisa que você precisa saber...

— Ai, meu Deus! O que foi agora?

— É... bem... começaram a publicar histórias sobre o seu ex... um professor chamado Jonathan Frankle.

— Meu Deus! O que estão dizendo?

Brendan fez uma careta.

— Que é o seu *modus operandi*: encontrar um homem casado, bem, um cara indisponível e... você sabe...

As palavras dele foram se esvaindo.

— Não posso acreditar nisso! Quando isso vai terminar?

— Vou fazer uma xícara de chá para você antes de te contar o restante — disse ele, dando um tapinha tranquilizador no braço dela.

Anna ficou pálida.

— Tem mais.

Brendan fechou os olhos, como se estivesse com dor.

— Me fale!

— Os seus... é... os seus telefones foram hackeados.

— Ah, não! A polícia me avisou... Não consigo acreditar que isso já tenha acontecido!

— Eu sinto dizer que sim.

— As fotos *privadas*?

— Isso.

Anna desviou o olhar, magoada e envergonhada. Agora era vítima, além de suspeita. O que mais faltava acontecer?

Brendan ficou com ela durante uma hora, mas não havia nada que pudesse fazer, e Anna estava desejando desesperadamente o refúgio do seu quarto.

Brendan desligou a linha fixa dela e deu um pré-pago vagabundo para ela usar em emergências. Ele realmente era o melhor assistente pessoal que uma mulher poderia querer, o melhor amigo.

Uma vez que ele se foi, o apartamento ficou assustadoramente silencioso. Sem telefones tocando, sem Nick rindo ou cantando, sem e-mails para olhar, sem trabalho para fazer. Ninguém para ajudá-la a passar por aquele sofrimento horrível.

Ela tomou um banho longo e quente, caiu na cama e chorou até adormecer.

Mas Anna não dormiu bem. Revirou-se de um lado para o outro na cama, perseguida por pesadelos e ameaças sem nome e sem rosto. Quando finalmente desistiu de tentar descansar, foi se arrastando até a cozinha para fazer café, sentindo-se cansada e em carne viva. Espiando pela janela, viu que havia um carro de jornalista diferente estacionado do lado de fora. Será que não tinham nada de melhor para fazer num feriado? Pelo visto, não.

Perguntando-se se era uma boa ideia, ela ligou a linha fixa de volta na parede e deu um pulo quando o telefone tocou imediatamente, suspirando de alívio quando viu o nome da mãe acender no visor. Como queria ouvir a voz dela!

— Mãe! Que bom ter notícias suas. Como você está? Como está o papai?

— *Ah, Anna, meu anjo!*

— Eu sinto muito pelas fotos. Não sei como eles me hackearam, mas, meu Deus, eu sinto muito! O papai viu?

A voz suave da mãe foi cortada por soluços abafados.

— Mãe, você está bem? Onde está o papai?

Ela parou de falar de repente enquanto a mãe continuava a chorar baixinho.

— Mãe, por favor!
A mãe inspirou, ofegante.
— O seu pai... ele teve um AVC.
— O quê? Meu Deus!
A culpa a tomou como uma mão gelada ao redor do coração de Anna. Por causa das fotos? *Por causa de mim?*
— *Aquele monte de carne vermelha, manteiga em tudo. Eu vivia falando para ele, mas ele não ouvia. Você conhece seu pai.*
— Mãe? — A voz de Anna falhou. — Ele está...? Ele está...?
— *Nós estamos no hospital Phelps Memorial. Eu não sei, Anna. Foi um derrame grave. Eu não sei...*
As lágrimas escorriam pelo rosto de Anna enquanto ela lutava para permanecer calma pelo bem da mãe, mas o choque era grande demais, e ela expirou intensamente várias vezes antes de tentar falar de novo.
— Vou pegar o primeiro voo para casa.
A mãe nem tentou discutir.
Não importava que não pudesse deixar o país. Não importava que talvez pudesse estar cometendo outro crime. A única coisa que importava para ela era chegar até o pai o mais rápido possível.
Enquanto esperava impacientemente pelo próximo voo disponível, enviou um e-mail para o advogado avisando sobre os seus planos. Se a polícia inglesa a quisesse, que fosse atrás dela.
Quinze horas se passaram antes que Anna chegasse ao hospital de 236 leitos em Tarrytown, uma hora ao norte de Nova York.
A essa altura, as fotos dela nua já haviam viralizado, mas ela já não tinha energia para se importar.

— Tenho como impedir que mais fotos sejam publicadas? — perguntou Nick ao advogado do clube.
O homem deu um suspiro.
— Uma vez que as fotos estão aí, expostas, é muito difícil conseguir que sejam tiradas do ar para sempre. Você pode até

tentar, mas elas tendem a aparecer em outros sites. Você vai ficar perseguindo o próprio rabo... além de ser uma tentativa cara.

— Isso não me interessa! Apenas faça!

Tanto o telefone de Nick quanto o de Anna haviam sido invadidos. Apesar de terem senhas, isso não deteve os hackers nem por um minuto. Foi um alerta para que se desse conta da rapidez com a qual um bom hacker podia ter acesso a um aparelho sem nem precisar tocá-lo. Tudo tinha sido feito remotamente.

A "foto de piroca" de Giovanni, a que ele havia tirado com o telefone de Nick, circulava por alguns sites de fofocas — mas todos eles atribuíam a foto a Nick. O que o deixou irritado por outro motivo: o pau de Giovanni não era nem de longe tão impressionante quanto o dele.

Mas foram as fotos de Anna posando para ele que o fizeram bater a porta do armário do vestiário e xingar alto enquanto os outros jogadores tentavam acalmá-lo.

— Pelo menos ela é gostosa, amigão — disse Jason com um enorme sorriso, o que *não* foi a melhor coisa a dizer.

Nick o agarrou pela blusa.

— Pare! Só... pare!

Jason ergueu as mãos, olhando à sua volta preocupado.

— Eu só estava querendo dizer...

— Cale a boca!

— Eu faria o que ele diz, *amico* — sugeriu Giovanni, baixinho.

O time o apoiou, e o clube ficou ao seu lado, mas nada disso ajudou Anna.

Molly estava amando a publicidade. Sempre que possível, tentava manter o foco nela, não em Anna. Havia fotos dela em trajes minúsculos, fazendo o "momento glamour" da página três dos tabloides, além de ter aparecido em alguns dos programas de entrevistas mais vagabundos da internet. Estava curtindo os seus quinze minutos de fama e esticando qualquer segundinho a mais que conseguisse.

Jonathan também estava se deliciando com a atenção, descrevendo-se em diversos artigos como um "homem de família dedicado", fazendo Anna parecer uma *stalker* que o chantageou para ter um relacionamento com ela. Ele também conseguiu distorcer a coisa de modo que parecia que tinha ficado com pena dela por ser "instável".

Da mesma maneira que a posse constitui direito real, ser o primeiro a contar a sua versão dos fatos sempre funciona melhor na mídia.

Nick descarregou a fúria na academia, enchendo o saco de pancada de porrada.

Em uma noite, quando já era tarde, ele ligou para Molly.

— *Nicky, mas que surpresa; e não necessariamente das boas.*

— Por que você fez isso, Mol?

O tom dela foi de cautela.

— *Você está gravando isso?*

Nick riu sem humor.

— Não, somos só você e eu. A não ser que *você* esteja gravando. Vai faturar mais uns trocados, vai, Mol?

— *Vá se foder!*

— Eu vou, assim que eu disser o que quero. Eu nunca traí você. Nunca. Nem uma vez. Nem mesmo quando as oportunidades estavam bem na minha frente e eu sabia que você não descobriria. Nem com a Anna, nem com ninguém. Você e eu já tínhamos terminado há muito tempo quando comecei a sair com a Anna. E você me conhece bem o bastante. Sabe que estou falando a verdade. Então, vou perguntar mais uma vez: por que você fez isso?

Ele ouviu sua respiração, se perguntando se algum dia teria uma resposta.

— *Você mereceu.*

— Eu bati em você sem querer, você sabe disso.

— *Você quebrou a porra do meu nariz!*

Nick baixou a cabeça.

— Sinto muito quanto a isso. Mas por acaso eu mereci que você me traísse com o Kenny? Eu fui bom para você. Eu te tratava bem.

— *Você nunca me amou.*

— Como assim? Eu fazia tudo por você! Tudo! Eu ia me casar com você!

— *Eu sempre fiquei em segundo plano. Você só queria saber do rugby. Você ficou muito mal-humorado e infeliz quando se machucou. Eu fiquei de saco cheio de você sentindo pena de si mesmo.*

Nick ficou chocado.

— Eu achei que nunca mais ia jogar! É, é justo dizer que não fiquei exatamente contente com aquilo! Mas era para ser na alegria e na tristeza.

— *Para mim, foi só tristeza* — devolveu ela, ácida.

— Você não se importou com o mal que iria causar?

— *A gente precisa cuidar de si, porque ninguém mais vai cuidar.*

A voz dela saiu dura e fria.

— É aí que você se engana, Mol.

— *Pare de se fazer de santo! Você é igualzinho a mim, só não quer admitir! Você tem o seu carrinho chique, a sua mulherzinha chique e o que é que eu tenho? Nada! Não é justo!*

Nick não se deu ao trabalho de responder. Simplesmente desligou. Não o fez se sentir nem um pouco melhor; na verdade, não serviu para responder à pergunta alguma. Molly era uma vadia invejosa e nunca iria admitir que tinha feito qualquer coisa de errado. Mas isso realmente o fazia pensar: como foi que ele quis se casar com ela um dia? Quando pensava em como Anna o fazia se sentir, sabia que Molly tinha razão: ele nunca a amou de verdade.

Ótimo. Mais uma coisa para deixá-lo culpado.

Anna separou algumas notas e as entregou apressadamente para o motorista de táxi.

— Fique com o troco! — gritou enquanto corria em direção à entrada do hospital.

O motorista a tinha encarado como se não conseguisse lembrar por que conhecia o seu rosto. Anna ignorou todas as suas tentativas de puxar assunto durante o percurso do aeroporto.

Era quase ridículo correr agora, mas ela precisava correr. Por sua própria sanidade, precisava do impulso, precisava que o pai soubesse que havia chegado até ele o mais rápido que conseguira.

Seu celular novo estava ligado desde que ela descera do avião no JFK, mas a mãe não havia respondido às suas mensagens de texto, e Anna tivera medo de ligar para ela.

A adrenalina a fez tremer enquanto esperava, sem ar, que a recepcionista do hospital dissesse onde o seu pai estava, então subiu correndo dois lances de escada, depois seguiu por um longo corredor até parar, derrapando, do lado de fora do quarto dele.

Sem conseguir impedir que as mãos tremessem, ela espiou pela janela e viu a mãe sentada ao lado de uma cama de hospital.

Anna abriu a porta vagarosamente.

— Mãe?

A mãe falou sem virar a cabeça.

— Anna está aqui, Gary. Abra os olhos para ela, por favor, meu amor.

Anna fitou o rosto cinza do pai, flácido do lado direito, a mão direita retorcida em uma garra.

— Ah, papai!

Ela se ajoelhou no chão duro e passou um dos braços pela cintura da mãe, descansando a mão livre por cima da do pai.

— Estou aqui, papai. Acorde agora, por favor. Eu te amo tanto. Por favor, papai!

O olho esquerdo dele se contraiu, e a mãe de Anna percebeu aquilo como um sinal, apertando a mão da filha.

— Ele sabe que você está aqui! Converse com ele, meu anjo.

— Eu senti tanto a sua falta, papai. Se eu soubesse que ia te encontrar largadão na cama... — Mas ela não conseguiu terminar a própria piada, e as lágrimas retornaram. — Eu sinto muito, papai. Eu sinto tanto ter desapontado você. — Seus soluços agora chegavam com mais frequência. — Tudo o que sempre quis foi te deixar orgulhoso. Acorde por favor, paizinho.

— Ele pode te ouvir, meu amor. Tenho certeza de que pode.
— E a mãe se virou para Anna, secando as lágrimas do seu rosto.
— Ele *sempre* teve orgulho de você. Sempre. Nós dois. Ele sentia tanto a sua falta quando você estava longe, mas sentia orgulho de tudo o que você conquistou. — Então os olhos retornaram ao marido. — Gary, Anna está aqui. Está na hora de acordar.

Gary Scott era um homem grandalhão, um ex-jogador profissional de futebol americano, alto e largo, com tendência a ganhar peso depois que passou dos 50 anos. Mas era um homem bonito; todos diziam isso. Vê-lo naquela cama de hospital, pálido e franzino, era a pior sensação do mundo.

Anna puxou uma cadeira e se sentou em frente à mãe, do outro lado da cama, cada uma delas segurando uma das mãos dele. Conversaram baixinho noite adentro, observando, a cada hora, o homem que tinha sido a sua rocha desaparecendo diante delas.

O amanhecer chegou rápido, como um sussurro de luminosidade no horizonte, e Anna esfregou os olhos. Olhou para o pai e fez um carinho em sua mão.

— Eu te amo, papai. Tanto. Por favor, acorde. Por favor, acorde, papai.

Mas Gary Scott não acordaria mais, e uma hora mais tarde, no dia quatro de janeiro, ele se foi.

Anna e a mãe agarraram-se uma a outra com as expressões atordoadas como sobreviventes de um naufrágio. E quando não conseguiam mais chorar, uma enfermeira gentil as conduziu até uma sala tranquila e as ajudou a preencher a papelada dizendo o que esperar agora, quem contatar e o que fazer com relação ao velório.

Anna teve dificuldade para assimilar aquilo tudo. Nem ela nem a mãe haviam dormido mais do que poucas horas nos últimos dois dias. A enfermeira compreendeu isso e, com calma e cuidado, disse a elas que demorassem o tempo que fosse necessário.

A única coisa que tinham agora era tempo. E uma a outra.

Depois de um tempo, não fez mais sentido permanecerem no hospital. O corpo de Gary Scott talvez ainda estivesse ali, mas seu espírito se fora; a linda alma que fizera dele o homem enérgico que ele sempre tinha sido havia partido.

A mãe de Anna fitou o sol pálido que lutava para aparecer no céu.

— Ele teria detestado, sabe? — disse ela. — Não teria gostado de sobreviver a isso. Detestava qualquer tipo de doença. Nunca deixou de se queixar sobre a dor que sentia nos joelhos em dias úmidos, ou o frio que sentia nos ossos no inverno. Andou falando em nos mudarmos para a Flórida, mas ele nunca teria feito isso. — Ela se virou para Anna. — Ele nunca quis ficar velho. Agora não vai ficar, nunca.

Anna passou os braços em torno da mãe, e elas permaneceram abraçadas enquanto as nuvens cinzentas pairavam escuras e ameaçadores acima delas. Mas o que são nuvens quando o pior já aconteceu?

Anna pegou as chaves do carro da mãe e conduziu as duas até em casa. No percurso curto de vinte minutos, o papel delas se inverteu, e Anna se tornou a responsável. Conduziu a mãe pela casa, se ajoelhou para tirar os seus sapatos, levou uma xícara de chá para ela sem nada dizer, depois a despiu e a colocou na cama.

Sentou-se sozinha na cozinha, olhando para fora, para as árvores desfolhadas do quintal dos fundos. Seus braços esqueléticos, escuros e negros, acenavam para ela devido ao vento cruel.

Bebericou o chá, segurando a caneca com força até que ficasse frio. Os radiadores estalavam baixinho, os canos zumbindo e roncando. O pai não teve tempo de tirar o ar deles.

Sua cabeça despencou entre as mãos, e as lágrimas sem esperança retornaram mais uma vez.

14 de janeiro de 2016

Há tanta coisa a ser feita para se organizar um velório. Tanta coisa para se pensar. E a última coisa que alguém sente vontade de discutir é o serviço de bufê, ou as flores, ou qualquer uma dessas mil coisas que é preciso decidir. E quando o falecido era conhecido em sua época, o trabalho é dobrado.

Mas o Conselho de Medicina não deixou que isso freasse as engrenagens da sua justiça. A investigação deve ter sido excepcionalmente rápida, pois no dia que antecedeu o enterro do pai de Anna, ela acordou e viu um e-mail enviado por eles.

Devia se importar com o que diziam, sabendo que tinham o poder de acabar com a sua carreira, mas não se importou. Leu as palavras lentamente, a infelicidade a dominando.

Prezada Dra. Scott,

Como não foi possível que comparecesse a uma deliberação sobre o seu relacionamento com um ex-cliente, demos o passo incomum de informá-la nossa decisão via correio eletrônico.

Você admitiu ter ultrapassado limites profissionais ao se envolver em um relacionamento pessoal e sexual com um usuário dos seus serviços. Confirmou, ainda, que seus atos constituíram conduta inadequada e, com isso, concluímos que suas condições para a prática clínica ficaram prejudicadas como resultado.

Namorar ex-pacientes é incorreto e arrisca minar a confiança do público na profissão. Além disso, você violou as diretrizes éticas do Conselho e nós, portanto, estamos suspendendo o seu registro para a prática clínica com efeito imediato.

Atenciosamente,

Mais de uma vez, Anna desejou nunca ter conhecido Nick Renshaw. Mas o destino não estava prestando muita atenção para o que ela desejava ou queria. Ela não acreditava que "as coisas acontecem por um motivo". Isso era só uma coisa que as pessoas diziam para si mesmas para se sentirem melhor.

Mas eu o conheci, sim, e tomei um monte de decisões ruins.

Sua vida tinha mudado para melhor, para pior — mudado de maneira permanente e irrevogável.

Maldito seja o seu lindo rosto. Maldito seja o seu lindo corpo. Já passei por isso e tenho as cicatrizes como prova.

Anna leu o e-mail outras duas vezes, então o deletou silenciosamente.

Tinha trabalho a fazer.

Colocou um anúncio no jornal local e enviou e-mails para redações de notícias e de esportes avisando do falecimento do pai. O florista precisava ser contatado, o menu, finalizado com o serviço de bufê para a reunião após o enterro, o pastor, informado, a lista de convidados, atualizada.

Anna assumiu a papelada, notificando as seguradoras do pai, a previdência, o banco, os clientes e clubes — tanta gente, todos tristes, todos lamentosos, todos seguindo em frente com suas vidas. E, então, havia Anna, sem a menor ideia de como fazer isso. Só mais um dia para superar. Mais um dia para adormecer à mesa da cozinha porque meia garrafa de vodca era a única paz que conseguia encontrar na vida.

No dia do velório, fez um frio implacável, o vento gélido pincelando o chão com a neve que pendia nas árvores e nos galhos e era carregada no ar até formar montes macios e silenciosos.

A pequena igreja estava cheia, com gente em pé no fundo e até mesmo a presença de uma equipe de TV local porque o pai dela havia sido alguém. O pastor falou do impacto que ele teve como jogador da NFL, de seus anos como treinador e do seu trabalho beneficente com jovens atletas de origem menos favorecida. Se alguém sabia do escândalo que rondava Anna, não deixou isso óbvio.

Os companheiros de bebedeira do pai chegaram, desconfortáveis em seus ternos fora de moda e gravatas sóbrias, e os amigos do futebol americano preencheram o corredor entre os assentos com seus ombros largos e as barrigas ainda mais largas. As amigas da mãe vestiam azul-marinho ou preto e sussurravam que passariam em sua casa mais tarde para levar um prato de comida.

O pai de Anna foi amado e admirado, e isso era algo importante. Mas ela ficou com a sensação de que suas mãos permaneciam vazias até mesmo enquanto abraçava a mãe, elegante em sua dor, oferecendo sorrisos corajosos para amigos e primos distantes que Anna não reconheceu.

Havia mais alguém presente, e Anna o sentiu antes mesmo de vê-lo.

Sentiu um formigamento na pele e se virou. Do canto do olho, viu Nick observá-la com uma expressão preocupada. Ele fez um aceno de cabeça, mas não se deslocou em direção a ela, e Anna ficou grata por isso. Não tinha forças para falar com ele, mesmo se tivesse alguma coisa para dizer, mas algo na sua presença silenciosa a tranquilizou.

A cerimônia foi mais longa do que o previsto porque muita gente quis compartilhar suas lembranças do grande Gary Scott. Anna sorriu através das lágrimas, sabendo que era exatamente o que o pai teria querido: risos e piadas de vestiário de humor ligeiramente duvidoso. A mãe sorria de vez em quando, mas parecia ausente, a não ser nos momentos em que as lágrimas escorriam por suas bochechas coloridas de blush.

Quando finalmente chegou a hora do enterro, o solo estava duro como ferro e o tempo piorava. O pastor disse o que tinha que dizer às pressas enquanto os enlutados azulavam de frio e batiam os pés no chão.

A mãe de Anna colocou um buquê de margaridas sobre o caixão, porque elas tinham sido as favoritas dele: de um amarelo vivo e cheias de brilho — iguais a ela, ele costumava dizer. Anna acrescentou um único girassol e abraçou a mãe enquanto as lágrimas das duas congelavam e seus dentes batiam.

Quando o caixão foi baixado na cova, não pareceu possível que uma presença tão grande tivesse deixado o mundo, e Anna sentiu amargamente a ausência do pai.

Todos ficaram gratos em trocar o cemitério sombrio e cinza pelo calor da casa da mãe de Anna. Fizeram brindes e beberam à memória de Gary Scott, comeram sanduíches e quiches e enfiaram tortas em bocas que abriam e fechavam como as de pássaros famintos.

Nick desapareceu na multidão sem falar com Anna, mas sabia que ele voltaria. Não era homem de desistir sem lutar. Não falava com ele desde aquele dia fatídico — só de pensar em começar agora era demais para ela. Demais. E sua garganta fechou de pavor.

Quando os últimos retardatários partiram, uma limusine parou do lado de fora da casa, e o coração de Anna começou a bater descompassado. Ficou com as costas imprensadas contra a porta, como se seus braços finos como palitos pudessem impedir a entrada dele. Quando ele bateu, os golpes reverberaram por seu corpo frágil. Ela não queria abrir, mas sabia que a mãe ouviria e faria perguntas que Anna preferiria não responder.

Lenta e relutantemente, abriu a porta e o encarou.

— Anna.

Ele usava um pesado sobretudo, mas suas mãos estavam nuas. Aqueles dedos longos de unhas muito curtas que a haviam tocado tantas vezes pareciam vulneráveis sob as garras gélidas do inverno.

Ela endureceu o coração, seu hálito formando uma bruma diante de seu rosto.

— Eu sinto muito pela sua perda. Ele parece ter sido um sujeito fantástico. Eu queria tê-lo conhecido.

— Obrigada.

— Nós podemos conversar? — Os olhos dele eram suplicantes.

— Você sabe que não. Você não devia nem estar aqui.

Ele baixou a cabeça.

— Eu tinha que vir. Não podia deixar você passar por isso sozinha — disse ele, baixinho. — Sinto sua falta.

Anna também estava com saudades dele. Sentia falta do suave sotaque de Yorkshire — das vogais atenuadas e prolongadas. Sentia falta do seu calor. Sentia falta da sua gentileza. Do seu corpo enroscado no dela, pressionando o dela, dentro dela. Acima de tudo, sentia falta do amor dele. E lá estava ele, oferecendo-o outra vez a ela. Mas era tarde demais para curar as feridas.

— Por favor, Anna. Nós precisamos conversar.

Ela ergueu o queixo e se forçou a encarar seus olhos.

— Estou *proibida* de ter qualquer tipo de contato com você. Essas são as condições da minha liberdade provisória. Você sabe disso.

— Não vai durar para sempre. Eles vão ver pelos registros telefônicos que nós não estávamos mentindo. É só questão de tempo. Eu vou te esperar.

— Não espere.

— É claro que vou te esperar! — gritou ele, frustrado.

— Eu nem sei se vou voltar para Londres. Nem carreira tenho mais. Perdi todos os meus clientes. Brendan fez o melhor que pôde, mas todos alegaram quebra de contrato devido à cláusula de moralidade. — Ela deu uma risada amargurada.

Nick respirou fundo, chocado, e seus olhos se encheram de compaixão.

— Nem esperaram a polícia acabar de investigar. Eu sou culpada: julgada pelo público e pela imprensa.

— É tudo culpa minha. Me deixe melhorar as coisas!

— Você vai melhorar as coisas? — A voz dela foi tão fria quanto o vento que chicoteava o casaco de Nick ao redor de seu corpo e atravessava o vestido preto de Anna.

Ele percebeu a delicada corrente de ouro ao redor de seu pescoço e teve esperança de que estivesse usando o pendente com a bola de rugby que tinha dado a ela. Esperava que sim, mas não podia ter certeza.

— Como exatamente você vai melhorar as coisas?

Havia gelo em seu coração, gelo em suas palavras. Nick não soube o que dizer.

— Bem, eu...

— Não, me deixe adivinhar. — Ela cruzou os braços e olhou por cima do ombro dele, fitando as nuvens que deslizavam pelo céu com uma ferocidade que o fez gelar por dentro. — Você sabia que o Conselho de Medicina revogou o meu registro para clinicar?

Nick respirou fundo e fechou os olhos.

— Mas se nós contarmos a verdade para eles...

— É mesmo? Que eu só violei a cláusula de moralidade de não me relacionar com um colega de trabalho um pouquinho? Você vai até eles dizer que nós sentimos muito e que não vamos fazer isso outra vez e, em seguida, pedir a eles educadamente que me devolvam o meu registro? É isso que você vai fazer, é?

Ela sabia que estava sendo uma verdadeira megera, mas não conseguia frear aquela avalanche de emoções. Sentia-se arrebatada num minuto e vazia e perdida no seguinte. Ver Nick era demais, simplesmente demais para ela.

— Anna...

Ele percebeu o momento em que ela começou a se fechar por completo, a expulsá-lo. Seus olhos foram percorrendo as superfícies planas e os ângulos do lindo rosto dele com a frieza de uma estranha até encarar os olhos.

Ela soube exatamente o que dizer.

— Não há mais nada para mim em Londres.

O olhar de Nick se tornou intenso, e Anna viu a determinação em seus olhos. Ele queria que ela lutasse, não que desistisse.

E ela não podia fazer isso com ele.

Anna ergueu o queixo e enfrentou seu olhar intenso.

— Eu queria nunca ter conhecido você.

Então, ela fechou a porta com um suave clique ao trancá-la.

Incrédulo, Nick encostou a cabeça na porta, então virou e deixou um palavrão sair dos seus lábios enquanto caminhava de volta para o carro que o aguardava.

Capítulo 25

Fevereiro de 2016

Nick seguiu em frente.

Anna ficava magoada em admitir isso, mas era verdade. Ela o havia mandado embora, praticamente o expulsara depois do enterro do pai, então o que podia esperar?

Mas isso não impedia as lágrimas de marejarem seus olhos.

Incapaz de se conter, ela buscava todas as provas de que Nick tinha retornado aos seus "modos de *bad boy*". Havia fotos dele em três eventos diferentes com quatro mulheres — todas atraentes, todas louras e duas delas casadas.

Os jornais se divertiam com suas próprias manchetes escandalosas.

CURTINDO ADOIDADO!
O escândalo da troca de mulheres dos principais jogadores do rugby

O conhecido bad boy *mulherengo Nick Renshaw fez muitas sobrancelhas arquearem ao ser visto no Soho House ontem à noite com um bando de beldades louras.*

"Ele chegou com uma mulher, mas logo depois outra se juntou a eles. Elas passaram a noite toda flertando com ele, e Nick definitivamente estava se divertindo", contou uma tes-

temunha. "Ele sumiu com uma delas por um bom tempo. Todo mundo estava comentando."

A loura misteriosa foi identificada como sendo Madeleine Dubois, esposa do companheiro de equipe de Nicky Safadinho, Bernard Dubois. Surpreendentemente, a segunda mulher vista ao lado do bad boy do rugby era a atriz de novela Kimmy Clayton, esposa do jogador de futebol Alan Clayton.

Desde que Nick traiu a noiva, a estrela de reality show Molly McKinney, com a ex-médica de seu time, o famoso fullback vem sendo visto com uma série de mulheres diferentes. [Fotos nas páginas 7, 8 e 9.]

Anna fechou o notebook e esfregou os braços. Estava com frio, com muito frio. Sentia frio por dentro.

Era véspera da grande partida — o primeiro jogo internacional de Nick pela Inglaterra. Ele deveria estar animado e feliz com a promessa de todos aqueles anos se cumprindo. Mas ainda estava com a cabeça girando diante de todas as alegações absurdas do jornal e a implicação de que ele era um filho da mãe mulherengo e promíscuo.

Era uma distorção tão grande da verdade que devia ter sido engraçado. Mas, em vez disso, foi arrastado para uma reunião com a diretoria do clube para a instauração de um processo disciplinar. Só depois que Bernard corroborou a sua história foi que a equipe de relações públicas resolveu contratar um advogado especializado em calúnia e difamação para processar os jornais que haviam publicado o artigo. Mas essas coisas levavam tempo. A maioria das pessoas acreditava que não havia fumaça sem fogo.

Era essa a sua vida agora? Qualquer um podia inventar mentiras a seu respeito e elas seriam publicadas como a verdade do evangelho?

Bernard tinha se desculpado várias vezes, mas o estrago já estava feito. Além do mais, não era culpa de Bernard ter se atrasado e chegado tarde à festa, pedindo a Nick que cuidasse de Madeleine. E definitivamente não era culpa de Madeleine o fato de sua nova gravidez a deixar enjoada e Nick ter ficado preocupado o bastante para esperar do lado de fora do banheiro feminino quando ela passou mal. Nem mesmo era culpa de Kimmy Clayton, pois eles só se conheceram naquela noite, em que passou cinco minutos aconselhando Madeleine sobre as melhores maneiras de sobreviver aos enjoos matinais.

Por algum motivo, os jornais pareciam decididos a retratá--lo como um playboy tarado. Eles gostavam de seus *bad boys* e, quando não conseguiam encontrá-los, gostavam de fabricá-los. Jason o aconselhou a seguir a correnteza e aproveitar ao máximo as oportunidades que surgissem por seu caminho. Ele certamente passou a ter muito mais chances para romances casuais.

Mas sentia falta de Anna, como a dor de um membro fantasma. A dor era aguda, embora o membro já não estivesse lá. Ele esperava com todas as forças que ela não tivesse lido nenhuma das notícias falsas.

Mal-humorado, esfregou o tornozelo, sentindo o tecido cicatricial, agora quase inteiramente branco. Imaginando sentir uma pontada, tomou dois analgésicos ignorando a lembrança do rosto de Anna ao pegá-lo fazendo aquilo alguns meses antes.

Irritado com a própria companhia, pegou seu violão há muito negligenciado e dedilhou as cordas de modo experimental. Estava terrivelmente desafinado, e Nick se retraiu diante do som. Passou vários minutos girando as tarraxas até colocá-lo no tom correto. Só havia uma canção em seu coração quando ele se sentia triste.

Tocando a música em um ritmo mais lento do que o normal, ele cantou *Talkin' 'Bout A Revolution*, de Tracy Chapman. A letra tinha muito significado para ele. Ainda tinha medo de acabar como um daqueles caras de pé numa fila de subsídios mensais do governo. A imagem o assombrava; era algo que ainda podia acontecer.

Não havia Anna para tirá-lo do seu baixo-astral com uma boa conversa. Podia ter ligado para Trish, mas ela já fizera o bastante por ele. Ela não existia exclusivamente para arrancá-lo mais uma vez do fundo do poço.

Cantou sozinho em seu quarto, sua voz grave e melodiosa, mas, quando ergueu os olhos, Giovanni o observava cheio de compaixão e compreensão.

— Mas é claro que você canta sobre o amor. Uma revolução do coração, talvez, *amico mio*. E o que mais importa? Nós, italianos, entendemos isso.

Nick não respondeu e voltou a tocar o violão, sozinho em seu quarto, sozinho com seus pensamentos.

Inglaterra contra Irlanda, Copa do Mundo do Rugby, Partida Eliminatória

Querido Nick Renshaw,

Meu nome é Eloise Higginbotham e a gente se conheceu na minha escola, a Escola Secundária St. Aubyn, em Cheshire, quando você tava com os Manchester Minotaurs.

Você foi, tipo assim, maneiríssimo, e disse para a nossa diretora, a Sra. Herman, que nós meninas devíamos poder jogar rugby se a gente quisesse. Levou o maior tempão, mas a gente se juntou com outra escola, a Escola Secundária Hale, e começou um time com as garotas de lá. No início elas se achavam melhores que nós, mas agora são legais. Estamos numa liga de verdade e tudo o mais, e o Malcolm, o treinador, diz que eu sou sinistra e que podia entrar para o time do condado.

Minha mãe também é superfã sua. Ela viu suas fotos com a sua mulher no jornal e achou, bem, ela achou sensuais pra caramba. Ela me contou que você vai jogar pela Inglaterra e eu li um artigo sobre você. É isso que eu quero fazer. Eu quero jogar pela seleção feminina de rugby da Inglaterra. Eu vou conseguir um dia.

Se você não tivesse vindo na minha escola, nada disso teria acontecido. Bem, talvez tivesse, mas talvez não. E isso é meio assustador porque eu amo jogar rugby. Amo muito. Todo mundo sempre me disse que meninas não podem jogar rugby, mas você não. Você foi todo: é claro que ela pode jogar se quiser. Muito obrigada por tudo.

Arrase na sua partida contra os irlandeses. Eu vou estar torcendo por você.

Muitos beijos de sua amiga,

Eloise

Nick leu a carta outra vez. Havia sido entregue na sede dos Phoenixes e só agora chegou a ele. Foi escrita numa folha de papel arrancada de um caderno e estava encharcada em um perfume forte. Eloise havia usado uma caneta de *glitter* e decorado o papel com minúsculos corações e flores imensas e cheias de arabescos.

Ele se lembrava dela, lembrava-se do dia em que a conhecera. Visitar a escola tinha sido ideia de Anna. Ela o havia acusado de ter se tornado apático e, olhando para trás, tinha razão.

Estar com as crianças e observar a sua animação e paixão pelo jogo haviam dado a ele a injeção de ânimo da qual precisava na época.

E apesar de nem saber disso, a pequena Eloise deu a ele outra injeção de ânimo hoje. Podia vê-la em sua lembrança: correndo de um lado para o outro do campo como um trovão, pernas como troncos de árvores, com aquele jeito de quem consegue atropelar qualquer um que se colocar no seu caminho se derem a ela o menor espaço. Então, ela abrira um sorriso imenso quando ele elogiou a sua velocidade e seu *drop kick*.

Nick estava decidido.

Fazia um mês desde que tinha falado com Anna, um mês inteiro desde o enterro de seu pai. Ela parecia tão frágil, tão destroçada, e nada do que ele fez ajudou. Queria ter ficado com ela para apoiá-la. Odiava aquelas condições estúpidas e cruéis da liberdade sob fiança que significavam que ele não podia. Nick não pôde nem mesmo abraçá-la quando ela mais precisava dele.

Sabia que Brendan teve notícias dela, mas que tinha instruções rigorosas para não passar nada adiante para Nick. Desesperado, ligou para a mãe de Anna. Ela foi distante e educada, mas deixou bem claro que sua ligação não era bem-vinda.

Nick quase tinha acreditado em Anna quando ela disse que queria nunca tê-lo conhecido. Quase; mas o vazio em seus olhos foi traído pelo tremor dos lábios pálidos, por uma convulsão das mãos, como se ela as estivesse estendendo em sua direção.

Tão logo a polícia percebesse que ela havia contado a verdade, ele iria até ela e a forçaria a ouvi-lo.

A fúria escureceu a sua visão, e ele lutou para controlar a respiração. Não podia fazer merda.

O caso policial estava se arrastando, e apesar de o interesse da imprensa ter diminuído, Nick tinha a sensação de estar vivendo no fio da navalha. As fotos nuas continuaram a pipocar em sites diferentes e, apesar de a polícia ter registrado sua queixa, não tinham muita esperança de que alguém respondesse a um processo por isso algum dia. Cansados de tudo isso, haviam dito a ele que não guardasse mais imagens "particulares" no telefone. Mas não ajudava nada dizer a um doente que era melhor prevenir do que remediar.

Sim Andrews o suspendera por dois jogos por ter violado a política que proibia o relacionamento entre colegas e fizera com que pagasse uma multa de cinco mil libras. Mas, desde então, ele tinha sido liberado para jogar. Não que se importasse com o dinheiro; ligava, sim, era para o estrago que tinha feito com a reputação de Anna. Todos os jornais relataram com satisfação que a licença dela para clinicar havia sido revogada. E, sem isso, ela parecia ter desistido. Pelo menos era o que Brendan dizia. Ela também se vira forçada a passar todo o seu negócio e seus contatos restantes para o homem que assumia a filial de Manchester. Ele também assumiu o aluguel do escritório e do apartamento e manteve Brendan.

Para todo mundo, era como se Anna nunca tivesse existido, e Nick odiava isso. Odiava que tudo o que ela havia feito, todo o trabalho que realizara, todas as horas passadas auxiliando times e jogadores diversos parecessem ter sido esquecidas e apagadas. Ela fora excluída da história do clube.

A solidão de Nick era aguda e dolorosa. Ele se forçava a seguir em frente, se forçava a cada dia a escolher um caminho que a orgulharia, mesmo enquanto ele morria um pouco por dentro.

Não sabia direito quando se apaixonara por Anna, só tinha certeza de que se apaixonara. Cada sorriso, cada hora passada ao lado dela foram os melhores de sua vida. Não que ele tivesse *caído* de amores por ela instantaneamente. Não havia sido uma cambalhota espetacular nem um salto de um precipício; fora um calor lento e doce se apossando do seu corpo como o sol nascente.

Ele odiava que Molly tivesse vencido. Qualquer que fosse o joguinho doentio dela, havia arruinado a vida de Anna e quase destruído a de Nick. E então, ela seguiu adiante feliz da vida com dinheiro no banco, uma nova carreira de "estrela" de reality shows e a imagem imaculada de mulher traída. Que ironia do cacete.

Mas Nick não estava destruído nem derrotado.

Ele havia realizado o seu sonho: estava representando o seu país, estava jogando pela Inglaterra. Hoje devia ser um dos melhores dias da sua vida. Mas a mulher que ele amava mais do que tudo estava a quase cinco mil quilômetros de distância e havia um oceano inteiro entre eles.

Nick tinha um recado para ela.

Por toda a Grã-Bretanha, milhões de pessoas sintonizavam suas televisões para a cobertura da Copa do Mundo pela BBC.

[Copa do Mundo de Rugby: Letreiros e música, entra vídeo do time inglês]

Diretor de estúdio da BBC: Entraremos ao vivo em cinco, quatro [*gesticula: três, dois, um*]
Jimmy Smith: Bem-vindos ao *Rugby Today*! Estamos aqui, ao vivo de Twickenham junto a 82 mil torcedores, e é um grande dia para a seleção de rugby da Inglaterra que

inicia a sua campanha pela Copa do Mundo contra um time forte da Irlanda. O sol está brilhando, mas o dia está frio. Mas isso não é páreo para os torcedores, e nós podemos ouvi-los daqui da cabine dos comentaristas. Para conversar com a gente durante a partida, trouxemos um homem que já esteve em campo pessoalmente, conhecido como "O Foguete" quando jogava com os Bradford Bulls, e ele vai saber dizer exatamente como os jogadores estão se sentindo neste instante. Stuart Reardon foi jogador profissional durante dezesseis anos, notavelmente com os Bulls e o AS Carcasonne, e foi convocado para jogar pelo seu país quinze vezes. Bem-vindo, Stuart.

Stuart Reardon: Obrigado, Jimmy. É bom estar aqui.

Jimmy Smith: Você deve ter muitas recordações de Twickenham.

Stuart Reardon: Tenho, sim, alguns dos melhores dias da minha vida foram jogando aqui. É a casa do rugby.

Jimmy Smith: E então, Stuart, nos fale das chances da Inglaterra hoje. Trata-se de um time jovem com um treinador novo. Acho que precisamos comentar sobre as escolhas de Eddie Jones para o time. Como um técnico novo, é claro que ele quer deixar a sua marca, mas certamente surpreendeu na escolha do *fullback* Nick Renshaw, que veste a camisa 17. Nesta época, no ano passado, Renshaw estava numa lista de jogadores com lesões de longa duração, aí foi dispensado pelo time por onde jogava, além de nunca ter jogado no Premiership. É verdade que ele teve uma excelente temporada com os Finchley Phoenixes, mas isso é o suficiente para torná-lo uma peça útil para o time inglês? Conte para a gente o que Eddie Jones talvez estivesse pensando quando escolheu Renshaw.

Stuart Reardon: Bem, Jimmy, eu acho que Eddie Jones deve ter visto alguma coisa em Nick já há algum tempo. Ele observa o desenvolvimento dele desde que era um jogador iniciante. De fato, Nick não tem muita experiência no

Premiership, mas isso pode ter sido porque, mesmo tendo tido oportunidade de progredir nas ligas no passado, ele escolheu ser leal ao clube onde começou.

Ele teve uma lesão difícil, mas tem se mostrado decidido a voltar a jogar. Antes da lesão, foi um jogador sensacional do Rotherham, facilmente o melhor jogador deles em todos os anos. Todo mundo merece uma segunda chance. Ele está em perfeita forma física agora. Eu gosto do que vejo nele; e é um clube novo, um recomeço. Ele está com a cabeça no lugar, então é um ótimo momento para ter esta oportunidade. Gosto do estilo de jogo dele; ele é muito rápido, enxerga brechas, então não acho que Eddie Jones o veja como uma aposta arriscada. Ele acredita que Nick Renshaw possa nos mostrar do que é capaz. Isso é o treinador mexendo nas coisas, querendo ver o time jogar do jeito dele. E é convocando jogadores novos que se faz isso.

Como você sabe, Jimmy, qualquer um pode se machucar neste jogo, e muitos jogadores acabam voltando mais fortes e resistentes do que antes porque superaram a dor. E não se esqueça de que muitos times contratam jogadores que justamente estão saindo de uma lesão porque eles saem um pouco mais barato do que sairiam em outra situação.

Jimmy Smith: Isso é um pouco cínico, Stuart.

Stuart Reardon: Mas é assim, todos nós sabemos disso. É um jogo difícil. E não há nenhum motivo para Nick Renshaw não jogar impressionantemente bem hoje e pelo resto da temporada no Premiership.

Eu conheço Eddie Jones pessoalmente e já conversei com ele a respeito disso. Sei que houve muita especulação da mídia. Eddie Jones acha Nick um bom jogador e acompanha a carreira dele há anos, foi por isso que deu a ele a oportunidade de ser *fullback* — os dois têm uma ligação bacana.

Jimmy Smith: Os problemas pessoais de Nick Renshaw têm sido estampados por toda a imprensa recentemente. Será que isso pode afetar o jogo dele?
Stuart Reardon: Ele vai afastar isso tudo da cabeça para se concentrar no que tem que fazer hoje. Quando a gente se vê numa situação de jogo, não pode deixar que nada nos distraia. Ele vai entrar no astral, vai se certificar de que a cabeça está no lugar certo.
Jimmy Smith: Bem, nós certamente desejamos boa sorte para Nick. E como você avalia as chances da Inglaterra contra o time da Irlanda?
Stuart Reardon: O solo parece um pouco congelado, então as condições vão estar um pouco escorregadias. Isso vai mudar a maneira que eles vão jogar: vão jogar fechado e manter os passes curtos. O time que cometer poucos erros e controlar a bola, vence o jogo. Nós vamos ter que aproveitar ao máximo cada *scrum* e cada *line-out*, o que significa um jogo mais voltado para os *forwards*, o mais indicado quando o campo está congelado ou molhado. Isso torna o jogo mais fechado, em vez de um jogo mais fluido e com muitos passes. [*abre um grande sorriso*] É claro que nós vamos ganhar fácil dos irlandeses!

Nick estava concentrado e intenso enquanto seguia os companheiros de equipe até o campo. Um imenso rugido explodiu, e ele teve a sensação de caminhar em direção a uma parede sonora: o barulho era tanto que não conseguia ouvir Jason falar, apesar de estar em pé ao lado dele. Metade da arquibancada era verde-trevo e a outra metade, vermelho e branco, a bandeira com a cruz de São Jorge tremulando por todos os lados.

Nick sabia o que tinha que fazer. Uma sensação de tranquilidade despencou sobre ele, e mal percebeu os torcedores cantando e berrando no estádio.

Com o hino nacional tocando, ele se empertigou enquanto cantava as palavras solenes, decidido a provar o seu valor — para os companheiros de equipe, para o seu clube, para o seu país, para ele próprio. E para Anna. Ele tinha que se provar para Anna. Tinha que provar o seu amor.

À medida que as palavras esvaneciam e o rugido da multidão sacudia o ar, Nick correu para a sua posição, o coração ribombando dentro do peito quando o apito soou e ele voou para a frente, rápido e direto como uma flecha.

— Os rapazes lá do fundo têm muito o que provar, mas olhem só a velocidade de Nick Renshaw! Ele não sabe que a partida tem oitenta minutos de duração! Está achando que precisa vencê-la no primeiro minuto! Olhem só como ele corre! E ele marca o *try* com apenas 32 segundos no cronômetro! Eu nunca vi nada igual. E vocês acham que ele vai abrir algum sorriso? Parece que hoje, não! Jason Oduba faz uma conversão dessa corrida impressionante. O marcador do *try* pede o reinício.

— Esse reinício vai ser importante. Se não conseguir acertar o *line-out*, a Irlanda vai ter problemas. Vai penar. Dylan Hartley, seu primeiro arremesso. Danny Care, para Farrell, uma chance aqui para a Inglaterra! Johnny May subindo pela esquerda. Holt faz o passe. Dan Cole, o pilar, vai subindo pela esquerda... e solta a bola! Hartley a apanha... boa recuperação. Farrell outra vez... é isso que eles querem do poderoso número 8, neutralizar dois defesas. Farrell... bom passe para Renshaw. Mais uma chance para Renshaw em seu primeiro jogo pela Inglaterra. Renshaw vai passar para... não, ele faz a finta, ele vai correr, vai até o fim... ele vai conseguir... não, a defesa irlandesa... sim, ele fura a defesa e vai direto... vai até o fim! Renshaw marca o seu segundo *try*! E a multidão está de pé! A Inglaterra está na frente! A Inglaterra está na frente!

Mais tarde, Nick só se lembraria de *flashes* do jogo, mas não cometeu um único erro, e a Inglaterra venceu por 47 a 23, tornando-a um dos países classificados para a Copa do Mundo.

Ele só levantou os olhos para agradecer à multidão ao final, erguendo as mãos no ar e aplaudindo enquanto gritavam seu nome.

Seu uniforme branco estava manchado de lama, e a rosa vermelha, símbolo da Inglaterra, levara uma surra. O suor encharcava o seu corpo, mas as diversas dores ele só iria sentir mais tarde.

O comentarista da BBC avançou em sua direção empunhando um microfone.

— Nick Renshaw! O homem da partida com três *tries* e um *drop goal*! Você deve estar se sentindo muito bem agora, não?

Nick se virou para olhar o entrevistador, cujo enorme sorriso combinava com a expressão animada em seu rosto. Nick franziu as sobrancelhas numa expressão ligeiramente carrancuda, então virou a cabeça para olhar diretamente para a câmera...

— Quando o seu mundo desabar... Quando todos disserem que você perdeu... Quando sua mente estiver destruída... Eu ascenderei... Eu retornarei... E eu serei imbatível.

O apresentador ficou olhando atordoado enquanto Nick saía do enquadramento da câmera.

— É... bem... esse foi Nick Renshaw, o homem da partida e claramente um homem de poucas palavras.

— Sabe, Jimmy, essa deve ter sido a entrevista pós-jogo mais esquisita desde que Eric Cantona disse numa coletiva: "Quando as gaivotas seguem a traineira, é porque acham que vão atirar sardinhas ao mar."

— É, Roy, definitivamente está entre as mais estranhas.

A cinco mil quilômetros dali, Anna arfou, o coração batendo enlouquecidamente enquanto assistia à partida no notebook da mãe. Porque ela sabia *exatamente* o que Nick queria dizer — era um recado para ela. Tinha que ser!

Ele estava dizendo a ela que não desistisse e que ainda a amava.

A mãe de Anna baixou o livro que segurava e olhou para Anna por cima dos óculos.

— O que foi isso?

Anna fechou o notebook, com o rosto ruborizado.

— Você se lembra de como eu fiquei depois... depois de Jonathan?

A mãe arqueou uma das sobrancelhas e fez que sim com a cabeça.

— É claro que lembro.

— Sim, desculpe. É só que quando eu estava tentando colocar a minha vida em ordem outra vez, eu inventei um mantra, palavras que significavam alguma coisa para mim, algo que me lembrasse de que sou mais forte do que penso. — Ela se virou para olhar nos olhos da mãe. — Eu compartilhei essas palavras com Nick quando ele estava num momento muito ruim da vida dele. Ele gostou delas. Mas eu não sabia... Lágrimas cintilaram nos seus longos cílios quando ela baixou o olhar. — Eu não sabia que ele se lembrava delas.

Ela enxugou uma lágrima solitária e ergueu os olhos em direção à mãe.

— Anna, meu amor, venha aqui!

Prontamente ela foi até a mãe, ajoelhando-se aos seus pés e passando os braços ao redor da sua cintura, exatamente como fazia quando era pequena, buscando conforto na suavidade e no calor da mulher.

— Ah, meu anjo, tem sido tão maravilhoso ter você aqui. Eu não teria conseguido passar por tudo isso sem você.

— E você não tem que ficar sozinha, mamãe. Eu vou estar aqui e...

— Não, não é isso que estou dizendo. Ter você aqui me ajudou mais do que você pode imaginar, mas agora é hora de ir para casa.

Anna ergueu a cabeça de súbito.

— Do que é que você está falando? Eu *estou* em casa.

A mãe acariciou os seus cabelos.

— Não, querida, não está. O seu lar é ao lado desse rapaz, não aqui.

Os olhos de Anna se arregalaram de choque.

— Mas... mas você nem gosta de Nick!

— O que fez você pensar uma coisa dessas? — indagou a mãe, perplexa.

— Você e o papai desaprovaram completamente!

— Ora, mas é claro que sim! O seu contrato impossibilitava o relacionamento de vocês. Mas você fez a sua escolha e o escolheu em vez do seu emprego. E ele já deixou bem claro que gosta muito de você. De maneira muito pública, aliás.

— Eu... eu não posso voltar para Londres!

— Por que não?

— Eu não tenho trabalho! Definitivamente não tenho uma boa reputação! Nem apartamento eu tenho mais. O que eu faria lá?

— Você é uma mulher jovem e inteligente, Anna. É minha filha e filha de seu pai. Pode fazer o que quiser. E acho que você ficaria muito infeliz se não tentasse descobrir primeiro se as coisas poderiam dar certo com Nick. E sei que não tem mais nada te impedindo.

Isso era verdade.

Anna havia recebido um e-mail breve do advogado explicando: "A polícia não encontrou provas que pudessem resultar em uma ação penal. Sendo assim, você não será acusada. Não há processo a ser respondido."

Ao final do e-mail havia um convite da polícia metropolitana para que ela fosse buscar o celular, o tablet e o notebook.

Depois de tanto sofrimento, tanta preocupação e angústia, tudo se resumira à capacidade da polícia de verificar antigas mensagens de texto e e-mails. Não que ela fosse exatamente inocente naquela confusão toda, mas não era culpada de perjúrio e era só isso que importava para a polícia.

Sem o processo policial pairando sobre ela, podia fazer o que quisesse. Bem, qualquer coisa, menos trabalhar; qualquer coisa menos ter sua vida antiga de volta.

Anna mordeu o lábio.

— Não posso deixar você aqui sozinha!

— E eu não posso esperar que você fique. Mais cedo ou mais tarde vou ter que enfrentar as coisas por conta própria. Não posso e não vou impedir que você viva a sua própria vida. Ter você aqui foi maravilhoso, mas chegou a hora de nós duas seguirmos em frente.

Os lábios de Anna tremeram.

— Eu não sei como fazer isso.

Os olhos da mãe se encheram de lágrimas.

— Nem eu. Sinto tanto a falta do seu pai!

Elas se abraçaram e choraram: lágrimas pelo passado, pelo que havia sido; lágrimas por medo do futuro.

— Vou visitar você em Londres — disse a mãe, enfim. — Nós iremos à Harrods, à Liberty's e à Selfridges!

— Mãe, eu odeio fazer compras! — Anna ria e chorava ao mesmo tempo.

— Eu sei que odeia, mas eu adoro e sou sua mãe! — Ela sorriu, secando as lágrimas. — E estou ansiosa para conhecer seu rapaz.

Ela segurou o rosto de Anna entre as mãos.

— Você é tão parecida com o seu pai. Ele também não era de desistir das coisas. Agora vá, vá ficar com Nick.

Capítulo 26

Março de 2016

As luzes do estúdio estavam insuportavelmente quentes, mas Nick não parecia notá-las. Sentava-se empertigado, com as longas pernas cruzadas nos tornozelos e o olhar distante.

Não teve notícias de Anna desde a sua declaração muito pública, embora esta tivesse causado um verdadeiro frenesi junto à imprensa: não havia nada que amassem mais do que um herói enigmático e um amor não correspondido. Além disso, Nick era a bola da vez depois da maneira como ajudara a seleção da Inglaterra a massacrar a Irlanda por completo.

— Bem, Nick, esses dois últimos anos foram bem agitados para você. — A entrevistadora deu uma risadinha suave e tímida que foi ecoada pela plateia.

Ela estivera animada com aquilo: entrevistar o notoriamente reservado Nick Renshaw, menino de ouro do rugby inglês; mas ele estava dando trabalho, com respostas educadas e curtas.

Na realidade, "agitados" nem começavam a descrever o lindo e tenebroso caos dos últimos 22 meses da vida dele. Nick se recostou na cadeira, aumentando a distância entre os dois, e continuou a encarar a entrevistadora enquanto ela esperava ansiosamente a sua resposta.

O silêncio foi crescendo e ela umedeceu os lábios, lançando um rápido olhar para o produtor enquanto as luzes do estúdio faziam surgir gotas de suor em sua testa cheia de maquiagem.

— Como você descreveria os últimos dois anos, Nick?

A assessora de imprensa da seleção inglesa o encarava com os olhos arregalados por detrás do operador da câmera, torcendo para que ele dissesse alguma coisa, rezando para que Nick não travasse em cadeia nacional.

Seus dedos tamborilavam baixinho no braço da cadeira como se ele estivesse escolhendo as palavras cuidadosamente. Não estava.

— É, Jasmine, a gente poderia dizer que eles foram agitados.

As palavras saíram no inconfundível sotaque de Yorkshire de Nick: taciturno e econômico, com as vogais atenuadas fazendo-o soar entediado.

Os olhos da entrevistadora se estreitaram, e ela segurou a prancheta com mais força.

— Tem havido altos e baixos... — disse ela, encorajadoramente, tentando conduzi-lo mais uma vez. — Talvez você possa me contar como foi isso, do seu ponto de vista.

Ela não estava errada, mas suas perguntas não estavam conseguindo acessar o poço de emoções que ela acreditava estar por baixo das respostas esquivas que Nick vinha dando. Ela sabia que tinha alguma coisa ali, sentia que sim.

Fisicamente, ele nunca estivera tão forte, o corpo de atleta vestindo terno de grife e camisa branca bem passada, os cabelos muito negros penteados para longe do rosto de traços bem definidos, os olhos castanho-esverdeados agora cerrados e a barba preta grossa e recém-crescida escondendo a maciez dos lábios.

Mas lá estava, perceptível por muito pouco, aquele indefinível "algo". Aos olhos experientes da entrevistadora ele parecia... derrotado.

Nick fechou os olhos por um instante. Sim, ele tivera incríveis altos; voara tão alto que chegara a acreditar que nunca mais retornaria à terra. Mas voltara. E se espatifara, incendiara e estilhaçara de maneira espetacular.

Despedaçado de corpo e alma, ele havia rastejado pelo caminho de volta, dando um doloroso passo de cada vez. E *ela* estivera ao seu lado. Todas as vezes que parecera difícil demais, que ele sentira vontade de desistir, Anna o fizera seguir em frente. Todas as vezes que as sombras ameaçavam sufocá-lo, ela as afastara brilhando a sua intensa luz.

E quando ela mais precisara dele, ele a observara cair.

— Jogar por seu país deve ter sido uma sensação incrível — estimulou a entrevistadora, ficando mais agitada à medida que Nick engasgava nas palavras que se amontoavam no fundo de sua garganta. — Como é estar na frente de 82 mil pessoas, todas gritando o seu nome?

Ele ergueu a cabeça para encará-la, franzindo a testa ligeiramente, como se ofendido pela pergunta, que revelava a simples incompreensão dela com relação ao motivo de ele jogar rugby em nível internacional, ou em qualquer nível, na verdade. Não era pela adulação. Quando ele jogava, concentrava-se no jogo, nas linhas brancas pintadas no campo. Ele raramente levantava os olhos para as pessoas da primeira fileira, quanto mais para quem estava mais acima. Então, como responder àquilo? Não que fosse uma pergunta ruim — todo mundo dizia que era o melhor momento da vida dele. Ele não concordava, mas era o que diziam.

Como será que Jonny Wilkinson tinha se sentindo quando fez o *drop goal* que garantiu a vitória nos últimos noventa segundos da prorrogação durante a final da Copa do Mundo de rugby de 2003?

Teria dado no mesmo ela perguntar como Neil Armstrong se sentiu ao dar o seu primeiro passo na lua. Ou como Michael Collins se sentiu quando não pisou na lua e foi deixado para trás na Apollo 11. A não ser que estivesse no lugar desses homens, a gente nunca teria como saber.

Mas como era que *ele* se sentia? Como tinha se sentido? Atordoado, arrebatado, imbatível? Perdido, destroçado, destruído?

Ele deu de ombros e abriu um sorriso largo e vazio para ela.

— Você precisava ter estado lá.

— Eu estava! — devolveu ela, entusiasmada. — Estava torcendo como uma louca na frente da TV junto ao país inteiro. Eu tenho certeza de que as pessoas vão se lembrar daquele dia, de onde estavam naquele exato momento, pelo resto de suas vidas! E depois de tudo pelo que você passou, depois de te dizerem que você nunca mais ia jogar, deve ter sido um momento extraordinário.

— Foi, sim, extraordinário — concordou ele, baixinho, perdido em seus pensamentos.

Ele jogara por Anna naquele dia. Jogara por ela todos os dias desde então.

— Eu soube que você fez uma tatuagem recentemente — continuou a jornalista, tentando mudar de tática para fazê-lo se abrir, destravar a história e salvar a entrevista do desastre. — Uma fênix. Acho que consigo adivinhar a relevância disso, não só com relação aos Finchley Phoenixes, mas como símbolo de renascimento e renovação. A recuperação da lesão foi como se tivesse ressurgido das cinzas?

Uma foto de sua nova tatuagem surgiu na tela atrás dele, a câmera descendo de maneira sensual pela pele lisa e bronzeada, percorrendo músculos e carnes lapidadas e mergulhando eroticamente baixo. Várias das mulheres da plateia gritaram, aplaudiram e assoviaram penetrando a neblina de desespero que o envolvia, fazendo-o sorrir, apesar de tudo.

A entrevistadora sentiu um sopro de euforia. É claro! Os fãs! Sempre tinham sido o ponto fraco de Nick. Ele sempre havia sido gentil com eles. À medida que sua fama crescia, sua simpatia natural de bom moço se transformava em cautela junto a estranhos, e ele havia aprendido os modos autodepreciativos dos superastros de sorrir e sair de fininho sem ofender ninguém.

— Seus fãs são importantes para você — afirmou a entrevistadora. — Eles fizeram parte da sua recuperação?

Os olhos dele faiscaram e alguma coisa ali dentro cedeu — emoções represadas havia muito tempo.

— Claro, definitivamente. Eles me apoiaram durante alguns dos piores momentos da minha vida — concordou, inclinando o corpo em direção a ela pela primeira vez. — E a fênix é para simbolizar o recomeço. Não só da minha carreira, mas da minha vida também. Eu não achei que voltaria a fazer parte de um time, quanto mais jogar pela Inglaterra. Não foi só a lesão, foi medo.

Ele bateu no peito.

— Aqui dentro, eu não acreditava em mim. Mas aí conheci uma psicóloga do esporte incrível que me ajudou a entrar nos eixos outra vez.

— Você está se referindo a Anna Scott — disse a jornalista, os olhos brilhando com a empolgação de uma possível exclusiva.

A assessora da seleção balançou a cabeça, sinalizando com a mão em advertência para que Nick não falasse sobre Anna. Ele a viu, sem dúvidas, mas o diabinho que havia dentro dele decidiu ignorar seus conselhos insistentes e dar à entrevistadora o que ela queria. E talvez fosse a única maneira de conseguir com que Anna o escutasse.

Por um instante, a dor luziu por trás dos seus olhos.

— Sim, estou falando de Anna Scott. Ela me tirou de um lugar muito ruim, me ajudou a recomeçar a jogar e a jogar bem, a vencer. Sem ela, eu nunca teria conseguido.

A entrevistadora inclinou o corpo em direção a ele, seu tom carinhoso, confidencial, *só dois amigos batendo papo,* embora seu corpo estremecesse de animação.

Ele sabia disso. Sabia muito bem ler linguagem corporal e sabia o que ela queria. E, talvez, quem sabe, aquela fosse mesmo a sua última aposta.

— Então você começou a se relacionar com a Srta. Scott?

A plateia estava em silêncio, coletivamente prendendo a respiração. Perguntando-se se ele daria mais um passo em direção ao precipício.

— Acho que você já sabe a resposta, Jasmine — respondeu ele, arqueando uma das sobrancelhas para ela. — Os jornais e sites de fofocas não a deixaram em paz. Ela foi dilacerada pela imprensa. E eu não pude fazer *nada* para ajudá-la. Os jornalistas a crucificaram.

A entrevistadora se remexeu desconfortavelmente na cadeira, então endireitou os ombros.

— Mas você teve um relacionamento com ela desde o início?

Os olhos dele escureceram, quer fosse de raiva ou de paixão, ninguém além de Nick sabia.

— Todo relacionamento tem um início, mas, em resposta à sua pergunta, não. Apesar das alegações, não foi assim.

— Então como foi, exatamente?

Como foi? Perfeito. Perfeitamente errado.

— Ela me curou, nós nos tornamos... amigos, bons amigos. Aí, então... ela se foi.

Ele falava como se estivesse num confessionário, com a voz baixa, humilde, quase como se tivesse se esquecido de que a entrevistadora estava presente.

Ela o fitou com uma expressão chocada, mas ávida, e inclinou o corpo ainda mais, as unhas vermelhas envolvendo a prancheta, o roteiro esquecido.

— E aí?

Nick piscou lentamente, os olhos entrando outra vez em foco enquanto ele voltava a enterrar o que sentia ainda mais fundo.

— E aí eu fui convocado para a seleção inglesa.

Não era a resposta que ela queria. A entrevistadora contraiu o ombro em sinal de irritação.

— Mas o que aconteceu com a Dra. Scott? O que aconteceu com Anna?

— Nada aconteceu.

A testa dela se franziu em sinal de frustração.

— Mas... mas esse não pode ser o final da história!

Ele se recostou e deu a ela um pequeno sorriso.

— Temo que seja. É isso. Esse é o fim.

— Eu não acredito!

Nem Nick queria acreditar.

Capítulo 27

Anna pisou na passarela que conduzia os passageiros do avião para o saguão de desembarque do aeroporto Heathrow. Balançava ligeiramente enquanto ela caminhava, fazendo com que se sentisse desequilibrada. E estava mesmo. Não falava com Nick desde o dia do enterro do pai.

Ela não tinha certeza se estava fazendo a coisa certa, mas, como a sua mãe havia observado, só havia um jeito de descobrir. Assim, ela comprou uma passagem só de ida para Londres. Não sabia quanto tempo ficaria.

Aguardando na fila da imigração, olhou para uma banca de jornais do outro lado da fileira de cabines.

As confissões íntimas de Nick:
jogador de rugby exibe lado doce

Ela sabia que só podia ser sobre *ele*, mas se perguntou a que a manchete estaria se referindo. O oficial de imigração olhou duas vezes quando leu o nome que constava no passaporte, verificou a documentação, estudou o seu rosto atentamente, mas não a segurou na fila nem causou nenhum atraso.

Anna correu para comprar um jornal. Enquanto lia o artigo sobre a entrevista dele na TV, seus olhos se encheram de lágrimas. Ninguém nunca tinha sido tão franco sobre como se sentia com relação a ela. Aquilo a encheu de humildade e de um certo medo. Mas a fez sentir esperança. Ela sentiu esperança pela primeira vez em muito tempo.

O percurso até a casa de Nick levou 45 minutos, e Anna assistiu ao dia amanhecer com o nascer de um sol frágil e fraco. Mas enquanto o táxi percorria a rua de Nick, ela continuou sem a menor ideia do que diria.

Pelejou para saltar do táxi com a mala e entregou um número absurdamente grande de notas para o motorista. Então, respirando fundo, bateu à porta.

Depois de meio minuto, ouviu alguns palavrões abafados e a porta foi escancarada por um samoano de dois metros de altura, e com ressaca.

— O que é?
— Oi, Fetuao. Como vai?

Ele piscou, então um enorme sorriso se abriu em seu rosto.
— Anna Scott! *Malō!* Você veio! Nick vai rasgar os shorts!
— É... que bom?

Ele abriu um sorriso maior ainda e a puxou para um abraço.
— O menino tem chorado pelos cantos por sua causa. — Ele deu um passo atrás, ficando sério. — Foi muito ruim o que fizeram com você. Nós todos estamos do seu lado e do nosso garoto.
— Obrigada. Isso significa muito para mim.
— Claro. Entre. Você viu algum fotógrafo aí fora?

Anna fez uma expressão de horror.
— Não! Mas eu não estava procurando, na verdade.

Fetuao deu de ombros e balançou a cabeça.
— Eles vêm e vão, desde então...

Ele deu de ombros mais uma vez, pegou a enorme mala só com uma das mãos e a conduziu para dentro.
— Você já esteve aqui?
— Não.
— Hmm. Bem, o quarto do Nick fica lá em cima, é o segundo à esquerda. Ele dormiu tarde.

Fetuao colocou a mala ao lado da porta e a abandonou ao pé da escada enquanto se arrastava até a cozinha. De costas, parecia ainda mais amarrotado, e Anna sorriu. Era um cara bacana.

A casa estava silenciosa, embora já fossem quase nove horas. Ela ouviu Fetuao ligar o rádio e cantarolar alguma coisa. Mais adiante, no corredor, podia ouvir roncos.

Criando coragem, bateu de mansinho na segunda porta à esquerda.

Então, ouviu a voz sonolenta e irritada de Nick:

— Vá se foder, Fetu.

Sorrindo sozinha, ela empurrou a porta e quase foi atingida por um travesseiro voador.

— Qual parte de "vá se foder" você não entendeu?!

— É... sou eu, Anna.

Ela se arriscou a abrir a porta alguns centímetros outra vez e viu o edredom escorregar do ombro de Nick enquanto ele se sentava na cama. Chocada, ela fitou a tatuagem nova que cobria a outra metade do peito dele: uma fênix abrindo as asas.

— Anna? — Ele a encarou, e ela deu um passo hesitante para dentro do quarto. — Porra, Anna!

— Oi, Nick — disse ela, timidamente, sem conseguir fitá-lo nos olhos.

O quarto era uma desordem de roupas espalhadas sobre todas as superfícies planas, mas as paredes estavam vazias. Havia uma foto dele com os pais e a irmã exposta sobre a cômoda, mas esse era o único objeto pessoal por ali.

Então, ela avistou o violão, parcialmente oculto por uma camiseta pendurada no braço. Ele nunca o levara para o apartamento dela; ela queria ouvi-lo tocar um dia.

Nick pigarreou, e o olhar de Anna retornou imediatamente para seus olhos intensos.

— Você toca para mim?

— Como assim, agora?

— Por favor. Eu sempre quis ouvir você tocar.

Nick esfregou a barba que começava a crescer em seu rosto, e um leve rubor foi colorindo a sua pele.

— Ok. O que você quer ouvir?

— Qualquer coisa. Qualquer coisa que você quiser tocar para mim.

Nick pegou o violão cautelosamente e começou a cantar baixinho.

Arrepios percorreram o corpo de Anna rapidamente, e, quando ela prestou atenção na letra, sua respiração ficou presa e as lágrimas começaram a transbordar pelos olhos.

A voz dele permaneceu grave e intimista, e quando ele terminou, vários segundos se passaram antes de poder encará-la.

— A mulher da música tem olhos tristes e cinza?

Ele deu de ombros, sem graça.

— É uma das preferidas do meu pai. Tocava o tempo todo quando nós éramos mais novos. *Girl with Grey Eyes*.

— De quem é?

— De uma banda escocesa, Big Country.

— É linda. Obrigada por tocá-la para mim.

Ele ergueu os olhos para encontrar os de Anna, cinza-prateados na luz da manhã.

— Eu assisti à partida contra a Irlanda. Ouvi o que você disse. Foi um recado para mim? Você estava falando sério?

Um sorriso vacilante fez os lábios dele se erguerem.

— Eu não sabia outro modo de te dizer aquilo. Estava desesperado. Nem quis saber se ia ficar com cara de idiota. Eu só... só precisava que você soubesse como eu me sentia. Precisava que você me *escutasse*.

Anna assentiu lentamente com a cabeça.

— Foi a coisa mais maravilhosa que alguém já fez por mim. Na vida. E eu te amo tanto, tanto.

O queixo dele caiu, então ele deu um pulo, atravessando o quarto, agarrou-a e a puxou de encontro ao seu corpo num abraço, nem um pouco envergonhado com a nudez de seu magnífico corpo.

Anna ruborizou enquanto eles se abraçavam, suas mãos deslizando pela pele de Nick, lisa e dourada. Havia tanto dele, tanto calor, tanta masculinidade.

— Eu não consigo acreditar que você esteja aqui de verdade — murmurou ele contra os cabelos dela, os lábios macios roçando em sua nuca, a barba fazendo cócegas. — Você vai ficar? Dessa vez, você vai ficar?

Ela se afastou para encará-lo nos olhos, aqueles gloriosos olhos castanho-esverdeados, encarar o anseio dentro deles.

— Se você me quiser. Sim, eu estou de volta. Não sei o que vou fazer nem para onde vou...

— Não importa — interrompeu ele, rapidamente. — Só não me deixe outra vez.

Ela riu enquanto lágrimas brotavam em seus olhos.

— Está falando sério? Eu não te trouxe nada além de problemas!

Ele balançou a cabeça com veemência, e seus olhos cintilaram.

— Você é a melhor coisa que já aconteceu comigo.

— Melhor do que vencer a Irlanda no seu primeiro jogo internacional? — zombou ela.

— É, quase igual a isso. — Ele sorriu, sentando-se de volta na cama e a puxando junto.

Ele parou de repente.

— Você pode estar aqui? Não vai ter problemas, vai?

Anna levou um dedo aos lábios dele.

— A polícia decidiu que não há processo a ser respondido. Eu sou uma mulher livre.

Nick beijou a ponta do seu dedo, então descansou a testa na dela.

— Graças a Deus — disse. — Graças a Deus.

Então a beijou profunda, reverencial e alegremente. E enquanto ela descansava a mão sobre o peito nu dele, podia sentir seu coração batendo loucamente por debaixo da pele sedosa. Seus dedos deslizaram pela extensão do peito dele, seguindo as intrincadas linhas do desenho.

— Essa tatuagem é nova.

— É uma fênix.
— Estou vendo. É linda.

Metade de Nick achava que ainda estava sonhando. Ele acordara ouvindo a voz dela e tinha visto e segurado Anna em seus braços e o mundo voltara a girar outra vez na direção dele, mas não parecia real. Não parecia possível que, depois de tanto tempo, Anna tivesse voltado.

Quando ela não entrara em contato com ele depois da partida contra a Irlanda, a pequena centelha de esperança que ele tinha se apagara. Mas agora...

Ele a beijou outra vez, saboreando cada segundo, cada roçar da língua dela contra a dele, cada vez que os dentes se chocavam num beijo confuso, não planejado e imprevisível. E aquela porra daquele piercing de língua — como era excitante. Ele recordava nitidamente a maneira como ela o arrastara pela pele quente dele, levando-o à loucura.

Estava desesperado para possuí-la, mas também queria fazer com que aquilo tudo durasse. O cérebro guerreava com o corpo, mas foi Anna quem o fez diminuir o ritmo.

— Nós temos toda a eternidade, mas, se não tivéssemos, o que você ia querer fazer?

— Eu te beijaria à luz do dia.

Anna riu, surpresa.

— Como assim?

— O tempo todo que nós passamos juntos, tivemos que nos esconder. Eu não quero mais me esconder. Quero que todo mundo saiba.

O sorriso de Anna desapareceu.

— Com aquele monte de fotos publicadas por aí, tenho muita certeza de que todo mundo já sabe — comentou, triste.

Nick a agarrou pelos punhos e levou suas mãos aos lábios dele.

— Não! As pessoas só sabem as bobagens que os jornais publicaram. Foi um novelão para elas, nada verdadeiro. Mas é a minha vida e a sua, e quero que seja a *nossa* vida. Então quero te beijar à luz do dia. Quero passear com você num parque. Quero sair com você para jantar e não dar a menor bola para quem nos vir. Que se foda todo mundo! Não é da conta de ninguém. Eu não sinto vergonha da gente, você sente?

Anna abriu um discreto sorriso.

— Para um homem de poucas palavras, você até que sabe dizer todas as coisas certas.

Ela se afastou e caminhou até a janela, abrindo as cortinas e deixando o sol frio e cinzento de Londres colorir as paredes com sua luz suave. Então, se virou para encará-lo.

— Eu não quero saber quem possa estar olhando. Me beije!

Risonhos, desafiadores, caindo aos tropeços sobre os lençóis, eles se beijaram e se abraçaram, pele contra pele deslizando enquanto a de Anna ia ficando rosada e as faces bronzeadas de Nick ruborizavam.

Ele a despiu lentamente, venerando o seu corpo, explorando a pele que fora privada dele por tanto tempo, se deliciando com cada gemido e cada suspiro, a pele sedosa dela sob os seus dedos rudes.

Então parou, os dedos enroscando no delicado colar: a corrente de ouro com o pendente de bola de rugby.

— Você ainda está usando?

— Estou. Eu nunca tirei.

Os braços dele tremeram enquanto os músculos contraíam e ele se posicionava por cima dela. Seus olhos se fecharam quando a penetrou. Anna suspirou e gemeu, arqueando as costas para ir ao seu encontro, passando as longas pernas em torno dele, as unhas deixando finas marcas vermelhas em suas costas e nádegas.

Ele grunhiu ao sentir o saco contrair, e era cedo demais, mas Anna também não estava se segurando. Ela mordeu a orelha dele e lambeu o seu pescoço, então praguejou enquanto ele a imprensava de encontro ao colchão com os quadris, beijava os seus seios que saltavam com cada uma das suas estocadas, a cabeça pressionada no pescoço dela.

Meu Deus, como tinha sentido a falta disso, da urgência dele, dessa intimidade, desse inconsequente abandono de si mesmo para se tornarem *eles*, para se tornarem mais do que *ela e ele*. Uma união, uma integração, uma mistura de calor, tesão e necessidade. E de amor. Com ele, sempre havia amor.

Anna arfou, pulando e despencando outra vez enquanto Nick a penetrava com mais força e mais fundo, terminando com um tremor, um palavrão e um longo gemido de prazer enquanto finalmente se permitia gozar.

Sem ar e ofegantes, eles permaneceram ali, num emaranhado suado, a pálida luz do sol dançando sobre suas peles, coradas e quentes.

Nick segurou a mão dela e beijou os nós dos dedos carinhosamente.

— Eu sou melhor com você aqui. Você faz tudo valer a pena.

Anna adormeceu, entrando em um sono maravilhoso e cheio de sonhos, o alívio e a exaustão a carregando para longe.

Enquanto ela dormia, Nick a observava, seus olhos absorvendo cada curva, cada ângulo, cada respiração que o corpo dela dava.

Ainda parecia surreal que ela estivesse ali, que tivesse voltado. Ele só sabia que era real porque a felicidade voava alto em seu coração. Nick se sentia inteiro, se sentia completo. Mas aquilo dava uma sensação de fragilidade nele, como se pudesse se romper outra vez a qualquer momento, como se o que tinham ainda pudesse ser tirado deles.

Nick pensou no que já tinham passado: na lesão dele, no processo, na prisão dela, na morte do pai, na perda do trabalho que ela amava. Anna já havia perdido tanta coisa e ele havia recuperado tudo, até mesmo ela.

Mas e se tudo desaparecesse outra vez? Podia, facilmente. Se ele sofresse outra lesão, isso o tiraria do jogo definitivamente. Será que eles continuariam juntos? Será que conseguiriam?

Como ganhariam a vida? O que fariam? Onde morariam?

Mas enquanto observava o suave subir e descer do peito dela, seus temores sumiram. Eles encontrariam um caminho. O mundo ensinara a eles algumas lições difíceis, mas eles haviam sobrevivido.

Nick sorriu com tristeza para si mesmo com uma expressão de desafio no rosto.

Ela o tornara mais forte, agora ele seria forte por ela.

— Você trouxe um vestido na mala?

Anna arqueou as sobrancelhas diante da estranha pergunta de Nick.

— Trouxe alguns, mas não acho que sejam do seu tamanho.

Antes que ela se desse conta do que estava acontecendo, estava de barriga para cima com Nick a prendendo à cama e a matando de cócegas.

Ela resistiu até onde pode, mas teve que ceder.

— Penico! Penico! — berrou, com o rosto vermelho e as lágrimas escorrendo pelas bochechas.

— Penico? Que penico? — perguntou Nick perplexo, fazendo uma pausa nas cócegas.

— Penico nenhum! Quer dizer que eu peço arrego! — esclareceu Anna, sem ar.

Nick se atirou deitado ao lado dela.

— Ah, certo. Tudo bem, então.

Quando ela recuperou o fôlego, virou de lado para encará-lo.

— Por que me perguntou se eu trouxe um vestido?

Nick coçou a barba enquanto franzia a testa.

— Tenho um evento beneficente para ir hoje à noite. Quero que você vá comigo.

Anna foi cautelosa. Queria dizer que sim, mas talvez fosse cedo demais. Qual era o protocolo para anunciar ao mundo que estavam juntos quando tinham passado tanto tempo forçados a permanecer separados?

Ela franziu os lábios. Havia um jeito de descobrir, e agora parecia ser um momento tão bom quanto qualquer outro.

— É para quem?

— Para uma instituição de caridade infantil — respondeu ele para então olhar em seus olhos. — É uma coisa que os Phoenixes fazem todos os anos. Jason disse que deve ser divertido.

— Sim Andrews vai estar lá?

Nick fez que sim com a cabeça.

— Talvez não seja boa ideia eu ir.

— Eu acho uma ótima ideia — argumentou Nick, rolando o corpo para ficar de lado e apoiando a cabeça na mão.

Anna respirou fundo.

— Ok, mas nós não vamos surpreendê-lo outra vez. Vamos avisar a ele primeiro.

— Por mim, tudo bem.

Nick estava bonito com seu terno, mas Anna não se sentiu tão arrumada quanto gostaria de estar, pois tinha sido avisada do evento com poucas horas de antecedência e aquela era a primeira aparição públicas deles juntos. Mas, após um pequeno alvoroço de interesse inicial ao pisarem no tapete vermelho, tudo correu tranquilamente.

Seu vestido simples de seda teve de ser passado a ferro às pressas, mas tinha um caimento elegante enquanto ela caminhava. Infelizmente, não havia muita coisa que ela podia fazer a respeito das olheiras, apesar de uma aplicação maciça de corretor.

Nick havia telefonado para Sim Andrews para dar a notícia. Fora uma conversa rápida, mas positiva. Como a polícia não estava acusando Anna de nada, a opinião de Sim havia se atenuado até certo ponto, e o treinador principal dos Phoenixes fez questão de ir até ela e beijar seu rosto. Disse a Anna o quanto estava orgulhoso de dois jogadores do seu time estarem jogando pela Inglaterra e também de Fetuao, que estava jogando pela seleção dele. Nada de importante foi dito, mas o simples fato de ele estar falando com ela a fez se sentir acolhida. E, quando ele deu seus pêsames pela morte do pai dela, foi sincero.

Depois de uma hora, Nick foi chamado para tirar fotos promocionais para o evento, e Anna se viu sozinha ao lado da mesa do bufê.

— Chato, não é? — disse a mulher que se encontrava ao seu lado, sorrindo.

— Tentar decidir se eu me arrisco ou não a provar o camarão?

A mulher riu.

— Ah, isso definitivamente não é chato; é arriscado. Sabe-se lá há quanto tempo ele está aí, debaixo dessas luzes quentes. Meu conselho: evite!

A mulher estendeu a mão.

— Meu nome é Isabel Buxton. Sou produtora sênior do programa *Loose Women*.

Pelo jeito como disse aquilo, Anna suspeitou que devia saber do que se tratava.

Isabel ergueu as sobrancelhas, na expectativa.

— Me desculpe, não me soa familiar. Não estou no Reino Unido há muito tempo — disfarçou Anna.

Isabel deu uma risadinha, mas não pareceu ofendida.

— Eu te perdoo, então. É um programa de debates feito por mulheres, para mulheres e sobre mulheres. Temos quatro apresentadoras e discutimos de tudo, de temas da atualidade a política cotidiana, questões da mulher, preocupações das nossas telespectadoras, além de um pouco de fofocas sobre celebridades. Vamos ao ar durante a semana na hora do almoço e existimos desde 1999. Estamos prestes a completar dois mil e quinhentos programas — disse ela, orgulhosa.

Anna ficou na defensiva.

— Eu sei, eu sei — suspirou Isabel, lendo a expressão de Anna corretamente. — Você foi alvo de uma caça às bruxas por parte da mídia e provavelmente não quer ter o menor contato com jornalistas.

Anna segurou a taça de champanhe morno com mais força.

— Não há "provavelmente" algum nisso.

Isabel assentiu com a cabeça.

— É justo. Mas suponho que vir aqui com Nick hoje à noite tenha sido uma espécie de declaração pública?

Não tinha planejado assim, mas certamente parecia estar servindo a essa função. Ela não disse nada em voz alta. Agora que sabia para quem Isabel trabalhava, estava sendo ainda mais cautelosa.

— Mas você não gostaria de expor o *seu* lado da história? Seria ao vivo, então nada de editores. Você poderia contar a *sua* história da *sua* maneira.

Isabel estendeu um pequeno papel retangular.

— Este é o meu cartão. Vamos fazer um programa sobre a manipulação da mídia daqui a algumas semanas. Acho que você seria uma ótima convidada.

Ela empurrou o cartão para a mão de Anna.

— Você foi uma vítima da mídia. Não gostaria de pilotar esse barco, para variar? Pelo menos pense a respeito... e fique longe do camarão.

— Como você sabia que eu estaria aqui hoje à noite?

— Eu não sabia — respondeu Isabel, com uma piscadela. — É que eu não passo de uma oportunista sem vergonha. Mas é um jeito de não ser mais vítima.

Anna teve que admirar a audácia de Isabel enquanto a observava se afastar. Então, sentiu as mãos quentes de Nick ao redor de sua cintura enquanto ele afundava o rosto em sua nuca e na pele macia abaixo do lóbulo de sua orelha. Aquele parecia ser um dos seus pontos preferidos.

— Quem era?

— Amiga ou inimiga... Não tenho certeza. É produtora de TV. Quer que eu apareça num programa chamado *Loose Women* para contar meu lado da história, como ela diz.

— Minha mãe assiste — revelou Nick.

— É mesmo?

— É, ela disse que tem umas coisas legais no programa.

Anna ficou pensativa.

— O que você vai dizer aos seus pais... sobre a gente?

Nick franziu a testa.

— Como assim?

— Ora, eles não vão ficar preocupados, agora que eu voltei?

Nick sorriu para ela.

— Que nada. Minha mãe me disse que assim que eu parasse de fazer merda você voltaria para casa. Meu pai faz o que minha mãe manda. Eles gostam de você, Anna. Vão ficar felizes por nós dois. Não se preocupe.

— Ok... está certo. E a Trish?

Ele a encarou, sério.

— Foi ela que me mandou dar a entrevista que foi ao ar ontem à noite. Disse que eu estava tentando ser esperto demais citando o seu mantra e que eu devia fazer uma coisa mais óbvia.

— Não, eu já estava a caminho, mas quero muito assistir a essa entrevista.

— Faço questão de que você diga isso a ela. — Ele abriu um imenso sorriso. — Ela é a maior sabe-tudo e me enche o saco. Vai detestar saber que estava errada.

— Vai querer que eu diga isso a ela também?

— Deus me livre! Não se você quiser que eu sobreviva. Mas, já que você mencionou esse assunto, o que foi que você disse para a sua mãe quando voltou?

Anna sorriu e apertou a cintura de Nick.

— Na verdade, foi ela que me disse. Ela me aconselhou a voltar logo para o meu "rapaz" e parar de perder tempo.

— Gostei da sua mãe.

— É, ela também teria gostado muito de você. Me desculpe por não ter apresentado vocês dois no enterro do meu pai...

— Foi um momento difícil.

— Foi, sim. Mas eu nunca te agradeci por ter ido. Significou muito para mim.

Carinhosamente, ele segurou os dedos dela em sua mão e baixou os olhos.

— Você disse que queria nunca ter me conhecido. Parecia estar dizendo a verdade.

Anna desviou o olhar, os lábios trêmulos.

— Foi uma coisa horrível de dizer e você não merecia aquilo. Sinto muito. Eu me culpei pela morte do meu pai por causa da tensão que causei a ele. Foi cruel dizer aquilo a você. Eu sinceramente não estava falando a verdade.

Os olhos de Nick se arregalaram, compreendendo.

— Você acha que o estresse sobre a gente... você acha que isso... que foi isso que causou a morte dele?

Ela hesitou.

— Talvez, sim; talvez, não. Não, na verdade, não. Mas não ajudou. Ele vinha tomando remédio para hipertensão havia anos, mas não fazia nada para melhorar a alimentação. A mamãe vivia azucrinando ele, mas ele não escutava. O Galopante Gary Scott. Ninguém conseguia detê-lo quando queria alguma coisa. — Ela deixou escapar um suspiro. — Queria que você tivesse conhecido o meu pai.

— Eu também.

Ficaram em silêncio enquanto as lágrimas, hoje tão frequentes, surgiram nos olhos de Anna, e Nick apertou a mão dela outra vez.

— Minha mãe disse que vem me visitar em breve.

— É mesmo? Isso seria ótimo. Quem sabe ela não vem para um dos meus jogos? — Ele a olhou de soslaio. — Fui convocado para jogar pela Inglaterra contra a África do Sul, mês que vem.

O rosto de Anna se iluminou imediatamente.

— Meu Deus! Que incrível!

Ele a beijou suavemente.

— Que nada. Você ter voltado para casa é mais incrível.

Capítulo 28

Foi uma má ideia. Uma péssima ideia. Que diabos ela estava pensando?

Anna uniu as mãos, segurando uma contra a outra com força para impedir que tremessem. Brendan deu um cutucão em suas costelas.

— Você está agindo com uma viciada em crack à espera de uma dose. E pare de suar! Está estragando a maquiagem!

Anna passara vários dias pensando na oferta de Isabel e, por fim, decidira que sim. Que participaria do *Loose Women* e que contaria o seu lado da história. Tinha sido o comentário de Isabel sobre não ser uma vítima que a fisgara. Talvez tivesse chegado a hora de tomar as rédeas daquilo tudo. Não tinha coragem de abordar nenhum dos jornais que tiveram um dedo na sua difamação, então aquele bate-papo televisivo parecia ser o melhor caminho.

Ou isso ou havia se convencido a cometer um fracasso de proporções épicas.

Nick fora relutante quanto a Anna se colocar outra vez no centro das atenções, mas entendia que ela precisava fazer *alguma* coisa. Depois que conversaram a respeito, ele finalmente concordara que aquilo era algo que ela precisava fazer e dera a sua aprovação, a contragosto. Não que ela precisasse disso, mas era bacana tê-la.

Nick estava num jogo fora e não pudera ir com ela ao estúdio de TV, então sugerira que Brendan seria uma boa pessoa para que levasse como apoio. Anna estava repensando isso enquanto ele a paparicava, puxando o seu decote para baixo ao passo que Anna o puxava de volta para cima.

Pelo menos, sentiu-se um pouco tranquilizada quando Isabel a recebeu carinhosamente e a apresentou à âncora principal, uma mulher simpática em seus cinquenta e muitos anos chamada Ruth, que parecia ser pé no chão e objetiva. As outras apresentadoras também foram agradáveis, e Anna teve a sensação incomum de estar com mulheres que se solidarizavam com ela, em vez de atacá-la. Foi uma boa sensação.

A plateia do estúdio havia sido preparada, os letreiros foram subindo e Ruth começou seu discurso de abertura.

— Hoje vamos falar sobre as redes sociais. Todos nós temos contas no Facebook, de Twitter, Instagram, Snapchat e WhatsApp. Todos sabemos com que rapidez uma informação pode ser exposta. Mas o que acontece quando você é o foco de toda essa atenção? E se ela for majoritariamente negativa? E se ela te machucar? O que acontece, então? Hoje, nossa convidada é uma mulher que sabe muito bem o que a intrusão negativa da mídia pode fazer. Ela foi acusada de mentir sob juramento sobre ter um relacionamento com o ás do rugby, Nick Renshaw, uma acusação de perjúrio que nunca chegou aos tribunais por falta de provas. Vamos dar as boas-vindas à Dra. Anna Scott.

Anna entrou com um sorriso nervoso nos lábios e se sentou no meio do painel de quatro mulheres, de frente para a plateia que a aplaudia educadamente.

> RUTH: Olá, Anna. Obrigada por ter vindo.
> ANNA: Obrigada a vocês por me convidarem.
> RUTH: Talvez você possa nos dar um relato do que aconteceu com você, Anna?
> ANNA: Eu fui crucificada pela imprensa por uma coisa que não fiz. Fui detida e passei uma noite numa cela. Nunca me disseram o nome de quem me acusou. A polícia não encontrou nenhuma prova de que eu tivesse mentido;

nenhuma prova de qualquer transgressão minha porque não havia nada para encontrar. Mas eu perdi meu trabalho, minha casa, tudo.

RUTH: [*PAUSA*]

LINDA: Mas você tinha um relacionamento com Nick Renshaw. Ainda tem?

ANNA: Sim, nós estamos juntos atualmente. Mas não estávamos na época em questão. Eu vim para o Reino Unido no verão de 2014. Sou médica de formação e escolhi me especializar em psicologia do esporte. Meu falecido pai era amigo de Steve Jewell, na época treinador do time de rugby Manchester Minotaurs. Steve tinha dois jogadores novos, um dos quais estava saindo de uma lesão de longa duração e queria que eu trabalhasse com eles.

COLLEEN: E o jogador lesionado era Nick Renshaw?

ANNA: Isso. Eu trabalhei com ele durante vários meses, assim como trabalhei com diversos outros jogadores de rugby e de futebol e com atletas locais. Então tive a oportunidade de me mudar para Londres para trabalhar com times daqui. Decidi abrir uma segunda clínica. Enquanto eu fazia isso, Nick andou tendo alguns problemas.

NADIA: Ele espancou a noiva quando a pegou traindo ele.

ANNA: Ele admitiu ter causado danos ao carro dela e à casa do ex-amigo quando os viu juntos, envolvidos intimamente, por assim dizer. Ela foi machucada por acidente, até mesmo o juiz disse isso na época. Mas Nick se declarou culpado, levou uma multa e fez serviço comunitário.

LINDA: Você falou em defesa dele durante o processo.

ANNA: A advogada dele me perguntou se eu me apresentaria como testemunha de caráter. Eu concordei.

RUTH: E você não tinha um relacionamento com Nick naquela época.

ANNA: Não.

RUTH: E quando foi que esse relacionamento profissional se transformou em algo mais?

ANNA: Aconteceu em estágios. Ele escreveu para me agradecer pelo meu apoio durante o processo. Eu escrevi um e-mail de volta. Isso se transformou numa amizade on-line. Mas, aí, o trabalho me trouxe para Londres, como eu já disse, e nós não continuamos a nos falar. Eu o encontrei outra vez quando ele veio jogar para os Finchley Phoenixes.

NADIA: E você não podia se relacionar com os jogadores?

ANNA: Não.

NADIA: Mas saiu com ele.

ANNA: Saí.

RUTH: Por que correr um risco desses?

NADIA: Você já viu Nick? Ele é lindo! Um gostoso!

[*RISOS*]

ANNA: Éramos solteiros, gostávamos um do outro. E acho que estávamos, os dois, um pouco sozinhos também, já que tínhamos nos mudado para Londres há pouco tempo. Era para o meu contrato original durar seis semanas, mas foi prorrogado. Então a gente ficou se escondendo. Nós não pretendíamos nos apaixonar.

RUTH: Como foi que o clube descobriu?

ANNA: Nós fomos para a casa da família de Nick passar o Natal. Eu tive um dia maravilhoso, com pessoas simpáticas e incrivelmente carinhosas, então à noite nós saímos para dar uma volta depois do jantar. Infelizmente, esbarramos com a ex-noiva dele. Eles terminaram quando ela o traiu com o melhor amigo dele enquanto Nick se recuperava de uma cirurgia. Terminaram meses antes de Nick e eu nos tornarmos um casal. Mas ela nos viu juntos, juntou dois e dois e acabou somando cinco. Eu sempre vou me lembrar do que ela disse: "Vocês não vão se livrar disso"

COLLEEN: E ela contou para os jornais.

ANNA: [*PAUSA*] Eu não sei. Alguém contou. Foi um julgamento on-line. Tive que deletar minhas contas do

Facebook e do Twitter porque os insultos foram insuportáveis. Aí, eu fui presa por perjúrio. Meu telefone, iPad e notebook foram apreendidos e fui levada num furgão da polícia. A polícia foi informada erroneamente de que eu tinha tido um relacionamento com Nick na época do processo dele e que havia mentido a respeito. As condições da minha liberdade provisória significavam que eu não podia vê-lo. Por três meses. Enquanto tudo isso estava acontecendo, meu pai morreu. Essa foi a pior época da minha vida. Num período de poucas semanas, eu tinha perdido meu trabalho, minha reputação, o homem que eu amava e o meu querido pai.

RUTH: [*PAUSA*] Eu só posso imaginar o quão traumático isso tudo deve ter sido.

ANNA: Obrigada. Foi... difícil. Então, enquanto eu estava em casa em Nova York com minha mãe, meu advogado me mandou um e-mail dizendo que a polícia não tinha encontrado nenhuma prova de que um crime tinha sido cometido e que não havia processo a ser respondido. Mas eu já havia perdido tudo mesmo, então nem liguei.

COLLEEN: Aquelas fotos pessoais suas com Nick — aquilo deve ter sido duro.

ANNA: A polícia me contou que os hackers entram em "telefones de interesse". Ao que parece, àquela altura, eu virei vítima de um crime, o que é meio irônico. Acredito que até tentaram correr atrás disso. O caso foi investigado pela unidade de crimes high-tech chamada Cy-Comms, mas, bem, uma vez que as imagens já foram expostas, é uma luta tirá-las do ar.

COLLEEN: E ninguém nunca foi processado por isso?

ANNA: Não.

NADIA: E teve aquele seu ex-namorado também. Aquele com quem você teve um caso... o casado.

ANNA: Ah, sim, o homem casado. Bem, eu era jovem e ele era o orientador da minha tese de doutorado. Eu caí na mentira mais velha do mundo — que ele largaria a mulher para ficar comigo. Mas... eu sabia que ele era casado, então preciso arcar com parte da culpa, sei disso...

NADIA: O que foi que aconteceu?

ANNA: Quando as autoridades da universidade descobriram, falaram em me expulsar, mas eu estava tão perto de terminar o doutorado que me deixaram trabalhar de casa. Ele levou um puxão de orelha e foi obrigado a tirar um período sabático. Um ano depois, já estava de volta dando aulas. O que ninguém jamais menciona é que não foi a primeira vez que ele teve um caso com uma aluna.

NADIA: O que você está dizendo, então, é que ele era só um velho tarado?

ANNA: Estou dizendo que não fui a primeira mulher ingênua a acreditar nas mentiras dele. Quando a verdade foi descoberta, ele só queria saber de se livrar de mim o mais rápido possível. Eu me senti tão idiota, tão humilhada. Não conseguia lidar com as coisas, não conseguia funcionar... é por isso que tudo o que aconteceu desta vez é tão... tão...

NADIA: Merda?

[*RISOS*]

ANNA: Isso! Definitivamente isso! Nick era solteiro, eu era solteira — nenhum dos dois traiu ninguém. Eu reconheço que o clube tinha aquela cláusula no contrato que não permitia o namoro entre colegas. Nós devíamos ter sido francos desde o início. Nick quis fazer isso, mas eu fiquei com medo de perder o contrato, de ficar sem trabalho. Que ironia, não é?

RUTH: Quando foi que você voltou com Nick?

ANNA: [*SORRINDO*] Vi o que ele disse depois do jogo da Inglaterra contra a Irlanda. Estava assistindo em Nova York, no notebook da minha mãe.

COLLEEN: Sobre isso, o que foi que ele quis dizer?

ANNA: Ele estava me dizendo para não desistir. Para não me deixar ser derrotada. Foi muito pessoal. Ele sabia que ia significar algo especial para mim... e significou.

RUTH: E, em seguida, ele deu aquela entrevista bastante emotiva.

NADIA: Aquilo foi tão romântico! E fazer uma coisa daquelas de maneira tão pública! Uau! O que você achou?

ANNA: Eu não soube até chegar a Londres. Já tinha planejado voltar. Quando desci do avião, em Heathrow, vi a manchete do jornal. Foi...

COLLEEN: Você deve ter ficado muito emocionada.

ANNA: Nossa, e como!

LINDA: O que você sente com relação às pessoas que te acusaram?

ANNA: Não sinto nada.

NADIA: Depois do que fizeram com você? Considerando que arruinaram a sua vida?

ANNA: A morte do meu pai... coloca as coisas em perspectiva. Nick e eu estamos juntos outra vez e isso é mais importante do que eu me apegar à amargura.

COLLEEN: Eu estaria com mais raiva do que uma cobra! Você não quer que as pessoas paguem? Nem um pouquinho?

ANNA: Não, elas não são dignas do meu tempo. Agora vou olhar para o futuro.

RUTH: E que cara ele tem?

ANNA: [RINDO] Eu não faço ideia. Não posso mais ser psicóloga do esporte; meu registro para clinicar foi revogado. Quem sabe eu escreva um livro de autoajuda sobre como não ferrar com a própria carreira?

RUTH: Obrigada por conversar com a gente hoje, Anna. Foi um prazer.

ANNA: Obrigada por me receberem no programa.

Assim que a entrevista começara, ela ficou calma. Era quase como conversar com um grupo de amigas. Sim, ela omitira, convenientemente, a flamejante cena de amor com Nick ao lado da lareira, mas isso era íntimo e ninguém jamais haveria de saber.

Mas, agora que já não estava diante das câmeras, suas mãos tremiam enquanto ela soltava o microfone da blusa, e não conseguia recordar uma única palavra do que havia dito.

Brendan a puxou para um abraço.

— Você foi magnífica, Annie!

O telefone vibrou dentro do seu bolso.

Show de bola. Te amo, gata. Bjs

Dois dias depois, Anna recebeu um e-mail de um dos tabloides que publicara mentiras a seu respeito. Queriam oferecer a ela um emprego de colunista regular, escrevendo sobre autoajuda e conselhos pessoais. Ela riu quando leu o e-mail.

Parou de rir quando viu quanto se dispunham a pagar.

— O que você acha, Nick?

— Eu não sei. Você quer trabalhar como tiazona dos conselhos?

— O nome é colunista de conselhos! Talvez, sim. Eu gosto de pensar que poderia ajudar as pessoas.

— Mesmo se for trabalhando para um desses jornais?

Seus lábios retorceram enquanto ele falava.

— Não sou ingênua, Nick. Sei como esse povo funciona. Mas os jornais? Eles são só um veículo: tão bom ou tão ruim quanto as pessoas que trabalham neles. Quem sabe eu até o melhore um pouquinho? — Ela deixou escapar um suspiro. — Até parece que eu tenho coisa melhor para fazer. E eles pagam para eu contratar um assistente por algumas horas por semana. Eu podia falar com Brendan. Sinto a falta daquele doido.

Nick a puxou em um abraço e deu um beijo caprichado nela.

— Qualquer coisa que você quiser fazer, está ok por mim, amor.

— Qualquer coisa? — indagou ela, com uma voz sedosa.

— Isso. Especialmente quando você fica com essa expressão nos olhos.

Ela soltou um ganido enquanto ele a atirava por cima do ombro como se fosse um bombeiro e se dirigia às escadas.

— *Mio Dio!* — reclamou Giovanni, entrando pela porta da frente. — Como é mesmo que se diz? Arrumem um quarto!

— É isso mesmo que a gente está fazendo, companheiro — berrou Nick, por cima do ombro.

— Acho que vamos ter que arranjar uma casa só para a gente o mais rápido possível — comentou Anna, arfante, enquanto Nick a carregava escada acima.

— Bando de filho da mãe invejoso — disse Nick, rindo.

Ele tinha vários itens na sua lista de coisas a fazer: arranjar uma casa só para eles era apenas uma delas. Mas, por ora, isso podia esperar.

CAPÍTULO 29

Sete meses depois...

Sábado, 29 de outubro de 2016

Final da Copa do Mundo de Rugby, Twickenham: Inglaterra contra Samoa

Nick estava acordado há duas horas com o cérebro agitado. O sono estava longe, muito longe. Infelizmente, Anna também.

Mas talvez fosse melhor assim. Se ela estivesse deitada ao seu lado, ele provavelmente ia querer fazer mais do que acordá-la. Encolheu-se diante da ideia e tentou afastá-la da cabeça. Simplesmente não era apropriada, considerando a pessoa que dormia a alguns metros dele no momento.

Jason bufou alto, e Nick revirou os olhos. Ele já compartilhara um quarto com o companheiro de equipe vezes o bastante para saber que o sujeito era um bufador — uma dessas pessoas que não chegava exatamente a roncar, mas que, de vez em quando, soltava uma bufada barulhenta igual a um javali entupido. Era irritante e muito difícil de ignorar. Outros integrantes da seleção inglesa não queriam mais ficar no quarto com ele, então sobrara para Nick.

Ele não se importava. Muito.

Decidindo que já não aguentava mais ficar na cama, livrou-se dos lençóis e fez alguns exercícios de alongamento, reconhecendo o já familiar nervosismo. Em geral, era um sujeito bastante tranquilo, até mesmo em dias de jogo, mas aquilo era um jogo de Copa do

Mundo, e era a final. Já fazia mais de uma década desde a última vez que a Inglaterra vencera. As expectativas para uma reprise eram enormes depois de tantos anos.

    Nick fechou os olhos e se permitiu um momento para pensar no que isso significava, no que fora necessário para chegar até este ponto, até este momento: os sacrifícios, o empenho, os anos, os muitos desapontamentos, as lesões, os sucessos. E Anna. Sem Anna, ele não tinha certeza se estaria ali.

    Ela devia estar pensando nele também, pois seu telefone vibrou com a chegada de uma mensagem de texto:

Meu querido Nick,

    Sei que você vai ser ótimo hoje. O que quer que aconteça, eu tenho muito orgulho de você. E nunca vou parar de te amar.
    Pense.
        Visualize.
            Acredite.
                Faça acontecer.
    Sua psicóloga do esporte pessoal e *inamorata* ©. Bjs, A

Ele sorriu. Era tão típico dela: usar vinte palavras quando três bastariam. Ele sorriu e tirou uma foto dele mesmo com o polegar para cima ao lado de um Jason adormecido.
    A resposta dela foi breve e o fez rir.

    Está tentando me deixar com ciúmes?
        Funcionou! Te amo mesmo assim! Bjs, A

Ele sorriu para si mesmo, pensando nela na casinha que haviam comprado juntos recentemente. Tendo a oportunidade, ela provavelmente ocupara a cama toda na noite anterior, dormindo como uma estrela do mar. Talvez estivesse fazendo café naquele instante ou quem sabe colocando nozes e castanhas para os passarinhos no minúsculo quintal. Ele estava orgulhoso de que, até mesmo com os preços londrinos, tivessem conseguido bancar um espacinho ao ar livre: um terraço e um pequeno quadrado de grama com um álamo tremedor que os dois plantaram juntos.

Ou talvez ela estivesse lendo as notícias no notebook e decidindo o que escrever na sua coluna de segunda-feira.

Quem sabe estivesse pensando em começar o livro de autoajuda que vinha falando em escrever.

Não, era provável que estivesse fazendo panquecas para o café da manhã e conversando com a mãe, que tinha pegado um voo para assistir à final.

Jason grunhiu e virou de lado.

— Que é que tá rolando?

— Nada, seu maluco. Um joguinho rápido de rugby, aí a gente vai para o pub.

— Valeu.

Jason virou para o outro lado e dormiu de novo. *Incrível.*

Nick balançou a cabeça. O cara era impressionante.

Pegou o telefone do hotel e ligou para o serviço de quarto pedindo mingau, fruta e café, decidindo comer ovos poché com o time mais tarde. Então, engoliu algumas vitaminas com um copo d'água e se dirigiu ao banheiro.

Acabava de sair do chuveiro quando ouviu uma batida à porta. Enrolou uma toalha na cintura e a abriu.

Um senhor mais velho, vestindo uniforme de garçom, empurrava um carrinho de café da manhã carregado com frutas frescas, uma garrafa de café, duas xícaras e duas tigelas de mingau mantidas quentes sob tampas térmicas. Junto, de maneira um tanto destoante, havia um vaso com uma rosa vermelha.

— Bom dia, senhor. Está fazendo um lindo dia, nenhum sinal de chuva.

— Ótimo, obrigado.

O garçom empurrou o carrinho para dentro, colocando-o perto da janela e fingindo não perceber o corpo nu de Jason que só agora cambaleava em direção ao banheiro.

— É... desculpe por isso — disse Nick, esfregando a barba recém-feita.
— Não há por que se desculpar, senhor. Poderia assinar isso, por favor?
— Sim, é claro.
Nick assinou a conta e vasculhou a carteira atrás de moedas para uma gorjeta.
— Não, eu realmente não poderia aceitar nada, senhor — disse o garçom, com um elegante aceno da mão. — O prazer é todo meu. E eu gostaria de acrescentar que a equipe da cozinha deseja toda a sorte para vocês hoje. — E, com isso, indicou a rosa vermelha em seu vaso: igual ao logotipo costurado no uniforme de Nick da seleção inglesa. — Estaremos todos assistindo vocês na TV mais tarde. E... hmm... apostei cinco libras que você vai marcar o *try* vitorioso.
— É muito simpático da sua parte. Muito obrigado.
O homem colocou um pequeno caderno na frente dele.
— Será que eu poderia pedir o seu autógrafo, senhor? É para a minha filha.
— Claro, sem problema. Qual é o nome da sua filha?
— Ah... bem... se o senhor só puder assinar, já seria ótimo. Eu não quero incomodar.
— Não tem problema. — Nick sorriu. — Qual é o nome que eu devo pôr?
As faces do homem ruborizaram.
— Barry.
As sobrancelhas de Nick se arquearam, mas ele fez o que foi pedido, assinando seu nome com um floreio para, então, acrescentar a data.

Para Barry, com meus melhores cumprimentos no dia da final da Copa.

Nick Renshaw, 29/10/16

O homem segurou o pequeno caderno como se Nick acabasse de dar a ele a receita para transformar chumbo em ouro.

— Obrigado — disse, reverente, enfiando o caderninho no bolso do colete e então se retirando do quarto.

Nick sorriu para si mesmo. Era bacana deixar um fã contente, embora Barry fosse um nome engraçado para uma menina.

Por mais esquisito que pudesse ser, o estranho encontro acalmara os seus nervos, e ele decidiu que a rosa vermelha iria para casa com ele mais tarde. Anna gostaria dela.

Nick tomou o mingau salpicado com um pouco de frutas secas e castanhas por cima, depois comeu duas bananas.

Alguns minutos depois, Jason afundou num assento à mesa e engoliu a comida com animação. Nenhum dos dois estava muito disposto a conversar, já ficando introspectivos e se preparando mentalmente.

Então, ambos vestiram seus ternos da seleção inglesa com camisas brancas engomadas e gravatas do time com sapato social preto bem engraxado. Estavam representando o seu país, e casacos esportivos não combinavam com a ocasião.

Por fim, arrumaram suas coisas e se dirigiram ao ônibus do time.

Ele tinha sido enfeitado durante a noite e trazia bolas vermelhas e brancas penduradas, além da famosa bandeira com a cruz de São Jorge em cima do motor.

Fotógrafos se aglomeravam diante do hotel, junto com várias centenas de torcedores que gritavam como se eles já tivessem ganhado. Nick deu alguns autógrafos, então entrou no ônibus, sentando-se ao lado de Paul, um dos outros *backs*.

— Que dia importante — comentou.

Nick abriu um imenso sorriso.

— O mais importante de todos.

Ele recordou seu antigo time, o Rotherham, cujo estádio tinha capacidade máxima de menos de duas mil pessoas. Era tão diferente agora, e ele sentiu o peso da responsabilidade por todos aqueles torcedores, os que apareciam para torcer em qualquer condição climática.

Hoje estavam sendo abençoados pelo sol e fazia um calor surpreendente para outubro, uma dessas tardes perfeitas de veranico. O céu estava solidamente azul, com poucas nuvens pálidas bem lá no alto.

O trajeto até Twickenham deveria ter levado só alguns minutos, mas, durante todo o percurso, bandeiras da cruz de São Jorge decoravam as ruas de casas vitorianas de tijolo vermelho e faixas desejando boa sorte pendiam de janelas e postes por todos os lados. Durante algumas semanas do ano da Copa do Mundo, todo mundo era fã de rugby.

As ruas estavam apinhadas de homens, mulheres e crianças vestindo vermelho e branco e empunhando bandeiras, aplaudindo enquanto o ônibus ia passando lentamente. Todos os jogadores sorriam e acenavam de volta, sentindo seu astral levantar junto com o dos torcedores naquele dia especial.

Ao se aproximarem, os imensos muros do estádio surgiram, a gigantesca estrutura oval dominando a paisagem. Embora todos eles já o tivessem visto, os jogadores espicharam o pescoço para ter um primeiro vislumbre de onde, se Deus quisesse, fariam história.

Era o maior estádio dedicado exclusivamente ao rugby union no mundo e estava em pé naquele local há mais de cem anos. O peito de Nick inflou de orgulho quando pensou em todos os jogadores famosos que estiveram ali antes dele, perguntando-se se haviam tido a mesma sensação de destino.

Na entrada dos jogadores, havia ainda mais fotógrafos, e Nick fez pose com o resto dos companheiros de time, na frente do ônibus, sorrindo para as câmeras. Mais autógrafos, mais desejos de boa sorte, então os jogadores desapareceram estádio adentro.

Agora, era para valer.

Trocaram seus ternos Paul Smith pelo uniforme de treinamento, preparando-se para se exercitarem e aquecerem os músculos. Os fisioterapeutas já estavam a postos em seus uniformes, aguardando para esfregar, massagear, enfaixar e soltar músculos e juntas.

Depois disso, seguiu-se um segundo desjejum de ovos poché, mais frutas, *shakes* de proteína e vitaminas.

Havia quinze jogadores e oito substitutos, além de toda uma equipe que trabalhava para colocar o time em sua melhor forma antes de pisar em campo.

Com o relógio fazendo contagem regressiva até o *kick-off*, a atmosfera começou a pesar, a tensão penetrando o ar, nas paredes que os cercavam. Nick desligou a mente, recolhendo-se para seu interior, expulsando tudo o que havia ao redor ao colocar os fones de ouvido para escutar música. Respirou profunda e lentamente, usando as técnicas de relaxamento de Anna. Só de pensar nela, um nó de ansiedade se afrouxou dentro dele. Independentemente de qualquer coisa, ela estaria ao lado dele — Nick sabia disso sem a menor dúvida. Era uma boa sensação. A melhor.

Lá em cima, na cabine, os comentaristas esportivos da BBC também se aqueciam.

> Jimmy Smith: Bem-vindos à cobertura da BBC da final da Copa do Mundo de rugby de 2016. Estamos aqui com os ex-jogadores internacionais Jonny Wilkinson, que marcou o *drop goal* vitorioso da Copa do Mundo de rugby de 2003 e Stuart Reardon, que foi convocado pela seleção da Inglaterra dez vezes e pela da Grã-Bretanha, cinco. Jonny, o que você está esperando para esta final de Copa?
>
> Jonny: Estamos todos muito animados com este jogo. A Samoa se apresenta com jogadores atléticos, fortes e de grande presença física que sempre jogam um rugby empolgante. Vai ser um excelente jogo, o de hoje. Você não acha, Stu?
>
> Stuart: Eu acho, sim. O dia está claro, ensolarado, o solo está firme e vamos ter muito jogo hoje. Devido às condições meteorológicas, vai ser um jogo rápido, com passes longos e, esperemos, muitos pontos. A partida de hoje vai ser um jogo de *backs*. A Samoa é uma excelente seleção, de jogadores grandes e fisicamente agressivos, como disse

o Jonny. A Inglaterra vai ter que ser forte pelo centro e muito hábil em ir abrindo o jogo para as laterais com os *backs* extremamente rápidos e capazes que ela tem — estou gostando das chances deles hoje! Vai ser um jogo emocionante!

Jonny: Quem tiver mais controle de bola e ganhar posição em campo, leva o jogo. A Inglaterra é muita areia para o caminhão da Samoa.

Jimmy: Nick Renshaw, vestindo a camisa de número 17, vai ter como adversário direto seu grande amigo Fetuao Tui, com quem ele joga no Finchley. Tui está vestindo a camisa de número 12. Como você acha que vai ser isso, Stu?

Stuart: Vai ser muito competitivo. Vamos assistir a uma grande batalha sendo travada entre esses dois hoje. Vai ter um pouco de brincadeira também, com certeza. Embora eles sejam ótimos amigos no clube, isso tudo vai pelos ares quando você está jogando pela sua seleção e eu tenho certeza de que vai ser um jogo muito competitivo do ponto de vista físico e atlético. Vai ser bom ver quem sai vitorioso.

Jonny: É bem difícil jogar contra um amigo próximo, mas eles não vão pensar nisso hoje. É uma grande responsabilidade jogar pelo seu país. Você joga limpo, mas com toda a garra.

Stuart: Se eles se virem frente a frente no campo, os dois vão querer a posse da bola... e aí, quem levar a melhor, vai se achar no direito de contar vantagem quando eles voltarem para o time local. Aconteça o que acontecer, eles vão rir, brincar e sair para beber juntos depois do jogo.

Jimmy: E como você avalia as chances da Inglaterra, Stu?

Stuart: A Inglaterra está muito bem hoje, todos estão em excelente forma física. Eles têm jogado um futebol apaixonante durante todo o torneio até chegarem a este jogo, então hoje não vai ser diferente. Todos estão satisfeitos com o rendimento de Nick nesta série. Ele foi uma escolha surpreendente — muita gente se espantou com a sua convocação para a seleção, mas ele provou que merece esta chance e tem jogado muito bem. Ele superou muitos problemas e muita intrusão por parte da mídia, por isso vai ser bom ver como lida com tudo e como joga hoje.

Nick ergueu os olhos para a camisa de número 17 pendurada acima dele nas cores da Inglaterra, o nome RENSHAW orgulhosamente desenhado nas costas. Ele *trabalhara* por aquela camisa, *merecia* aquela camisa e agora ia deixá-la orgulhosa.

Ia provar para cada pessoa que dissera a ele que não ia conseguir que ela estava errada. Para cada pessoa que o encorajara e acreditara nele, ele provaria que ela estava certa.

Ele estava pronto.

Desceu o tecido justo e sedoso da camisa 17 pelo corpo, deslizou o short por cima da Speedo da sorte, então amarrou bem a chuteira.

Os jogadores se reuniram, braços ao redor do ombro do outro, enquanto o treinador os encarava com seriedade.

— É um grande dia, garotos. Mas vocês treinaram muito, estão em forma, e sei que são capazes. Sigam o plano de jogo. Assistimos a horas de vídeo, sabemos onde estão as fraquezas deles, então vamos amarrá-los no centro e procurar nos espalhar para a direita; a defesa à esquerda é fraca. Errem o mínimo possível. Eles são um time forte, mas nós somos mais. São um time durão, mas nós somos mais. Vocês vão entrar em campo e vão jogar com o coração, sei que vão. Me deixem orgulhoso, deixem a Inglaterra orgulhosa, mas, acima de tudo, deixem vocês mesmos orgulhosos!

Eles urraram em concordância.

Foram conduzidos para fora pelo mascote da Inglaterra e dois meninos que jogavam nos times de suas escolas. Ambos haviam vencido concursos para estar ali naquele dia especial e se mostravam igualmente orgulhosos e incrivelmente tímidos.

Com um metro e vinte, e magros como gravetos, conduziram a seleção inglesa de homens altos, imensamente musculosos e vestidos com uniformes brancos com a rosa vermelha da Inglaterra bordada por cima de seus corações.

Caminhando ao seu lado estavam os imensos e bronzeadíssimos jogadores samoanos, solenes e sérios, sorridentes e ansiosos.

Fetuao piscou para Nick.

— Oi, baixinho.

Com dois metros de altura, Fetuao era maior que grande parte dos jogadores da Inglaterra.

Nick respondeu com um sorriso.

— São os grandalhões que caem mais feio. Te vejo na linha do *try*!

O túnel era mal iluminado e ecoava com a trovoada dos milhares de pés acima deles. Nick se sentiu como um gladiador indo para a batalha — o que não estava muito longe da verdade.

As pancadas ecoavam em seu sangue, e ele sentia a adrenalina pulsante queimar como uma chama por todo o corpo. Girou os ombros, forçando-se a respirar fundo.

Anna estava perto, e ele sussurrou seu nome como uma prece.

Sabia que os assentos designados para as famílias estavam atrás do túnel e esperava ter um rápido vislumbre de Anna naquele mar de rostos. Ela estava sentada com Trish, os pais dele e com a mãe dela, que havia chegado dois dias antes. Mas só de saber que estavam por perto já era o bastante.

Respirou fundo e saiu na frente de 82 mil pessoas, um misto de emoções esmurrando-o: medo, excitação e honra, borboletas no estômago. O rugir da multidão o atingiu como uma lufada de ar superaquecido e os pelos da nuca se eriçaram diante daquela muralha de som. O barulho era tanto, a música e o cantarolar dos torcedores, com fogos explodindo enquanto os times entravam em campo. Foi de tirar o fôlego: surreal além de qualquer coisa que ele jamais tivesse experimentado.

A brilhante faixa verde se estendeu diante dele, um grupo de listras perfeitas apontando para os postes do gol em formato de "H".

Não havia um único assento vazio, e o barulho aumentava e se multiplicava numa onda de vivas — o entusiasmado rugido da multidão. Os torcedores da Inglaterra cantavam, suas vozes aumentando num crescendo. Nick fechou os olhos enquanto a emoção o golpeava bem no meio do peito.

Havia milhares de pessoas ali para assistir ao jogo. Para assistir a ele jogar. Aquele era o momento com o qual sonhara durante toda a vida, pelo qual trabalhara e pelo qual rezara, mas ali estava ele, vivendo esse momento.

Os pensamentos rodopiavam por sua mente sobre o que fora preciso para chegar até ali, qual seria a sua tarefa em campo, o que precisava fazer, qual era o plano de jogo. E sentiu uma profunda gratidão por ter sido selecionado pelo treinador, um homem que continuara a ter fé nele e que dera a ele aquela chance. Sentiu-se grato por toda a ajuda que tivera em sua trajetória. E, agora, estava orgulhoso e decidido a mostrar do que era capaz.

Era difícil acreditar que, não havia muito tempo, ele estava lesionado, que tinha sido dispensado pelo seu clube, traído pela noiva, ficado sem trabalho, sem amigos e sem esperança. No início da temporada, ele nem mesmo fizera parte do time titular. E agora estava ali, na casa do rugby inglês, porque nunca havia desistido.

Sentiu um orgulho silencioso pensando nos inúmeros anos que foram necessários para chegar àquele momento, para construir aquele corpo, atingir aquele grau de preparo físico, habilidade e espírito invencível. Para estar ali, representando seu país no maior palco da sua vida.

Ele sabia que Anna e sua família estavam assistindo e orgulhosos dele; sabiam das suas dificuldades em vários empregos, das horas que ele havia dedicado.

Queria ser bem-sucedido tanto por eles quanto por si mesmo. Para provar que era e que sempre seria imbatível.

Ele estava pronto.

Os times posaram para as fotos oficiais, e os flashes estouraram diante de seus olhos. Estavam banhados em luz, o sol brilhando sobre peles bronzeadas e corpos perfeitamente talhados, os uniformes justos colados a eles.

Nick ergueu os olhos, espantado com a escala daquela cena, roubando um instante para curtir quem ele era, onde estava e o que estava prestes a fazer.

Então chegou o momento de os hinos nacionais serem cantados. Uma voz amplificada soou em todo o estádio:

— Todos de pé para o hino nacional samoano.

Fez-se um breve silêncio, então os sons doces e tranquilos da música das ilhas do sul encheram o ar. O time ficou ainda mais empertigado, os olhos vidrados de emoção enquanto enchiam os pulmões para cantar. Ao redor da arena, umas poucas bandeiras vermelhas com uma pequena área azul com estrelas brancas tremulavam corajosamente e as palavras ecoavam suavemente:

Vaai i na fetu o loo ua agiagia ai / Olhe para as estrelas que nela tremulam

Então chegou a vez da seleção da Inglaterra. Nick ergueu o queixo e cantou com toda a força, as palavras mais plenas de significado do que nunca. E, lá em cima, no camarote real, ele sabia que membros da família real estavam assistindo. Não Sua Majestade, mas os príncipes William e Harry, certamente.

Deus salve nossa bondosa rainha
Longa vida à nossa nobre rainha
Deus salve a rainha

Foi impressionante ouvir quase cem mil vozes berrando as palavras. Nick sentiu o coração descompassado, orgulho e humildade se misturando dentro dele.

Enquanto as notas finais iam desaparecendo, um imenso rugido explodiu da multidão.

Agora estavam a poucos minutos do *kick-off*.

Quando o barulho diminuiu outra vez, o time samoano fez uma fila, seus rostos sérios enquanto executavam o *haka*, seu grito de guerra tradicional. Flexionaram os músculos e rugiram para o time da Inglaterra, pisoteando o solo enquanto colocavam suas línguas para fora, os olhos apertados e ameaçadores.

Nick não sabia o que as palavras significavam, mas reconhecia a agressividade em seus rostos, o desafio lançado. Os jogadores ingleses formaram uma longa fila unindo os braços, encarando os samoanos cujos berros atravessavam o campo.

O desafio foi lançado e aceito, então os times correram para as suas posições iniciais. Dois dos jogadores correram para a linha de 22 metros, se ajoelharam, fizeram uma rápida prece e o sinal da cruz.

Nick já não notava os torcedores — em vez disso, sua intensa concentração estava nos outros jogadores e na bola de couro. Entrara em seu próprio universo.

O árbitro apitou, e os dois lados eclodiram um de encontro ao outro.

Nick foi rápido, correndo adiante, agarrando a bola do *hooker* e seguindo campo abaixo, um borrão enquanto desviava de dois jogadores.

Do outro lado do estádio, Anna se encolheu quando todos os cento e dez quilos de Fetuao *tacklearam* Nick, atirando-o no chão. Ela jurou ouvir o barulho dele se chocando contra a terra, mesmo sabendo que isso não era possível.

Já havia assistido a muitas e muitas partidas de rugby a essa altura, mas temeu que talvez tivesse que assistir a esta por entre os dedos. A mãe de Nick agarrou o braço dela e enterrou o rosto.

— Eu não consigo olhar! Não consigo olhar! Me avise quando acabar!

— Mãe! O primeiro tempo começou há um minuto — ralhou Trish, com as bochechas rosadas de tanta emoção.

Nick se levantou do chão, certificando-se de que todos os membros ainda estavam presos ao corpo. Sim, nenhum dano sofrido. Fetuao piscou para ele e o chamou de inglês fresco.

O jogo estava rápido, passes como raios atravessando o campo, e Nick estava à vontade. Aquele era o seu jogo. Era assim que ele jogava rugby. Meu Deus, como amava aquilo! Cada segundo sujo, brutal e doloroso daquilo!

Seus músculos explodiram, as coxas correndo furiosamente em direção ao gol, vendo um vislumbre de Fetuao enquanto o imenso samoano tentava atropelá-lo pela segunda vez. De repente, sentiu punhos de ferro agarrarem-no pela cintura e suas pernas sumiram de debaixo do corpo a poucos metros da linha do *try*.

Nick tentou esconder a bola por baixo do corpo enquanto três outros jogadores se jogavam em cima dele, achatando-o de encontro ao campo, mas a bola foi solta e a pressão logo desapareceu.

Ele ficou em pé, a frustração estampada em seu rosto e passou as mãos pelos cabelos curtos.

— Vamos lá! — gritou. — Atrás deles!

Se estava falando consigo mesmo ou com os companheiros de equipe, ninguém soube dizer. Anna apertou a mão por cima da boca e tentou não gritar.

Lá em cima, na cabine dos comentaristas, as emoções andavam à flor da pele.

Jonny: Essa é uma excelente posição de ataque para a Samoa. Latu pega a bola, faz um giro para Nanai. Passe perdido para Fanene e ele tenta... se livra do primeiro *tackle*. É contido a cinco metros da linha.

Stuart: Os camisas brancas estão todos lá! Passe para Foster que está na ponta direita embora ele seja o ponta esquerdo. O que ele está fazendo?

Jonny: Ele é contido a um metro da linha, agora a bola volta. Paul Dawson da *touchline* direita, bola para Renshaw que passa atravessando. Jonson, no meio de campo carrega a bola. A Inglaterra leva uma penalidade.

Jimmy: O árbitro apita. Boa jogada dos *backs* ingleses, mas o que foi que aconteceu com os *forwards*? Os samoanos imobilizaram eles!

Jonny: Os samoanos estão em vantagem, sem dúvida. Lomu faz um *try*, mas houve uma obstrução ali.
Stuart: Belo passe para Renshaw. Ele sai correndo para a linha! Vai, Nick! Vai! Ai... ele tomou uma martelada, foi completamente moído. Eu que não ia querer ter que sentir isso amanhã.

Anna fechou os olhos uma fração de segundos antes de Nick sofrer o *tackle*. Ao seu lado, a mãe dele deu um grito. As mulheres se abraçaram até Trish dizer às duas, emburrada, que elas já podiam olhar.

Nick se levantou cambaleante, sacudiu a cabeça, então correu para a sua posição.

No intervalo, os times deixaram o campo machucados e ensanguentados, em alguns casos, com a Inglaterra doze pontos atrás.

Nick engoliu um pouco de água e um suco de frutas, e mastigou balas para uma dose extra de açúcar. Sabia que não tinham jogado tão bem quanto podiam. Ele sabia, seus companheiros de equipe sabiam e Eddie Jones sabia.

— Vamos lá, rapazes, nós sabemos onde erramos — latiu Eddie, a voz meio embargada de paixão. — Nós estamos atrás no placar e precisamos que todo mundo aqui mostre que está à altura do desafio. Me mostrem do que vocês são capazes. Entrem em campo e joguem melhor do que o seu adversário. Sigam o plano de jogo; vamos fazer o que nós sabemos fazer. É uma ocasião gigantesca, todo mundo está assistindo. Nós precisamos fazer o que treinamos; todo mundo aqui agora! Olhem para o cara que está ao seu lado; olhem para o cara que está à sua frente. Nós estamos aqui para ganhar o jogo; nós trabalhamos muito para vencer o jogo; nós merecemos vencer o jogo!

Ele se virou para Nick.

— Precisamos que você melhore o seu jogo. Fique atento, aja primeiro, onde está a sua urgência? Nós precisamos de pontos e cabe a você e aos *backs* conseguir isso. Me mostre do que você é capaz. Vá lá e prove! Este é o seu momento!

Nick sentiu as palavras na sua essência. Sim! Este era o *seu* momento — aqui e agora.

Eddie estava com a corda toda, sua paixão inspirando o time.

— Gav, preciso que você controle melhor a nossa posição em campo. Controlamos isso e controlamos o jogo. Faça eles batalharem por cada metro. Vince, por acaso você está em campo? Você tem cinco minutos para me mostrar por que eu te coloquei lá ou eu te tiro de campo e dou a oportunidade para outra pessoa. Você é que sabe!

"Paul! Me mostre por que eu te escolhi! Me mostre o que você sabe fazer! E, o resto de vocês: eu escolhi vocês, eu apoiei vocês, eu selecionei vocês! Vocês são os melhores e conseguem fazer isto! Nós treinamos muito! Dedicamos todas as horas necessárias! Agora é o momento de vocês brilharem! Nós precisamos de cem por cento. Quando deixarmos aquele campo, precisamos saber que demos de tudo para ganhar o jogo. Joguem como nós treinamos, joguem um pelo outro, joguem pelo emblema, joguem pelo seu país!

"Nós só estamos atrás por alguns pontos! Isso não é nada que a gente não consiga fazer! Nós sabemos quantos pontos conseguimos fazer. Sigam o plano de jogo, deixem a bola seguir seu rumo! Saiam e divirtam-se! É uma ocasião especial! Sintam orgulho da sua camisa! Mostrem para todo mundo que estiver assistindo pela TV qual é a deste time! Mostrem o que vocês sabem fazer!"

O capitão deu um passo à frente, indicando para que todos se juntassem, desesperado para conseguir algum ímpeto de seu time cansado.

— Nós ainda conseguimos ganhar isto! Mas vocês têm que querer ganhar! Têm que precisar ganhar! Tem a ver com todos vocês, não com uma única pessoa. Esta é a nossa jornada, e nós podemos ver o prêmio lá no final. Sigam o plano, façam essas conversões. Mas, principalmente, *vamos lá!*

— Vamos lá! — rugiram os homens em resposta.

Eles correram de volta para o campo, renovados e decididos.

Nick olhou em direção à entrada do túnel e viu Anna pulando para cima e para baixo com uma bandeira da Inglaterra em uma mão e a americana na outra. Provavelmente a única bandeira americana de todo o estádio.

A energia fluiu pelo seu corpo, e ele semicerrou os olhos enquanto se concentrava no jogo.

Agarrou a bola e acelerou no campo, deslocando-se com a velocidade e precisão de uma pantera enquanto desviava dos gigantescos jogadores samoanos. Era impressionante observá-lo sair costurando por entre a muralha de jogadores de defesa: passando a bola, arrancando-a do ar ao ser atirada de volta para ele, avançando com todo o ímpeto, correndo em direção à linha! E ele marcou um *try*!

Lentamente, a Inglaterra foi recuperando o terreno perdido, avançando com o ataque, pegando e mantendo a bola, jogando com mais garra, com mais rapidez e sendo mais dura.

Os torcedores ficavam roucos de tanto gritar e tambores rufavam pelo estádio. Ninguém estava sentado, nem mesmo no camarote real. Os príncipes William e Harry estavam de pé, e até mesmo a duquesa de Cambridge gritava o seu incentivo, com olhos brilhantes e animados.

Nick pingava de suor, a camisa da seleção grudada no corpo enquanto a partida ia chegando aos minutos finais. A Inglaterra ainda estava atrás da Samoa por quatro pontos. Seria por muito pouco; qualquer uma das duas equipes podia vencer e todo mundo sabia disso.

Os vivas e berros foram ficando mais altos até que ninguém mais que estava em pé no estádio de Twickenham conseguia se ouvir acima do maremoto sonoro. Nick teve a sensação de estar debaixo d'água, ouvindo apenas as ondas quebrando por cima da sua cabeça.

Precisou buscar lá no fundo, dentro si mesmo. Precisou encontrar suas reservas de energia, descobrir se tinha o que era preciso para ser um vencedor.

Pensou em todas as pessoas que acreditavam nele, nas pessoas que o amavam. E pensou em Anna.

Olhou à sua volta, registrando os rostos cansados de seus companheiros de equipe, sabendo que estavam por um triz, que não tinham mais muito para dar, se perguntando se ainda tinham alguma coisa no tanque reserva. Mas os enormes samoanos não pareciam estar muito melhor, o desgaste explícito em tudo.

Nas arquibancadas, a multidão pulava para cima e para baixo, incitando o time a ir em frente, gritando com todo o coração, seu desespero nítido na agudeza do som — a excitação da final da Copa do Mundo. Ela acreditava no time. Acreditava que eles ainda podiam vencer.

Nick ergueu a cabeça e muito embora restassem somente segundos para jogar, ele sentiu toda essa fé inundá-lo. A bola passou longe, e Nick correu para a posição enquanto Owen passava para Jason que então fez o passe para Andy.

Então, ele viu sua chance.

Ignorando o desesperado Eddie Jones, ignorando o plano de jogo, ele saiu correndo pela lateral, agarrando a bola e correndo a toda velocidade com a bola enfiada debaixo do braço: era um homem com uma missão. Seus olhos se estreitaram, toda a sua energia se concentrou naquela linha branca distante. Suas pernas trabalhavam furiosamente e o coração trovejava enquanto o mundo ia encolhendo à sua volta.

Fetuao seguiu como um raio atrás dele junto com Lani, os dois se juntando para realizar um movimento de pinça sobre ele, recusando-se a entregar o jogo sem brigar.

Eddie Jones segurava a cabeça entre as mãos, quase que impossibilitado de olhar, sabendo que sua reputação e carreira estavam em jogo com o time jovem que ele havia selecionado, com as escolhas que havia feito.

Abriu os olhos quando Nick passou como um foguete, livrando-se de Lomu. Paul Dawson chegou por trás, e agora eram dois jogadores ingleses e dois samoanos correndo em direção à linha, Lani e Fetu berrando campo acima.

O árbitro olhou para o relógio e os rugidos da multidão aumentaram com apenas mais alguns segundos de jogo.

In-gla-ter-ra! In-gla-ter-ra!

Percebendo que Fetu e Lani convergiam sobre ele, Nick passou para Paul, que desviou do enorme samoano e atirou a bola de volta para Nick.

Ele a agarrou no ar, a adrenalina disparando pelo seu corpo enquanto baixava a cabeça e corria com tudo o que tinha pela lateral esquerda, voando em direção à linha! A bola seguia cuidadosamente enfiada debaixo do seu braço esquerdo enquanto o direito permanecia estendido para enfrentar qualquer *tackle*.

A multidão gritava, Fetu vinha logo atrás dele, o árbitro erguia o apito — será que conseguiria? Será que conseguiria?

Nick se atirou no ar com a bola enfiada debaixo do braço quando a linha surgiu bem na sua frente. Sentiu a mão de Fetu nas suas costas, tentando agarrar a sua camisa, mas era tarde demais.

O chão subiu ao seu encontro com um tranco daqueles de sacudir os ossos e chacoalhar os dentes, e ele se espatifou e escorregou pelo campo verde, atravessando a linha enquanto o árbitro soprava o apito final e a multidão ia à loucura.

Stuart: É isso aí, ele cruzou a linha! Nick Renshaw faz ponto para a Inglaterra! O árbitro apitou, e a Inglaterra vence a Copa do Mundo! Até a próxima, Samoa!

Jonny: O estádio explodiu! Os torcedores não conseguem acreditar!

Jimmy: Que jogo emocionante e que finalzinho eletrizante! Nick teve uma progressão bastante turbulenta até chegar a esta série, mas ele superou tudo com louvor e ainda faturou o *try* vencedor. Que final de jogo! Que jogo! Que dia! A Inglaterra vence a Copa de Mundo de rugby de 2016! Ninguém que assistiu ao jogo vai ser capaz de esquecer. Vence a Inglaterra!

Nick estava deitado no chão com as mãos cobrindo os olhos, sentindo as ondas de emoção enquanto 82 mil pessoas gritavam e urravam, pulando para cima e para baixo com lágrimas escorrendo pelo rosto.

De repente, todos os seus companheiros de equipe estavam ali, alegria e euforia em suas vozes enquanto o cercavam, puxando-o para que ficasse de pé, batendo em suas costas e abraçando-o com tanta força que mal conseguia respirar. Aquilo significava tudo para ele, para eles, para o país. Tudo.

Fetu se aproximou de Nick, e o homenzarrão estava com lágrimas nos olhos. Não houve palavras enquanto os dois amigos se abraçavam.

Nick ficou em pé e finalmente olhou ao redor, registrando as cenas impressionantes enquanto a multidão comemorava, estranhos abraçando estranhos. Permitiu-se sentir aquilo tudo.

Seu momento.

Seu dia.

Sua vida.

Seus olhos buscaram Anna em meio à multidão e seu coração se encheu com um orgulho poderoso. Hoje ele a deixara orgulhosa e deixara o seu país orgulhoso.

E, acima de tudo, ele se deixara orgulhoso.

Hoje, ele vencera.

Hoje, ele era imbatível.

Epílogo

Quatro anos e meio depois...

— Bem, esses últimos anos foram bastante extraordinários para você, não foram?

Nick abriu um enorme sorriso para a entrevistadora.

— Aliás, parabéns pela Ordem do Império Britânico no palácio de Buckingham! É uma enorme honra. Nick Renshaw é um membro da Ordem! Acho que a rainha é sua fã.

Nick tossiu, encabulado.

— Disso eu não sei, mas foi um dia impressionante. Eu me senti muito orgulhoso. É, foi uma grande honra.

Nick se recostou de volta em seu assento, um dos braços estendidos por cima do sofá. Seus cabelos pretos como a penugem de um corvo brilhavam sob os refletores do estúdio e seus olhos dançavam de felicidade.

— Não é exatamente o que você talvez tivesse esperado em 2014, quando foi dispensado por seu clube.

— Isso é certamente verdade, Jasmine.

— E como foi jogar o amistoso organizado em sua homenagem na semana passada?

— Uau, nem sei direto como responder isso. Foi incrível, uma lição de humildade. Eu não estava esperando nada do tipo.

Ele esfregou a barba, pensativo, os fios grisalhos acrescentando um ar distinto à sua aparência.

— Você sabia que foi o maior número de torcedores já presente em qualquer partida de homenagem do rugby?

Os olhos de Nick se arregalaram, e um ligeiro rubor coloriu as suas faces.

— Não... é... não. Isso é novidade para mim. Uau!

— Eu acho que isso demonstra o quanto os torcedores te amam. Não é verdade, senhoras e senhores?

A plateia gritou e aplaudiu, uivando para demonstrar sua estima. Nick abriu um imenso sorriso e acenou para as pessoas que estavam ali para vê-lo.

Jasmine sorriu e deixou escapar um suspiro teatral.

— Então, eu tenho que perguntar... este é o final da carreira de Nick Renshaw no rugby? Sem planos para virar treinador? Você consegue mesmo simplesmente dar as costas para uma coisa que foi a sua vida toda?

Ele deu uma risadinha suave.

— Estou me aposentando do rugby, não me mudando para Marte, Jasmine.

— Mas você não vai virar treinador?

Ele negou com a cabeça, os cabelos escuros despencando sobre a testa.

— Não, de imediato, não. Mas nunca diga nunca. — Ele abriu um discreto sorriso — Eu jogo rugby há 24 anos, profissionalmente há dezesseis. Acho que chegou a hora de fazer uma coisa diferente. Sei que vou sentir falta da bagunça que faço com meus amigos e companheiros do rugby. Que vou sentir falta das brincadeiras, da união que existe dentro de um time, de bater papo com os rapazes, da zoeira que a gente faz um com o outro.

Ele fez uma pausa.

— Eu fiz algumas amizades incríveis através do rugby, e as gargalhadas que eu dei durante esse percurso foram impagáveis, só boas lembranças. Até mesmo as lesões que sofri e das quais me recuperei. Tudo isso me transformou no homem que sou hoje. Sou uma pessoa forte, grata e resiliente que está sempre perseguindo o progresso. Sei quem sou e meu passado difícil me transformou num homem melhor. Não me arrependo de nada. Sou grato por tudo. Mas, sabe, a minha vida é mais do que só o rugby. Eu conheci uma mulher incrível com quem quero compartilhar a minha vida.

Nick olhou para a frente, cruzando o olhar com o de Anna e vendo o amor brilhar ali.

A entrevistadora sorriu recatadamente e inclinou o corpo em direção a ele.

— Será que estou ouvindo os sinos da igreja soarem, Nick?

Ele piscou para ela, mas não respondeu. Isso era particular, embora também fosse verdade que Anna estava usando uma linda aliança com três diamantes perfeitos. Cada um representava um estágio diferente do relacionamento deles: o passado, o presente e o futuro.

Depois de tudo o que acontecera, ele nunca imaginou poder confiar em outra mulher, mas confiava sua vida a Anna, de corpo e alma.

Também era verdade que já haviam adiado os planos do casamento duas vezes: uma vez porque a mãe de Anna estivera doente e outra porque os dois estavam trabalhando demais, e Nick viajava o tempo todo. Mas agora que ele se aposentara, sim, os planos estavam de pé.

— Acho que você vai desapontar várias torcedoras se isso for verdade.

Suspirando alto, a repórter sorriu para ele e agitou os cílios, brincalhona.

— Nick, você é um dos capitães da seleção inglesa mais bem-sucedidos da história, e levou o seu time a uma segunda Copa do Mundo no início deste ano, o que nunca tinha sido conquistado antes. Você é o quinto jogador com mais convocações *da história*. Sua aposentadoria do rugby profissional realmente marca o final de uma era. Tem alguma coisa que você gostaria de dizer aos seus fãs?

Ele assentiu com a cabeça, o rosto sério.

— Sim, tem, sim.

Ele pigarreou e olhou diretamente para a câmera.

— Muito obrigado não me parece ser suficiente. Vocês estiveram ao meu lado no melhor e no pior. Estiveram ao meu lado quando eu me senti para baixo e derrotado. Estiveram ao meu lado enquanto eu rastejava de volta ao topo com as suas mensagens, pensamentos e preces. Tantas foram as vezes que as pessoas me disseram para não ter medo de nada, para não desistir nunca. Talvez vocês achem que dizer essas palavras seja pouco, mas não é, porque me deu esperança quando isso era uma coisa que eu tinha muito pouco. Vocês acreditaram em mim num período em que nem eu mesmo acreditava. E quando tive a honra de jogar pela Inglaterra, joguei aqueles jogos por todos vocês, com todo o meu coração. Então, para todos os fãs e torcedores, muito obrigado. Eu não teria conseguido sem vocês.

O aplauso eclodiu no estúdio, e até o operador de câmera e os engenheiros de som gritavam vivas. Na cabine de produção, as pessoas sorriam e aplaudiam.

Junta, a plateia toda ficou de pé, aplaudindo um homem que chegara o mais fundo de um poço quanto era possível para um ser humano chegar, tendo agora, diante dela, um homem de verdade, um líder.

Nick engoliu as emoções que o varreram e olhou para a lateral do estúdio onde Anna se encontrava.

Ela secava as lágrimas do rosto quando o olhar deles se cruzaram. Anna deu um sorriso lacrimejante e articulou três palavrinhas, silenciosamente: *Eu te amo!*

E ele soube. Naquele instante, ele soube. Ele era um homem arrasado e derrotado quando conheceu o amor da sua vida. Mas, agora, seu futuro era lindo e não havia medo.

Com a mão sobre o coração, ele disse as palavras que ela ensinara a ele havia tanto tempo:

Quando o seu mundo desabar...
Quando todos disserem que você perdeu...
Quando seu corpo estiver destruído...
Eu ascenderei...
Eu retornarei...
E eu serei imbatível.

Agradecimentos

JHB

— Eu tenho uma ideia para um livro que a gente podia escrever juntos: um romance sobre rugby! Bem, a gente pode baseá-lo na sua experiência como jogador de rugby profissional e... hmmm... você sabe, um romance!

— Eu acho ótimo. Só que não sou escritor.

— Bem, você sabe contar histórias. Então sabe escrever.

— Bem...

— Qual foi o maior número de espectadores para o qual você já jogou?

— Old Trafford, oitenta mil pessoas.

— Caraca!

— Pois é, foi impressionante.

— Ok, bem... então escreva sobre isso. Me conte como é entrar em campo na frente dessa gente toda. O que você ouviu? O que você viu? O que se passava pela sua cabeça?

— Vou tentar.

[Espera a caixa de mensagens aparecer, tamborila os dedos, um dia depois... ah, legal, ele escreveu. Lê o texto.]

— Uau!

[Os pelos da nuca de Jane se arrepiam enquanto ela é arrebatada pelas palavras de Stuart.]

— Meu Deus! Isso foi tããããão bom!

— Você achou?
— SIM!!!!
— Ok.
— Não, "ok", não! Achei fantástico! Sério, os cabelinhos da minha nuca ficaram em pé! Dá para escrever mais algumas outras iguais àquela?
— Claro.

E, daí, nasceu o nosso livro.

Stuart

Eu só entrei nessa coisa toda do mundo dos livros me tornando amigo de Lynda Throsby, há anos. Lynda me colocou nisso. Lynda e Peter me ajudaram a montar o meu programa *fitness* on-line e a fazer crescer o que venho fazendo, assim como a me organizar. Sem tudo isso, eu não teria conhecido vocês e não haveria um livro chamado *Imbatível!* Assim, obrigado, Lynda :) você é uma estrela.

De nós dois

Querer escrever, ser escritor, é uma lição permanente, uma que ainda estamos aprendendo. Mas há uma série de pessoas que ajudaram a guiar e a esculpir *este* livro. Então, vamos começar por estas mulheres, todas elas incríveis por direito próprio, todas diferentes, todas motivadoras:

Para Kirsten Olsen, nossa maravilhosa editora.
    Para Tonya Allen, nossa leitora beta e companheira de viagem.
    Para MJ Fryer, garota maravilhosa e revisora.
    Para as Reardonites e Stalking Angels, por todo o apoio e lealdade.

Para Sheena Lumsden, pelo apoio nos bastidores.

Para Neda Amini, da Ardent Prose, por coordenar o lançamento do nosso livro e muito mais.

Para Audrey Orielle e Dina Farndon Eidinger — pelo serviço especial nos trechos sobre sexo.

Para todos os blogueiros, que abrem mão do seu tempo pela paixão de ler e escrever resenhas de livros: obrigado pelo seu apoio.

Para os nossos leitores: vocês são o máximo!

Este livro foi composto na tipografia Berling
LT Std, em corpo 11/15, e impresso em
papel off-white no Sistema Cameron da
Divisão Gráfica da Distribuidora Record.